D1393520

Claire Etcherelli

Un arbre
voyageur

Gallimard

Claire Etcherelli a passé son enfance et son adolescence à Bordeaux. Venue à Paris, contrainte d'exercer plusieurs métiers manuels, elle écrit *Elise ou la vraie vie,* couronné en 1967 par le prix Fémina.

Elle publie ensuite *A propos de Clémence* et enfin *Un arbre voyageur.*

Ce dernier soir, le croissant rose de la lune posé sur une branche de l'arbre comme un oiseau magique. Nous le regardions par la porte laissée ouverte malgré la fraîcheur. Assise devant la table où fumaient nos bols, Milie attendait.

Je ne me laissais plus avoir par les images. Ce n'était pas ce bout de lune sur l'arbre noir, Milie fleur jaune courbée, les ombres des enfants accroupis près des chats au fond de la cuisine qui m'épingleraient au décor. Depuis le matin, Milie connaissait ma décision.

— Mais tu reviendras souvent Anna ? tu reviendras ?

En ces dernières heures, la nature se surpassait. Milie prévoyait pour le lendemain des prodiges au lever du soleil. J'en verrais d'autres lorsque j'arriverais au pont Saint-Michel. La Seine prendrait ce ton rose, addition du gris de ses eaux et des rayons éclatés ; je la regarderais avec tendresse.

Milie n'avait rien dit. Personne ne me questionna, ne parla de mon départ. Véra voulut fermer la porte.

— Non, la nuit est trop belle, protesta Milie.

— Tu verras la lune à travers la vitre, maman !

— Bon, fermez, dit Milie résignée.

Rien d'inhabituel et ce fut bien ainsi. Fanch ne vint

pas à table ; Véra couvrit d'un torchon sa part du dîner qu'il mangerait dans la nuit. Quand les garçons leur tendaient quelques morceaux, les chats sautaient sur la table. Milie protestait :

— Par terre !

— C'est plein de poussière, maman !

Après le dîner s'en furent Véra et les trois autres. Leurs voix nous arrivaient du dehors tandis que nous rangions la vaisselle. L'oiseau magique avait regagné le haut du ciel, c'était à nouveau un croissant de lune et je partais le lendemain. Gêne de ces instants où se matérialise un changement de l'existence. Charnières grinçantes, la porte tourne, je vais passer le seuil, derrière moi, Milie vulnérable. Et sa fragilité me donne la mesure de mes forces intactes.

— Tu leur diras demain ?

Un signe de tête. Je devinais ses larmes retenues.

Je partis au matin. Fanch dormait encore. Il ne m'appréciait guère. Je l'avais, un jour, surnommé *le Barde* et nous l'appelions ainsi entre nous. Milie parut comme je soulevais ma valise. Trop tard, plus le temps de rien nous dire.

Entrée dans Paris. Allégresse au ralenti de l'autocar. La Chapelle, Stalingrad, la gare Citram. Alors j'ai secoué sur le pavé toutes les poussières de ces six derniers mois. Un moment pulvérisée dans l'air doux d'octobre, Milie est revenue se poser sur mon visage, mes yeux, ma mémoire. Il fallait donc accepter qu'elle s'interposât quelques fois encore entre moi-même et ces lieux où nos vies s'étaient mêlées.

Tellement mêlées en ces lieux. Nous avions aimé le même homme mais ni l'une ni l'autre n'en gardions un

8

souvenir glorieux. Serge espace déjà nos rencontres quand je découvre Milie. Un hasard, une averse, nous retient ensemble dans le vestiaire où nous nous sommes croisées sans jamais nous saluer. Elle ouvre le courrier, le classe et l'apporte dans les différents bureaux. Je vois un bras, une corbeille, je dis merci ou rien. Ce jour-là, nous regardons la pluie tomber sur la verrière des lavabos. Nous soupirons ensemble. Plus tard, traversant pour couper court les jardins du Palais-Royal, je la reconnais qui marche sous les arcades et mange en marchant. Je l'y retrouve le lendemain. Sur les dalles, les fers de ses talons pointus. Courants d'air des arcades, sandwich dans la main, deux fois ou quatre le tour des jardins déserts, cela me suffit pour comprendre. Le goût savoureux de la solitude je n'y crois guère. Ce pain-là se mastique avec des larmes rentrées, j'en ai mangé, je veux l'oublier. J'en parle à Serge qui s'étonne. Mais il faut s'ouvrir, dit-il, aller vers les autres, la solitude est négative ! Alors, je l'approuvais. Je l'enviais aussi. Trois années dans un journal de province. Militant. Paris. Permanent. Travailler avec les camarades. Sortir, discuter, ne plus voir que les camarades. Protégé, stimulé. — Pas si simple, Anna ! Mais c'est vrai, je suis heureux.

Milie m'attire. Nous nous saluons. Au hasard de nos rencontres brèves, je lui jette quelques mots rapides. Je parle de Serge ou de moi ou de la vie, espérant qu'elle va se livrer aussi. Souvent, à midi, je flâne sous les galeries du Palais-Royal devant des boutiques aux rideaux baissés. Je l'aperçois qui vient, le bruit des talons se rapproche. Elle me reconnaît à distance, hésite, et s'esquive entre les piliers. J'insiste et cherche à la rejoindre. Elle m'évite ; quelque jour tournant autour d'un bassin vide malgré la pluie drue ou s'adossant contre la pierre froide d'un mur, en plein vent. Parfois, m'ignorant, elle passe tête baissée, le pas vif, une poche boursouflée par le sandwich qu'elle mangera plus loin. Parfois me saluant d'un air distrait, elle fuit vers la rue Saint-Honoré. Je cours, la rejoins, renoue une imaginaire conversation. Elle s'en sort par de longues phrases à la forme impersonnelle qui me laissent dans l'incertain.

Milie m'attire. Curieux visage rond, cheveux frisés, sourire contraint lorsque nous nous croisons. Son service commence à huit heures le matin ; j'entre à neuf heures et lui touche l'épaule pour la saluer ; le soir je m'en vais bien après elle et la regarde partir, le foulard jaune plaqué sur ses cheveux clairs.

Milie m'attire, je rêve de promenades dans de longues rues inconnues qui n'en finiraient pas de grimper. Et nous n'en finirions pas de parler gaiement.

Milie m'attire. Je la choisis pour sœur ; nous partagerons tout. D'abord la sortir de ces galeries mornes et glaciales, boire avec elle un chocolat bouillant.

Dans le même temps que Milie se dérobait à ces avances, Serge s'éloignait. Il m'avait appris à gommer impulsions ou élans. Pour le contenter, je fis d'abord semblant et peu à peu l'artifice devint vérité. — Raisonnable, efficace, énergique, Anna ! *Raisonnable, efficace, énergique,* me paraissait digne d'une proposition d'emploi, pas d'une histoire d'amour. Mais qui parlait d'histoire d'amour ? N'étais-je pas tombée d'accord avec lui dès notre rencontre qu'il n'y avait pas à déchirer quinze années d'exemplarité conjugale ni ce grand mélange exaltant du quotidien et de l'universel que se partagent les couples militants ? Et sa petite fille — ô sa petite fille — ne méritait pas, ne devait pas s'apercevoir qu'existait Anna. Ne rien lui ôter d'un père qui l'aidait à prendre possession d'elle-même. Anna, admirative et subjuguée ! Est-ce que mon père à moi ?... Non ! Que je me déploie donc dans cet amour qui me tire vers le haut de moi-même ! D'étranges liens mythiques m'unissent à Serge où la pédagogie sert de doublure à la volupté. Ressent-il la même exaltation ? Il a monté les trois étages et souffle un peu en s'asseyant. — Viens de quitter Zède. Je fais un papier sur lui. Tu as lu quelque chose de lui ?

Nous en parlons un moment.

— La petite m'a dit ce matin un mot étonnant. La profondeur des enfants... Bon ! Et toi ? Parle-moi de toi !

Il veut m'aider. Il m'aide. Je débrouille mieux les fils dans lesquels s'étranglait ma vie. Il parle jusqu'au moment où, — un regard à sa montre — nous sommes à terre, jamais au lit pourtant si proche. Furtivement, honteusement, violemment. A peine suis-je relevée que la porte grince et l'escalier craque.

Huit mois durant j'ai suivi les progrès de la petite fille et le travail de Serge. Il dort peu, me voit peu, et s'irrite parfois de ma lenteur à comprendre.

Sombres jours de janvier. Serge invisible, Milie absente. Je m'en étonne. On ricane. Encore malade, m'explique-t-on. Pas certain qu'elle garde son poste. Un poste recherché : finir la journée à cinq heures, privilège du télex, le rêve de toutes les femmes.

Je me débrouillai pour obtenir son adresse.

— Si vous allez la voir dit la comptable, portez-lui donc sa feuille rose. Elle m'explique, la feuille rose, le payeur qui vient chaque mois, si vous la perdez quelle histoire, pas de duplicata possible. Le payeur des allocations ? Milie avait donc un enfant. Je n'osai en demander plus : trouverais-je aussi un mari ? La curiosité l'emporta. J'allais partir ce dimanche lorsque Serge se montra. Un travail écrasant ces dernières semaines, une bronchite de la petite fille juste à la veille de son vaccin. Le travail est achevé, la petite fille guérie, vaccinée. Il me regarde, j'enfile mon armure : discrétion, énergie. Anna est un pré qu'il traverse ; il s'est vautré dans l'herbe, il a flâné, se dirige maintenant vers le bout du pré. Ces sortes de promenades, j'en avais fait aussi, laissant l'autre un beau jour au bord d'un chemin et moi, disparue déjà quand il se réveillait ahuri.

— Tu sortais, Anna ?

Je lui propose de m'accompagner. L'armure étouffe ma voix. Telle qu'il me veut, il me trouve. Ignore tout de l'autre qui, hier, frappait en pleurant les murs de ses poings.

— Je t'ai parlé de cette fille : Milie. On m'a chargée de lui apporter ceci. Je montre la feuille rose.

— On ne pouvait pas la lui envoyer ? Elle habite loin ?

— Je ne sais où, quai de la Marne.

— Je connais. Ça sera bon de marcher, le temps est sec. Tu prévois d'y rester longtemps ?

— Je prends de ses nouvelles, rien de plus.

— On pourrait revenir ici ?

Élan de reconnaissance.

— Allons !

Au sortir de chez moi nous marchâmes longtemps jusqu'au boulevard Beaumarchais. Au détour d'une rue, tout à coup, le canal Saint-Martin. Serge dit : je savais que ça te plairait de le suivre, nous allongeons à peine.

Le canal ne changeait donc pas. Quelques années plus tôt je l'avais découvert et le gardais en réserve d'émotions. La même eau épaisse et lisse, figée dans le temps. Quelques pêcheurs du dimanche, quelques enfants.

12

— Merci Serge. C'est un cadeau d'anniversaire cette promenade ?

— Anniversaire ?

— Oui, vingt-sept ans hier.

— Anna, dit-il choqué, tu n'en es plus à ces choses !

— Non, plus du tout.

Je lui souris tandis qu'à travers les arbres de l'autre rive quelques rayons obliques me pincent le cœur entre leurs doigts orangés.

Bassin de La Villette bordé de hangars clos. Longue rue droite et déserte. Nos pas s'accélèrent, Serge est pressé soudain. Au bout de la rue, le canal de l'Ourcq. Drôle de ville adossée à Paris, voies d'eau surgies des pavés, sirops noirâtres lents à s'écouler.

— A droite, tu vois ? C'est le quai de la Marne.

Un pont mobile a basculé. Passe une péniche chargée de sable. Un peu plus loin, un attroupement autour du véhicule des sapeurs-pompiers qui repoussent les curieux.

— Quelqu'un à l'eau ? questionne Serge.

Ironiquement je suggère :

— Une femme désespérée.

Il ne répond pas.

— C'est un vélo qu'ils ont remonté, nous apprend un vieux type déçu.

Quai de la Marne, rive tranquille. Nous entrons dans un corridor et cherchons les noms sur les boîtes à lettres. — Fournier — 4e droite. Serge me suit. Il me parle, je le sais, j'entends sa voix : *sables, cale, canaux, les péniches portent...*

— Porte à droite, c'est là.

Il a raison. Quatrième droite, nous y sommes. Je frappe à plusieurs reprises. Bruits sourds, bruits de voix. J'insiste. Les bruits cessent. La porte s'entrouvre.

Un garçon nous regarde. Attend. Silence gêné qui s'étale. S'étale jusqu'au fond de la pièce où je reconnais Milie. Avec le temps, les couleurs que mes yeux saisirent se sont écaillées. Je vis du rouge et du jaune et le détail du plancher clair fraîchement lavé, la toile cirée qui brillait à la lumière, la fillette au tricot blanc assise devant la table et la brume bleutée derrière la vitre. Ce moment furtif décida de tout. A plat ventre sur un lit rouge, la tête enveloppée du foulard jaune, gisante, Milie me regardait sans comprendre.

Ils se tenaient à quatre dans cette longue pièce dont la fenêtre à l'autre bout donnait sur le canal. Un autre garçon plus âgé, accroupi derrière la fillette et dissimulé par elle, laissait passer sa tête entre la table et la chaise. Des cartes à jouer avaient glissé de la toile cirée. Milie serrait entre ses doigts une tartine qu'elle s'apprêtait à mordre. Derrière moi, Serge toujours immobile.

Milie se lève lentement, retire le foulard jaune. Ses cheveux restent plaqués à son visage.

— Milie, c'est moi, oui. On m'avait dit au bureau, votre maladie...

Les enfants nous ont laissé leurs chaises. Nous nous sommes assis, dos à la fenêtre. Il fait chaud. Le tuyau du poêle longe le mur et va s'enfoncer dans un recoin au-dessus d'un évier de pierre. Mes yeux évitent l'angle où les enfants se sont retirés comme des chats inquiets.

— Ça va. Ça va mieux, j'ai un peu traîné, je soignais Paul, il va mieux aussi.

Elle parle vite comme sous les arcades. Pour en finir.

— Du café ? propose-t-elle.

Serge accepte. Je refuse. Voici qu'il se lève, je me trouble. Il va vers les enfants, se penche, leur dit quelques mots. Le plus grand acquiesce, ils sortent ensemble. Milie est seule devant l'évier.

— Vous allez vraiment mieux ? Je ne peux pas vous

aider ? Venir comme ça... sans avertir, j'en suis honteuse. C'est Serge qui m'accompagne ! Je vous avais parlé de lui. Au bureau, on est sévère pour vos absences.

— Oui, je sais.

Indécent d'amener ici le bureau. Autant que de m'amener moi-même. Que suis-je pour elle sinon le bureau, le télex, la porte qui se ferme en grinçant à huit heures ? J'ai pénétré dans l'univers de Milie. Monde étranger où je me repère mal ; quelques traces me rappellent un temps fini que je veux oublier : ces rideaux partout, camouflage d'étagères encombrées — ce qu'on retire là on le met ici, on le cherchera demain sans succès, impatiemment — une certaine propreté même, signe d'absence et de manque. Mais ce qui me déconcerte davantage, ces deux là-bas, près du lit, qui m'observent depuis mon entrée. La fille, douze ans peut-être, ronde et lourde, inexpressive, retient son frère par la manche. Voici Serge qui revient. L'autre garçon, l'aîné sans doute, dépose sur la table le paquet qu'il portait.

— C'est pour vous trois, dit Serge.

Personne ne bouge. Il insiste :

— C'est pour vous les enfants !

Ils s'approchent, plongent ensemble une main dans le sachet. Serge, satisfait, sourit à Milie qui lui tend une tasse. Les enfants s'installent sur le lit pour manger leurs croissants. Nous rapprochons nos chaises. La fillette est venue ramasser les cartes et les distribue maintenant à ses frères. Parfois Milie se retourne : « Véra, moins fort ! » Véra donne du coude et pouffe de rire aux grimaces des garçons. Serge et Milie ont entamé une grave discussion sur les rhumes de l'enfance. Moi en exil au centre d'un rond de lumière rose. Rien à dire. Véra me regarde à la dérobée. Hostilement. Je la dévisage, avec la même hostilité, puis m'en

15

vais bouder à la vitre. La brume flotte sur le canal. La rive en face se désagrège et les péniches commencent à balancer.

Je ne la reverrai plus, non, je l'éviterai. Cette sœur que j'avais élue me devient étrangère.

Sur le lit, bataille de cartes, de bras et de pieds.

— Serge ? Nous allons partir ?

— Nous partons, bien sûr.

Serge s'est levé. Pleurs de Véra qui s'accroche au bras de sa mère.

— Regarde ! Ils l'ont déchirée !

— Tout à l'heure, Véra. Laisse-les, reste avec moi.

— Mais elle est déchirée...

— On la recoudra.

Gloussements des garçons. Ils regardent la jupe de Véra et se détournent pour cacher leur rire.

— A demain Anna. Je serai au bureau. Merci de...

— Tu vas travailler demain ? Alors ma jupe...

— Au revoir ?...

— Serge. Au revoir Milie !

Touché Serge.

La nuit nous étonna. Quelle heure était-il donc ?

— Cinq heures bientôt, je vais te quitter Anna. Savais pas qu'elle avait trois gosses ?

Je secouai la tête, puis les épaules. « Qu'as-tu ? » Il enchaîna sur son travail. Alors comme nous avions rejoint le quai je courus me noyer dans le canal Saint-Martin tandis qu'il me développait le plan de son article. Je fis ainsi plusieurs tentatives parfois plongeant du pont japonais, l'eau glacée me happait, m'engloutissait sans autre bruit qu'un claquement sec, parfois glissant du quai de pierre et mon corps comme une péniche traçait un rai d'écume jusqu'à l'écluse qui le broyait.

16

Il me quitta faubourg du Temple. Quitta la jeune femme réservée, raisonnable, énergique, efficace. Trop myope pour apercevoir l'autre Anna dont une main seule flottait encore sur l'eau en signe d'appel. Il prit mon bras, le serra très fort comme pourrait le faire un bon camarade.

Elle ne vint pas le lundi. Je l'aperçus le mardi quand j'entrai dans la cage vitrée du standard. Petit signe de tête désinvolte, rien de plus décidai-je. Terminé le Palais-Royal, le courant d'air des arcades sonores et les gouttes brillantes sur la rouille des chaises. Je déjeunai à la brasserie du Louvre ; on y mangeait bien, il y faisait bon.

Le télex occupait le fond d'un couloir. Milie ne s'y trouvait pas. Je la découvris un peu plus tard, au sous-sol où nous déposions le courrier à timbrer. Forcée de lui dire quelques mots. Je le fis d'un ton détaché, sans un regard vers elle.

Fini le télex, m'apprit-elle. On l'avait envoyée aux fournitures.

— Trop d'absences ?

— Oui, trop d'absences.

Elle s'était assise devant la machine à timbrer. Des piles de lettres et de paquets attendaient, l'encerclant ; une odeur forte montait des caisses remplies de brochures, la Xerox ronronnait, son œil vert clignant à la sortie de chaque page.

— Allez-vous passer huit heures ici ? Il n'y a pas d'aération.

— Je peux monter cinq minutes avant chaque heure.

On n'avait pas le droit de la congédier ; on la poussait donc à partir. Je le lui dis quand je la retrouvai trois jours plus tard assise et morne sous les

17

néons. Elle avait perdu l'assurance de ce fameux dimanche. Redevenue la femme des arcades, frileuse et solitaire. De nouveau cette envie de la prendre par les épaules et de la réchauffer.

J'écrivis à Serge, au journal. Je lui écrivis seulement : « Milie a des ennuis, peux-tu nous conseiller ? » Le soir même il grattait à ma porte.

— Elle n'est pas là ?

— Milie ? non, bien sûr. Elle est chez elle.

— Pas de syndicat, dit-il un peu plus tard, sais pas... vois pas.

Il me laissa un nom, une adresse.

— Celui-ci te conseillera mieux que moi. C'est un copain. Elle va comment ?

— Tu la trouves intéressante, non ?

— Intéressante, c'est ça. Sans plus. Les visages lunaires et les épis frisés me laissent mort. Ce qui m'émeut, ce sont les beautés aiguës et les femmes énergiques.

Il m'embrassa. Je faillis pleurer. La peau fragile se souleva, céda. Lui apparut Anna qu'il avait méconnue. Je lui dis que je l'aimais ; lui plongeant le nez dans ma passion, je lui avouai tout, attentes, larmes rentrées, nuits blanches et tous ces signes à pattes de mouches : interrogations, suspensions, guillemets qui dansaient devant mes yeux avant et après ses brefs passages.

Etourdi. Inquiet vaguement. Indécis. Temps mort. Silence. En moi, sérénité. Brève accalmie, voici la peur qui reparaît. Reparaît et s'en va. Une grande fatigue, rien d'autre. C'est fini, je le sais.

Anna couchée à terre comme une morte. L'adieu de Serge couché sur Anna et le chant de notre double volupté montant de ce lit funèbre.

18

L'agence occupait d'anciens appartements, rez-de-chaussée, premier étage, non loin de l'Opéra. Au sous-sol, dans la cave, le « magasin » : fournitures, machine à timbrer, la Xerox grâce à qui *vos secrétaires ne passeront plus des heures dans les couloirs.*

Je travaillais au premier étage, confection des billets, *vouchers*, voyages lointains, Mexique ou Cambodge, couples à la retraite, ne pas mourir sans avoir vu Angkor, professeurs en petites vacances, vingt ans d'économies pour photographier Chichén Itzá. Ça marchait. J'avais mes entrées à la fabrication des brochures. Courbes lascives, pics géants, soleils sanglants et pierres ocres. L'embarras du choix. Certes, ces somptueux soleils se levaient sur des corps brisés par la faim, mais les hôtels trois-étoiles n'ont pas vue sur les cimetières.

Le patron passait parfois entre deux avions, deux pays. Il déléguait ses pouvoirs au chef du personnel. Celui-là nous en faisait baver. Retards ou erreurs se payaient cher. Chaque retour du patron lui valait aussi de durs moments. De telles boîtes, il s'en créa beaucoup en ces années soixante. La nôtre prospérait, le personnel augmentait, s'entassait dans des bureaux exigus. Tout servait : placards, corridors, alcôves. On cloisonnait, décloisonnait. Le patron venait avec son second. Ils parlaient entre eux. Quelques jours plus tard, déménagement, nos dossiers sur les bras ; réinstallation provisoire.

Le travail ne me déplaisait pas. Je l'accomplissais sans passion ni ennui. Dans le bureau nous étions six ; cinq femmes et le chef du service, Caron. Comme on dit : gentil, ce qui n'est pas compromettant. Pas désagréable, pas bavard, du genre morne. Un pavillon-jardin sur le dos comme un gros poids qui aurait écrasé une fois pour toutes ses velléités de vivre. Il arbitrait nos performances ; nous prenions souvent du retard

19

par rapport aux commandes mais on nous considérait comme un bon service. Nous nous supportions tous les six, n'était-ce pas suffisant ? Parfois de gros rires bien épais couraient d'un bureau à l'autre qui nous détendaient un peu.

Le rez-de-chaussée, un autre univers. Tout juste si nous ne claquions pas des doigts pour appeler le personnel. Des semaines durant, j'avais déposé sur la table du télex les messages à envoyer sans un regard pour la fille dont je ne connaissais que le dos. Quelques heures plus tard, dans ma corbeille, *Sheraton Alexandrie. Single bain 8 au 22 mai Lefort. OK.* La fille c'était Milie. On allait vite. Agences pendues au téléphone, coursiers dans les escaliers, crépitement du télex. Chacun défendait un espace devenu rare. Quelque intimité pouvait parfois s'établir à l'intérieur d'un bureau, parfois, d'une pièce à l'autre, rarement avec le rez-de-chaussée. Le sous-sol, on l'ignorait. Voici donc Milie debout devant la Xerox, devant la machine à timbrer, qui comptabilise les blocs, les enveloppes. La dépense de fournitures épouvante le patron.

Chaque fois que je le peux, je descends, l'encourage. Guère loquace, elle me sourit poliment et s'absorbe dans ses manipulations. Déconcertée, j'avale ce que je venais lui dire. Dans le bureau on sait maintenant que je suis volontaire pour descendre le courrier. J'ai parlé de Milie, avec prudence. « La fille du sous-sol celle qui » — connais pas dit ma voisine. Caron la connaît. Il sait même qu'elle a trois enfants. Il a vu son dossier quand on l'a engagée.

— Elle a une bonne écriture, je voulais la prendre. Elle est mignonne, tranquille.

— Mignonne ? avec ces cheveux ?

Caron bat en retraite. Ajoute « — trois enfants et célibataire ». J'interviens.

— Peut-être ne veut-elle pas se marier ?

— Anna ! J'ai les idées larges ! Un enfant, ça peut arriver. Trois ! Non.

Chacune l'approuve. J'insiste. Il y a peut-être un père qui s'intéresse aux enfants ? Je n'ai convaincu personne. Ô Milie, dis-moi tes secrets, je n'en sais pas plus que ceux-là qui te condamnent.

Je vais t'aider Milie. Chaque soir je fourbis mes arguments du lendemain. Ils vont te révéler la vérité de ta condition. Le copain de Serge ne m'a guère encouragée. Tes chances lui paraissent minces de quitter le sous-sol. J'élabore et combine. Au détour d'une idée, Serge se décompose, réapparaît. Il m'aimerait ainsi efficace et combative. Par à-coups s'éveille dans tout mon corps une douleur qui va s'étirant. Douleur baladeuse ; j'ai mal, du buste aux cuisses. Je tremble dès que me traverse l'*idée*. La douleur s'évanouit. L'idée de douleur.

Jours incertains. Serge et Milie ne me laissent aucun répit. L'un chasse l'autre. Dire à Serge — l'*idée* toujours — dire à Milie...

— Merci Anna, mais je sais tout ça, je vois Boret ce soir.

— Et si le chef du personnel ne vous réintègre pas là-haut, il faudra voir l'inspecteur du travail. Tenez-moi au courant, Milie. On y arrivera !

Je la reprends pour sœur. Mes papiers à la main, je remonte vers le bureau. Dans l'escalier, l'*idée* me frappe, sournoisement, brutalement. Un coup bas qui me laisse jusqu'au soir tremblante et molle.

Milie a disparu. Un jour durant, puis deux, le sous-sol reste vide. Partout ça râle — et le courrier ? qui va le timbrer ? pas nous quand même ! Je descends trois fois chaque après-midi, vais-je la trouver ? Il y a là une fille très jeune, on vient de l'engager, sa première place, la Xerox l'amuse comme un jouet neuf, elle ne sait rien ni qui est Milie ni où est Milie. Je ne suis plus volontaire pour descendre à la cave.

— Milie va y passer, cinquième absence, dit la comptable scandalisée.

Les bureaux tout à coup se vidèrent. Je travaillai sur un radeau perdu dans un océan houleux. Partie sans rien me dire ! Un océan houleux où je dérivais, nauséeuse. L'*idée* me poursuivit pour m'achever là. Milie partie, Serge perdu et maintenant, je savais, quelque chose en moi commençait à vivre. Qui avait pris vie ce dernier soir où Serge m'avait couchée à terre pour son adieu. Bien installée en moi, plus du tout une *idée*, une certitude.

Voir Serge. Lettres, téléphone, rien n'aboutit. Aller l'attendre, raffinement de l'humiliation. Il va sortir par la rue du faubourg Montmartre. L'aborder, comme par hasard. La nuit me sert, elle m'efface.

— Serge !

— Anna ! Salut ! Qu'est-ce que tu fais là ?

Minutes enracinées dans mes fibres, douleur irréductible. Il me regarde, mes lèvres gercent.

Il resta silencieux quand j'eus parlé ; après quelques minutes, dit seulement, eh bien !

— Je suis fatiguée. On ne peut pas s'asseoir ?

Forcément tu es fatiguée, devait-il penser. Il ouvrit la porte d'un bar où le néon trop violent me fit fermer les yeux. Serge se méprit, crut à quelque vertige, m'installa sur une des chaises libres.

— Eh bien ! eh bien !

Je demandai un chocolat, il prit une bière et je posai quelques secondes mes doigts sur le verre frais. Chacun dégusta, laissant à l'autre le désavantage de commen-

22

cer son discours. Geste connu, le coup d'œil à la montre. Ce serait donc à lui d'attaquer.

— Anna, je dois retourner là-bas, alors j'ai peu de temps. Te dire quoi ? Je n'en sais rien. Je suis soufflé, soufflé. Toi Anna !

Que voulait-il dire ? Pensait-il à quelque tentative désespérée pour l'attacher à moi ?

— Oh ! tu t'es imaginée... je vois bien ! Mais toi ! Anna ! Une fille comme toi !

Il se mit à parler, la gorge serrée, de sa femme, de sa petite fille. De leur vie à tous trois. De ses devoirs envers elles. De leur confiance. Il devait les protéger du mal et du malheur. Fallait-il les livrer, désarmées, à la vérité meurtrière ? Il avait raison. Que pouvais-je s'il ne consentait pas à se servir de la même mesure pour peser forces et douleurs ? Il sélectionnait la souffrance ; par définition la mienne était moindre. *Efficace, raisonnable, énergique.* Il n'en avait pas demandé davantage. Son désarroi transparaissait jusque dans ce tic de regarder sa montre. Sous la lumière trop vive nous n'étions que deux gros insectes collés à nos chaises. Serge m'apparut fragile. Et moi, lestée de cette indésirable lourdeur, je me vis large et dure.

— Rien. Il n'y a rien à faire, je voulais que tu saches, pas plus.

On ne quittait pas la dignité ; il se sentit mieux. Se décrispa.

— Je pars demain pour trois semaines en Bulgarie.

Là-bas il réfléchirait à toute cette histoire, me reverrait à son retour.

Je ramassai mon sac, lui tapotai la main pour le rassurer. Il en avait besoin. Il se leva aussi mais déjà j'étais dehors. Il continua de se tenir à quelques pas derrière moi. J'allais traverser et me retournai pour le regarder comme si cela avait encore un sens. Ou un pouvoir. Du trottoir d'en face quelqu'un lui fit signe. Il s'arrêta, je ralentis. Assez pour l'entendre protester, mais non je suis seul, mon vieux !

— Tu remontes ou tu m'accompagnes ? avait proposé l'autre s'excusant aussitôt, mais pardon tu n'es pas seul !

Les néons. Croix des pharmacies, lettres des cinémas, rampe jaune des pizzerias. Le dard des néons. Ils frappent où le sang coule déjà. On doit appeler ça un étourdissement. Envie de glisser, me coucher, le trottoir luisant lécherait mes plaies vives. J'entendis son reniement. Je continuai d'avancer vers le boulevard, enroulée soudain à l'intérieur de moi-même, tapie en un coin de mon corps pesant. Dans ce refuge étroit, dévidant l'écheveau de l'histoire, je vécus ainsi des journées sévères. Absente de mes gestes, je laissai mon corps à sa mécanique. Il accomplissait les rites quotidiens du travail. J'en repris possession brusquement, un jour. Je retrouvai, telle que Serge me l'avait décrite, la saveur de la lutte. Jamais autant je n'avais habité ce corps, je me sentis vivre et vibrer jusqu'aux ongles. Chacun s'étonna de mon énergie, ma vivacité. Telle que Serge m'avait enseigné d'être. Telle que lui ne serait jamais.

Matins triomphants. Nous voici toutes cinq, visages laqués. Ce qu'il y a derrière n'intéresse personne. Caron sourit. On parle déjà de lui pour prendre en main la billetterie. On parle aussi de la refonte des services. Où irai-je ?

— Mesdames, il faut absolument liquider les Baléares.

— Ça, c'est le boulot des agences !

— C'est aussi le nôtre. Et puis ça vient d'en haut, tous les avions doivent être pleins.

J'ai d'autres soucis. Comment disait Caron ? « un

24

enfant, passe encore, ça peut arriver ». Je raconterai une histoire quelconque ou je partirai. Je me suis donnée trois mois. On verra bien.

Un samedi soir je marche jusqu'à la maison de Milie. Des dizaines de fois j'en ai repoussé l'idée. M'y voici. La fillette m'ouvre.

— Maman n'est pas là, elle travaille. Où ? je ne sais pas.

— Tes frères ?

— Ils sont devant la porte.

— Devant la porte ? il n'y a personne.

— Alors dans la rue derrière, peut-être.

Réponses évasives comme celles de sa mère. Elle me laisse entrer, enfin. La pièce n'a pas changé. Désordre chaud du soir. Un coup d'œil vers la table. Véra y déshabillait une grande poupée aux vêtements brodés.

— Belle ! dis-je pour lui faire plaisir.

— C'est une poupée bulgare.

Plus la force de partir. Je m'assis.

— J'attends ta mère. Et je concentrai ma haine sur la poupée.

Milie entra un peu plus tard, me reconnut, rougit.

— Véra, il faut aller chercher les garçons. Ne ferme pas la porte. Je raccompagne Anna.

Nous nous sommes assises sur la borne où s'amarrent les péniches. Soyeuse et sucrée, cette nuit de juin nous vient en aide.

— Vous avez donc trouvé du travail ?

— Juste un remplacement. Et pour un mois encore.

— Intéressant ?

— Assez. Bien payé. Mais je finis tard comme vous voyez. Heureusement c'est tout près d'ici.

— Serge est à Paris ? Il ne voyage plus ?

— Je ne vois plus Serge.

Chacune garde les yeux sur l'eau noire de l'Ourcq, scintillante, fraîche au regard.

— D'ailleurs, je ne l'ai pas vu longtemps.

— Vous n'avez pas besoin de me raconter, Milie. Je ne suis pas venue pour parler de Serge. Ça m'embêtait seulement que vous soyez partie sans rien me dire.

— Ça m'embêtait aussi.

— J'imagine.

— C'est Serge qui vous a dit ?

— Mais non, Milie !

Le coup de hache quand j'ai vu la poupée.

— Vous sentez l'odeur de l'eau ?

— Le dimanche où je suis venue avec Serge, on repêchait un cadavre.

— Un cadavre ? Vous êtes certaine ? Les garçons l'auraient su, ils rôdent tout le temps autour des pompiers. Cette lumière blanche juste en face, celle qui clignote, c'est leur garage.

— Avec Serge oui, mais vous avez raison, ce n'était pas un cadavre, seulement une vieille bicyclette.

— Un jour, Anna. Je m'expliquerai pour Serge.

— Pas la peine, Milie, je peux vous expliquer moi-même. Serge venait vous voir, il vous parlait, vous écoutait. Vous vous sentiez moins incertaine, il vous aidait à vous démêler, toujours prêt à replacer les choses à leur juste place. Si vous saviez ce que je lui dois ! Oui, c'est vrai. Il vous parlait aussi de lui, modestement ; son travail acharné — il veille beaucoup Serge — ses luttes contre lui-même — tout y passe, la tentation, la contrition, la résolution. Tant d'efforts vous éblouissaient. La voie juste ! Ça vous

26

stimulait. Envie d'en faire autant. Alors il entrouvrait pour vous le rideau du tabernacle, du saint des saints : la femme, la petite fille. Celle-là, ce que j'ai pu la haïr d'être tant aimée. Vous finissiez par vous identifier à cette enfant chérie, cette odieuse merveille qui ne s'endormait pas s'il ne lui lisait une histoire. Il laissait tomber le rideau, regardait sa montre, n'est-ce pas ? Et vous vous retrouviez à terre. Contre lui. Loin du lit, surtout loin du lit. Comme si d'être commis sur le carreau, son péché s'amoindrissait. Pour lui sans doute, oui.

— J'ai aussi pensé cela. Un pécheur honteux qui refuserait la volupté du lit.

— Chaque visite s'achevait par ce moment furtif, non ? et qui justifiait *a contrario* la réussite de sa vie familiale. Ni sa femme ni sa petite fille ne seraient des Milie, des Anna. Il était là pour les en protéger. Avez-vous pensé à son retour chez lui chaque fois ? Depuis qu'ils en sont revenus aux valeurs sûres de la famille, nos camarades n'ont pas la vie facile. *Quand le capital s'empara de la machine son cri fut : du travail de femmes !*

— Il vous l'a dit aussi ?

— Et maintenant je vais payer cher les minutes passées sur le plancher. Un enfant de Serge. Il le sait, oui. Mais pardonnez-moi, il vous rendait quelques visites quand je lui en ai parlé. Je n'ai pas souhaité cet enfant. Cette idée me glace. C'est pour ça que je suis venue ce soir. Vous devez savoir mieux que moi. Pouvez-vous m'aider ?

— Comment ? Ma mère savait. Moi pas. Elle ne m'en aurait jamais parlé. Marc et Véra n'ont qu'un an de distance... J'avais une adresse, oui. Mais j'ai dû l'égarer, elle ne m'a jamais servi. Paul, c'était autre chose. Voulu. Et depuis, rien, tranquille.

27

— Aidez-moi ! Je ne sais rien, je n'ai pas d'amie. Vous ne m'aimez pas beaucoup, je le sens.

— A partir de ce soir, oui, je vous aime et je serai avec vous. On trouvera. Une idée, quelqu'un, quelque chose. Êtes-vous malade ?

— Non.

Longtemps nous avons parlé à la même place, ankylosées, rassurées d'être ensemble. Pressées tout à coup d'inventer un avenir qui ne nous séparerait pas. Seules sur une immense terre vide et cette idée nous exaltait.

Trop tard pour le dernier métro. Elle me proposa de rester chez elle.

— La chambre face à la nôtre, je t'expliquerai. Fanch y habitait. Fanch, un ami, un frère plutôt. On s'est disputés, il est parti, il n'est plus revenu.

— Disputés à cause de Serge ?

Elle eut du mal à dire oui, ce qui nous fit rire. Ainsi l'enterrâmes-nous. Je m'endormis dans une pièce presque nue, poussiéreuse, fixant le parquet gris où Serge et Milie s'étaient étendus. Aujourd'hui, j'occupais le lit.

Jours légers qui suivirent. Nous abordions à l'adolescence. On avait brûlé la station, plaisantait Milie. Nous voici pressées de faire ce demi-tour.

— Veux-tu t'installer dans la pièce vide ?

Elle en était certaine. Fanch ne reviendrait pas. J'hésitais encore. Quand j'arrivais le soir, je tremblais d'apprendre ce retour. Tel que Milie le décrivait, il ne pouvait me plaire. Fanch représentait à ce moment le seul danger redoutable. Mon état restait sans solution. Milie n'avait rien trouvé, personne qui pût m'aider ; je ne savais qui voir. La discrétion de mon apparence me laissait parfois espérer quelque miracle.

C'est moi qui désormais arpente les galeries du Palais-Royal. Milie manque toujours d'argent. Elle a glissé très vite sur les détails de son existence. De Fanch, elle explique, c'est un poète, dommage, il boit, vit à charge de chacun, mange ici, dort là. Si peu de défense ! La poésie... on en crève d'écrire.

Suffisant pour que je le prenne en grippe.

— Le passé, répétait Milie, on n'en parlera pas, d'accord ? Son refus de prévoir abolissait le futur. Sans passé, sans avenir, nous macérions tous les cinq dans un présent irréel où je me sentais mal à l'aise.

Milie ne conservait pas longtemps ses emplois, soit qu'on lui reprochât trop d'absences, soit qu'elle changeât pour de meilleures conditions de travail.

— Voici mon compte, annonçait-elle à chaque fois.

Véra saisissait l'enveloppe. Au loin les jours difficiles ! En une semaine il ne restait rien de l'argent gagné. Des chaussures pour Marc, une robe pour Véra et le placard bourré de douceurs. Je demandais parfois :

— Milie, tu es sûre que le poète ne reviendra pas ?

— Sûre, Anna. Si je le voulais, je saurais le retrouver. Il ne reviendra pas. Fanch ! Pauvre Fanch.

— Et sûre que je peux m'installer ? Combien payait-il ?

— Il ne payait pas. Fanch n'a jamais eu d'argent.

— Oui mais moi, combien devrai-je payer ?

— Ecoute Anna, ici, il y a des arrangements... On peut laisser courir... trois mois. Oui, la maison est vieille. Le gérant passe chaque mois. Si l'on n'est pas là, il attend le mois suivant, puis un autre encore. Ça laisse donc trois mois de répit. Tu comprends ? Au-delà, non, tu aurais des ennuis, mais trois mois, ce n'est déjà pas mal.

Il faudrait tout de même payer, insistais-je.

Oui, mais on gagnait trois mois.

— L'argent que... pourrait nous servir jusqu'au moment où je recevrais un salaire. Je vais trouver du travail. Alors d'ici là, tout s'arrangera.

— Gagner du temps, que crois-tu que ça change ?

— Ça change tout. Ça laisse une place à l'espoir. Un sursis pour ne pas être étranglée tout de suite. Nous allons au cinéma tout à l'heure, à la salle des Quatre Chemins. Tu viens avec nous ?

— Pas envie.

J'emménage. Marc, Paul et Véra montent et descendent les cartons posés sur le trottoir.

— Tu t'installes au château du Canal, dit Marc. C'est Fanch qui l'appelait comme ça.

— Anna, tu sais, lorsque Fanch restait plusieurs jours absent, je dormais dans cette pièce. Même quand il travaillait ici, il me laissait faire mes devoirs sur sa table.

Je reste sourde aux propos de Véra. Besoin de solitude et de paix. Les enfants de Milie se sont glissés très vite entre elle et moi et cette tendresse née de la nuit du canal résiste mal à leur envahissement.

Vapeurs du matin sur l'Ourcq. Nous allions ensemble du quai de la Marne à Corentin Cariou. Milie travaillait. Coup de chance, une annonce, trente filles : le poids ? le sourire ? la santé ?

— Jamais malade, jure Milie.

Essai d'un mois. Saint-Lazare, hall des Pas Perdus, juste au-dessous dans le grand courant d'air des escaliers de pierre, comptoir de sandwiches — parfois je m'adosse au mur, la vague déferle des femmes pressées qui achètent n'importe quoi qui se mange dans un papier. La peur, Anna, la frousse de me tromper dans la monnaie que je rends. Je les sers sans un regard, elles ne suivent des yeux que ma main. Un comble, je les surveille. La fauche ! Tu comprends ! Un comble !

Nous suivions l'Ourcq. Cheminement joyeux, côte à côte. Milie portait mon sac. L'enfance frappait à nos cœurs de ses doigts engourdis. Un chemin d'écolières où n'importe quoi nous portait à rire. Beauté poignante de la laideur transfigurée un instant ; d'un même gris le bitume le brouillard et la boue nivelaient le paysage. Quand nous arrivions à la courbe brutale où le canal s'enfonce dans la pierre, nous nous arrêtions quelques instants pour humer une illusoire odeur d'herbe. Milie posait le sac, s'étirait, fixait à l'horizon les contours de la rue de Flandre, prononçait alors la phrase rituelle « à Paris ! » avec un profond soupir résigné qui déclenchait nos rires. Et nous ne cessions plus de nous esclaffer à des riens, au salut des camionneurs qui nous sifflaient, aux frôlements des mariniers que nos yeux provoquaient.

Je poussais la porte du *Vin Blanc des Abattoirs.* Nous commandions deux cafés. Le patron nous considérait d'un regard déjà flou tandis qu'un groupe de tueurs aux tabliers sanglants faisait cercle pour nous saluer. Tantôt les petites chattes, tantôt les petites poulettes, nous interpellaient-ils voulant à toute force nous offrir nos cafés. Je payais, dédaigneusement. Milie posait sa tasse pour rire un bon coup. Le vin blanc qu'ils buvaient nous saoulait toutes deux et nous flottions

31

quelques secondes au-dessus de nos corps appuyés au comptoir.

— Au charbon, Milie ! disais-je en ramassant la monnaie.

— A demain les jolies, répondait le chœur aux doigts rouges.

De passer la porte, nous dégrisait. Dans l'escalier du métro s'achevait la récréation. Jusque sur le quai d'Opéra où prenait fin le voyage, nous ne disions plus mot.

Cette complicité joyeuse rafistolait ma tendresse. Chaque matin leurs quatre voix m'arrachaient au sommeil. Milie chuchotait « les gosses, doucement ! » Je les sentais rôder autour de ma chambre attendant que la porte s'ouvrît. La voix de Milie montait.

— Paul, ici, tu vas réveiller Anna !

Aux appels de Véra, j'imaginais le désordre. Il lui manquait toujours quelque chose. Milie hurlait tout à coup :

— Presse-toi Véra, Marc attend la place.

Renfoncée dans mon lit, je me protégeais. Moment nauséeux. Mon ventre s'arrondissait en douceur. Je regardais avec consternation ce petit ballon. Il ne pouvait contenir que du vent. Rien que du vent. Comme Serge.

Lorsque les enfants descendaient l'escalier, je me levais, rejoignais Milie. Elle débarrassait la table, repliait son lit, retapait celui des enfants, et je devinais qu'au moment où la porte s'ouvrait, elle effaçait Véra Paul Marc pour voler vers une adolescence que je lui restituais.

Juillet. Marc et Paul en colonie. Véra, étrangement, s'est sentie mal la veille du départ. Elle va donc traîner

32

tout l'été autour du canal, se glissant entre sa mère et moi dès qu'elle nous trouve ensemble.

Juillet. Milie porte ma blouse rouge, je la lui ai donnée. La collerette plissée, trop large pour elle, bâille au col. Soleil partout ce matin. Du côté de la banlieue, les fumées se déchirent. Milie souffle un peu.

— Fatiguée ?

— Mal dormi.

Un livreur en maillot de corps agite ses bras tatoués pour guider le camion qui se gare. La diagonale d'eau s'en va sous les pierres du pont vers de lointaines rives d'herbes. Lointaines, inaccessibles, inconnues.

Milie, qui s'est arrêtée deux fois déjà, s'assied maintenant sur une borne.

— Si tu te pressais un peu ? Il ne faut pas compter boire un café, il est moins vingt.

— Et l'infini du ciel, ça compte aussi, non ?

— Ça compte aussi, Milie. Quoique l'infini du ciel !...

Il est coupé net par les angles de toits. Au-dessus de nous, tissu bleu entre velours satin soie tout ce qui provoque la salivation, le pourlèchement. Fringale d'un ciel entier. Y enfouir nos rêves sans mesure.

Ce même soir, les quatre étages, le palier, où je souffle. Sa porte est ouverte, j'entends une voix inconnue. Milie, Véra, un homme assis devant la table. Milie : sur la collerette de la blouse, son visage blanc posé, tranché.

Le type ahuri que je raccompagne un peu plus tard : « Ça, j'ai jamais vu, dit-il. Chialer comme elle, jamais ! »

Les sandwiches de Saint-Lazare n'avaient duré qu'un mois. Milie voulait mieux. Mieux payé. Elle faisait maintenant du câblage dans un petit atelier tranquille.

— On travaille à huit. On s'entend bien, c'est calme. Ça a commencé cet après-midi. Et je vous assure, on ne lui a rien fait, rien dit. C'est nerveux, oui, c'est nerveux pour chialer comme ça. Elle ne dit pas qu'elle a mal, elle ne dit rien, elle pleure !

Il ne comprenait pas, répétait « on ne lui a rien fait, rien dit ».

Le matin suivant nous sommes sorties, elle a souri aux tueurs et taché de café la collerette rouge. Pas un mot sur la veille. Ses yeux, gonflés encore. Je ne demande rien, ne veux rien savoir qui romprait notre vie dormante. Milie m'aide à porter ce ventre dont nous ne parlons plus jamais et sous son regard qui l'évite, le poids m'en paraît moins lourd.

Dans cette première année où j'habitais près d'elle, Milie fit trois séjours dans divers hôpitaux. Tremblante, j'allais la voir, je questionnais. On ne savait pas. On savait. On observait. On soignait. Réparée, retapée, regonflée, elle sortait joyeuse.

— Deux mois de congé, Anna, *deux* mois ! En tirant un peu, elle en obtenait trois, le temps pour elle de trouver un nouvel emploi qu'elle abandonnerait bientôt pour un autre, meilleur, plus proche ou mieux payé ou moins fatigant ou plus aéré qu'elle quitterait prime de vacances en poche.

Ainsi depuis sept années, disait-elle, depuis la naissance de Paul, elle comblait quelques-uns de leurs manques avec des primes de vacances qu'elle n'imaginait même pas de prendre. L'exceptionnel ne la révoltait plus, il était son quotidien. Elle y avait perdu la mesure des choses et prenait son état pour la norme.

Je l'appelai Reine cette petite fille qui m'avait discrètement habitée, traversée, déchirée si peu. Ça y était donc, elle existait. Elle avait commencé d'exister pendant les séjours de Milie en hôpital, lorsque je restais seule avec ses enfants. Seule et apeurée. Le chagrin silencieux de Véra me gênait. Je ne savais ni lui parler ni l'écouter. Marc et Paul me déroutaient. Parce qu'ils avaient été beaucoup privés, ils en restaient avides et pressés. Les deux frères ne m'aimaient pas, je le leur rendais bien.

Reine à portée de mes doigts. Je touche sa peau. Milie assise sur le bord de la couverture, une boîte de gâteaux entre nous. Nous parlions de longues heures. Milie, convalescente encore pour quelques semaines, arrivait à la Maternité vers midi avec des journaux et des sucreries. Elle se penchait au-dessus de Reine, la considérait avec une expression sévère ou inquiète, je ne savais trop. Ou triste peut-être. D'elle à moi couraient, mouvantes invisibles impalpables, nos pensées troubles qui s'étiraient s'enroulaient à nos mains et notre langue. Reine avait ramené Serge entre nous. Je dépliais les journaux, elle ouvrait la boîte de sucreries.

— Quelqu'un à prévenir Anna ?
— Pourquoi pas Serge ?

Elle ne comprit pas tout de suite que je plaisantais et notre après-midi en fut gâché ce jour-là.

Les blessures cicatrisées ont de ces réveils imprévus. Pendant les soins, quand j'écartais les jambes, m'apparaissait au contact froid de la pince cette vérité brutale, neuf mois donc, neuf mois que je vis ainsi cuisses serrées, sans désirs précis, comme aux années inquiètes de l'adolescence. En attente. Et Milie ? Un coup au cœur. Milie est seule. Je saurais, je verrais, elle m'aurait dit. Rien. Véra Paul Marc. L'argent à gagner. Le travail. Véra Paul Marc le soir le matin la nuit le dimanche. Moi, depuis peu. Moi ? Mais je partirais. Reine arrondissait la bouche. D'où venait cette petite fille ? Jamais plus. Non. Le destin de Milie me glaçait.

Moi, la péniche amarrée au château du canal, amarrée à Milie la riveraine je glisse. Imperceptibles mouvements qui m'éloignent et me ramènent. M'éloignent.

Paul gardait le lit quand je retournai quai de la Marne. Milie s'en disait soulagée.

— Une chance qu'il ait ça juste en ce moment où je peux le soigner.

Je m'isolai donc dans ma chambre avec Reine. Milie déposait les courses devant ma porte, je glissais sous la sienne une liste et de l'argent. Milie se chargeait aussi des lessives puisqu'elle avait un grand évier profond et qu'il ne me fallait pas approcher Paul.

Ces jours, je les vécus enfermée avec Reine. « Tout est changé. Tout. Je n'ai ni choisi ni voulu. » La vue de Reine me stupéfiait. La toucher la nourrir, autant d'actes incompréhensibles. Attendre. Attendre le choc le flux d'amour.

Après-midi d'octobre. L'automne sur le canal, non pas brun mais mauve jusque dans les flaques de pluie mal séchée. Par bancs des feuilles nagent au ras des quais, feuilles d'arbres lointains venues croupir dans ce bras d'Ourcq, anguilles assoupies réveillées par les remous d'eau quand passe quelque péniche. A travers la porte, Milie m'appelle. Rendez-vous est pris devant le pont, tant pis pour les microbes, l'air du dehors les tuera.

— Je t'invite Milie. Reine a deux heures encore à dormir. Allons boire quelque chose, mais loin d'ici.

— Non. Paul en profiterait pour descendre. Tu le connais. J'ai dix minutes, pas plus.

Son visage inquiet parce que j'ai dit, très vite, il faut que nous parlions, ces derniers jours toute seule, j'ai pensé à tant de choses. Et je continue plus vite encore, c'est curieux, tout a changé, comment t'expliquer en dix minutes ? Viens dans ma chambre !

— Et cette rougeole que je trimbale ?

Impatience. Un grain se prépare. Le nuage vient, là, sur nos têtes. Le pont a basculé en douceur. Nous voici clouées à cette rive, forcées d'attendre que soit passée la péniche. Les cheveux de Milie se soulèvent en tous sens, cet éclair de lumière qui précède la pluie l'irradie tout à coup.

— Réagir !
mes mots s'en vont avec la rafale,

— lutter contre !
et avec Milie qui court déjà vers le pont revenu s'accrocher à la rive. Grosses gouttes sur mes yeux, sur le col de ma veste. Elles glissent par les revers rabattus jusque dans mon cou. Douceur. N'importe quoi n'importe où, la première rue, le premier tournant, ne pas regagner la chambre avant quatre heures.

Jeudi prochain Marc ou Véra garderont Paul. Sortir avec Milie. Aller à Paris (ainsi disions-nous lorsque nous franchissions le quartier de l'Ourcq).

Ce jeudi nous sommes donc parties. Trois belles heures devant nous. Nos appréhensions — le réveil de Reine, le passage du contrôleur médical pour Milie — nos craintes au fond des poches et nos poings par-dessus. Métro de l'après-midi, presque vide, étranger. Treize quais tranquilles que nous regardons défiler en silence. Tendresse qui monte en moi par bouffées. Plus tard, tout à l'heure, je lui parlerai. D'abord la balade.

— Où nous allons ? devine ! Nous acheter des chaussures, oui ! Avant de... j'en avais repérées. Vernies. Du toc peut-être, mais jolies, avec la patte et la boucle.

Nous les avons gardées aux pieds. Beiges celles de Milie, noires les miennes. La confiance nous revenait avec ces talons neufs claquant sur les pavés du Châtelet. J'ai vu tout à coup Milie se figer. Elle est malade, ai-je pensé.

— Tu veux t'asseoir ?

Elle ne répond ni ne bouge.

— Si l'on rentrait ? dit-elle enfin.

Quand nous sommes sur le quai du métro elle m'avoue, « Fanch, tout près de nous, moi je l'ai reonnu, lui pas. »

Les souliers me blessent tout à coup.

— Presque un clochard. Ça m'a secouée. Quittons ce quartier, Anna. Il ne faut plus que je vienne par ici.

La peur au nom de Fanch. Je suis à nouveau pressée de lui parler.

— Assieds-toi Milie, c'est tranquille ici et pas trop moche — un crème une orangeade — j'y pense si tu savais comme j'y pense, des nuits entières, notre vie, les jours qui filent, nous laissons faire, dans dix ans nous serons encore au canal. Serge finalement avait raison. Je dois l'admettre. Moi comme toi nous sommes mal parties. Mais il suffirait par exemple... Réagir tu comprends, nous organiser. A nous deux...

— A nous deux nous sommes six, ça change tout !

Lentement j'ai repris. Un sursaut, rien d'autre, essayer au moins. J'ai réchauffé des désirs assoupis, pas morts. En elle, je le devine, bougent les rêves envasés. J'en vois monter à la surface les bulles timides. Monter et crever. Nous allons nous tirer de ce marécage, tu verras Milie.

Au sortir du métro, en haut des vingt-neuf marches, elle se rapproche, s'appuie sur moi. Nous allons lentement. Au contact de ce bras, sa fatigue me pénètre et me gagne. Je refoule mes larmes à cette image qui soudain marche à notre rencontre, deux femmes vieillies — elles ont nos visages nos vêtements — l'une soutient l'autre, on ne sait laquelle d'ailleurs — qui terminent leur promenade quotidienne : le tour du quartier.

— Une petite halte ici, demande Milie. Si je te disais que chaque fois j'attends de voir un attroupement devant notre maison. Alors je ralentis à la courbe pour retarder le moment où... Tu n'aperçois rien ? ni feu ni noyade ? Pour cette fois encore nous ne sommes pas des mères indignes !

La ronde : consultation du matin, arrivée à huit heures, six personnes déjà. Attente. Le professeur est en retard.

— Il a tout Paris à traverser, nous explique une femme renseignée qui vient chaque mois depuis deux ans ; alors, l'hôpital, elle en connaît les rouages.

— Et vous ne travaillez pas ?

— *Longue maladie !*

Éblouissement de Milie. Elle répète en savourant.

— Et pour la *longue maladie,* comment s'y prendre ?

— C'est le docteur qui décide.

— Voilà ce qu'il me faudrait !

J'interviens, — tu plaisantes ! c'est ça ta solution ?

Attente. Arrivée de gisants sur des chariots ; ils ont priorité. Quelques-uns gémissent en passant devant nous.

— Ceux-là aussi sont en *longue maladie* !

Milie hausse les épaules. Attente.

— Alors ?

— Des radios à faire, des examens...

— Tu les feras ?

— Oui.

Dès qu'elle souffre moins, elle abandonne. Ce qui lui importe, la rallonge dit-elle, quinze ou dix-huit jours à traîner à la maison, sans contrainte. « J'en profiterai pour aller au square l'après-midi, je n'y ai pas mis les pieds depuis les dernières vacances. Et le matin quand ils seront partis pour l'école, je me recoucherai et-je-li-rai, oui ! »

Aucun de mes discours ne vient à bout de cette confiance obstinée qu'elle a placée en son corps. Les deux femmes, l'une appuyée sur l'autre, le tour du quartier une fois par jour. L'image passe et repasse.

— Pars tranquille, je m'occuperai de Reine a-t-elle proposé.

Milie s'est donc occupée de ma fille.

La rue Sainte-Anne, le bureau. Une impression de délivrance, un appétit de lutte. Ne plus être sur la touche. A nouveau mon destin marchait à ma rencontre et la pluie sur mes yeux sur ma bouche quand je suis sortie du métro avait une saveur sucrée. Sous les regards curieux, je n'ai pas cillé. Tête haute je suis entrée dans le bureau où Caron, debout, consultait les graphiques de vente. Il a saisi mon bras, bredouillé quelques mots. J'ai ramassé mon sac, je l'avais posé sur le coin de la table où je m'installais d'habitude.

— C'est provisoire, m'a répété Caron en m'accompagnant au sous-sol. Provisoire, mais...

Je suis partie à la reconquête de mon travail, chaque

jour discutant avec Boret le chef des chefs. « Vos futures absences, expliquait-il, passeront mieux au sous-sol qu'à la fabrication. — Mes futures absences ? — Inévitables, avec un enfant ! »

— Tiens le coup m'a dit Milie, je suis là, tu ne t'absenteras pas.

J'ai gagné, repris place dans le service de Caron. Il paraissait content de me voir revenir mais pas question qu'il s'opposât jamais à Boret. Celui-ci tenait à son poste, il l'avait sans doute conquis plus par sa poigne que par sa compétence. Caron parfois forcé de corriger ses dires, s'excusait presque d'avoir raison. Caron gros bœuf tranquille et craintif. Boret vif et bref, pas un mot inutile, jamais en retard, le dernier à partir, présent le samedi et cet acier ce roc cette glace, cassé courbé délayé aussitôt qu'entre Varna et Las Palmas le patron se posait rue Sainte-Anne. Nous nous faisions face. Moi cet air attentif et inquiet que chacun prend souvent pour une lenteur à saisir, je visitais son visage, remontais le cours des veinules, suivais les rides entre menton et méplats, je cherchais à comprendre. Pourquoi voulait-on être chef ? Pourquoi le voulait-il ? Quand était-il heureux ? Qu'étions-nous pour lui ? Sa façon d'ouvrir la porte et de poser sans un mot devant la coupable, un billet à la tarification erronée. Le doigt cloué sur le papier, quelques secondes. Jusqu'à ce que nos regards inquiets l'assurent de son pouvoir. Ce doigt cloué, ce silence. Son pas, la porte qu'il refermait. « Alors Madame Roche on ne sait plus compter ? disait Caron. — Mais j'y comprends rien monsieur ! Paris, Athènes, Beyrouth... » Il aurait bien voulu Caron, il aimait expliquer. Parfois, dans ce que nous appelions l'intersaison, il se risquait à le faire. Mais on pouvait

41

l'appeler d'un instant à l'autre chez Boret où se préparaient les devis. Il n'allait pas le faire attendre !

Les deux semaines passées à la cave m'ont marquée profondément. Après moi il en est venu il en viendra une autre qui connaîtra les mêmes heures désenchantées. Lorsque je descends le courrier, je traîne un peu devant la Xerox. Dire à celle qui m'a remplacée. Dire quoi ? Clin d'œil complice. Sourire. Qu'elle comprenne, qu'elle sache.

— Tout ça c'est puéril. Tu te souviens Milie, quand je venais te voir devant ta machine à timbrer ?

— Tu dois faire quelque chose. Une fille comme toi !

— Une fille comme moi c'est une fille comme toi, rien de plus. Je te l'ai dit, nous bougerons ensemble.

Les douze ans de Marc. Nous dînons dans ma chambre. Véra s'est assise sur les genoux de Milie. Elle traîne encore à l'école primaire. Milie soucieuse. Que faire ? Marc entrera au lycée en octobre.

— Il faut demander un internat Milie ! Marc travaillera mieux, tu verras, et vous aurez plus d'espace. Fais-le Milie !

Douloureux à décider, une espèce d'amputation. Ils m'aident à vivre explique-t-elle.

— Amputation pour toi Milie, c'est de Marc que je parlais, de ce qui est bon pour lui.

— Ne t'en fais pas Marc, tu auras des copains. Un peu comme en colonie. Et tu viendras chaque semaine !

Milie se remue. Démarches, visites, papiers, certificats dévorent les derniers jours de son congé. Raconter, justifier, pour chaque bureau remonter chaque fois jusqu'à l'enfance. Marc est inscrit. Septembre : arrivent le règlement, la liste du trousseau. Quatre pantalons, trois paires de chaussures, quatre chemises, six paires de chaussettes, draps, blouse *tel* — obligatoires — et short marque indiquée, tennis blanc et bleu, maillot marine et blanc.

— Je ne peux pas t'aider Milie. En janvier peut-être, pas avant. Cherche un crédit ! Sur six mois par exemple. Tous les magasins en proposent.

Pas de crédit pour elle. Ressources insuffisantes s'excuse-t-on partout où elle tentera de présenter le demi-salaire de sa convalescence.

— Voilà ! tant pis, nous continuerons ensemble, c'est peut-être mieux, non ? Tu vois Marc, le capitalisme c'est ça. Il te donne l'instruction gratuite et il te coince sur des histoires de trousseau. Ne t'en fais pas, je vais t'acheter quand même un dictionnaire et des baskets.

Les Baléares se vendent bien. La boîte engraisse enfle éclate. On nous entasse, deux services en un bureau. On nous propose, le samedi, des heures supplémentaires. J'ai failli accepter. Besoin d'argent ; Milie en est à la phase *recherche d'un emploi,* quand elle aura trouvé il me faudra payer — qui ? — pour la garde, les soins de Reine. Et puis j'ai refusé. Cette journée du samedi est mon oxygène, mon luxe nécessaire. J'apprends l'anglais. Une idée sortie surgie de pages illisibles que je m'entête à vouloir comprendre. Je cherche, trouve et me voici, certains soirs, au sortir du bureau, dans la nuit molle d'octobre, pas très froide, humide plutôt, sur le trottoir quasi désert de la rue Richelieu, mon pas rapide, ralenti parfois à l'angle de quelque rue qui part en queue de comète vers les boulevards perpendiculaires. Passent dans le ciel, dans le ciel oui puisque je lève la tête pour les capter — de fugitives, trop, violentes musiques entrées en moi, sournoisement le matin ; mon sang les a charriées tout le jour à mon insu, trimbalées de métro en vestiaire planning bureau, charriées trimbalées oubliées et parce que d'avaler gloutonnement la nuit à grosses bouchées j'ai grandi jusqu'au toit des maisons — ma tête bientôt touchera le ciel — les voici ces captives qui s'envolent en formes fluorescentes. En arabesques bleues enroulées à ma chevelure monte le chant du saxo. J'attachais ma barrette ce matin, quelques mèches s'en sont échappées quand j'ai tourné le bouton de la radio avec ma main libre. Plus lancinants, certains accords traînent et me déchirent où passaient le froid spéculum, la pince humide sur le lit de la Maternité, où se tapit encore une douleur à ne pas agacer. Traînent me déchirent m'exaltent. Je voudrais que dure encore et longtemps cette errance vers la salle B, premier étage, mairie du dix-neuvième. Une heure et demie de décryptage et d'embûches. Le cours débute à sept heures. Retour à la pleine nuit. Je me possède de partout. Rien jamais ne m'échappera plus, ce que je ferai, j'aurai choisi de le faire.

— Neuf heures ! dit Milie. Tu dois être fatiguée. J'ai couché Reine, elle souffre des gencives. Repose-toi, je t'apporte ton dîner.

Depuis dix-huit mois l'Algérie est libre. Quand sont parvenues jusqu'ici les explosions de joie, le délire des rues, les clameurs du cinq juillet, quelques-uns dont j'étais se sont assis, soudainement inutiles. Là-bas, les camarades arrangeaient entre eux leurs affaires et nous rappelaient qu'ils s'étaient battus pour cela entre autres choses. Pour avoir cru en eux quelques années trop tôt, nous avions essuyé les crachats de nos

44

compatriotes, perdu des amis, parfois des compagnons d'autres luttes. Du combat pour la libération des peuples à la bataille pour le quotidien du nôtre, le passage s'annonçait rude. Certains s'en écartèrent, ils se réservaient pour de plus hautes causes. Prêts à partir, prêts à mourir pour elle, la mère éternelle, la veuve en noir, la vierge en rouge de nos invocations, ils continuaient d'ignorer ces yeux sans regard, ces corps d'automates dans les rames cahotantes des aubes parisiennes ou les sorties moutonnières des fins de journées. Nuits trop courtes, vies trop courtes, fruits dont la saveur restera inconnue, fruits dans la vitrine qu'on n'ose pas briser, l'arbre de la connaissance et ses fruits confisqués. Quelques années plus tôt, dans une bousculade en double file vers les portillons, au bout d'un corridor de cauchemar, mes yeux accrochant une affiche. Je ralentis, fascinée par son langage hermétique, épèle ces mots incompréhensibles.

C.N.A.C.

Les Automatistes

Vernissage...

Pour qui donc créaient les peintres ? Il y avait quelque part des *automatistes* ou d'autres, aux noms inconnus, ils élaboraient des rêves dont nous avions besoin pour vivre et qui d'entre nous le savait ? Être la foule. Aller venir obéir. Et vieillir. Il fallait imaginer un autre destin, non pour quelques-uns, mais pour le plus grand nombre. Il fallait se préparer ici. Pour un combat sans prestige, à l'usure.

Juillet. Un mois d'insouciance. Nous sommes seules ; dans la maison ne restent que les vieux du premier

45

étage. Véra écrit de bonnes lettres et demande un peu d'argent de poche, comme les autres gamines.

Le premier jour des vacances, j'ai dormi et promené Reine. Le lendemain je suis allée à Paris, Milie gardait ma fille.

J'ai vu des vitrines, des vêtements partout, les rues semblaient boisées de vitrines et de vêtements. J'ai acheté une blouse noire, quelque part dans un vrac chatoyant qui la veille peut-être faisait l'étalage. Au moment de payer, je me suis souvenue de Milie. De nouveau, j'ai fait des brasses dans le tas et saisi un corsage en velours bleu d'encre. La pâleur et les cheveux de Milie iraient bien là-dedans.

Elle a été éblouie. Après cela, nous avons confié Reine à la mère Tortue — Paul appelait ainsi la voisine — pour un après-midi. Ça me coûtait dix francs. Nous sommes allées ensemble à la recherche de n'importe quoi d'autre. Nous sommes rentrées moroses, fatiguées de cette nage à travers les étals.

— Il faut sortir un soir ai-je proposé.

— Et Reine ?

— La mère Tortue !

— Un soir ? tu crois ? et lui dire quoi ?

— Qu'on a envie d'aller au cinéma ! Tu as peur d'elle ?

Nous avons renoncé ; Reine semblait souffrante et comme la première nuit de notre amitié, nous sommes parties nous asseoir au bord de l'eau. Milie a parlé longtemps ce soir-là, je l'ai retrouvée.

Un vendredi soir, le deuxième de juillet je crois. Milie porte la blouse couleur d'encre, un pantalon brillant du même mauve.

— C'est toi qui es superbe, Anna. Plus que belle tout en noir.

46

— Nous avons l'air d'avoir enfilé des tenues de choc.

— Ce sont des tenues de choc! attends que l'on sorte!

Il y manque dit-elle, une touche magique.

Je vais déposer Reine qui commence à bâiller chez une garde pour la nuit et je ramène la touche magique, un foulard d'un bleu dur que Milie nouera haut sur son cou, comme un collier.

Nos premiers pas dehors sont raides, empruntés : les tenues de choc!

— Opéra?

Milie approuve. Belle revanche, plaisir doublé d'égrener les stations qui, pour une fois, ne nous mènent pas au travail.

— On va où?

Blancheur des néons. L'Opéra rutile. Quand elle se retourne en haut des marches du métro, Milie m'éblouit.

— Au café de la Paix? On est assez remarquables pour qu'on nous laisse entrer.

— Un peu cher! Et les gens... tu as vu leur tête?

— D'accord! pas de collaboration de classe.

Des promeneurs se retournent à mes éclats de rire. Nous avançons sur un mince fil de lumière à peine large pour nous deux. Au-delà, tout est ombre peuplée de visages hostiles, incertains. Milie bavarde, je l'écoute, nous avons faim, envie de nous asseoir.

— Tu sais où nous sommes?

— Bien sûr! la prochaine rue c'est faubourg Montmartre. On s'installe au café du coin?

— Oui Anna. Oui et oui!

Sans émotion. Avec un regard de pitié tout de même pour cette Anna qui avait arpenté la rue à la recherche de Serge. Milie s'exalte. Il paraît que ce soir nous réglons les comptes à nos souvenirs.

— On va où?

— On peut aller où ?

Nos toilettes m'ont asséchée. La garde de Reine pour la nuit a fait le reste.

— Il y a bien quelque part des choses à voir, gratuitement, on est à Paris quand même !

Milie sort acheter un journal, nous cherchons, en finissant nos bières. Serge va-t-il passer devant nous ?

— Un spectacle, un concert, quelque chose !

Nous partons vers Notre-Dame. Vingt heures trente, nous serons en retard. Un concert d'orgue a dit Milie, c'est très recherché. Tu es sûre que c'est gratuit ?

Nous poussons le battant de bois. La musique nous coupe le souffle. Milie hésite, je l'entraîne vers le dernier rang des chaises libres et nous nous installons. Le choc passé, je réagis lentement. Un spectacle, rien d'autre, ne pas succomber au chant des sirènes, ne pas laisser cette musique pénétrer jusqu'aux blessures toujours prêtes à s'ouvrir. Je balaie ces accords qui sont passés sur ma peau comme une pluie tiède. Il y a bien quelques gouttes qui résistent par-ci par-là, gonflées, lisses, limpides, accrochées aux paupières. Mes yeux se faufilent vers la travée droite. Quelques garçons attentifs, des gens plus très jeunes ; à mon côté, une femme, âgée, les mains maigres dans des gants de fil clair faits au crochet. Les vêtements des vieilles femmes m'émeuvent à coup sûr, je les devine brossés rangés respectés, ils devront tenir jusqu'au terme... Le bras de ma voisine est nu du coude aux gants. De l'épaule au coude une manche ballon soigneusement repassée. Envie de toucher sa peau du bout de mon doigt. Ma caresse lui resterait incompréhensible. La musique flotte plane s'étale. Je me tourne vers les croisées d'ogive, vers les vitraux. J'y découvre un personnage du même bleu que Milie porte ce soir. Devant nous, un homme se mouche plusieurs fois, en contrepoint de l'orgue. C'est le final, les pieds s'animent un peu. Milie décidément très troublée fixe les piliers. Sa pâleur fondue dans toute cette encre qui la couvre me paraît brusquement terreuse. La vieille dame se lève, presse ses mains gantées sur un sac noir. Quelqu'un l'attend-il ? Nous laissons sortir le public et nous repartons en silence jusqu'au Châtelet.

Nous avions remonté une dangereuse mécanique. Plus besoin de nous expliquer longuement. Il suffisait de dire à l'autre — ... ce soir ? c'était gagné. Nous dormions l'après-midi. Je promenais Reine un moment puis je la conduisais chez la garde. Milie préparait le repas. Dîner dehors restait au-dessus de nos moyens. Nous partions à la nuit, honteusement. Les vieux, au premier, nous regardaient de leur fenêtre. Leurs yeux sur ma nuque comme la pointe d'un couteau. Milie n'avait plus rien à perdre avec eux et pourtant elle arrondissait le dos. Le tournant du canal dépassé, nous nous redressions. Milie me paraissait de plus en plus remarquable dans sa tenue de choc et moi j'avais le sentiment de revêtir une peau délaissée.

Milie dépensa l'argent des allocations et je m'endettai. La garde marquait les soirées sur un carnet.

Les grandes brasseries de Richelieu-Drouot, le Dupont-Parnasse, Roger-la-Frite parfois quand la faim nous prenait. Terrasses vastes comme une mer ; soirs d'orage, les immenses salles à piliers où le même verre durait une heure. De l'œil le plus froid nous dévisagions qui nous regardait. Intouchables. Inaccessibles. Accumulant les invites sans broncher. Nous n'étions pas sorties pour ça. Avant qu'on en fermât les grilles nous courions vers le métro qui nous ramenait à Corentin Cariou. La fin de la nuit se passait à rire chez nous. A décider aussi. « Demain il faut aller aux

Ternes, qu'est-ce-que tu en dis ? — J'ai sommeil, je te quitte. »

Moment difficile. Seule, je décortique cette soirée. Elle défile devant moi, au pas de ces deux femmes et de leurs récréations enfantines.

Dans quatre jours, Véra reviendra. Un désastre dit Milie. Et je n'ai du travail que le 15 septembre, la première paye le 30 ! Je savais qu'il ne fallait pas commencer. On n'a pas les moyens de sortir.

— Alors, fini ? Ce soir on reste ici ?

— Non, ce soir on clôture le désastre.

Notre dernière sortie. Bientôt les tenues seront pliées cachées, elles n'ont pas leur place dans nos vies quotidiennes. Nous regardons nos voisins de table comme les derniers habitants visibles d'un univers que nous quittons. Ils nous invitent et nous partageons leurs sandwiches. Ils viennent de province et nous aimons ce qu'ils nous racontent de leur travail et de leur vie. Je vais plus tard vers l'Opéra, deux d'entre eux m'accompagnent et nous parlons encore longuement avant de nous quitter, quand vient l'heure du dernier métro. Restée en arrière avec le troisième, Milie n'a pas reparu. Je rentre seule, j'ai sommeil. Elle arrive au petit matin, la porte grince quand elle la pousse.

— A pied depuis la gare du Nord, avec la frousse, voilà comment je suis rentrée.

Ce soir nous dînons devant sa fenêtre. La boule blanche des pompiers sera notre seule illumination.

— Non c'était très amical cette promenade. Nous nous sommes donc arrêtés près de la gare du Nord, nous avons bu des cafés, on commençait à imaginer de ne pas se... séparer tout de suite. J'étais intimidée.

Émue aussi, alors je parlais beaucoup. Incidemment il a dit, ma sœur aînée Véra... « Véra ? ma fille s'appelle aussi Véra ! — Tu as une fille ? — Elle a... mais quatorze ans bientôt, et ses frères... — Tu as d'autres enfants ? » J'ai mesuré l'écart qu'il était en train de faire. C'est que je devenais une mère. De trois enfants. Tu vois le sacrilège, enfin, le mien ! Et je le regardais penser. Et penser quoi ? tu devines !... Demain j'irai chercher Véra. J'ai un cadeau pour son retour, je lui donnerai ma tenue de choc.

Jour de la reprise. Un premier août gris d'acier. Métro vide, avenue déserte, les touristes dorment encore. Caron assis devant ses papiers, dans la même attitude qu'au trente juin, comme s'il n'en avait pas bougé.

Vers midi je demandai à voir la comptable. Elle me promit une avance.

Dans la soirée, Boret m'appela. Caron se tenait debout près de lui. Boret m'annonça d'un ton lugubre que les services étaient dédoublés. On créait un *spécial Baléares* qui compterait quatre personnes, j'en aurais le contrôle. Il semblait consterné. Naturellement ajouta-t-il, Caron garderait la haute responsabilité du secteur. Il insista sur ce qu'on attendait de moi : rendement, rapidité, compétence. Le déménagement commencerait le lendemain.

J'allai m'asseoir au Palais-Royal. Divisée comme jamais. Face à moi cette revanche : un jour ils m'avaient mise à la cave, reléguée. Voici qu'aujourd'hui ! Et ils m'augmenteraient, c'était la règle ! De combien ? En échange, que me faudrait-il leur donner ? Cela se bornerait-il à mon savoir, ma compétence ?

J'en doutais. Milie, ses besognes successives, Milie sans conflit avec elle-même, la fuite, la simplification des rôles, la barrière à ne pas renverser, les délimitations au trait épais, qu'on s'est jurée de ne jamais franchir. Ligne sinueuse des arbres sur l'horizontale des pierres. Gris décomposé de la journée finissante. L'harmonie du paysage, le désordre de mes pensées. Rythme des courbes et des droites sur la couleur uniforme du soir. Autant de blessures aux points vulnérables, les yeux la gorge l'estomac. Fatigue. Pouvais-je même refuser ? Boret n'avait pas posé de questions, il avait transmis des ordres.

Je n'étais pas pressée de rentrer. Véra et Milie dîneraient sans m'attendre. J'apportais de l'argent, j'allais en gagner davantage. Du fond de moi remontait la satisfaction d'avoir été choisie, reconnue capable. C'était ainsi, je la ressentais. Gagner du temps disait Milie. Rien ne m'empêcherait, un soir prochain, de claquer la porte. Mais j'étais curieuse d'essayer.

Milie travaille non loin, rue du Maroc. Elle est *dame de cantine*, comme dit Véra. L'imaginer soulevant les énormes marmites, nettoyant les tables me procure une espèce de gêne.

Je n'en finis pas de macérer dans les îles Baléares. Nous sommes quatre qui partageons ce bureau où l'on nous a casées. Je me demande parfois, vais-je changer, devenir autre ? Tout est pareil me semble-t-il. Boret m'évite. Je trouve des notes sèches sur la table où nous travaillons. « Il ne vous blaire pas », m'ont dit les filles de mon service.

« Quelque chose de bloqué dans le dos. » Milie est hospitalisée ; je garde les enfants.

Paul n'a pas voulu dîner. « J'ai mal quand j'avale », pleure-t-il. Je l'ai couché. Véra termine des croquis ;

Reine attend sur sa chaise haute que je m'occupe d'elle. Marc s'est installé dans ma chambre.

— Anna, c'est demain qu'il faut payer la coopérative, deux francs cinquante.

— Où Milie range-t-elle les mouchoirs ?

— Ils sont tous sales.

Je bute dans la chaise devant la fenêtre. Noyée par la marée qui monte inexorablement autour de moi. Impuissance. Ces vies qui bougent, leurs dents collées à ma peau et m'écartèlent et me partagent. Les voix qui m'encerclent deviennent rumeur, je n'entends plus les mots, des bras s'agitent, la porte s'ouvre et se ferme, s'ouvre, des pieds frappent contre le bois. Comme en un rêve. Bruits et gestes se décomposent et se ressoudent. Comme en un rêve, clouée sur ma chaise, des bouches soufflent aux angles de la pièce : changer Reine, coucher Reine, argent à Véra, docteur pour Paul, mouchoirs, dîner à réchauffer et sur la table, hors du rêve, le journal pas encore déplié. Les lettres noires s'épaississent se soulèvent, ce sont elles qui me regardent, fixes, incongrues, déplacées : *La Chine pose le problème majeur.* Tous ces mois où Milie avait été là, qui veillait tandis que j'allais je venais. Je rentrais, Reine dormait, je m'asseyais, je dînais j'apprenais l'anglais, je lisais. Milie gardait Reine, j'allais voir *La Femme des sables* je donnais oui, un peu d'argent lorsque Milie en manquait. Elle était comme une pierre friable mais mon pied prenait appui sur elle. Nous bougerons ensemble avais-je promis. Qui de nous deux avait bougé ? Qu'elle sorte, qu'elle revienne ici ! Guérie. Et ses enfants, tout à coup je les aimais, eux, moi, Milie étions juchés sur la même vague, incompréhensiblement menacés de naufrage, ignorant vers quelle terre nous allions dériver.

Autour de nous les entrepôts se vident. Des constructions neuves les remplaceront. Nous serons expulsées. Relogées ou indemnisées ?

De ma fenêtre le soir, je regarde l'immeuble neuf de La Villette, cette énorme et fantastique bougie plantée au centre de mon horizon.

Je vois peu Milie. Entre nous coule une rivière profonde. Ce ne sont plus que des signaux qu'ainsi nous nous adressons d'un bord à l'autre sans que ni elle ni moi l'ayons voulu.

Milie toujours occupée lorsqu'elle m'aperçoit. M'évite. Me demande l'heure lorsque nous nous croisons. Traîne après elle ses enfants s'il nous arrive de nous rejoindre. Ai-je pensé *traîne* ? C'est qu'alors me venait cette image précise des trois enfants qui la prolongeaient, l'évasaient comme une traîne.

Les maladies de Reine nous rapprochaient parfois. Elle venait aux nouvelles, s'avançait jusqu'à ma fenêtre.

— Dis donc ! c'est beau là-bas !

Quelques minutes nous rêvions. « Habiter là. Tu te rends compte ! — Impossible, j'ai tout essayé depuis des années. Jamais rien obtenu sinon des promesses. Les couples sont prioritaires. Toi, peut-être ? — Avec un seul enfant ? aucune chance ! Nous ne sommes pas en situation " légale ". » A travers les armatures où l'on coulait le béton, nous voyions jaillir l'eau chaude dans des baignoires blanches, nous entendions claquer la porte que l'on referme avec volupté sur sa chambre.

Régulièrement Boret nous passe des notes destinées à nous faire comprendre l'importance de notre fonction. C'est le patron, raconte-t-on, qui les rédige. Il y est question d'expansion globale, de consommation en hausse et du tourisme facteur de paix et de progrès. La population en âge de travailler augmente vertigineusement. Ce sont nos futurs clients. Nous jouons un rôle social non négligeable !

Les voyages de fin d'année ont été un succès. Des hôtels s'ouvrent à Palma, Valldemosa fait le plein.

Une nouvelle dans mon service. Pas jeune, agitée, inquiète. Chaque matin elle dispose devant elle un flacon, deux tubes, sa montre, surveille celle-ci, prend une pilule, une autre, se lève, va boire un peu d'eau dans les toilettes, revient et recommence plus tard. Les autres l'ont surnommée la doyenne. Ses fiches sont raturées, surchargées, illisibles. Je l'appelle un soir, lui propose de rester un moment avec moi. Elle m'écoute. Ses yeux me fixent mais son attention s'éparpille, je la vois s'échapper de son crâne, de ses tempes, tels des serpentins en frisure. Comme elle m'écoute ! comme elle s'applique ! Son profil flasque, ses cheveux tristes, son gilet terne, ses ongles rouges. Me tend la fiche. Lui dire c'est bien. Sortir. La doyenne me met mal à l'aise. J'éprouvais cela aussi pendant les visites à Milie dans la salle commune de l'hôpital. Sa fiche est fausse. Elle attend. Moi aussi. Je l'imagine dans des antichambres d'embauche, bruyante, paniquée, dans des bureaux de chômage, âpre et méfiante défendant son tour au guichet. La vitre reflète mon visage lisse et son expression tranquille. J'ai le dos bien droit, les épaules rondes et je parle anglais un peu mieux chaque jour. Je me lève. « Expliquer n'a jamais été mon point fort. Et le soir, on est si fatigué... »

Le mot fatigue a déverrouillé la porte des confidences. Tandis que nous descendons l'escalier, elle dessine de sa main libre, les oiseaux du malheur qui se sont nichés dans sa vie morose.

Milie vint un soir, je finissais de me déshabiller.

— On ne se voit plus. Ce que tu embellis! Impressionnante!

— Je travaille pourtant comme une dingue. Et pas possible d'avoir de congés avant octobre. Il faut surveiller les départs d'août, les retours, assurer une permanence.

— Si tu as besoin de moi, je pourrai m'occuper de Reine.

— Ton boulot?

— Licenciée à la fin mai, les cinq dernières embauchées. Fusion avec un gros, PROME, quelque chose.

— Ça te touche beaucoup? tu t'y plaisais tant?

— Un peu, à cause de Véra. J'ai dit le plus légèrement que j'ai pu, alors ça y est, ta mère est chômeuse, elle est devenue blême, c'est la première fois. Elle n'a jamais eu peur de nos coups durs. Je l'ai rassurée, je lui ai dit qu'on n'était jamais restés sans manger.

— C'est que manger ne suffit peut-être plus.

— C'est sûrement ça dit-elle en passant la porte.

Pendant quelques minutes je m'efforçai de démêler la part d'aigreur de la part d'accablement qu'elle avait mises dans sa réponse sèche.

Devant mes yeux parfois clignotaient les feux de batailles serrées. Ecrits noir sur blanc, noir gras, les communiqués quotidiens. Cholet, Port-de-Bouc, La Ciotat-La Seyne, vite agitation sociale, Suresnes, hôpitaux, Rhodiaceta lock-out partiel, Port-de-Bouc à nouveau. Quinze mars, journée revendicative. Courrier affecté. Six avril journée revendicative. Cahier de doléances remis aux directions de Lorraine. Quatrième grève des cheminots. Dockers de Marseille. Forges d'Hennebont. Route Nantes à Quimper bloquée. Avertissement dit l'Université, avertissement solennel avant des actions plus dures. Une flamme qui court et passe des uns aux autres. Au plus profond de soi, sentir la parenté, la filiation. Rompant le mutisme studieux du bureau, il m'arrivait de dire aux autres, très vite, à Barcelone, des bagarres dans la cathédrale, ou le port d'Haïphong est miné, vous le saviez ? Et le serrement de cœur au silence qui grimpait en volutes autour des visages. Je lançais alors de petits cailloux rouges. « Murville, vous avez vu ? — C'est quoi ? — Les mineurs, vous n'avez pas lu ? » On m'écoute. Montent les volutes. Une cloison s'échafaude entre nous. Envie subite de m'enrouler à mon tour dans les belles années d'abondance, d'étirer si loin les angles de ma propre vie qu'ils couvrent une fois pour toutes les points sanglants de la terre. Et puis face à moi la doyenne, ses pilules, ses oublis, les feuillets froissés déchirés cachés au fond de la corbeille.

— Vous me triez ces fiches ? Ça m'avancera. Crainte et vénération dans le regard qu'elle pose sur moi. Boret passe la tête. Je lève la mienne et malgré moi mes yeux vont vers la doyenne penchée sur les papiers que je lui ai remis. Plusieurs fois Boret l'a surprise dans le corridor qui mène aux toilettes. Aussi, dès qu'il sort de son bureau, fait-il un détour par le nôtre.

— Je vais vous l'enlever pour la mettre aux croisières, m'annonce-t-il un soir. Elle préparera les pochettes, si du moins elle y arrive !

— J'aimerais qu'elle reste. Elle est rodée, elle fait partie de l'équipe.

— Rodée à quoi ? C'est vous maintenant qui prenez

les décisions ? Elle ira aux croisières après les départs
de Pâques.

Dix-sept mai. Jour de grève. Jour de fête. Jour de
vacances, crient les enfants de Milie.

La Bastille, c'est le bout du canal. Milie s'est faite
belle. Il nous a fallu partir en cachette de Paul, avec la
complicité de Véra. Soleil, foule serrée. Nous nous
glissons au hasard, dans un rang accessible, près d'un
garçon qui tient haut sa pancarte. « C'est quoi ? vous
me laissez voir ? Il l'abaisse et la tourne vers moi.
— Vous lisez ? *Ohé Pompidou tu navigues sur nos sous.*
Mon maigre enthousiasme le fâche. — Si tu veux,
propose-t-il, on s'arrête et on discute. — Et ta pancarte ? — Moi de toute façon, je m'arrête, annonce
Milie. Je suis crevée crevée. »

Si pâle tout à coup. Je la rejoins sur le trottoir. Pas
un café n'est resté ouvert.

— Ce n'est rien, j'ai trop marché j'ai trop chaud.
Continue sans moi, tu reviendras me prendre.

C'est là que j'ai rencontré Brun ; quand on a foulé
ensemble les pavés vers la Bastille, on accélère les
présentations. Il a remarqué mon inquiétude, m'aide à
chercher Milie qui a disparu. Brun c'est un sobriquet.
Son nom polonais, explique-t-il, est démesurément
long.

— Ta copine est peut-être rentrée. Je te raccompagne un bout ?

Nous nous revoyons, une fois d'abord. Puis il vient
m'attendre au Palais-Royal qu'il ne connaissait pas. Je
lui raconte Milie me fuyant sous les arcades.

Rien de comparable à ma passion pour Serge. Des
élans mesurés, analysés dans d'interminables discussions. Nous avons six semaines, puis il partira. Pour
deux ans. Il a choisi, signé avant de me connaître. Au

58

bout des six semaines je sais que nous passerons un bon morceau de vie ensemble. La séparation ne nous angoisse pas. Sa mère, propose-t-il, prendrait Reine, à la campagne. Pendant mes vacances, j'irais la rejoindre. Une enfance à la campagne, comment hésiter ?
— Et tu serais plus disponible pour travailler, t'informer, apprendre ce qui te plaît. T'engager quand tu le décideras. Une fille comme toi ! Il faut nous saisir de tout ce qu'on nous a escamoté.

Nous conduisons Reine en Dordogne. Milie s'est forcée pour me dire tu fais bien. Je n'ai pas emmené Brun au château du Canal. Nous sommes venus ensemble un soir jusqu'à l'Ourcq. « Tu vois cette fenêtre ? de ce côté-ci. C'est chez moi. Au premier, les deux vieux dont je t'ai parlé. On a failli rester fâchés, les sorties du mois d'août... enfin je t'ai raconté. Un jour de grève en décembre dernier, j'ai forcé leur porte, ils étaient dans le noir, nous avons partagé les bougies, on s'est raccommodés, j'en avais besoin, ne plus les saluer me mettait trop mal à l'aise. Au-dessus c'est un couple, assez jeune, lui espagnol elle parisienne. Rasent les murs, fuient les gens. Je n'ai pas insisté. Au trois, Marcel, des abattoirs. La soixantaine. Il boit il dort il charrie la viande. A part ça il cherchait un peu Milie. Quand je suis arrivée, il m'a trouvée plus à son goût. Milie et moi nous avons toute une stratégie de la montée des étages pour l'éviter... Et quatrième, nous ! Je vais donc les quitter. En douceur. J'en ai besoin. C'est pour ceux-là aussi qu'on se bat mais à vivre ici on finit par gaspiller ses forces. Tu comprends ça ? Il y a Milie, ses insupportables gosses, je n'ai pas envie que tu montes. »

Positif et linéaire, Brun n'insiste pas. Il a tant à faire avant son départ. Il vit chez une sœur mariée. C'est là que nous nous découvrons des différences qui ne nous opposent pas.

De temps en temps, j'apercevais la doyenne. Elle filait vers les toilettes en retenant son souffle. Si personne n'apparaissait dans l'encadrement d'une porte, elle venait jusqu'au seuil de la nôtre et m'envoyait un petit signe en se frottant la joue : Y-en-a-marre !

Boret, toujours aussi sec avec moi. Les filles de mon service s'en amusaient.

— Pour l'embêter comme ça, il doit être amoureux d'Anna !

Explication qui les satisfaisait, qui ne bousculait rien de l'immuable hiérarchie imposée.

Sous mes yeux, les plans des hôtels neufs.

— Il faut remplir, remplir, entend-on du matin au soir.

— Vous avez pris du retard, les coursiers attendent.

— Nous ne sommes plus que quatre !

— Trop de bavardages chez vous. Votre service est le plus bruyant.

Boret me rappelle régulièrement qu'on ne m'a pas nommée à vie. Que d'autres avant moi !... Me fait un discours sur la responsabilité. Caron vient derrière lui, graisser un peu ces remarques.

— Les Baléares c'est le plus embêtant. Tenez bon jusqu'en janvier. Je sais qu'on vous donnera un autre service. Tenez vos filles, attention au surbooking, exigez une note écrite sinon vous endosseriez tout quand il y aura des réclamations.

La doyenne s'en alla un soir, dans un fracas de portes claquées. Les éclats de voix nous firent lever la tête, il

60

ne nous fallut pas longtemps pour comprendre. Elle ne s'arrêta même pas devant mon bureau. Où irait-elle maintenant ? Peut-être avait-elle été une enfant douce. Viendrait-il un jour où je ne passerais plus à travers les rouages, où la machine me happerait moi aussi ? où je devrais choisir ?

Ce jour est venu. Brutal, imprévu. Les départs de Noël, Palma bourré, plus une place disponible. Nous avons pris du retard. Jeannine, la dernière engagée, a brusquement demandé son compte. Elle est partie sans que nous sachions bien pourquoi. Elle ne sera pas remplacée, annonce Boret. Mais il nous reste, suggère-t-il, la possibilité d'heures supplémentaires. Bien payées. Le soir ou le samedi, à notre choix. Aucune de nous trois n'est séduite. Ni Mme Gérard qui vient de banlieue, un long trajet à ajouter aux neuf heures que nous passons ici. Ni Colette qui vient de quitter son adolescence son école et ses parents pour se marier, se couvrir de crédits et s'évader dans des chahuts et des blagues comme elle en faisait quelques mois plus tôt sous le préau du lycée. Toutes deux me regardent, attendent ma réponse pour confirmer la leur. J'explique la trame fragile de nos destinées, l'incertitude de nos avenirs. Les convaincs. Nous travaillerons correctement mais sans aucune hâte, vais-je informer Boret. Nous ne resterons pas le soir ni ne viendrons le samedi. Quatre personnes sont nécessaires dans le service, nous ne l'assurerons pas à trois. Stupeur de Boret, de Caron, de toute la maison. Le lendemain, fléchissement des deux autres. Durcissement des chefs. Je continue de compulser lentement les fiches. L'affaire, mal partie, se complique d'une réclamation de voyageurs mécontents. J'ai une nuit pour décider. Pas le temps d'écrire à Brun. Comme dans les songes de théâtre, défile chaque détail heureux de ma vie présente. L'incertain m'effraie, le courage me manque de reprendre la route à l'envers. Toute la construction fragile et patiente d'un temps grignoté au malheur jetée à bas, on n'en décide pas aisément.

Je n'ai même pas à décider, on l'a fait à ma place. Tandis que je reprends le rythme habituel avec la lassitude que laisse l'échec, se met en place le système arrêté pour me faire partir. Tant de subtilités perfides auront raison de mon obstination. Je partirai. Je cherche un dossier, il est chez Boret. Celui-ci est chez le patron, il me faut attendre. Attendre pour nous signifie perdre. Des clients, de l'argent. On *oublie* de me transmettre des changements d'horaires ; des commandes dorment chez Caron. Dépossédée peu à peu, inactive, traînant d'un service à l'autre, refusant de comprendre, je partirai.

Vertige. Du jour au lendemain le vide des journées. L'argent que j'ai reçu me met à l'abri pour trois mois. C'est la brutalité de la chute qui me laisse sans forces. Le temps s'écoule pour moi dans la même torpeur stérile. Pas écrit à Brun, pas expédié le mandat mensuel à sa mère, pas lu les offres d'emplois. Laissé tomber le cours d'anglais, la gymnastique du samedi où j'allais avec enthousiasme. Je ferme ma porte à tous. Milie consternée par ce qui m'arrive vient secouer le loquet tous les soirs, une assiette à la main. Elle a deviné quelle épreuve serait pour moi la table commune, les voix des enfants. J'avale dans le noir de ma chambre. Les bruits de la vie des autres me suffisent. Dans cet espace de silence que Milie m'aide à protéger, les morceaux éclatés de mon être finiront par se ressouder. Un soir j'apparais à la porte de Milie. Trois années en arrière et j'étais ainsi, inquiète et humble. On se pousse pour me faire une meilleure place. Véra me regarde ; les mêmes yeux que ce premier jour où je m'introduisis là. Je m'assieds près de Marc. Face à moi, Denis son copain. Depuis plusieurs mois, il est là chaque fois que je viens. Soirée bruyante comme toujours. Après le repas, nous passons dans ma chambre. « J'ai à te parler », m'a glissé Milie. Je l'écoute, incrédule.

— On ferait ça ?

— Et tu pourrais reprendre Reine avec toi !

— Qu'est-ce qui t'a mis cette idée en tête ?

— Tout à la fois, répond-elle. Les avis d'expulsion arrivés dans la maison voisine, mon licenciement prochain, Véra surtout. Rien ne marche pour elle. Si quelque chose changeait dans notre vie... Ce qui t'arrive aussi m'a décidée.

Je me hâte de préciser. Pour moi ce serait provisoire. Dès le retour de Brun, dans six mois...

— Je sais.

— Et l'argent ? Tu le trouverais ?

Il suffirait de savoir s'organiser. Quand on n'a plus rien à perdre il faut tenter quelque chose répond-elle. Un nuage s'installa sur ma mémoire. J'oubliai à quel point le mot *s'organiser* lui restait étranger.

La médiocrité des emplois qui m'étaient proposés me rendit plus attentive au projet de Milie. Parfois je me reprenais : nous sommes en plein rêve, nous allons tomber de haut !

— C'est le premier acte froidement réfléchi de toute mon existence. La bagarre, j'en ai mon compte. Cette idée me ressuscite. Au pire je reviendrai à Paris, au mieux je n'y retournerai plus jamais. Partons Anna ! Tu l'avais dit un jour, tu t'en souviens ? Il faut bouger.

Les lettres de Brun. Ses longues réflexions impersonnelles. Mes réponses en forme de considérations générales. Il tournait autour de ma maladresse sans oser la

63

nommer. Parlait de cet *accident*. M'interrogeait sur mes recherches. Je restais muette. Le projet — ainsi disait Milie, car nous en gardions le secret vis-à-vis des enfants — s'était introduit en moi, naviguait entre tête et nerfs.

Avoir du temps. Saveur oubliée. Saveur jamais connue, rectifie Milie, sinon par accroc, les convalescences. Avoir du temps, avoir du temps. Nous nous décrivons l'une à l'autre cet avoir du temps. Pêle-mêle vieilles images et vieux désirs. Renverser l'ordre imposé des choses, s'endormir à la pointe, la minuscule pointe du jour, tourner fébrilement des pages qui crissent dans la torpeur de la nuit. « Pas pour moi » rêve Milie. Se coucher avec le jour, se lever avant lui ! Nous en rajoutons. Nous voici à nouveau comme à la nuit du canal, la première, l'inoubliable. Les années s'effacent avec le chiffon des tableaux noirs où nous écrivions le monde au conditionnel : *moi je serais, alors toi tu dirais*. Futur affirmatif d'aujourd'hui : nous partirons.

Sur la place Stalingrad.
Nous sommes en avance. Nous piétinons l'espace libre où tout à l'heure viendra se ranger l'autocar.
— Sans compter que nous dépenserons moins. A la campagne on vit de rien ! La santé, le calme le reste... Tu vas voir Anna, on s'en sortira. Pour moi c'est réglé, licenciement, chômage et mon dos encore qui ne va pas mieux. Au moins six mois d'arrêt !
— La voilà ta longue maladie !
— J'en aurais plutôt choisi une autre. Ça commence à me gêner drôlement.
Lorsque je questionne, et au bout d'une année ? elle

est déjà dans l'autocar. Quelques secondes j'hésite, comme on peut le faire sur la passerelle d'un rafiot. Mais j'ai déjà un pied dans le rafiot.

Les premiers rassemblements d'arbres nous coupent le souffle. Les bourgs s'espacent, la départementale rétrécit ; commence la forêt.

Le chauffeur nous a fait signe avant de freiner sur une place en demi-lune. Décor circulaire aux façades lisses. Sur une porte vitrée se profile une pipe peinte en rouge. Personne en vue sur la place.

— Qu'est-ce qu'on fait ?

— D'abord trouver la boulangerie.

Je laisse Milie se chauffer au soleil et me dirige vers la pipe rouge.

De toutes les maisons retenues par Milie à travers les annonces qu'elle parcourait, celle-ci nous avait intriguées par son loyer modeste. Pas question qu'il dépassât le coût de nos deux chambres réunies. Située loin du bourg, elle me parut d'abord beaucoup trop vétuste.

— Pour ce prix-là, naturellement. A nous de la rendre vivable !

Un terrain modeste, assez vert, allait en pente jusqu'à des buissons qui le séparaient d'un pré. Ce contrebas nous séduisit. En façade, un arbre maigre de tronc, aux branches courbes, étalées en queue de paon devant les deux fenêtres qui s'ouvraient là. Contournant la maison, je découvris une pièce qui ne communiquait avec aucune autre. Elle avait vue sur le contrebas par une porte vitrée qui lui assurait la meilleure part de soleil. Un mur épais la séparait de la cuisine qui donnait aussi sur les buissons. Je me l'attribuai. Les garçons sans doute, prendraient le grenier, plus tard on en élargirait les ouvertures. L'été viendrait. Je me promènerais dans le bois proche, j'irais au bourg par le chemin de terre.

A mesure que nous nous rapprochions de Paris, les avantages de la maison se précisaient.

— Si ce n'était que pour une année! Vivre là! Les enfants, tu imagines quand ils vont savoir.

— Il y a quatre mois à payer d'avance. Le boulanger l'a bien précisé. Il y a le déménagement...

Nous étions cette fois assises côte à côte. J'observais Milie. Fatigue, disait le regard. Et force pourtant. Quelque part dispersée mais visible si l'on prenait la peine de s'aventurer au-delà de sa fragile apparence. Révélée par la bouche énergique et le dessin du nez. Large, prenant solidement racine entre les sourcils épais, il donnait à son visage, en contraste avec le flou des cheveux, la douceur du regard, ce tracé vigoureux qui témoignait qu'en dessous le sillon visible des coups reçus, veillait l'instinct de bonheur, la source d'énergie, le désir jamais écrasé, sur lequel soufflaient sans l'éteindre toutes les rafales parce qu'on était, ainsi l'avait expliqué Serge, sans voix ni pouvoir. Ce fameux deux et demi pour cent de notre société florissante, écarté des fruits de *l'expansion*. En combien de générations les rattrapera-t-il? Deux et demi... pas même une masse, une écume à peine, née des mouvements de l'eau, qui ne gêne plus ni ne dérange, dont le malheur est un fait accepté. En de longues pages que j'adresse à Brun, j'essaie d'entamer sa logique implacable. Il me répond sans dérobade. N'en sait-il pas quelque chose? Chaque heure, le spectacle de la misère antillaise le mène à la tentation d'accélérer le mouvement. « Comme toi à Francetour » conclut-il ironique. L'ai-je assez répété à Milie, faire quelque chose, bouger. Bouger. Je passerais donc quelques mois auprès d'elle. Je l'aiderais. Puis je repartirais, recommencerais comme j'avais recommencé, maintes fois. Je le pouvais encore.

— On la prend ? Milie, on la prend ? On quitterait le canal en mars ou avril prochain.

La phrase qu'elle espérait.

— Mais attends un peu, demande-t-elle. Quelque chose à t'expliquer.

Embobinée dans les fils de phrases qui se nouent se coupent repartent, Milie n'en finit pas. La conclusion ramène Fanch. J'ai d'abord du mal à comprendre, ce nom est si loin de moi. Effacées mes terreurs du début, enfouies sous trois années dont chaque jour qui passait le recouvrait d'une pelletée de terre lourde. Il resurgit, statue intacte. Il me faudra le voir, il sera des nôtres m'annonce Milie. Le rechercher le retrouver l'emmener, se proposait-elle. « Naturellement qu'il le voudra, tu ne le connais pas ! »

Fanch. Et Denis aussi, termine-t-elle. Alors je saisis. Denis à table, Denis le matin, Denis le soir. Je n'avais rien demandé, supposant qu'il habitait près de chez nous.

— Depuis quelques jours, avoue-t-elle. D'accord avec sa mère, il reste avec nous. C'est un peu particulier, je t'expliquerai.

On n'en sortirait jamais.

Nous arrivons moroses en vue du canal. Je la précède, monte et cherche ma clé. Derrière moi tandis que je fouille mon sac, sa voix gênée.

— Toi c'est pour quelque temps. Nous, enfin moi, je pars pour combien ? pour toujours peut-être !

— Si ça explique Fanch, ça n'explique pas Denis.

J'ai claqué sèchement la porte et je me suis couchée.

Son dos d'abord, très longuement. Rien d'autre pendant plusieurs minutes. Silhouette comme tant qui s'accoudent à n'importe quel comptoir. Le *Buci* a deux entrées. J'ai proposé d'attendre dehors, affirmé que les vitrines m'intéressaient. Soulagement de Milie. Avant d'échouer ici, nous avons inspecté plusieurs cafés. Troisième jour que nous sommes en chasse. Ce soir seulement, rue des Canettes quelqu'un a répondu à l'interrogation de Milie. Partout ailleurs on ignorait, on avait vu puis plus vu, on ne savait rien depuis si longtemps... « Je viens du *Buci*, il est là-bas. » Milie courait presque de la rue des Canettes à l'Odéon. Elle a quand même jeté un coup d'œil au *Monaco* mais nous l'avions visité la veille, à près d'une heure du matin.

Face au *Buci*, dans la rue Dauphine, un bijoutier, en retrait du trottoir. Je me rencoigne, observe ce dos vers lequel Milie s'est dirigée.

Vu se pencher en avant les épaules, Milie disparaître un instant. Quand le dos bouge, les cheveux de Milie apparaissent. Gestes, discours interrompus par de nouvelles plongées des épaules. Un bras maintenant levé appelle un être encore invisible et s'abaisse vers le comptoir.

Je n'avais pas voulu qu'elle ramenât Fanch chez elle ou chez moi comme un hôte qu'il aurait fallu saluer, subir. L'accepter ou le haïr une fois pour toutes en le surprenant tel un objectif caché saisit une image. Milie a hésité puis cédé, prête à toutes les concessions, pourvu que je ne démolisse rien de la tour fragile qu'elle a décidé de construire.

Je fais les cent pas. L'attente se prolonge. Ce quartier m'est hostile. Pourquoi, je ne peux l'expliquer, je le sens. Peur. Brun, encore dix mois d'absence. Je sais tout à coup d'où me vient mon inquiétude. Ma chaste patience lacérée tout à coup par le dos de cet inconnu qui tient Milie. Double désir de ce qui est loin, le dos de Brun, la peau tendre de Reine. Un même manque. Si léger lorsque Milie et moi marchons ensemble, brusquement si douloureux. La nuit qui vient a la douceur des soirées de mai. Gens qui passent à droite et à gauche. Milie me rejoint. « Viens », dit-elle gaiement. « Je les quitterai dans six mois. Ou même avant. Lorsqu'il me plaira de le décider. Six mois, deux mois. »

— Fanch !

A l'appel de Milie, Fanch s'est retourné. Mal vu son visage. Il m'a saisie, pressée comme Milie tout à l'heure. Plongeon dans une mer tiède. J'étais dehors et seule, maintenant je barbote contre sa vareuse. Leurs voix me parviennent.

— Anna, pas Nina, An-na !

Il desserre les bras, tape sur le comptoir.

— Alors on parle ou on boit ici ? Trois... qu'est-ce que tu bois Anna ?

Son visage me surprend. La patine que donnent la crasse la fatigue et le vin sur des traits réguliers, harmonieux, tracés d'un crayon sûr. Les figures de pierre ou de bois dans de vieilles églises ont ce même regard fixe et bon.

— Je vais prendre... une menthe.

— Alcool de menthe ?

— Non. Menthe-limonade.

A cette seconde, je vois naître son aversion pour moi.

— Toi, la petite Milie. Un rosé ?

— Oui, un rosé.

Milie, un rosé. Elle fuit loin de moi, de nos crèmes. Sa main avance vers le ballon qu'on remplit.

Fanch a bu sans décoller ses lèvres du verre. Il me détaille. Quelques buveurs nous entourent, échangent avec Fanch des paroles de la même opacité que leurs prunelles. Une mer tiède. Voix, bras levés, ballons pourpres, sourires, va et vient de Fanch à Milie, je nage sans peine portée par les buveurs qui m'encerclent s'écartent reviennent. Vagues molles, clapotis des langues. Milie et Fanch discutent, adossés au pilier. Fanch tient Milie si serrée contre sa vareuse qu'elle tire sa tête en arrière pour lui répondre. Il tangue déjà. Elle me fait signe. Je m'approche.

— Fanch ne veut pas me croire. Anna dis-lui, toi. La maison isolée n'est-ce pas ? Loin du village. Le chemin en descente, et les buissons autour du jardin. Dis-lui !

— Ça Milie, c'est ta poésie ! Laisse Anna me dire. Ta poésie, elle m'a fait assez de mal.

A la description de Milie, j'en rajoute encore. Et me tais soudain. La mer tiède s'est évaporée. Propos mornes sortis de bouches bafouillantes, gestes lourds, je m'ennuie tout à coup. Le néon du *Buci* rend Milie blême. Deux heures que nous palabrons ainsi. J'avale ma troisième menthe tout en observant les tentatives de Fanch pour retenir Milie.

— Reste avec moi ! Nous serons seuls, j'habite avec un noctambule.

Il éclate de rire.

— Clochard noctambule. Mais attention clochard spéculateur ! Pas comme moi, je suis clochard sans adjectif.

— Clochard-poète, Fanch !

— Ce n'est pas un adjectif, Milie !

— Non je ne peux pas. Les enfants, tu sais bien, Paul se réveille la nuit.

Fanch se détourne.

— Viens donc demain toi, viens chez nous.

70

— Impossible ! Demain je dors, Milie !

— Et le soir ? propose-t-elle.

Je salue Fanch et me dirige vers la porte.

— On t'attend le soir, Fanch.

Milie me rejoint au moment où je passe le seuil.

— Milie, appelle Fanch. Je ne veux pas revoir le canal.

Nous courons vers le carrefour, il nous faut avoir le dernier métro.

Le dimanche, j'écrivis longuement à Brun. Tout à la fois ma résolution de suivre Milie, une peinture de la maison où nous allions vivre, les flux et reflux de mes impatiences, toutes ces luttes dont on aurait pu suivre le tracé sur une carte d'état-major. Lis-tu les journaux Brun ? Rhodiacéta, les marins-pêcheurs, Dassault, demain les vignerons et Saint-Nazaire, le Nord, les Houillères aussi. Ballottés entre les bombardements d'Hanoï et la bataille contre les *ordonnances*. A la recherche du passage. Pa-ci-fi-que ? Mais depuis peu — l'as-tu appris ? — dans les grèves dures on occupe les lieux de travail. Quelque chose monte je t'assure, un tourbillon de sable encore proche du sol. Non je ne fais pas de poésie. *Ça Milie, c'est ta poésie.* (Vais-je parler comme Fanch ?)

En fin d'après-midi, je frappai chez les vieux du premier étage. Ils m'offrirent un café. Je leur appris notre prochain départ. Leur joie d'être débarrassés des Fournier, cette haine qui mijotait là, sur le coin de la cuisinière, depuis des années.

La soirée encourageante. Fanch ne parut pas. Milie avait annoncé aux enfants notre changement d'existence, ils la harcelaient de questions, parlaient tous ensemble. Paul frappait le mur en chantant c'est fini,

71

fini ; Véra criait j'en avais marre, marre de cette école.

Paisible soirée. De la fenêtre nous suivions un jeu magnifique : la tour qui s'élevait maintenant face à nous, bouchant notre horizon étroit, recevait à chaque fin de journée le dernier soleil dans les carreaux des étages supérieurs. Et nous le renvoyait, fractionné en lignes obliques — les ombres longues du cadre noir de la fenêtre — qui se posaient sur nos murs. Notre éclairage du soir. Tableau mouvant, tableau mourant. Bienfaits du confort des autres dont nous ramassions les miettes.

— Ça monte à gauche et là-bas aussi, faisait remarquer Milie.

Ça montait, oui, partout autour de nous. Béton bleu nuit, lumières régulièrement enfilées en collier sur le cou de Paris.

— Mon rêve tu vois, c'était d'habiter dans une de ces tours, de connaître ce confort.

— Un peu plus tard, tu reviendras peut-être.

— Non non c'est un départ définitif !

— Définitif à trente-cinq ans !...

Un univers se substituait au nôtre à toute allure. De le voir s'édifier sous nos yeux nous donnait confiance en nous-mêmes. Sa sécheresse nous échappait. L'harmonie pour nous s'épelait eau chaude, espace, ascenseur, abri.

— Quand nous reviendrons nous promener par ici, nous serons des étrangères en balade.

— Regarde Anna. Les lumières tout au fond !

Qui prolongeaient la clarté du soir, créaient l'équivoque, brouillaient la géographie des lieux.

— C'est... Montmartre ? le Sacré-Cœur ?

— Non, l'autoroute du Bourget. L'entrée de l'autoroute.

Un serrement. De gorge, d'estomac de cœur peut-être. Quelques lambeaux de nous-mêmes scellés définitivement sous ces bitumes frais.

Démarches, courses du quai de la Marne aux Puces de Montreuil (je bazardai tous les objets qui ne me suivraient pas) le temps a passé vite. Milie plus occupée encore. Nous nous croisons quand je rentre épuisée. Cinéma, cafés, j'accumule ce qui me manquera bientôt.

Milie tient de Fanch qu'il va nous procurer une camionnette. Je m'étonne. Elle me parle des copains de Fanch. Toute une chaîne... Avec quelle émotion quelle jouissance elle en décompose chaque maillon !

Les caisses à ficeler. Il pleut sur le canal. J'évite de regarder par la fenêtre. Les souvenirs sont déjà dans la valise.

Fanch a tenu parole. Il n'a pas paru chez Milie. Elle le retrouve certains après-midi au *Vin Blanc des Abattoirs.*

L'avant-veille du départ, Paul tombe malade. Grosse fièvre, le docteur se dérange, enjambe les colis. Rhino... une fois encore. « Reste à côté de moi », gémit Paul quand Milie s'éloigne.

Le jour est venu. Six heures, bruine molle. Nous buvons debout, un bol de chocolat. Figés, silencieux. Milie enveloppe le cou de Paul dans la longue écharpe de Véra.

Klaxons. Milie se penche à la fenêtre.

— Allez-y !

Marc et Véra descendent les caisses. Denis porte Paul.

Pas de dernier regard à ma chambre. Une belle cassure, nette.

Milie et moi nous montons à l'avant, près du conducteur.

— Fanch nous attend à *la Chope de Lancry*. Il est allé passer la nuit à la gare de l'Est, il a eu peur de s'endormir quelque part ailleurs.

— Si loin? s'étonne Milie. Ça nous oblige à un détour.

Ça nous permet aussi d'emporter du canal cette dernière image imprécise. En voyageuses, nous regardons l'eau figée comme une soupe froide sur laquelle traîne le brouillard qui se déchire.

Le camion freine. *La Chope de Lancry.* J'aperçois Fanch dans un ovale de lumière, tête appuyée dans la main, coude sur le comptoir — coude des poètes sur leur table de travail — Milie descend. Je passe à l'arrière avec les enfants et les caisses. Demi-tour, dernières impressions au rythme des cahots. Un pan de mur quelque part le long du canal va-t-il s'effondrer, puisque s'écroule ici un pan de notre vie ? Denis a mis en route le transistor ; sons brouillés comme un poste émetteur de campagne. La baie d'Haïphong et Westmoreland qui croit voir s'avancer la victoire, viennent dissiper les brouillards roses du matin.

Nos premières journées. Nettoyer, gratter les murs, le sol, réparer les fentes trop visibles dans le carrelage pâli. La crasse nous dérangeait ; en cela nous étions sœurs. Aussitôt levés, les garçons disparaissaient. Assise dans le néflier, Véra nous narguait, un livre à la main. Milie exigeait qu'on laissât Véra tranquille. Fanch restait invisible. Son premier tour de jardin à notre arrivée : bien abandonné, rien à espérer ou alors la bêche, la bêche encore la bêche ; ça c'est un néflier

74

espèces d'ignorantes, la haie ? elle se taille, se taillera plus tard. S'il s'y connaissait lui ? Rostrenen/Paris, le seul itinéraire qu'il ait jamais parcouru, à dix-neuf ans, et plus jamais bougé depuis, mais tous les voyages qu'il avait dû accomplir là, derrière son front ! On pourrait, mais plus tard, planter des... haricots on... on verrait ! Il s'était approprié la pièce que je convoitais.

— Laisse-le faire, Anna. Mieux vaut qu'il se tienne à l'écart, tout le monde y gagnera !

J'étais donc voisine de Milie. Nos fenêtres regardaient les branches courbées du néflier, l'arbre unique du jardin aride.

Le conducteur de la camionnette vint passer avec nous le dimanche suivant. Nous n'avions pas trouvé d'autre façon de le remercier. Il arriva en compagnie de deux copains. Fanch les embrassa avec l'émotion du prisonnier qu'on visite. Ils revinrent, puisque la saison était belle. Je supportai d'abord assez bien que l'univers de Fanch se faufilât jusqu'à nous. Il se racontait sans doute au *Monaco* ou autre *Chope de Lancry* que le Barde vivait à la campagne. Le camionneur amenait chaque fois quelque compagnon du poète. Je connus Marta. Elle finit par nous rendre visite chaque semaine. J'allais l'attendre car elle arrivait par l'autocar du samedi. Sa passion grotesque pour Fanch m'avait d'abord exaspérée. « Comment va-t-il ? » Sa voix inquiète m'interrogeait. « Est-ce qu'il travaille à nouveau ? Quel poète ! Il a tant souffert ! » Si j'évoquais les années dures de Milie, le brun de ses yeux, fade soudain, se fixait bien au-delà de moi. Son ancien mari avait rejoint le Brésil, elle en recevait des nouvelles sous forme de bulletins clandestinement imprimés. Les retirant du cabas qui lui servait de valise, elle les posait sur le coin du buffet. « Les nouvelles de *là-bas* », disait sa voix neutre. Comme si *là-bas* eût été une terre proche et paisible. Papier jaune épais, caractères minuscules noirs gras, traînées d'encre. Langage éternellement pareil, uniforme et triomphant. En est-il un autre pour dire le comment, le pourquoi de ceux qui se terrent, un fsil à la main, au bord de l'Araguaia ? Par un long chemin détourné nous arrivait ce message que nous recevions pieusement. La clarté du jour désormais se lèverait à l'Ouest, là-bas. Sortis des bouches sanglantes d'innombrables victimes, la parole d'espérance, les derniers cris des condamnés nous paravenaient à travers le récit d'une embuscade victorieuse, quelque part au sud du Para.

Marta vint accompagnée d'Isabel. Isabel : une autre Marta, son double, bafouillant le français, ne se comprenant qu'avec Fanch qui ne savait pas le moindre mot d'espagnol. Le retour en camion la rendait malade. « Les odeurs, les vapeurs », se plaignait-elle. Elle restait jusqu'au lundi, prenait l'autocar du soir. Milie laissait faire. Le camionneur avait un frère. Rien de plus facile, on l'inviterait quelques jours, il nous repeindrait les murs de la cuisine. Denis lui prêta son transistor qu'il poussait à pleine puissance car il ne pouvait travailler qu'en musique.

Milie maintenant dormait au grenier. Le peintre avait aussi fabriqué une cloison dans la partie avancée où elle s'installa. Véra prit sa chambre. Lorsque nous étions nombreux certains samedis, les uns dormaient dans le jardin ou dans le grenier auprès des enfants ou ne dormaient pas. Isabel et Fanch vidaient les bouteilles devant la porte de celui-ci dont la chambre restait à tous inaccessible. Marta et moi discutions jusqu'à épuisement. Dix ans bientôt qu'elle attendait de repartir chez elle, à Rocha la pointe de l'Uruguay. Me faisant face, elle soulevait à bras-le-corps ses pays, me jetait à la tête Bolivie, Pérou, Argentine, terres montagnes villes, où se bousculaient des cohortes muettes qui n'en pouvaient plus d'attendre, que notre patience assassinait tout aussi sûrement que les bourreaux. Frileusement, à la pleine obscurité, je me tassais sur ma chaise. Point de Milie, elle était partie se coucher. Les échanges avec elle se faisaient plus rares chaque jour. L'après-midi je partais marcher à travers la forêt. Lorsque je rentrais, Véra lui tenait compagnie. Me sentant importune, je m'enfermais dans ma chambre où m'attendait ce travail d'anglais que je m'obligeais à poursuivre. A l'intérieur de la parenthèse, l'espace et le temps figés me laissaient reprendre souffle. Le jour venu, je sauterais de ce tremplin dans l'univers en mouvement. Il ne faudrait jamais oublier Marta, Isabel, Fanch, le camionneur et les autres. La parole sortie de leur bouche méritait de passer dans nos mémoires à nous qui nous voulions l'avant-garde d'un monde neuf.

Il m'arriva de surprendre Milie assise devant la haie dans une immobilité si grande que toute vie me paraissait retirée d'elle. Une autre fois, couchée à même le sol du grenier, les yeux sur la charpente du toit, le corps incrusté dans les planches sombres. Un certain lundi, après le départ de nos visiteuses, je la découvris non loin de la maison, adossée au mur éboulé d'une grange à l'abandon qui répétait en forçant sa voix vers les tonalités basses, un chant qu'Isabel, tout au long du dimanche, n'avait cessé de nous marteler. Voix d'une chanteuse noire, imitée par le timbre rugueux d'Isabel, passée maintenant dans la gorge de Milie qui lançait aux pierres les mots rauques d'un *blues* qu'elle ne comprenait pas. Je repartis à reculons, quelques mètres encore, le chant m'atteignit comme de petits cailloux qu'elle m'aurait lancés. Sa douleur silencieuse — dont je ne savais rien — me rendait pour plusieurs jours malade de tendresse. Qu'y avait-il alors de plus important que de rester auprès d'elle, de m'allonger dans la parenthèse qui se refermerait sur nous ?

Véra et Denis étaient chargés des courses. Les scènes entre Véra et sa mère reprenaient chaque jour. On m'en cachait les raisons puisque tout se calmait à mon approche. Il n'y eut plus de courses au village. Maintenant, Milie allait seule à Pontoise.

— Tu vas t'en sortir ?

— Je ne sais pas.

— Si je partais, je crois...

— Ça serait pire. Tu nous aides Anna, tu le sais bien.

— Cet hiver, que feras-tu ?

— Tenir jusqu'au printemps.

— Tu regrettes peut-être ?

Certainement pas disait-elle avec colère.

Parfois nous faisions des repas grandioses. Mais je ne posais plus de questions. Une grande brouille avait failli me couper à jamais de Brun. Long silence de plusieurs mois, puis une lettre neutre annonçant son proche retour. Il me fallait partir, prendre possession de ma vie, l'utiliser jusqu'au tréfonds. Que pouvais-je pour Milie ? Je la voyais s'enfoncer comme je m'étais vue, un jour lugubre, couler dans le canal.

Qu'adviendrait-il de Milie ? Pouvais-je me charger d'un fardeau écrasant qui me rendrait à mon tour stérile ? M'en aller. Tout à faire, tout à reprendre avec patience, attentivement. Je ne voulais pas subir comme elle cet étouffement lent. « Maintenant me disais-je, je sais qui je suis, ce que je suis. » Tourner le dos. Avancer, se délester des souvenirs qui m'encombraient les yeux et ligotaient mes bras. Tracer autour d'eux et des lieux qui les ramèneraient une frontière interdite. De l'autre côté m'attendait mon histoire.

Qui battrait la roche et la terre. Qui s'élancerait retomberait se pulvériserait en gouttes dures. Qui s'apaiserait tout à coup, reculerait en un grand silence, s'évanouirait disparaîtrait au moment où la main brutale arracherait le store protégeant de la rue.

Il suffisait qu'on l'installât pour que la mer s'en vînt. Rumeur d'abord sourde, jusqu'au grondement lorsque la vague claquait sur les roches. Et quand Milie, assise tout contre le store, guettait l'approche de la gerbe, sa montée, sa chute, l'écume sur les cailloux bleutés, à chaque fois la main toute-puissante anéantissait le paysage. Un geste sec : la clarté dans la cuisine. Disparue la mer qui n'avançait qu'avec la pénombre. La fenêtre au ras du mur, la rue là, si proche, les cris des enfants qui jouaient, les voisines plantées au sol qui attendaient on ne savait quoi, que quelqu'un passât, porteur d'une parole inconnue, la rue la grande sorcière qui ne cessait de se transformer qu'à la nuit, la pleine nuit et pour quelques heures trop longues. Le grand-père disait, on n'est pas chez soi si tout le monde met ses yeux chez vous ! Il installait le store qu'il avait lui-même bricolé — un store à mi-fenêtre, entouré d'un cadre de bois qu'il calait entre les deux montants. L'air circulait au-dessus. Le store restait en place du printemps à l'automne. Derrière ce paravent, le grand-père allait et venait sans chemise — il avait toujours trop chaud — les bretelles sur le gilet de corps à manches longues. Store de paille peinte en vert sombre. Les fentes minces comme des cheveux ne laissaient voir du dehors que des formes étirées, mouvantes, des virgules lumineuses. Quelquefois, dans l'espoir de saisir ce qui se passait chez les autres — le jeu préféré des enfants de la rue — une tête s'approchait jusqu'à se coller contre les lattes vertes. Le bras du grand-père montait alors au-dessus du store et renversait innocemment un verre d'eau. Privilège de Milie : grimacer sans être vue, narguer la rue tout entière. L'hiver, la fenêtre demeurait fermée ; un coulis d'air seulement quand on faisait cuire quelque viande forte. Le ressac des vagues sur la roche, dans le bruit de vent, Milie ne l'entendait qu'avec le retour du store au-delà duquel l'espace éclatait comme aujourd'hui devant le néflier dont les branches courbes chargées de fruits blets tissaient jusqu'à terre un rideau qui cachait le jardin, assombrissait la chambre, la séparait de la maison. Il pleuvait un peu. Les gouttes s'entendaient au-delà du rideau. Fanch bougeait dans la cuisine. Ainsi Anna était partie. Déchirure quand sa valise trop lourde avait accroché le gravier autour du portail. Et soulagement. Les dernières semaines, son regard étonné, ses enfermements réprobateurs dans sa chambre, son manque d'appétit : « Qu'est-ce que tu as préparé ce soir ? ah non, non justement je n'avais pas très faim ! »

Anna était un pan solide dans l'édification entreprise qui, sans elle, s'effondrerait peut-être. Milie traversait un champ de brouillards, lorsque l'un d'eux se dissipait, il en descendait un autre plus dense encore. Anna était partie. Anna n'était pas faite pour vivre dans les brouillards, elle aimait les tracés nets, les êtres au carré. Elle aurait arraché le rideau de feuillage comme autrefois la main démasquait tout à coup la béance d'une fenêtre. Anna était partie. Et le rideau de feuillage arraché, elle aurait dit voilà Milie, c'est ici que notre univers se délimite. Elle aurait voulu savoir. Quand elle demandait, alors Milie où en est-on ? connaissant la réponse puisqu'elle avait choisi de s'en aller, Milie pratiquait toutes les échappatoires connues. Anna choisissait. Certes, Milie avait elle aussi choisi puisqu'elle se trouvait là aujourd'hui. La nature, rejoindre la nature, jouir des plaisirs gratuits qu'elle dispensait ! Mais la nature cachait ses pièges. Elle vous attendait au coin du bois. Jamais ils n'avaient avalé autant de nourriture. Insatiables. Tous. Même Fanch qui se promenait autour du buffet pour se caler l'estomac. Il avait aussi fallu trouver deux bicyclettes pour Marc et Véra. Jusqu'à L'Isle-Adam où les attendait le train de Pontoise, ils devaient faire cinq kilomètres. Véra recommençait sa *fin d'études* et Marc préparait son brevet. Denis, qui avait un plâtre au bras depuis l'été, faisait durer sa convalescence. Pour Paul c'était simple, Milie lui préparait la moitié d'un pain bourré de beurre et chocolat, il était alors disposé à faire la route à pied jusqu'à son école.

Les choses s'ordonnaient, non ? On était peut-être en train de sortir des brouillards ? Le bruit des gouttes. Le capter dans le demi-jour de la chambre. Comme une respiration qui s'accélère à mesure que le vent fait bouger les feuilles. Ce bonheur aussi devait se payer. L'argent. L'absence d'argent. Quelque chose finirait par arriver qu'il fallait attendre. On ne pouvait pas rouler ainsi vers les précipices sans qu'il y ait quelque part une racine qui vous arrêtât. Les ardoises à l'épicerie de Nesles. Véra ne voulait plus y aller. « Trop longtemps disait-elle, tu m'as fait faire ça. C'est fini ! » Milie devait l'admettre. Toutes ces années où elle tendait à sa fille le panier des courses, « Véra, ma petite mère Véra, dis que... dis Maman travail tard, elle passera samedi. » Et Véra secouait la tête avec résignation avant de sortir.

Grillée à Nesles, à Hérouville. Restait Pontoise, mieux valait s'y rendre en ce début d'après-midi, tant qu'ils étaient tous au-dehors. Pour ce qu'elle allait y faire, il fallait être seule.

Quand un nuage éclatait, le grand-père se penchait par-dessus le store.

— Ça tombe sec, disait-il. Etait-ce le mot sec, ou la voix vieillie qui le rendait plus métallique, ou encore les gouttes qui s'écrasaient sur une boîte en fer comme il en traînait dans la rue, tout se mêlait : au bonheur d'être à l'abri, la frayeur du crépitement invisible.

La pluie traversait les feuilles du néflier. Rien de plus qu'une averse d'automne qui allait l'envelopper quand elle avancerait dans son grand imperméable comme à l'intérieur d'une maison ambulante. Les gouttières creuseraient la capuche, l'eau froide coulerait jusque sur ses lèvres.

Fanch secouait la poêle posée sur le réchaud. L'odeur de la friture le rendait joyeux.

— Des oignons, Milie ! Tu veux en manger avec moi ?

— J'ai mangé, merci.

— Ça va me remettre d'aplomb, j'étais assez mal ce matin. Toute la nuit j'ai travaillé, achevé le poème... tu te souviens ? Il est fini. Je ne te le montre pas maintenant, il sèche. La semaine prochaine, j'expédie tout ça à Paris, il en sortira bien quelque chose quand même !

— Anna est partie.

— Ah ! tant mieux. Jusqu'à quand ?

— Non, partie, définitivement.

— Milie, je suis content. On se sentira entre nous.

« L'oignon, l'oignon, chantonnait-il. Il n'y a rien qui

me guérisse comme ça. J'ai dû prendre froid, ma chambre est très humide. »

« Oui, froid cette nuit en faisant la route du café de Nesles jusqu'ici. Maintenant que tu as fait ton trou là-bas, les deux kilomètres ne t'effraient plus. Il y a donc quelqu'un dans ce village silencieux qui te paie à boire et t'écoute jusqu'au milieu de la nuit ? »

— Je vais à Pontoise. Pour les courses.

Fanch abandonna son plat d'oignons.

— Milie, Mila, écoute-moi ! Ce n'est pas possible qu'avec tout ce travail qui est fini maintenant, il n'en sorte rien de bon. Écoute-moi. Là, je suis un peu fatigué, mais on va parler, ce soir demain, quand tu voudras. Ça me fait mal de te voir partir à Pontoise. Tu vas encore... Si tu le peux, Milie, seulement si tu le peux, rapporte-moi des crayons, des gros, bleus, bleus surtout. Le plus gros possible, un ou deux.

— Oui Fanch, on parlera. Ce soir ou demain.

— Ne t'en fais pas pour Anna.

— Pour Anna ?

— Si, si, je sais. Je vois bien. Elle n'était pas comme nous Milie.

— Elle est mieux que nous.

— Qui est mieux que toi Milie ?

Fanch s'approcha.

— Bon, je sens l'oignon ! Il s'écarta de Milie.

— Tu ne viens plus me voir. Ni la sieste, ni la soirée.

— Tu travailles !

— Je travaille tout le temps ! Quand j'écris quand je mange quand je pisse quand je dors ! Tu crois que le travail...

— Fanch, à tout à l'heure sinon je manquerai le train.

Il se retourna vers le plat d'oignons frits qui guérissaient tous les maux.

— Son visage est comme l'eau du canal, disait Fanch lorsqu'il parlait d'Anna. Il faut lancer un bloc de pierre pour le voir bouger.

Milie peut imaginer la façon rigide qu'aurait eue Anna se tournant vers elle afin de mieux comprendre. Aussi Milie n'a-t-elle rien dit des voyages à Pontoise. Le jour du déménagement : ils se sont arrêtés dans cette petite épicerie perdue sur une départementale ; le camionneur pressé d'avoir des cigarettes, la vieille femme apparue enfin après de longs appels et qui rebrousse chemin vers sa réserve, en clopinant, Milie qui vient d'entrer appelant Anna, regarde, ils ont de tout, des chaussons, des conserves, de la mercerie, des livres, tout tout tout Anna, même notre dîner pour ce soir, Fanch a vu Milie fourrer quelques boîtes promptement au fond de son sac, il a protesté : mes copines, et les saints principes de la lutte des classes ? La main d'Anna s'est figée, elle tenait un lot de croquettes. — Merci, pour le sermon, révérend père Fanch ! Puis elle s'est avancée pour lui taper sur l'épaule, affectueusement. — C'est toi qui as raison. La vieille et nous, on a les mêmes exploiteurs.

Aujourd'hui, dans cet Uniprix, comme des années auparavant. Cela se passe presque toujours aux deux mêmes rayons : alimentation, vêtements. Milie ne s'y est jamais habituée. A chaque fois, la même hésitation. Limiter les dégâts, prendre l'indispensable, ce dont le manque vous étranglerait.

Le jour même où Georges avait demandé à voir les enfants. Un taxi, Marc et Véra sapés comme jamais... l'attente devant la porte, Marc inquiet, s'asseyant sur le trottoir, Véra disant puisque papa n'est pas là on s'en va ! Ce même jour donc n'osant pas enfouir dans son sac le kilo de sucre convoité, elle avait éventré une boîte, saisi quelques morceaux, pas plus. Morne besogne. Le plaisir ç'aurait été de passer la caisse en payant tout ce qu'on emportait. Il n'y avait qu'ennui à *solder* car tel était le terme convenu. L'autre mot, chargé de malédictions comme une chouette à métamorphoses, pas question de le prononcer. Se dire chaque fois, c'est la dernière, il faut en finir. Chaque fois comparer besoins et moyens. Le plateau, toujours le même qui s'incline. Quelques heures, un jour, plusieurs, se demander comment mais comment trouver l'argent qui manque ? Partir *solder*, misérablement. On se créait le code d'honneur qu'on pouvait « Jamais le superflu, jamais rien pour la frime » jusqu'au jour où disparaissait la frontière entre la frime et l'indispensable.

Ces pratiques révulsent Fanch.

— Je n'en aurais pas le courage et Dieu sait que je l'ai vu faire, sous mes yeux...

Il a passé des nuits ivre et contusionné dans des commissariats parisiens. Il a compté six cents et quelques levers du jour dans la prison de Rennes. « Au sept centième je serai sur la route de Gourin, des chiens aboieront... » Deux ans presque sans voir un chien bouger sa queue. Ni les bras ni les cœurs ne s'étaient ouverts pour l'accueillir. Seuls les chiens rencontrés frétillaient à ses caresses. « Délit politique », répétait-il partout. « Délit politique ! c'est pour vous que j'ai agi, en votre nom que j'ai parlé ! » Les oreilles et les portes étaient restées closes. Le dos tourné à Gourin. Les routes menaient chacune au même carrefour : la nationale des exilés, direction Paris.

— Et jamais, tu entends Milie, jamais fauché quoi que ce soit !

Il lui fallait donc des crayons, la papeterie était au fond du magasin. Ni acheteur, ni vendeuse. Milie fit son choix. Agir vite. Elle en avait presque terminé, la gorge serrée comme chaque fois par cette peur inséparable du geste, lorsque sa main resta en suspens au-dessus des encriers. Quelque chose la gênait qu'elle n'apercevait pas tout de suite. Milie reposa les étuis et fit un pas vers la gauche. Il n'y avait toujours personne. Elle décida, pour comprendre d'où venait sa peur, de tourner autour du rayon comme n'importe quelle acheteuse en train de choisir. Devant le pilier aux quatre faces de miroirs, elle pensa ici est le danger et s'arrêta un peu plus loin. La sensation d'un péril pesait sur sa main. Quelqu'un près d'elle choisit un paquet d'enveloppes et partit le régler au rayon d'à côté où la vendeuse, les yeux baissés sur sa caisse, comptait de la monnaie. En l'examinant, Milie découvrit d'où venait son inquiétude. Un homme qui lui tournait le dos et vérifiait à la lumière du néon la transparence d'un verre, la tenait sous son regard, dans l'angle d'un autre pilier. L'œil attentif. Dans le même temps, le verre et le reflet de Milie. Il paraissait attendre la suite, surveillait chacun de ses mouvements sans baisser le bras ni bouger le verre comme s'il s'agissait d'un jeu d'adresse. Quelques secondes et par inadvertance, Milie croisa son regard. Elle comprit qu'il s'obstinerait. Une voix aiguë annonçait maintenant des réclames sans pareilles. Milie revint vers les crayons, choisit et fit un signe à la caissière qui rouvrit son tiroir. L'homme posa le verre et en saisit un autre. Découragée, Milie quitta l'Uniprix. Elle en était persuadée, l'homme la surveillait. Pour se rendre à la gare elle fit un détour, le temps de se remettre et d'imaginer la suite. « Je n'ai rien pris, il ne peut rien me faire. » Jusqu'à ce qu'elle fût dans le train, elle évita de regarder en arrière. Quand il se mit à rouler, elle tourna la tête. Le paysage lui échappait, la peur ressentie dans l'Uniprix restait collée sur elle. Ni Marc ni Denis ne se trouvaient à L'Isle-Adam. Sans importance, elle ramenait si peu de paquets. « Je n'y retournerai plus, on se débrouillera, on s'en passera, on verra. » Une nécessité, une seule, vivre ici. Par n'importe quel moyen. D'ailleurs Milie allait beaucoup mieux. Six mois de repos, elle était maintenant capable de chercher, à Pontoise ou dans tout autre lieu accessible, n'importe quel travail. Elle en avait toujours trouvé.

Véra s'en venait vers Milie, zigzaguant sur son vélo pour éviter les flaques.

— Tu n'as que ce petit sac ?

La question irrita Milie. Elle garda le silence. Véra, debout sur les pédales, lui rapportait une histoire qu'elle n'entendait pas.

— La pluie va revenir, maman. Je prends ton paquet et je file.

— Est-ce que vraiment tu te plais ici ?

Elle lui posait la question chaque jour, fit remarquer Véra. Elle le savait bien, ils étaient heureux, non ils ne regrettaient pas, n'avaient pas envie d'être ailleurs.

— Tu ne trouves pas miraculeux de marcher sur cette route pour rentrer chez nous ?

— Miraculeux... peut-être pas. Tu vois maman...

Véra descendit du vélo et se mit au pas de Milie.

— ... pour moi, il n'y a qu'une chose... Cette école ne me plaît pas.

« Pas ce soir, pensa Milie. Qu'elle me laisse un répit ; à peine un mois qu'elle y est entrée. »

— La prof m'a prise en grippe.

— Et pourquoi ?

Milie se mit à souhaiter la venue de la pluie. Véra pédalerait à toute allure vers la maison. Quant à elle,

arrivée au tournant du chemin de graviers, elle ralenti-
rait. Dans le virage on pouvait voir tout au bout d'une
pente vers un bois privé, l'ouverture lumineuse sur ce
qu'on devinait être une clairière. Une vision, un éclair
de lumière, ce qu'était à l'oreille un accord harmonieux.

— Elle m'a dit ce matin et devant toute la classe,
quand je suis allée au tableau, vous êtes une cruche
que je suis chargée de remplir.

Le mois prochain, elle aurait seize ans. Denis la
troublait, c'était visible. Elle entourait Fanch d'une
tendresse de fille autoritaire et commençait à perdre
son visage de gamine hargneuse maintenant que Milie
s'était organisée une existence de retraitée.

— Viens, ma Véra. Je vais te montrer un coin...

Comment la renvoyer vers la maison ? Une cruche...
devant toute la classe. Lui offrir ce qu'on avait : la
voûte des arbres.

— Je le connais, tu parles ! Je m'y arrête quelquefois
quand il fait beau...

Elle remonta sur son vélo, fit quelques mètres, se
retourna vers sa mère.

— Ou quand j'ai le cafard !

S'échappa vers la maison à grande vitesse.

Fanch est satisfait des crayons.

— Et pas même *soldés*. Payés, Fanch.

Il les regarde comme si tout à coup leur valeur avait
doublé.

— J'avance, dit-il. Je touche à la fin.

Il n'en peut plus. Cette folle entreprise...

— Toujours ta *Légende des siècles ?* questionne Paul.

— Toujours !... naturellement toujours !

— *Légende des siècles bretonne*, c'est comme ça
Fanch ?

Véra en avait lu des pages, de celles qui séchaient encore et qu'elle classait.

Sans qu'on lui demande rien, Paul débarrasse et nettoie la table. Milie touchée, lui caresse les cheveux. Ce soir elle cherche des signes. Voici le premier.

Fanch se lève, prend un bol, le remplit de café. Il n'a pas demandé le vin. Deuxième signe.

— Non les copains, je ne dîne pas. Je suis gavé d'oignons. Gardez-moi ma part pour demain matin. Je vais travailler.

Milie va s'asseoir quand Denis entre, essoufflé. Marc le suit. Paul se rapproche de sa mère.

— Cette fois, tu dois faire quelque chose, maman. Ce salaud... Véra te l'a dit ?

Paul est tout contre elle. Milie interroge, elle ne comprend pas. « Mais je t'ai raconté ! — Raconté quoi ? — Tout à l'heure quand je suis venue... sur le chemin ! »

Une histoire comme il en surgit chaque jour, Marc Paul, Véra Marc, ou l'inverse. Milie n'a pas écouté. Par mémoire et par instinct, elle connaît cette surveillance de l'autre qui doit rendre la justice. Le désespoir, la haine parfois qu'introduisent les moindres transgressions. Pour quelques-uns des procès qu'ils s'intentent à longueur d'enfance, ils en appellent à leur mère. Disponible, équitable, infaillible, voilà ce qu'ils exigent d'elle.

— Mais quand il s'agit de Paul, accusent les deux autres, tu n'écoutes jamais.

Ils disent presque vrai. Entre Paul et sa mère courent des fils serrés. Qui les a tressés ? Pourquoi ? Véra est tellement plus proche. Un reflet à peine tremblé de ce qu'était Milie. Des fils serrés, sans doute tressés durant toutes les heures partagées, quand ils s'observaient, se répondaient, marchaient la main de l'un accrochée à la jupe de l'autre. C'est dans les premières années de Paul que la santé de Milie s'est tellement détériorée. Son enfance à lui éclairée par ces fêtes : les maladies de sa mère. Journées à rebours, Milie enveloppée d'écharpes ou traînant les pieds, installant Paul auprès d'elle. Journées sans crèche ni garderie : comment l'y conduire ? Vacances dans le lit de sa mère. Pour Milie tout s'amalgame, la somnolence, la moiteur des couvertures, la fadeur des boissons chaudes au visage de Paul, à ses gestes confiants, aux miettes qu'il disperse (comme des écharpes auxquelles on s'écorche quand on glisse dans les draps aux moments où la fièvre remonte). En boule sur un côté puis sur l'autre, Milie de temps en temps faisait taire Paul, fermait les yeux partant à la rencontre de la douleur qui s'en venait. Elle décrispait les paupières, il était là, curieux, figé. Les yeux de Paul, écarquillés, inquiets lorsque Milie dans ses heures de découragement disait à voix forte « on vit dans un monde de loups ! de loups ! »

— Demande-lui ce qu'il a fait ! Tu vois, il se cache !
Les phrases de Véra tantôt sur la route reviennent s'assembler : Paul s'est emparé du vélo de son frère.

— On faisait du ciment avec Denis, on t'expliquera pourquoi tout à l'heure. Ce salaud en a profité. Il est parti sur la descente, après Nesles, là où tu lui avais défendu d'aller. Il a buté sur... bon il est entré dans une barrière et il a écrasé tout un massif chez un type de Nesles. Et le vélo... Alors demain, comment aller à la gare ? Réponds maman ! Denis et moi quand on va le coincer seul... mais pour demain ? comment faire ?

Milie s'est levée. « On va y réfléchir ! » Véra l'a prise par le cou. « Je peux donner mon vélo à Marc. — Et toi ? » Silence de Véra.

— La roue est voilée, annonce Denis qui pénètre dans la cuisine.

— Ça veut dire ?

— Il faut la changer.

— On mange ?

Marc a seulement dit : « Anna ne vient pas ? — Elle est partie. — Partie ? » Personne n'a questionné ni commenté. Milie voit fuir les signes et le nom d'Anna lui met des larmes aux yeux. Paul ne dîne pas, il s'est assis sur le carrelage près du fourneau, et gratte le sol du talon de son soulier.

— Et les flans que tu avais promis ?

— Pas eu le temps de les acheter. Fermez la porte !

— Mais hier au soir tu voulais la lune devant tes yeux.

— Ce n'était pas la même lune, Véra.

Marc insiste, et demain ? et demain ? qu'est-ce que je vais faire sans mon vélo ?

Où est Anna ? Milie s'est assise sur la chaise basse devant la fenêtre. La nuit vient tôt et la vie se retire tout à coup, comme une vague au reflux. Quelle paix ! Milie est dans un espace vide au centre d'une tache ronde et claire. Au-delà sont tapis les insectes de l'ombre, doutes tracas questions sans réponse, ils attendent l'heure de ramper vers elle. Elle baigne dans ce calme qui précède leur avancée. Que fait Anna ? « Un hôtel pas trop coûteux, tranquille... Le temps de trouver où travailler, où habiter. » Elle est peut-être dans le métro, sa valise auprès d'elle où les voyageurs vont cogner leurs pieds.

— Je vais voir Fanch, je reviens. Laissez Paul tranquille, demande-t-elle en forçant sa voix. Je m'occuperai de cette histoire.

Elle entend les trois autres ricaner. Passé la porte, Milie fait un signe en direction de Paul. Il n'a pas bougé et s'absorbe maintenant dans l'astiquage d'un

92

carreau. Devant les autres, elle n'ose lui parler. Denis l'a suivie et l'appelle deux fois. Milie retourne dans le cône de lumière qui grandit et rétrécit aux mouvements de la porte. — Ma mère a répondu, elle va m'envoyer l'argent la semaine prochaine. J'achèterai une roue pour le vélo de Marc.

— On verra, Denis. Tu as reçu sa lettre aujourd'hui ?

— Oui avec la carte pour Fanch et les lettres pour Anna.

— Où sont ces lettres ?

— C'est Paul qui doit les avoir. Il a peut-être remis la carte à Fanch ?

Milie retourne dans la cuisine. Paul y est seul.

— Viens !

Il va refuser, elle sait. Il secoue la tête.

— Paul, tu avais du courrier à nous remettre ?

Il ne répondra pas. Son renfermement le lave de tout regret, il y oublie sa faute et n'y aperçoit que sa propre détresse. Excédée par ce mutisme, Milie l'a parfois corrigé durement. Paul alors regardait les traces rouges sur ses cuisses et se sentait tout à fait victime.

La tache ronde et claire se rétrécit, les bêtes de la nuit entament leur marche.

Denis est resté dehors.

— Il faut le laisser ce soir, il dormira dans le lit d'Anna. D'accord Denis ?

La nuit froide, Milie croise sa veste. Dans l'obscurité se fond le néflier. Une lumière, Véra vient d'entrer dans sa chambre. Les branches portent des feuilles que la lampe de Véra décolore. Aller s'asseoir auprès de Fanch qui parlera sur le mode lyrique de la première ivresse, la joyeuse, celle qui navigue d'un point à l'autre du corps pour réveiller les sens paresseux.

La chambre est vide. Le transistor marche en sourdine. Milie s'accroupit sur le matelas. Les murs suintent, le plafond se crevasse et pourtant Milie ressent un bonheur à pénétrer dans cette pièce. Comme si les mots dérobés par Franch à l'univers cosmique où il évolue avaient irradié l'espace clos. Aucun papier sur la corde à linge. Quelques phalènes se poursuivent autour de l'ampoule. Lorsqu'il s'en va, Fanch ne coupe jamais la lumière. Il a besoin de cet accueil à son retour. Sa vie est rassemblée là, aussi dépouillée que les murs blancs, aussi fragile que le plafond crevassé, aussi dense que ce carton à chaussures où il a empilé tassé ficelé ses poèmes. Le dossier de la chaise est nu, il a donc pris sa veste et ne rentrera pas de sitôt. Milie se relève pour éteindre, retourne s'allonger sur le matelas. La chambre bouge, décolle et se détache de la maison, de la terre même. Où est le secret ? comment l'expliquer ? Quelle grâce éclaire Fanch qui peut arracher à lui-même des mots, d'autres encore simples à peine subtils, ceux de Milie ou de chacun, ces mots qui, ajustés assemblés laisseront sourdre sa petite lumière, celle qui l'accompagne sur son chemin d'épines ? « Si je prenais moi aussi un papier... quelles phrases y viendraient ? boiteuses, fades... Où est passée ma petite lumière à moi ? A-t-elle jamais été autre chose qu'une minable lueur ? Quatre peaux qui se sont superposées. Non quatre couches qui me recouvrent. Sédiments, la douceur friable, la passivité sur quoi Anna et d'autres se sont fixés sans creuser plus profond. Sédiments, la dissimulation dont on dit qu'elle est la force des sans-voix. Ensevelie là-dessous, la petite lumière remonterait-elle jusqu'au papier ? »

Il n'existait pas d'opération magique : la campagne, les feuilles sous les pas, les narines gonflées par le vent dans les branches et le déclic qui libérait le verbe. Même ici, dans l'austérité de cette nuit d'automne, l'émotion mourait quelque part sous les couches durcies.

Cette histoire de vélo, elle revient à ce moment où

Milie cherche quels chemins mystérieux relient Fanch à tous les univers, le visible et les autres.

Avant de quitter la chambre, elle rallume. Quand il approchera de la maison, Fanch apercevra la lumière et s'avancera joyeux.

Sans se déshabiller, Paul s'est endormi sur le lit d'Anna. Chacun repose, les insectes de l'ombre suspendent leur marche.

— J'ai mal, à la gorge, à la tête, aux oreilles. Laisse-moi dormir un peu, maman ! Marc prendra mon vélo.

C'était si simple. Milie céda. Plus tard elle parlerait avec Véra. Avec Paul aussi lorsqu'ils seraient tous les deux seuls. Marc s'en alla. De sa fenêtre, Véra qui s'était relevée lui cria quelque chose au sujet du vélo. Apparemment sa voix était claire. Paul arrivait muet, aussi buté que la veille, et pour faire comprendre à sa mère qu'il ne cessait pas les hostilités, il partit sans se laver ni déjeuner. Milie le rattrapa et lui tendit le demi pain qu'elle avait ouvert et beurré pour lui. Elle aurait bien voulu l'embrasser, pour le contact seulement, mais Véra les observait derrière sa vitre. Milie savait qu'en caressant la joue de Paul elle manquerait à ce code de justice qu'ils brandissaient devant elle à chaque malveillance de leur frère. Quelques secondes, Paul hésita puis prit le pain. Il essaya de le fourrer dans la poche de son anorak, pas question de l'entamer devant sa mère.

— Les lettres, Paul, c'était vrai ?

Il fit un signe d'ignorance. Comme il continuait de pousser le pain dans sa poche, Milie remarqua qu'il réapparaissait par l'ourlet.

— Ton anorak est déchiré ? C'est hier ? Sur le vélo ?

Paul dit seulement, je suis en retard.

— Et les lettres ? tu les avais mises dans ta poche ?

95

elles sont tombées quand tu as buté ? tu n'as pas pensé à les ramasser ?

Paul secoua la tête et répéta « en retard ! ».

— Et tu t'es fait mal ? où ?

— Au bras.

— Fais voir !

Mais il courait déjà vers la route goudronnée.

Véra se coiffait devant la glace qu'elle avait posée en équilibre sur le robinet de l'évier. Il lui fallait des vêtements neufs ; son kilt ne plissait plus, les manches du tricot ne touchaient pas ses poignets. Son corps commençait à fondre. La regarder attentivement, comme on part, des yeux, en reconnaissance d'un paysage aimé. Véra ne l'aurait pas supporté. Souvent Milie allait la voir dormir, de l'extérieur, à travers la vitre de sa fenêtre. Le lit touchait au mur. Sur la couverture rouge, le visage de Véra. Le jour de leur arrivée, elle avait donné ses draps pour Fanch qui en réclamait un, un seul. « Des années que je n'ai pas senti un drap sous moi. Depuis le canal ! Tu sais, les copains qui m'hébergeaient !... »

Lui *solder* une jupe, un chandail... Milie verrait ; à Paris peut-être quand elle s'y rendrait pour le contrôle mensuel de l'hôpital.

— On va s'installer sur la table de la cuisine. Denis m'a promis de me faire travailler.

Pendant quelques semaines, Denis avait accompagné Véra aux courses à Nesles ou l'Isle-Adam. Ils avaient dû parler, ardemment. Se rejoindre et s'accorder sans doute aux détours de quelques phrases. Sur un agenda de poche oublié dans sa blouse de classe, Milie avait lu, quelque part en juin, *je sors avec Denis*. Qui lui avait, un peu plus tard, préféré la compagnie de Marc. Et dans ce même agenda, Véra avait écrit aux pages d'août, *il a cassé*. *Cassé*, sans complément direct d'objet, *cassé*, tout seul, tragiquement seul, éloquent.

— Ces lettres perdues ça me préoccupe. Je veux les retrouver.

Fanch n'avait pas touché à son dîner. Véra pouvait-elle le prendre ?

— Et s'il vient le chercher tout à l'heure ?

— Tu as vu le chocolat ? Marc s'est un peu servi !

— Oui.

Véra connaissait ce oui.

— On n'a plus d'argent ?

— Encore un peu quand même mais... pas pour du chocolat.

Denis arrivait en traînant les pieds.

— J'ai lu trop tard.

— Et Marc aussi ? Il avait les yeux gonflés.

— Presque aussi tard.

Était-il au courant pour ces lettres ? Denis expliqua. L'arrivée du facteur qui les tenait à la main, Paul les saisissant, criant une pour Denis qui la lui arrachait, deux pour Anna, une carte pour Fanch, puis apercevant le vélo de Marc posé contre le grillage, il avait couru, fourrant les lettres dans sa poche.

— Il est tombé en bas de la côte, la grande côte après Nesles, dans le virage. Mais c'est très loin Milie. On a été récupérer le vélo là-bas. Tu verras bien dans le tournant, un grillage enfoncé, des massifs ronds, juste derrière. Paul est tombé dedans. C'est le seul terrain clôturé.

— Tu sais chez qui ?

— Non.

Milie boutonna son imperméable et prit une pomme pour la route. Il en restait cinq seulement, elle la reposa. Des flaques pas encore séchées. S'y reflétaient les ouvertures du ciel bas. De ces nacres mauves, bleutées parfois, dans lesquelles on cherche à lire les présages de sa journée. Silence de la campagne. Quelques moteurs lointains sur des routes, au-delà des prés. Marcher allègrement. A son côté, une autre soi-même, invisible et présente avait chargé sur ses épaules le poids de l'avenir. On pouvait avancer les mains ouvertes à la rencontre d'une vie palpable qui vous pénétrait par les paumes et les narines jusqu'au plus profond du corps, cette vie que l'on flairait déjà, dans les feuilles nageant et voguant par le canal, au-delà de Corentin Cariou.

A l'entrée de Nesles, Milie s'arrêta. Mais elle était partie sans prendre d'argent, exprès, pour ne pas céder à la tentation de s'attabler devant un crème chaud. Elle le regrettait maintenant. Au point où ils en étaient, quelques francs ne sauvaient rien. A cette heure de la journée, le bourg désert. Milie ne saisissait pas encore comment vivaient ces gens qu'on ne rencontrait presque jamais. Dans le café à l'enseigne rouge, elle n'était entrée qu'une seule fois, en compagnie d'Anna et d'Isabel, le soir du quatorze juillet ; seuls quelques vieux consommaient.

Au bas de la longue côte, elle s'arrêta de nouveau. A quelques pas, juste dans le tournant, un treillage clôturait un terrain en pente. Tout autour, des champs vides, sans arbre ni homme. Selon Denis, c'était donc là. Ni accès ni ouverture. Elle continua sans apercevoir aucun chemin qui aurait contourné le terrain clôturé. Il lui fallut marcher, descendre puis remonter pour qu'enfin une route étroite apparût. Dès que Milie se sentait lasse, son dos se lestait de pierres lourdes qui bloquaient tout mouvement. Pas le moindre endroit qui poussât à la halte. Des talus gorgés de pluie encore et des fossés boueux de chaque côté du chemin en arc de cercle qui revenait donc à la parallèle de la route goudronnée. Deux hangars, un silo, des champs déserts. Les déchirures du ciel s'élargissaient jusqu'à laisser filtrer un rayon pâle. Envie de s'asseoir. Mouvements gourds.

Sur une palissade blanche, une pancarte clouée.

C.E.R.

Entrepreneurs

Charpentes. Escaliers. Restaurations.

Des lettres fraîchement peintes comme la barrière que Milie poussa. « Et je vais dire quoi ? Et s'il y a des dégâts ? s'il faut les rembourser ? »

Une petite allée cimentée en pente vers un hangar. Odeurs de colle et de bois. Personne en vue. La pluie de la soirée sur les lettres... Milie continua d'avancer jusqu'à l'intérieur du hangar. Un homme accroupi se retourna. Il tenait un mètre pliant.

— Voilà, commença Milie...

Un signe d'ignorance tout en pliant son mètre.

— Voyez Walter. Il habite ici.

Au bout de son doigt, un mur de pierre. Milie l'avait aperçu de l'autre côté du treillage.

— Et je peux le voir ?

Il venait de partir à Nesles. Quelque chose à faire au tabac. Elle l'y trouverait sûrement. Vingt minutes de marche, pas plus.

Milie reprit la côte en sens inverse. Elle commençait à avoir chaud. De déchirure en déchirure, les nacres s'étaient fondues dans le ciel. Pas de soleil mais une lumière plus vive derrière ce gris opaque. Quelle heure était-il ? S'asseoir. Il y avait bien le tabac, plus très loin maintenant. S'asseoir. Qu'importaient ces lettres ? La porte du café entrouverte. Quelques hommes attablés, deux autres appuyés au comptoir, une femme qui servait. Milie s'approcha d'elle. « Je cherche... Walter. »

Il venait à peine de partir. A peine. Le boulanger l'attendait, là, à cinq minutes. Milie pouvait le rejoindre. Une villa blanche et noire...

— Mais un instant !...

C'était elle, n'est-ce pas, la locataire du boulanger ? qui habitait à la sortie d'Hérouville ? Fanch ? vivait là ? Parce que, la nuit dernière son mari avait été forcé de le mettre dehors à onze heures. On fermait tôt, neuf heures. Ici les gens restaient chez eux le soir. Et Fanch n'avait pas voulu sortir. Alors son mari l'avait un peu bousculé pour le faire bouger. Et puis il faudrait dire à ce Fanch pour la petite ardoise... La maison du boulanger où Walter se trouvait maintenant c'était tout droit, puis à gauche, la grande villa blanche.

Milie tourna donc à gauche.

La salle déserte, Fanch assis, faisant durer le dernier verre, fixant le comptoir, repoussant le moment de rompre cet engourdissement qui le collait au décor, à la chaise... Il fallait rentrer, le voir, lui parler. Pas de l'ardoise, pas maintenant. Lui parler, lui dire des riens.

La maison superbe, là, sous le nez de Milie. Une femme en sortait, faisait un signe de la main vers une camionnette qui démarrait. Milie n'entrerait pas dans cette maison. Passer la porte, s'avancer, questionner, attendre, autant d'actes irréalisables, elle n'aurait su dire pourquoi. Ses jambes ne pouvaient la porter jusqu'au seuil. D'un seul coup, la recherche des lettres lui parut dérisoire.

La femme qui était sortie de la belle maison blanche la regardait fixement. A cause du foulard ? Elle n'osa pas le retirer tout de suite. Parfois elle le gardait pour dormir mais ce matin-là elle l'avait plaqué sur ses cheveux, au ras des sourcils, pour les protéger de l'air humide qui les hérissait.

La tenancière du tabac traversait la place.

— Vous l'avez encore manqué ? cria-t-elle. J'ai vu tourner sa camionnette il n'y a pas deux minutes, vous l'avez croisé. Il a pris la descente, il va donc chez lui.

Mon mari l'a un peu bousculé... Maintenant, Milie voulait rapporter à Fanch cette carte. La joie qu'il en ressentirait. Arriverait-elle au bas de la côte ? Ses jambes tremblaient. Lorsqu'elle arriva au treillage où Paul avait chuté, elle retira son imperméable et toucha ses cheveux, satisfaite de les trouver encore aplatis.

Une camionnette stationnait devant le hangar. L'homme qui mesurait ne se trouvait plus là. Milie s'avança vers le mur de pierre. Une petite allée le contournait, s'enfonçant jusque devant une tourelle qui prolongeait la bâtisse sur sa droite. Des voix venaient de la tourelle. Milie ramassa son imperméable qui glissait. Les voix cessèrent, une musique leur succéda. Ça n'était donc que la radio. Milie marcha vers la porte ouverte dans le mur de la tourelle. Un homme dont elle aperçut le dos la regardait approcher dans une glace suspendue à hauteur de son visage. Sa main trempait dans une cuvette posée sur un évier de pierre.

— Monsieur, dit-elle depuis la porte, je suis la mère...

Il écouta, dit en égouttant sa main, excusez-moi j'ai bientôt fini. Bruit de l'eau qu'il renversait dans l'évier et qui s'en allait quelque part sous la terre. Il rinça la cuvette pendant qu'elle continuait.

— Il y avait trois lettres. Ou deux lettres et une carte. Et si mon fils a fait des dégâts, il faudra que je vous dédommage.

— Il a fait des dégâts.

Milie ne se sentait pas bien. La fatigue, ou le dos, ou

101

cette marche trop longue ou la pièce sans fenêtre — elle était restée pourtant sur le pas de la porte — ou la réponse de cet homme, *il a fait des dégâts*, ou la faim peut-être — il était plus de midi — quelque chose la gênait qui se plaçait dans ses membres comme un corps indésirable, une pesanteur qui les immobilisait. Walter avança vers elle. Il tenait les lettres, il les avait prises sur la table dans le coin le plus noir de la pièce.

— Les voilà !

Il les tenait dans sa main levée. Alors d'un seul coup, lui arriva le nom de la pesanteur, de la fatigue, du corps indésirable. Il regardait Milie, peut-être l'avait-il reconnue. Elle le voyait de près ce sourire, le même que la veille quand il la suivait à travers les glaces, sur les piliers de l'Uniprix.

Elle essaya de se souvenir très vite, en saisissant les lettres. « J'avais mon foulard sur la tête et dans ce magasin les néons décolorent les visages. »

— Je crois savoir qui vous êtes. Vous habitez chez le boulanger ? vers le bois ? Les Parisiens c'est vous ? Mais combien êtes-vous là-dedans ?

— Qui est qui ? reprit-il très vite. On ne sait pas trop. Vous êtes la femme de... comment s'appelle-t-il, je le rencontre au tabac. Oui Fanch. Vous êtes qui ? Et l'autre la grande, brune, belle ?

— Anna !

— Mais vous, vous êtes qui ?

— Je suis la mère.

— La mère ! de qui ? Je ne vous ai jamais vue à Nesles.

— Vous ne m'avez jamais vue ?

— Prenez vos lettres. A Nesles, non. Jamais vue.

— Merci pour les lettres. Merci.

— Il y a une carte. Je l'ai lue. Il fallait bien que je sache qui avait enfoncé ma clôture et saccagé mes plants. Elle est pour votre ami Fanch. Vous pourrez lui dire que c'est vrai ce qu'on lui écrit. Et même plus. Il est mort, la radio l'a confirmé tout à l'heure. Guevara est mort.

Milie recula jusqu'à ce que ses pieds retrouvent l'herbe. La nouvelle qu'il venait de lui donner ne l'atteignait pas. Guevara mort. Deux mots qui ne concordaient pas. On l'avait annoncé tant de fois.

— Venez donc voir le travail de votre fils. Sa main désigna le treillage, les massifs fraîchement retournés.

S'asseoir. N'importe où, sur la terre mouillée, le gravier, le bord de la table dont elle apercevait l'angle. Grimper le monticule, marcher jusqu'aux massifs qu'elle avait vus de la route lui apparaissait impossible.

— Je vous crois. Je rembourserai les plants.

Milie s'arrangeait pour ne pas croiser son regard. Elle n'y avait pas de peine, il portait ses yeux vers les massifs et le talus.

— Vous vous plaisez ici ?

— Beaucoup.

Mais la maison ? Walter avait failli l'acheter à son arrivée. Presque dix ans de cela. Mais pas plus qu'au-jourd'hui les héritiers ne s'étaient mis d'accord pour la vente. Elle n'avait pas dû s'arranger. Qui travaillait chez eux ? Prolongeaient-ils leurs vacances ?

Ses questions précises. L'envie de lui répondre, laissez-moi m'asseoir. Milie savait bien qu'elle ne le dirait pas.

— Voilà mon associé. Pour les plants... J'arrive, cria-t-il. Mets en route, j'arrive. Le treillage, bon, je l'ai redressé. Pour les plants... Il retourna dans la pièce chercher sa veste. Milie en profita pour s'adosser au mur. L'associé avait ouvert le portail. Il grimpait dans la camionnette.

— Fatiguée, n'est-ce pas ? drôlement fatiguée ! Non ? ah bon, je me trompe. Alors vous disiez ? Vous allez vous établir ici et vous cherchez du travail. Dans la région ?

— A Pontoise sans doute. C'est assez pratique.

Tout à la fois il esquissa une sorte d'au revoir et dit très vite — à l'Uniprix ? Milie reçut les mots sans trop de mal. Il ne les avait pas lancés pour qu'ils blessent ou accusent, se gardant bien de sourire. Se gardant aussi de la fixer pour observer l'effet qu'ils produiraient sur elle. Deux mots de connivence dits du ton le plus neutre, qui étaient comme un papier compressé de la grosseur d'un pois et qui déroule son message amical dès qu'on prend la peine d'en chercher l'ouverture. Milie ne sut pas s'il avait fait un autre signe. Quand elle regarda vers la camionnette, celle-ci partait en marche arrière vers la route de l'Isle-Adam. A la couleur métallique du ciel, pas difficile de prévoir le retour de la pluie. Milie remonta la côte, traversa la place de Nesles, prit le chemin qui bifurquait vers Hérouville. Là, elle s'arrêta enfin pour enfiler son imperméable. Un peu plus loin, elle s'arrêta encore, se disant c'est la fatigue, puis décida de retourner en arrière vers le bosquet où commençait la voûte haute et sombre qui menait à la clairière. « Pour m'y reposer. » Mais son prétexte l'irrita ; il allongeait sa marche de près d'un kilomètre. S'abriter sous la voûte et regarder la pluie qui tomberait sur la clairière. Une voiture passa, ralentit au croisement. Milie n'osa pas s'enfoncer vers les arbres. La voiture reprit de la vitesse. La pluie cessa de crépiter sur la capuche de Milie. Il n'était plus nécessaire de se mettre à l'abri. Elle retrouva la route, sentit à ce moment le vide de son estomac. Debout sur le bord d'un talus, elle ne savait que décider. Rentrer lui paraissait tout à coup difficile. Son corps réclamait de bouger de parcourir d'autres kilomètres de route déserte. Il aurait fallu qu'Anna l'attendît. Elle savait si bien mettre à plat les pensées brouillonnes. Milie respira très fort, à plusieurs reprises, comme on le lui avait appris pour la naissance de Paul : la respiration du *petit chien* qui aide à expulser l'enfant hors de sa mère. Mais c'était se leurrer. Walter l'accompagnait bel et bien depuis la barrière blanche qu'il avait refermée derrière eux. S'interroger hypocritement alors que l'on connaissait la réponse ? Une réponse sans mystère et sans logique. La complicité qui rapproche, comme on la ressentirait pour le médecin qui partage le secret d'une de vos tares, à tous invisible, dont lui seul — et vous naturellement — mesure les ravages. On pouvait s'émouvoir pour moins que cela, pour le mensonge clinquant d'un visage ou la séduction d'une apparence. Mais on pouvait être émue pour cela aussi. Pour un regard sans rudesse posé sur une vérité secrète plantée en écharde au-dedans de soi.

— On a mangé sans toi, maman. Qu'est-ce que tu fabriquais ? Fanch n'est pas venu, alors Denis et moi on a réchauffé sa part d'hier au soir.

— Le transistor ? Où est-il ?

— Mais... c'est Fanch qui l'a !

Milie coupa le croûton du pain, se baissa pour ouvrir le buffet.

— Avec Denis on a fini le fromage. Mais il restait quoi... un quart de la boîte. Denis m'a expliqué les fractions, j'ai tout compris. On va faire des exercices.

— Moi je vais m'allonger un peu.

Mais l'assoupissement ne venait pas. Éviter d'être seule. De trois ou quatre phrases, un salut, deux mots pour finir, la reconstitution permanente dans le silence de cette chambre, derrière le store des arbres, pourrait devenir dangereuse. « La radio l'a confirmé tout à l'heure », avait dit Walter, parlant de Guevara.

105

— Voilà l'important.

Milie se releva. La maison, si calme. Au-dehors, un souffle à peine sur les feuilles du néflier. La porte de Fanch mal fermée. Assis sur le bord du matelas. Désordre de ses cheveux ; dans la posture, quelque chose de frileux, épaules rentrées, une main dans la poche du veston boutonné, chiffonné, traces de boue sur les chaussures et le coin de l'édredon.

— C'est toi Milie !

— Si je prenais le transistor ?... Il paraît que la radio annonce la mort du Che Guevara. Tu n'as rien entendu ?

Une allumette puis deux, frottées sans résultat. Ses mains tremblaient un peu.

— Che Guevara... Ma Milie, Che Guevara c'est toi c'est moi. Che Guevara il est... argentin, brésilien, breton... iranien... il y a des millions de Che Guevara !

La philosophie vineuse ! Il ne servait à rien d'insister.

— Du café, ça te dirait ?

— Il y a quelqu'un dans la cuisine ?

Il ne voulait voir personne ni qu'on le vît.

— Je vais t'en apporter ici.

— Tu sais Milie dit-il en buvant chaud, mes yeux vont de moins en moins bien. Hier au soir, j'ai voulu me promener un peu... et je me suis perdu ! J'ai passé la nuit dans les bois. C'est ce matin que j'ai retrouvé ma route.

— Et la marque, là, sur ton front ?

— J'ai dû entrer dans un arbre.

Il avait dû aussi, au petit matin, se jeter sur son lit, ce radeau dont toute la nuit passée à l'abri dans des fourrés, la vision lui venait pour s'enfuir aussitôt. Le patron du tabac avait cogné fort. L'ecchymose descendait jusqu'à l'œil.

— Tu t'en vas déjà Milie ? Qu'est-ce que tu disais du Che ?

Marc arrivait en jouant du timbre de son vélo. Un peu plus tard, il repartit pour l'Isle-Adam à la recherche d'un journal. Denis s'était installé sur la table de la cuisine, le transistor collé à l'oreille. Assise à son côté, Véra ficelait deux paquets. Fanch ne voulait pas les rejoindre. Il avait montré de l'humeur que Milie emportât le transistor. « C'est normal, c'est à Denis ! Quand je toucherai un peu d'argent, je m'en achèterai un, voilà tout ! » Véra faisait la navette entre la cuisine et Fanch. Deux tas de ses poèmes. Recopiés par lui à la main. Anna gardait une petite machine à écrire dont elle seule se servait mais il n'avait pas imaginé de la laisser palper ses feuillets. Deux fois il appela Milie pour se faire confirmer leur adresse. Il n'arrivait pas à la retenir.

— Tiens ! j'avais même oublié que tu t'appelles Fournier. Mais aussi combien d'années sans nous voir ? Quatre ou douze ?

Paul tardait à rentrer. Véra se proposa pour aller à sa rencontre. Le Che était bien mort. Même Cuba confirmait la nouvelle. Véra revint glacée, les cheveux humides. Elle avait dû pousser jusqu'à Nesles. Et là, Paul, sur la place, semblait attendre. Les gens qui se rendaient au tabac ou à l'épicerie se retournaient pour le regarder. Véra débitait cela d'un ton dramatique. Milie savait le moment venu de parler du lendemain, Véra ne pouvait manquer chaque jour la classe. Mais il y avait dans cette cuisine, une gravité dense qui les enveloppait tous. Comme si cette mort donnait le signal, non de l'accablement, mais de leur mobilisation. Sur leurs épaules, dans leurs muscles, le poids terrible d'une charge qu'il faudrait désormais se partager. La mort du Che ouvrait les toits, fendait les murs pour les soulever tous, les arracher au présent, les

107

engager dans quelque mission dont ils n'avaient qu'une idée imprécise.

Fanch frappa au carreau. Véra lui fit signe d'entrer. Il finit par pousser la porte. Vraiment sa chambre était trop froide. Il s'assit au bout de la table, loin du transistor qui d'ailleurs ne parlait plus du mort, à l'écoute du silence des autres.

— Vous avez déjà dîné ?

— Oui, à table, j'ai faim, cria Paul.

Denis pinça la bouche et Marc parut choqué. Fanch les interpella.

— Et pour Camilo, Lima et les autres, Ojeda et... ils sont morts aussi mon vieux, tu n'as plus mangé ?

Ça n'était pas pareil. Le Che !

— Il a parlé d'une longue lutte sanglante... où la répression... cherchera des... victimes faciles dans la population paysanne... La phrase exacte, Marta te la citerait, demain j'écrirai à Marta.

— Elle t'a envoyé une carte ! J'allais oublier !

Milie n'avait pas oublié. Elle s'était promis de la lui remettre avec une certaine solennité afin de placer le nom de Walter, raconter son périple dans l'espoir que Fanch, se souvenant peut-être de l'avoir rencontré, lui en apprendrait un peu plus. Elle ne raconta rien, ni ce soir-là ni le lendemain. Marta vint le dimanche comme elle l'annonçait dans sa carte. L'après-midi, elle voulut se reposer dans la chambre d'Anna. Depuis « la mort » on dormait peu chez les copains. Ça discutait, les bouteilles circulaient, elle était à bout. Le lundi elle s'en alla par l'autocar de trois heures. Anna n'écrivait toujours pas.

Un petit secret dérisoire dont il ne resterait bientôt plus grand-chose. Milie s'y était réchauffée quelques jours mais le moment arrivait de lui faire un sort. Il suffirait de trouver le sens adéquat par lequel le saisir, il deviendrait alors d'une banalité insupportable.

Denis avait reçu un mandat. Fanch attendait une réponse. Le soir il venait à table puis partait s'enfermer jusqu'au lendemain raflant ce qui restait de vin sur la table. « Mon calorifère, disait-il, la chambre est trop humide ! » Il boudait Milie. Plusieurs soirs de suite il l'avait attendue, espérant une « petite visite ». Il se réveillait seul, au milieu de la nuit, le mégot éteint et sans la moindre musique pour adoucir sa déception. Les garçons ne parlaient pas de lui rendre le transistor. Pour éviter le froid de sa chambre il dînait avec tous. Le reste de la maison recevait la chaleur du gros tuyau d'un poêle installé dans la cuisine. « Quand Denis touchera son mandat, on t'achètera un réchaud électrique. » Ils étaient allés chercher une roue pour le vélo de Marc tandis que Véra partait en grognant à Nesles, régler les additions qui traînaient. « Au prochain paiement de la sécurité sociale... — Non Milie, je m'achèterai moi-même un gros radiateur quand je recevrai quelque chose pour les poèmes. »

Aucune lettre d'Anna. Réconciliés, Marc et Paul bricolaient un troisième vélo que Denis avait trouvé d'occasion, à L'Isle-Adam. Les mains de Milie s'étaient mises à enfler. Le matin, elle se réveillait avec des maux de tête si violents qu'elle avançait en aveugle de la chambre à la cuisine. « L'humidité », disait Fanch. Elle avait écrit quelques lettres que Marc avait postées ; elle s'affirmait « libre de suite ».

Ils recevaient le courrier en fin de tournée, vers deux heures. Milie ne savait pas ce qu'elle souhaitait davantage, une offre d'emploi, une réponse pour Fanch ou une lettre d'Anna. Par le chemin de gravillons, elle allait à la rencontre du facteur et revenait en coupant à travers quelques prés déserts qui longeaient les bois. Horizon dépouillé où se rejoignaient en deux lignes montantes les crêtes des forêts d'alentour. Chauves et noirs les arbres, sur un ciel au bleu fragile. Un noir si léger si retenu qu'il en serrait le cœur. Moment privilégié où surgissait Walter dont l'image pourtant s'épuisait comme une bougie près de sa fin. Tout autant irréelle que cette cathédrale sombre et ces trouées de lumière dans les brèches des arbres figés. La vie, avec sa rude vérité, reparaissait par là, balayant Walter, les doubles croches des branches noires et l'envoûtement de ce décor au fusain. Aussitôt que Milie retrouvait la boue molle des prés, l'espace si bien organisé du ciel clair, le petit secret dérisoire se tournait dans le bon sens, celui qui remettait les signes en ordre : une barrière blanche, un geste de la main, le bruit décroissant d'un moteur. Et le reste mourrait de sa belle mort. Pour l'ensevelir on pouvait compter sur le fil des jours et ses rites répétitifs.

Les repas du soir, rien d'un chromo édifiant. Ces vies rassemblées là, se heurtant s'affrontant, le profil de Véra, la paume rondelette et sanguine de sa main droite qui faisait danser la fourchette, véhémence et résignation de ses propos, Milie la voyait comme une tapisserie où s'enchevêtreraient les laines, brouillant le dessin prévu, Véra, toutes les peaux de son orgueil arrachées déjà, une à une, par ce mot qui collait à elle, *éliminée, éliminée, éliminée*, quelquefois par bienveillance, *rattrapée*, ainsi se décidait un destin, éliminée pour une erreur, un centimètre à la corde, une note restée dans la gorge, éliminée de ce qu'elle s'appliquait à entreprendre (plus haut, plus haut crie-t-on au chien, saute, saute plus haut et la main qui tient le sucre s'élève encore), Véra qui partait à la pénombre rouler en bicyclette pour recevoir les caresses de la pluie, ramassée sur sa chaise, à l'affût du mot qui la viserait ; Fanch submergé par l'attente, elle s'épelait dans ses gestes, ce maintien d'invité poli, ses raclements de gorge, sa façon de s'asseoir sur le bord d'un siège, d'émietter son pain, la moitié de lui-même — la carcasse — devant la table, l'autre — la chair — dans le carton à chaussures qui se baladait, savait-on où ? sur quelle étagère de quel bureau ? et le préposé aux lectures le saisissant un jour — quand ? — irait laver ses doigts de la poussière qui s'en échapperait, Fanch, son attente du regard ou du mot qui laisserait espérer la « petite visite », Milie n'avait guère envie de la lui rendre alors que tout cela avait été organisé voulu par elle dans une vision réparatrice et généreuse, Fanch, il se levait quand commençait ce qu'il appelait la danse des bœufs, le grand désordre copié sur la cantine, verres d'eau renversés, boulettes et bousculades, se levait, saisissait le restant du vin pour le protéger de la tornade, saluait cérémonieusement, « mes copains, mes copines, bonsoir », passait très vite devant Milie — elle évitait dans son visage remarquablement découpé, ce regard vidé comme si, en lui, l'attente verrouillait la porte de l'imaginaire — Paul, allées-venues, dehors-dedans, course après les chats, installation arrogante sur les genoux de sa mère, ironie de Marc, questions de Denis, rien de tel que le repas du soir pour jeter sur une image qui s'estompait un peu plus à chaque heure, la pelletée de la mise en terre.

Et quel soulagement de la mettre en terre ! N'était-on pas venue se *retrancher* ? Pour la tendresse, il y avait Fanch.

La première lettre. Journée de novembre claire et froide, la pluie a cessé, la lumière fait à nouveau reculer l'espace. Par le chemin gorgé d'eau, Milie court vers le facteur.

Société G. On avait pris bonne note de ses multiples références. Rien dans l'immédiat, mais en février, l'extension des services laissait prévoir... Milie retira son foulard. Elle avait chaud. Février. Deux mois, deux semaines. Par habitude, elle enjamba le barbelé qui délimitait la prairie vers le bois. Dans l'allée droite filant comme un trait vers d'autres forêts, passaient et revenaient les foules, celles du matin ou du soir qu'il faudrait bientôt rejoindre. Jusqu'au bruit de son pas qui se précisait, claquant sur la route où s'arrêterait l'autocar. Jusqu'à la sonnerie, celle qui faisait battre le cœur du plus loin qu'on l'entendait — de trop loin toujours — dont chaque saccade égrenait la litanie des reproches à essuyer et tout ce qui s'accélérait dans le corps, se contractait, se tendait se bousculait pour cette course sans arrivée jusqu'à l'âge du délabrement.

« Situation de famille ? Age ? Enfants ?... » Deux mois. En deux mois savourer, en deux mois se retaper. Et puis Guevara était mort, d'autres gens sous les bombes continuaient une vie souterraine. Il fallait bien, soi-même, partager les malheurs de sa classe là où l'on se trouvait. Viendrait le jour d'en partager les luttes. Le bois mort et mouillé, son odeur qui montait à la tête. Dans deux mois peut-être, elle interrogerait le ciel à travers une vitre. Il lui dirait combien d'heures la séparaient de cette route.

Presque la nuit. Les enfants avaient dû rentrer. La cuisine éclairée. Ils prenaient sans doute le café au lait du retour. Milie les encourageait à se bourrer de tartines de confiture ; au repas du soir ils seraient moins voraces. Pas de lumière à la fenêtre de Fanch. Le matin, il s'en était allé « chercher des cigarettes pour Denis ». Milie n'avait jamais voulu le questionner. Etait-ce Marta ou Denis ou Marc qui lui apportaient de quoi fumer ? Quelques pièces traînaient parfois, qu'elle oubliait volontairement. Un temps, à leur arrivée, Fanch tenait ce qu'il appelait son ardoise. « Dès que je toucherai un peu d'argent, Milie, ce sera pour toi, je veux participer. » Anna refusait de comprendre. « Pose des conditions », s'indignait-elle.

Une odeur de lait roussi. Milie poussa la porte entrouverte. C'était d'abord comme un tableau quand les yeux se fixent sur le centre : personnages familiers autour de la table, flaque de lait, reflet de l'ampoule sur le couvercle métallique couvrant la confiture, chat au coin du réchaud encore tiède, et dans l'angle, non loin de la porte, Walter intégré au tableau comme s'il y avait toujours appartenu. Milie toucha ses cheveux, ils restaient aplatis. Walter se levait.

— J'ai ramené votre copain. Je passais par Nesles et le tabac, il avait l'air trop mal en point pour rentrer seul. Il est là, dans sa chambre. Votre fille...

— Ah merci !

— Je regardais un peu la maison. Chez votre copain il y a une drôle de lézarde !

— Et derrière, juste à l'angle, une autre. Denis et moi on avait décidé de la cimenter. Tu le savais maman ? Venez la voir !

Walter Marc et Denis sortirent. Paul avalait goulûment pour les rejoindre.

— Ton imperméable est tout sali. Tu t'es assise dans la boue ?

— Je me suis accroupie sur les talons, contre un arbre. Véra, est-ce qu'il y a longtemps qu'il... que Fanch est couché ?

— Un bon moment quand même.

Walter revenait en compagnie des garçons. « C'est une maison à retaper de fond en comble. Au grenier, vous avez beaucoup de gouttières ? — Pas une. — Mais maman, il y en a ! Là où tu dormais l'été, derrière la porte. » Walter parlait à nouveau de la fissure dans la chambre de Fanch. « Il aura bientôt un radiateur électrique. — Pourquoi ? mettez donc un poêle puisqu'il y a une évacuation ! A L'Isle-Adam, il connaissait un brocanteur qui ne vendait pas trop cher. — Et chauffez-vous au bois ! Vous m'envoyez vos garçons, j'ai deux chantiers où les vieilles planches ne manquent pas. »

Il prenait congé des enfants, se rapprochait de la porte. Milie le précéda dehors.

— J'espère que votre copain...

Elle dit sèchement, il est ivre, vous ne l'aviez pas remarqué ?

— Dans ces régions, on ne devrait jamais bâtir en contrebas. Chez moi c'est pareil. Dès la fin de l'été...

Milie gardait un silence hostile. Un fil précieux s'était rompu quelque part. Walter levait les yeux vers la toiture jaugeait les chéneaux mais il se taisait lui aussi. Au passage, Milie toucha le tronc du néflier.

— Ces arbres-là, dit-il comme s'il avait vu son geste, il y en a plein la région. Ça ne donne rien. Les fruits sèchent avant de tomber.

— Ça donne le plaisir que donne tout ce qui pousse.

Il faisait trop sombre pour deviner s'il tendit la main en lui disant bonsoir. Elle répéta merci et s'en retourna vers la cuisine cependant qu'il emportait la certitude que l'ivresse de Fanch la rendait furieuse.

— C'est un type sympathique, non ? L'interrogation de sa fille tombait mal.

— Anna l'appelait « les raisins de la colère » tu te souviens Marc ?

— Anna le connaissait ?

— On le croisait quelquefois quand on allait à Nesles.

— C'est que l'été, expliquait Marc, on le voyait passer dans sa camionnette, en gilet de corps, chapeau de feutre et Anna disait qu'il lui faisait penser à ce film...

Voilà. Il avait comptabilisé chaque lézarde dans leurs murs, chaque fente du toit, les crevasses du sol ; il

114

savait maintenant le nombre de gouttières, aucune fissure n'avait échappé à son œil averti — celles de Fanch et Milie lui étaient même connues. Elle se sentait comme un oiseau qui regarderait l'une après l'autre tomber ses plumes. Elle devenait cette maison aux failles multiples.

Marc se proposait d'aller chercher ce bois. Une belle économie qu'on allait faire, non ?

— On n'a pas besoin d'un bienfaiteur !

Sidéré il regarda sa mère. « Alors tu ne sais pas ce que tu veux ! » Il la jugeait sotte mais elle avait souvent de ces réactions illogiques. A table il parla beaucoup de ce qu'il avait appris le jour même. Sur le regard humain et sa justesse. Les choses sont-elles comme nous les voyons ? un ordinateur cérébral nous restitue des images... Milie s'intéressa vivement à ce qu'il rapportait, répéta « les choses ne sont pas telles que nous les voyons ». Elle se fit expliquer « ordinateur cérébral ». « Vous en avez de la chance conclut Véra. Nous on ne nous raconte pas tout ça. »

Silence d'après les repas. Des cris dans le grenier, de la musique, la voix de Paul qui hurlait par-dessus. Milie promenait son humeur morose de l'évier au buffet.

— Et que Fanch se débrouille, je n'irai pas le voir.

Elle lui en voulait tout en mesurant combien sa rancœur était injuste.

Milie ne va plus au-devant du facteur. Elle sort peu ; quelques tours de jardin l'après-midi et jusqu'à l'arrivée des enfants, elle s'assied pour lire devant la cuisinière où baisse le feu qu'on ranimera dans la soirée.

La première lettre d'Anna, enfin. Voici deux mois qu'elle est partie. Sa belle écriture pointue. Trois semaines de recherche avant de décrocher ce travail qu'elle commencera au premier décembre. Des touristes à promener en autocar, Paris, les environs, un uniforme rouge sombre — un calot! Cette affaire réglée elle est partie retrouver Reine. Des phrases vigoureuses et pudiques pour dire ce bonheur. Quelques pages de Brun sur lesquelles Anna glisse vite, lui ont annoncé son retour prochain et le début pour elle, d'une sérieuse réflexion. La voilà de nouveau à Paris où elle a loué une pièce, « et où crois-tu donc que j'ai trouvé *dans mes prix*? à Stalingrad, enfin presque, rue Hénain, on y passait parfois quand on coupait à travers les petites rues pour nos sorties nocturnes. Je commence à lessiver, recouvrir les murs de ces soleils couchants pour gogos en mal d'exotisme — le papier reste trop cher pour moi — je veux chasser de ces mètres cubes saturés de misère, toute trace de désespoir ». Sous l'ironie perce le dépit du retour en ces lieux où « tu viens encore, ma vieille frangine, me cogner au cœur quand j'aperçois l'eau du canal ». Pas question d'une visite. Pour finir, un salut au Barde, une adresse. Dans les jours qui suivent, Milie s'agite, bouscule chacun, se tait à table, répond à peine à qui lui parle.

Un matin, on a frappé à la porte. Paul qui part le dernier, venait de quitter la maison. Au bruit distinct d'un moteur, Milie a tourné la clé, elle s'est assise au fond de la cuisine, dans le coin le plus sombre. Après plusieurs coups martelés sur la vitre, Walter a renoncé. Par deux fois il est venu, les bras chargés de planches qu'il a entassées devant la porte. Puis le moteur a ronflé, le bruit s'est estompé. Dans le pré face à la maison, des corbeaux se sont posés un moment, une détonation proche les a fait fuir en un vol éparpillé.

Ce même jour, Fanch a marché jusqu'à la haie mais comme il commençait à grelotter, il est rentré s'asseoir près de la cuisinière. Il aime les jours d'école. Promène dans la maison vide sa figure de saint Joseph d'après les grandes ivresses : raideur de l'abstinence, frilosité de ses membres gourds, mutisme entrecoupé de résolutions fermes et de considérations sévères sur lui-même. Il écrit, il a repris la *Légende*, il n'en revient pas que ses jambes l'aient porté jusqu'au bout du jardin, il les croyait mortes et ce succès lui redonne confiance. Milie qui rinçait des draps vient s'asseoir auprès de lui. L'un près de l'autre tels deux chats crottés mouillés par les flaques et les intempéries qui se rapprochent et se réchauffent ensemble.

Il a passé huit jours austères à travailler en la seule compagnie d'une carafe d'eau qu'il allait fréquemment remplir.

— Ça y est ma Milie, je suis tout neuf. Ma tête est limpide et j'écris mieux que jamais. Cet après-midi j'irai marcher dans les bois dont tu m'as parlé. Je dois faire de l'exercice. Si tu le veux, je fendrai les planches qui sèchent.

— Tu veux m'aider Fanch ? J'ai quelque chose à te demander. Je n'osais pas, tu semblais si malade. Et Marc et Denis n'ont pas le temps, ils révisent, ce sont les compositions. Quant à moi, mon dos, les bras levés... je veux, je voudrais mettre du papier dans les chambres, les murs sont si laids, trop crevassés. Et pour Véra, ce serait une surprise. J'ai attendu le mandat des allocations, oui c'est une folie, et hier, à L'Isle-Adam, j'ai trouvé un papier, je vais te le montrer. Pour te faire la main, on pourrait commencer par ma chambre ?

— Je me maintenais comme ça il y a quelque quinze ans, refaire des peintures, tapisser... je trouvais toujours un copain sur un chantier qui m'appelait.

Ces espèces de virgules rouges, aime-t-il ? Milie défait un rouleau.

— *Le grand arbre du ciel comme un nopal, se vêt en Ouest de cochenilles rouges.*

— Répète Fanch ! Tu as écrit ça ?

— Oh non ma Milie ! Pas moi.

— Et un nopal, c'est ?

— Un cactus de poète. Mais tes cochenilles me plaisent. Oui naturellement, je le ferai.

Il a espéré qu'elle ne se montrerait pas trop impatiente.

— Demain matin Fanch ? c'est d'accord ?

Sur la table de la cuisine, Milie a disposé la colle, les ciseaux, le papier.

— Laisse-moi seul, a dit Fanch. Je n'aime pas qu'on me regarde travailler. Je t'appellerai tout à l'heure.

Très vite il s'essouffle. Vingt ans d'ivresse ont rongé son corps à la façon des termites. Seule la façade est intacte. Un compagnon — fichée dans sa mémoire humide, l'arabesque dessinée par le doigt soulignant le propos — lui a révélé la traduction du mot alcool : *le subtil*. Le subtil a pris demeure dans ses muscles, il les a ligotés par toutes sortes de cordages. Nœuds diaboliquement serrés qui bloquent son deltoïde et son biceps ; là, dans le jambier il sent — il voit — le nœud de cabestan qui l'amarre et le tend jusqu'à la douleur ; à certains mouvements des épaules il reconnaît le nœud de jambe de chien comme on l'appelle chez lui, celui qui se défait quand on tire et dieu sait qu'il tire jusqu'au craquement pour faire adhérer le papier. Au troisième panneau, c'est l'air qui lui manque et les battements de son cœur qui l'affolent. Il s'assied, attend que ses mains cessent de trembler. Il voit bien, près du plafond, ces bulles d'air qui gonflent le papier. Il a chaud. Soif. Milie lui a donné une bouteille de lait. Il la vide, il est pris de coliques. Il revient ; les cochenilles le narguent, se mettent en mouvement. Par égard pour Milie, il s'obstine encore. Deux panneaux restent à coller, ce sera pour demain. Il les enroule avec soin, cherche une feuille qu'il va fixer sur la porte où de sa belle écriture sinueuse, il avoue : HERCULE EST FATIGUÉ, puis part s'écraser sur son lit sans passer par la cuisine. Quand elle a lu le papier, Milie a souri. Dans la pénombre, les cochenilles masquent les bulles et les faux plis.

Un bruit étrange va tirer Milie du sommeil. Clapotis de vague qui s'avance et recule. Quelques minutes de silence et le bruit se rapproche. Milie attend. Le bruit se fait plus distinct près de l'oreille et maintenant, quelque chose frôle son visage. Elle se lève, allume. Les panneaux qui se sont détachés, gisent enroulés au bas du mur. Abattus comme des pétales arrachés, laissant à nu le plâtre où résiste encore un pan de cochenilles. Milie l'observe qui descend peu à peu, mais rien ne le retenant plus, il vient s'étaler en travers du lit.

Regardant ce mur, les cochenilles en tas. Paralysée. Comme placée devant un miroir, comme confrontée à quelque vérité constamment refusée. Lambeaux d'une vie qui s'en irait comme ce papier, inexorablement mais avec la même lenteur cruelle par où l'espoir inutile continuerait à se faufiler.

Et soudain, l'espace qui gagne sur l'enfermement, recule les limites, murs et tas de papiers fripés. Un apaisement. L'impression nette de pénétrer dans un *no man's land* d'où toute perception douloureuse serait bannie. Une frontière traversée au-delà de quoi ce qu'on aurait laissé perdrait toute importance. Mais alors qu'est-ce qui importait ? Ce qui ne pourrait plus se recommencer ? Milie n'aurait su ni le repérer ni le nommer. Une espèce de baluchon que l'on maintenait au-dessus de l'eau pendant les grandes crues. Fanch qui avait survécu à nombres de tornades, chaque fois plus abîmé plus dépouillé, appelait ce baluchon sa liberté. Milie restait sceptique. De quoi Fanch était-il libre ? de ne pas boire ? De quoi restait-elle libre ? d'abandonner l'attelage quand il n'avançait plus ? Et pourtant, chaque fois que se dérobaient ces fameux plaisirs de la vie qui, dit-on, la rendent plus douce, passé la première amertume, on se savait intact, le précieux baluchon serré contre soi, sans jamais trouver le nom de ce qu'il contenait.

La troisième rencontre avec Walter eut lieu sur la route de Verville à Parmain. Milie marchait contre le vent. Sous son imperméable, elle portait deux tricots et le foulard jaune serrait bien ses cheveux. Au moteur qui ralentissait, elle imagina que ce pourrait être Walter. Il conduisait. Elle reconnut son profil, les cheveux qui avançaient sur le front, le dessin prolongé du sourcil vers la base du nez, le col de chemise sur le même veston gris. Ce fut son associé qui abaissa la vitre. Ils allaient traverser L'Isle-Adam, dit-il. « C'est que je me promène », répondit-elle, et le moteur reprit son élan.

Comme il lui fallait attraper le train de onze heures, elle pressa le pas, toujours contre le vent. Le signal du passage à niveau se mit à crépiter comme elle arrivait à la gare en nage.

Jusqu'à Pontoise, elle ferma les paupières, s'efforçant de somnoler. Se répétant les phrases préparées au cours de la nuit, à ces moments lucides, après que le premier sommeil a débarrassé les yeux des écailles qui masquaient l'évidence. Quand le train ralentit, elle marcha jusqu'au bout du couloir, imagina sa fille, tenta de situer le moment du voyage où Véra décidait de ne pas aller en classe. La veille, une lettre priait Milie d'expliquer des absences de plus en plus rapprochées. Ainsi Véra qui s'en allait chaque matin en compagnie de Marc et Denis les quittait à Pontoise et disparaissait on ne savait où. Elle n'avait rien répondu à sa mère, éclatant en pleurs convulsifs, criant qu'elle ne retournerait jamais dans cette classe et que d'ailleurs, on ne s'y occupait plus d'elle. Où passait-elle ses journées ? se nourrissait-elle ? avait-elle gardé l'argent de la cantine ? « Je veux bien aller en classe, mais dans un lycée, comme eux, pour apprendre des choses ! » Marc répondait qu'elle était folle ; si elle avait su combien de choses il fallait apprendre ! Véra s'obstinait. La *fin d'études* qu'elle redoublait ne la mènerait à rien d'autre qu'un apprentissage. Elle répétait « apprendre des choses ». Comme Marc.

— Le sentiment maternel Anna, j'ignore ce que c'est. Mais l'instinct de justice, ça, je connais, il peut me rendre capable de tout !

Un soir, à la brasserie des Ternes, la tenue violette comme une peau veloutée, Anna en noir, chignon sur la nuque, lui parlait de son sentiment maternel.

Milie les trouva tous dans la chambre de Fanch qui recommandait, attention la table, attention les papiers ! Marc ajustait un tuyau à l'orifice du poêle que Véra tenait penché.

— Qu'est-ce que tu en dis Fanch ?

— Trop près de la table ! Pousse-le vers le lit. Si je flambe, ça ne fera qu'un ivrogne de moins. Mais les papiers !...

Milie regardait Véra. Celle-ci attendait de sa mère la bonne nouvelle.

— Il faudrait un crochet pour enlever les rondelles quand tu le garniras.

— Il y avait un crochet, j'en suis certaine. Il est peut-être resté dans le camion du brocanteur.

— Mais c'est Walter qui nous l'a apporté! Le brocanteur lui a demandé de nous le déposer.

— Voilà, Fanch! Maintenant nous pourrons faire des veillées chez toi.

— Non mon vieux. Je le garnirai en me levant et je n'y toucherai plus.

— Ça n'empêchera pas d'avoir du feu pour la veillée.

Fanch ne comprit pas l'ironie de Marc. Il voulut vérifier le tirage.

Milie retourna dans la cuisine tenant Véra par l'épaule.

— Ecoute-moi...

— Tu n'as pas réussi, maman. Tu me l'aurais déjà dit. Je ne veux pas retourner dans cette école. D'ailleurs j'ai seize ans, je ne suis pas obligée.

Mais c'est Walter qui nous l'a apporté.

Il fallait convaincre Véra. Elle devait finir l'année scolaire.

Rencontrer Walter. Par hasard. Loin de la maison. Sur un chemin perdu.

Quels prétextes avait-on donné à sa mère pour la refuser au lycée? Elle demandait à entrer en cinquième. En cinquième, avec les enfants de treize ans, elle se sentait capable. Est-ce que sa mère allait lui répondre?

A quoi bon le rencontrer? pour quoi? d'où naissait cette envie?

Est-ce que Milie avait proposé qu'on lui fasse passer un examen?

Un homme curieux, qui posait beaucoup de questions. Que savait-elle d'autre? Il suffirait d'aller rendre à Fanch la « petite visite » qu'il attendait. Walter alors diminuerait comme un point à l'horizon.

— Demain c'est jeudi. Nous en reparlerons. Dis-moi quand le poêle est arrivé?

Long silence boudeur de Véra. Après un moment elle

accepta de se dérider. « Walter a klaxonné. Fanch préparait l'omelette, il lui a proposé de manger avec nous. Walter a refusé, il a posé le poêle, j'ai porté les tuyaux. Il a dit qu'il repasserait vendredi voir si le tirage était bon. Je voudrais rester ici jusqu'à lundi. Qu'est-ce que ça peut te faire de me laisser ici ? »

... qu'il repasserait vendredi voir si le tirage...

— C'est d'accord, Véra. Tu restes à la maison jusqu'à lundi.

On attend. Un bruit, une rafale, quelque oiseau perdu qui frapperait de son bec au carreau, une trombe qui s'abattrait sur les tuiles. On attend. Cette nuit n'est que silence. On reste là, corps fermé sur lui-même, dans cette position où les genoux encerclés par les bras touchent le visage. Les yeux vont de la vitre, derrière laquelle un reflet rouge s'épuise, au poêle où se couche la dernière flambée. On ne sait trop puisque le silence s'étale, par quel mouvement le rompre. Replié, le corps de Milie n'offre aucune ouverture. Assise auprès de Fanch, cadenassée, inaccessible. Elle est arrivée, le réveil rouge dans la main, signe qu'elle allait s'endormir là. Fanch a gratté les cendres, remis sur la flamme quelques morceaux de bois. Tout s'était toujours fait tacitement. Milie est là, le reste va de soi.

Elle s'est enroulée sur elle-même, a installé entre eux Véra, le lycée, le censeur du lycée, la classe de fin d'études, la directrice de l'école où Véra fait quelques apparitions. Un peu trop de monde au gré de Fanch. Milie s'éloignait, il ne subsistait d'elle qu'une faible voix. Elle s'est tue, tue. Il a respiré, remis sur les braises une petite planche. Il lui a lu un poème ébauché la veille, trois phrases serpentines, les mots s'élevaient au signe du charmeur, avec ce déroulement voluptueux qui abolit tout verbe rude.

123

— Dommage que tu ne sois pas dans ma ligne de travail, j'aimerais te dessiner avec mon langage. Quand je te regarde à table le soir, que tu fais semblant d'être avec nous... Mais tu n'es pas dans ma ligne.

Fanch n'a rien connu qui s'apparente à la passion, au désir violent. A la jalousie encore moins. Ce qu'il éprouve est mol et cotonneux. Indistinct aussi. Bien souvent dans les lits où il a couché, il n'a tâté que le vide à son côté. Un corps hospitalier lui est une fête rare. A défaut, la joue d'un copain, un bras, des doigts chauds sur son front, n'importe quel signe de chair vivante et fraternelle ramène dans sa bouche la saveur du sucré. L'ivresse est précieuse et perfide, elle anéantit l'absence. Et réduit n'importe quelle présence, même la plus attendue. Une égale opacité brouille le rêve et le réel. Ce soir de février où Milie est entrée au *Buci,* il a cru d'abord que l'alcool lui jouait ce tour. Des années sans la voir, à l'oublier pieusement, à la confondre avec les visages perdus si bien qu'il n'aurait su dire si elle avait été sœur ou amante ou la première fiancée. Par la rue Dauphine, elle est entrée. Une double Milie, face à lui dans la glace au-dessus du comptoir, derrière son dos quand il s'est retourné. Saisi d'un tremblement. Le ballon de rouge où il allait tremper ses lèvres et qu'il a avalé d'un seul trait. Il l'a dévisagée. Éblouissement. Les yeux de Milie, une chambre dont la porte tient fermée, ses cheveux un drap dont la fraîcheur glisse sur la peau, son corps ce bol d'où s'échappe une fumée chaude qui redonne la vie quand on a craché jusqu'à son fiel jusqu'à son sang, sa voix qui ramène la couverture sur la peau grelottante à l'heure où l'alcool s'évapore. Beauté incomparable de cette femme. Son apparition le trouble, elle le tire en arrière, si loin, au temps des chemins de nuit où le frère aîné prenait serrait dans sa main large et tiède les doigts petits et gourds et que remontait jusqu'au bras jusqu'à la nuque la moiteur de la grande paume.

Mais depuis la soirée du *Buci* les choses ont bien changé. A la vision de cette Milie, s'en est substituée une autre aussi différente que sa vie d'aujourd'hui l'est de sa vie d'avant. Certes il y a des rechutes — les quinze rhums le jour où ce type l'a ramené dans sa camionnette, ils sont marqués sur l'ardoise, comment fera-t-il ? depuis la veille il salivait avec ce mot rhum, rhum au fond de la gorge — mais des semaines entières il s'en est tenu au lait, au vin des repas. Renaissance, résurrection, la *Légende* grossit, *Veilleur de nuits,* les poèmes des errances sont partis dans la boîte en carton et ses yeux désembués aperçoivent de Milie tant de détails demeurés inconnus. Ce soir plus que jamais il pourrait le dire, aucun autre lieu où elle ne serait pas ne lui fait envie. Il le lui dit d'ailleurs, le plus légèrement qu'il peut, sans pathos. Elle sourit mais ses bras tiennent aussi serrés les genoux contre sa bouche. Cette histoire de papier à coller ? non, pas elle qui garderait de ces rancunes. Mais elle l'irrite le déconcerte à rester là comme une question sans réponse. Elle cherche à se rassembler, s'appelle, attend et ne se trouve pas. Fanch peut suivre le tracé de sa course immobile. Car elle n'a pas bronché. Si elle ne l'aide pas, il se sent incapable des gestes naturels pour la délier, l'étendre. Il n'en a pas le courage. Tout simplement pris de frousse. Et la nuit continue de se taire.

— Est-ce que tu n'aurais pas un petit quelque chose qui pourrait faire un grog ? Je ressens une espèce de froid.

Levée promptement. Le réveil déjà dans sa main.

— Peut-être un reste de cette bouteille qu'Isabelle avait apportée. Je le gardais pour faire des beignets. Viens dans la cuisine.

Milie rencontra Walter comme elle avait pu le souhaiter. Venant de la gare elle grimpait la côte à la sortie de Parmain. Voyage à Paris tôt le matin, contrôle médical, de ce côté-là, tout semblait en règle, puis elle avait *soldé* non sans désespoir et la peur au ventre mais bientôt elle en aurait fini, une seconde lettre en réponse aux siennes l'invitait à prendre contact, un peu loin sans doute, à Cormeilles, il faudrait voir.

Walter sortait de la grande maison d'angle en fin de côte. Il la laissa venir jusqu'à sa hauteur.

— J'avais de la peine à croire que vous la monteriez jusqu'au bout. Bonjour.

Milie ne put lui donner qu'un signe de tête, sa main droite traînait un sac garni jusqu'à la poignée. Une voiture arrivait, klaxonnait longuement avant d'aborder le virage.

— Que d'achats ! Et vous allez tirer ce sac pendant cinq kilomètres ?

— Ce ne sont pas tout à fait des achats !

Elle prit soin de laisser tomber chaque mot comme un acide corrosif.

— Ça ne me regarde pas.

Mais il perdait son sourire.

— Ma camionnette est un peu plus loin j'ai un chantier chez les Parisiens qui ont acheté l'ancien haras. Ils transforment tout.

— Des Parisiens bien intéressants !

— Dans ce sac, il y a votre dîner pour ce soir ?

Comme elle avait répondu pas du tout, du superflu seulement et tout au fond du chocolat, il lui suggéra de glisser le sac dans sa camionnette il le lui déposerait ce soir ou plutôt le lendemain matin. « Mais vous n'êtes pas souvent chez vous ? — Je me promène beaucoup. »

Il s'en étonnait. Ces grands horizons vides, ces hivers mous lui donnaient donc du plaisir ? Mais il la quittait

126

au seuil d'une allée, s'emparait du sac, disait à demain matin. Milie continua sa route et s'en remit au hasard. Que Véra se sentît malade que Fanch se levât tôt et quelqu'un d'autre accueillerait Walter.

Véra ne traîna pas. Elle montrait au contraire une fébrilité inhabituelle et fut prête avant les garçons. Milie faillit la prendre à part, lui dire Véra, si tu en as envie, reste avec moi ! Mais elle la regarda sortir sans trouver ce courage. Fanch ne donnait pas signe de vie. Ce fut Paul qui trancha. Parti comme chaque matin à la course, dans l'obscurité, il revint au moment où Milie commençait sa toilette. Tombé dans une flaque, le cartable souillé, le pantalon boueux et des gravillons collés dans les écorchures de ses mains. « C'est trop tard pour l'école, j'irai cet après-midi. » On frappait à la porte ; Milie tamponnait de mercurochrome les mains de Paul.

Walter parut, le petit jour nacré derrière lui et Milie accepta le plaisir qui la saisissait. Il arrivait tel un messager dont on ne sait ce qu'il apporte mais dont la venue dérange ce qu'on avait pris soin d'ordonner. Quelques secondes. Le temps peut-être où l'ouverture de la porte avait livré Walter sur le champ profond du ciel pâle et fragile, quelques secondes, le tableau se figea jusqu'à rappeler ces dessins bicolores que l'œil recompose et décompose à l'infini, où le creux des formes se révèle en se cachant, se modifie selon l'angle où le regard saisit matière espace et temps pour une fois intégrés. La porte refermée, le dessin s'effaça et l'entrée de Walter retrouva des proportions supportables.

— Je venais m'assurer que vous étiez là. Non je ne l'ai pas oublié, *il* est dans la camionnette.

Milie avait encore sur sa chemise de nylon vert le tricot chiné qu'elle enfilait en se levant. Elle essaya d'aplatir ses cheveux, à la hâte. Walter voulut bien

127

d'un bol de café. Il reboucha le flacon de mercuro-chrome que Paul frôlait du coude. « Tu n'es pas à l'école toi ? » A la brusquerie de sa question, Milie lui montra les mains écorchées de son fils. Walter but en silence sous le regard de Paul.

— Merci. C'était bon. Je vais chercher votre sac.

Il revint. Milie habillée, chaussée, debout devant la porte.

Paul s'emparait du sac.

— Qu'est-ce que c'est ?

Milie le reprit, refusa de l'ouvrir.

Walter allait partir ; il y avait ce fameux chantier de Parmain où on l'attendait. Le jour s'installait et le messager n'avait pas délivré de message. Elle l'accompagna jusqu'à la barrière, vit avec surprise que la camionnette était garée loin de là.

Paul vidait le sac.

— Enfin !... du chocolat !

Milie réussit à le lui reprendre et lui proposa de le conduire en classe un peu plus tard. Elle voulait marcher marcher encore jusqu'à tomber quelque part sur la terre qui se raffermissait avec les premiers froids ou sur son lit, devant la fenêtre, à l'abri des branches presque nues. Paul avait ses occupations secrètes sur les diverses routes qui menaient à l'école. Il s'en alla tandis que Milie préparait un mot et le glissait sous la porte de Fanch. Elle se trouva donc devant la haie sans but précis et le désir de marcher s'estompa aussitôt. Prendre un papier, écrire à Anna. Il y aurait si peu à dire et comment le dire ? tous les mots passaient à côté.

Se méfier du regard dédoublé. Il étirait les êtres aux coins de l'horizon qui les encadrait : Anna, sur fond de canal, nimbée par la lumière blanche de la rive en face cette nuit où ses gestes signaient sur l'eau noire le pacte de l'amitié ; Walter, émergeant du petit jour humide ; les papiers de Fanch, révélateurs d'un espace inconnu ; Véra, en transparence sur la vitre du train, mains ouvertes où coulait l'eau de l'Oise quand il longeait le pont au moment de s'immobiliser.

Elle retourna dans la cuisine, fourra dans la cuve du linge pas même sale, un drap qui n'avait servi qu'une nuit et se mit à frotter le tout. Aucune autre façon de dire son malaise ne lui vint ce jour-là.

La lumière s'éteignit après le départ des enfants. Milie trouva la panne qui venait du compteur. Elle partit à Nesles demander de l'aide et chercher des bougies. Le froid enfin là, carrément installé, Nesles à midi, bourg désert, les pas de Milie sur le goudron sec.

Le tabac était bourré. Une douzaine d'hommes bruyants, tous debouts autour du comptoir qui fêtaient sans doute quelque chose puisqu'ils tenaient leurs verres levés. Impression toujours la même d'un troupeau de buffles qu'il fallait fendre pour avancer. Walter l'aperçut, elle l'avait aussi reconnu. Le boulanger lui-même était là qui lui fit un salut et la laissa passer. Milie se glissa vers le comptoir. Walter semblait gai ; d'un signe il lui commanda un verre qu'elle s'entêta à refuser.

— Vous cherchez votre copain ? il n'est pas ici.
— Je veux seulement des bougies.

Il entamait aujourd'hui la construction de sa maison, un peu plus haut vers Frouville, au calme, il la bâtirait lui-même dans les temps morts entre deux chantiers. Voilà ce qu'on fêtait.

— Prenez ce verre, ça se fait ici.
Le vin blanc froid la réchauffa aussitôt.

— Et vous ? avez-vous déniché du travail ? vous plaisez-vous encore dans ce pays ?

L'après-midi même elle irait à Cormeilles par le car, on l'avait convoquée, dit-elle.

— Le car de Magny ?

Vu d'aussi près, le visage de Walter paraissait moins jeune, les sourcils descendaient vraiment très près du nez mais c'était un visage sur lequel on avait du plaisir à promener son regard. Milie ne dit rien de la panne quand il s'étonna : « Des bougies ? vous voulez vous éclairer aux bougies ? » Elle ne souhaitait pas le voir venir en protecteur de la maison. Son associé lui tapait sur l'épaule et quelques hommes un peu gris l'interpellaient. Milie se glissa dehors et rentra morose.

A quel moment le ciel avait-il changé de couleur ? La ligne d'horizon nette et pure soudain délavée. Bruit des premières gouttes sur les rares feuilles du néflier. Milie serra le foulard sur ses cheveux.

L'autocar roulait au ralenti avec ses grands essuie-glaces qui balayaient des gerbes. Pas une place assise, des gens debout jusqu'au fond de l'allée où Milie se faufila vers l'arrière puisque Cormeilles serait le terminus. Sur ses yeux, le foulard jaune s'égouttant. Les pieds humides et froids. Appuyée d'une main contre la vitre arrière, s'essayant à retrouver sans y parvenir une de ces musiques dont les enfants se saoulaient le soir. Un rythme qui passait à travers le corps laissant sous la peau les mêmes ronds larges que traçaient les gouttes de pluie tombant sur le fleuve parallèle.

Une voiture suivait l'autocar. Entre les deux, des gerbes d'eau soulevées par les roues. Au premier arrêt, la voiture stoppa aussi. Elle repartit, doubla l'autocar, revint derrière lui. Milie avait retrouvé un bout du rythme, la suite venait mal. A l'arrêt suivant, la voiture

130

se rangea derrière le gros véhicule. Walter en sortit, courut vers l'autocar; deux femmes descendaient, le dos rond sous la pluie drue, il les contourna, s'approcha des glaces embuées, et quand il eut tenté d'apercevoir ce qu'il cherchait, il rentra dans sa voiture. Au démarrage, Milie frotta la vitre de sa manche. Le visage de Walter apparaissait disparaissait au gré des essuie-glaces. Maintenant il l'avait repérée, Milie en était sûre. Le bras ankylosé, elle se maintenait dans cet espace étroit et sur les jambes, recevait l'eau d'un parapluie sur lequel s'appuyait une femme. De l'autre main, il lui fallait essuyer la buée qui se reformait aussitôt. Le rythme tout entier commençait à lui revenir. Il avait quelque chose à voir avec le bruit des roues au freinage et le balancement des branches sous la trombe. Il y eut deux arrêts encore. Chaque fois, Walter stoppait mais ne quittait plus sa voiture. Il n'avait pas vraiment cru que Milie descendrait. A la regarder collée pressée contre la vitre, il devinait l'entassement là-dedans. Et la difficulté qu'elle aurait eue à le rejoindre, à s'asseoir dans une voiture confortable et tiède était autre que de se faufiler jusqu'à la porte coulissante. Aussi se rapprochait-il autant qu'il le pouvait de cette vitre arrière d'où les voyageurs le regardaient sans comprendre. Bloquant ses essuie-glaces, et la pluie d'un seul coup brouillait l'image de Milie qu'il retrouverait en roulant. Maintenant, elle s'appuyait du coude à la vitre. Le rythme lui échappait de nouveau. Pendant les arrêts, la trépidation du gros moteur au ralenti montait dans tout son corps. La musique s'était perdue dans ces moments-là. Quelques bribes lui restaient, elles prenaient la cadence des essuie-glaces qui traçaient un demi-cercle autour de Walter. Lorsque l'autocar quitta le dernier arrêt avant Cormeilles, Walter le dépassa. Il ne servait plus à rien de rester derrière, dans quelques minutes Milie descen-

131

drait. Il continuerait jusqu'à Magny puisqu'il devait s'y rendre. A vrai dire, le lendemain seulement : mais quand elle avait parlé de Cormeilles le matin, cette idée de la suivre s'était imposée sans qu'il en attendît grand-chose : seulement le plaisir qu'elle lui soit venue.

— Je me suis mal débrouillée.

Milie se souvenait des conseils d'Anna. « Ne te laisse pas impressionner, ils te demandent des montagnes de références et plus encore, pour te faire classer des papiers. Réponds que tu connais le travail, tu verras bien après. On patauge huit jours et ensuite on se rôde. Ils te font tous le même cinéma, l'autre se cale dans son fauteuil, examine tes certificats dans un silence mortel, il te regarde, replonge sur eux et tu te sens naine, les pieds à un mètre du sol. Ce type-là, dis-toi que lui aussi il est passé sur une chaise, face à un autre qui le pesait dans sa tête. »

Mais l'autre, justement, de son fauteuil avait murmuré « dommage » avant de lui rendre ses papiers. Tout au long de l'interrogatoire elle s'était absentée. Non ; pas à cause des apparitions de Walter entre deux gerbes d'eau ni de son dernier regard vers Milie avant de disparaître dans un éclaboussement de flaques. Plutôt par cette décomposition brutale que devait connaître Véra quand elle reprenait la route de l'école après des vacances qu'elle avait crues définitives.

Milie regarda les bâtiments neufs bleu et gris de l'entreprise où elle ne travaillerait pas, les vitres larges de ce qui devait être le restaurant, l'allée cimentée qui menait vers les ateliers. Comme il était bon d'en faire le parcours à l'envers, de passer la grille sans hâte, de se retrouver à la sortie de Cormeilles, libre d'attendre le prochain car ou de le laisser filer, de déguster ce sursis car il ne tarderait plus le jour où rapetissée, réduite, normalisée, sa vie oscillerait d'un point à l'autre d'une ligne droite et brève, immuablement. Fin d'averse. Quelques gouttes douces. Plaisir de troubler du pied une flaque, sans plus aucun souci de sa présentation. Cinq heures à peine et la nuit déjà. Au retour, l'autocar suivait l'Oise. Gardiennes du fleuve, grandes femmes sombres aux pieds frémissants, les maisons plantées sur la rive. Reflet tremblé des fenêtres éclairées dans l'eau lisse. Murs ciel fleuve herbe arbres d'un même gris de nuit drapant les grandes femmes, les gardiennes, en veuves de pierre et leurs visages longs et sévères regardant Milie par de multiples yeux scintillants. Maintenant l'autocar abandonnait la route de l'Oise et c'était à nouveau les places des bourgades, les carrefours et les croisements. Panorama sans surprise qu'il fallait traverser en fermant les yeux si l'on voulait le métamorphoser.

Le lendemain, Milie termina sa toilette avant d'aller réveiller les garçons. Véra se levait la dernière et il y avait tout un rite pour la tirer de son lit. Ce matin-là, Milie l'abrégea.

— Je veux aller à L'Isle-Adam leur expliqua-t-elle. L'un de vous peut me prendre sur son porte-bagages.

— A la nuit ? pour faire quoi ?

— J'attendrai huit heures dans un café, vous me laisserez à la sortie de Parmain, j'irai au marché à pied.

— Tout ça pour aller au marché ? attends donc demain, il y en aura un à Nesles !

— Non Véra, je veux y aller aujourd'hui.

Marc accepta et lui expliqua comment se tenir. Au début elle s'affola un peu, il se retournait souvent, questionnait — ça va ? — ça va fils ! Véra suivait sans

133

joie, incrédule, craignant que sa mère ne prît le train pour Pontoise. « Je lui gâche quelque chose d'important. » Peut-être le meilleur moment de sa journée était-il ce départ matinal, les bicyclettes roulant l'une derrière l'autre sur la route silencieuse entre des champs nus et noirs.

Avant la grande descente vers Parmain, Milie se fit déposer, les embrassa, Véra surtout qui, soulagée, se retourna même pour un signe de main.

Au bas de la côte, deux cafés. Hésitation. L'un et l'autre éclairés de néons blafards. Milie décida d'entrer dans le plus bruyant. Mais il était presque vide, et les voix mêlées qui passaient la porte venaient d'un transistor en marche dans l'arrière-salle.

« Et maintenant ? »

Elle ne savait pas. Pendant la nuit ce désir précis, aller à Parmain, se trouver face à Walter. La suite lui échappait. Elle était là, devant un crème tiède ; un homme debout au comptoir achevait son calva, la patronne hurlait en s'adressant à quelqu'un d'invisible et ses propos se perdaient sous les cris d'un chanteur déchaîné. Le jour allait se lever. La chanson s'interrompit, une voix molle annonça d'autres pluies et des vents forts. Rien ne s'éclaircissait, au contraire ce temps mort, cette halte n'avaient pas la saveur espérée. Deux hommes venaient d'entrer. Ils s'accoudaient au comptoir. Milie crut reconnaître l'associé de Walter qui interpellait la patronne. Quelques secondes pour se décider. Elle sortit, remonta la côte déserte jusqu'à l'entrée du haras. Il ne fallait pas réfléchir mais avancer. Une allée infiniment longue, dépourvue d'arbres. Herbe haute des deux côtés du goudron lisse. Les bâtiments, murs blanchâtres percés de portes rouges. Penché sur un papier étalé à même le sol Walter ne la vit pas venir. Chantonnant. Il se retourna se releva et Milie dit très vite, je voulais voir le haras.

— Vous avez bien fait. Demain nous attaquons les travaux.

Il lui expliqua ce que souhaitaient ces Parisiens.

— Une pièce de quinze mètres ?

— Si vous voyiez ce qu'on a déjà fait par ici ! à Frouville, près de ma future maison, une grange ! Pas croyable, un décor de cinéma ! des niches, une estrade pour les divans, des marches, une cheminée de quatre mètres... De cinéma ! Et quand on a terminé, on voit la maison fermée cinq jours sur sept !

— Parce qu'ils habitent Paris ?

— Pour leurs affaires ou leur travail. Et l'été, la plupart descendent dans le Sud.

— Il y a donc des gens qui ont tellement d'argent ?

— De l'argent !... Il y en a plus que vous n'imaginez. Il faut dire que pour ceux qui savent, les affaires marchent fort. C'est une époque à s'enrichir.

Des mots venaient dans la bouche de Milie, venaient d'une autre langue où « affaires » par exemple, n'avait pas son équivalent : SMIG à deux francs quinze, quatre cent vingt mille chômeurs, minimum vieillesse annuel à deux mille deux cents francs... Qui est-ce qui plongeait dans l'irréalité ?

Walter se taisait aussi. L'associé s'en venait par l'allée. Un salut distant pour Milie, quelques questions sèches à Walter. « Je viens, dit celui-ci. — Merci pour la visite. Je m'en vais. »

Dommage, il ne pouvait la raccompagner, son associé avait besoin de lui.

— Mais je préfère rentrer à pied !

Avec ce vent ? dès le matin ? Que trouvait-elle donc à cette campagne ? « Vous êtes debout si tôt ? eh bien !... » Il s'écarta parce que l'associé, décidément, s'impatientait. « Eh bien, demain matin, je passerai chez vous. Boire un café. Mais ce sera vraiment très tôt. Sept heures ?...

135

Milie levée bien avant que le réveil n'ait sonné. Le jeudi, seul Marc allait à Pontoise. Sa toilette l'occupa longuement parce que ses mains lâchaient le savon, la cuvette, l'éponge. Elle pensa se maquiller, n'en fit rien. Fin prête à six heures et demie. Brusque fatigue. Retour du sommeil. Un instant, la tentation de renoncer, s'enfoncer dans le lit, se réveiller trop tard, au milieu d'une journée sans surprise. Incapable de s'occuper, elle s'en fut dehors et marcha jusqu'à la route. L'obscurité partout. Rien d'autre dans le ciel que les rayons gigantesques et fugaces de phares lointains. L'aube humide la nettoya de sa fatigue. Acuité revenue des perceptions, conscience de vivre quelques minutes qui jamais plus ne disparaîtraient, figées entre chair et peau. Le gravier crissa, une silhouette apparut. Walter, surpris de trouver Milie sur le chemin. Était-il venu à pied ? Elle n'avait perçu aucun bruit de moteur.

— Alors, dit-il tout de suite, vous avez trouvé du travail à Cormeilles ?

La brusquerie de ses questions. Celle-ci sonnait comme une indécence dans la paix de l'aube. Mais elle écartait toute gêne, renouait les fragments de leurs dialogues inachevés. Par la porte de la cuisine coulait une mince lumière qui leur permit de gagner la maison.

— Tout votre monde dort ?

Il s'assit puis se releva parce qu'un chat grattait à la porte. Il le laissa se glisser dehors, retourna vers sa chaise.

— Et maintenant ? qu'allez-vous faire ?

— Je ne suis pas inquiète, je trouverai bientôt.

Les questions continuèrent. Que faisait-elle ? qu'avait-elle fait ? pourquoi venir s'enterrer à Nesles ? et ses enfants ? qu'allaient-ils faire ? Fanch ? il n'avait

136

donc jamais travaillé ? comment se débrouillait-elle ?
Il parlait en homme pressé de savoir, s'impatientait de
la lenteur que mettait Milie à lui répondre, insistait,
cherchait à comprendre. Elle ne finissait pas une
phrase que déjà il posait une autre question. Le café
refroidissait. Il le but d'un seul trait. Maintenant le
chat grattait à la vitre pour rentrer. Walter fut debout
avant Milie. Gonflé par les pluies, le chassis de la
fenêtre fermait mal. Walter qui écoutait Milie bougea
plusieurs fois le battant, d'un geste professionnel.

— Il reste du café.

— Alors une goutte.

Et il se rassit. Sursauta quand la sonnerie du réveil
se fit entendre.

— Quelqu'un se lève ?

— Mon fils Marc.

— Je vais partir, dit Walter. On commence à sept
heures et demie. Il y a deux hommes qui viennent
d'Hérouville et un de L'Isle-Adam. Celui-là vient à
pied. On a promis de terminer en trois mois. Juste pour
le début du printemps.

— Et votre maison ?

— J'y travaille le dimanche.

— Je vous raccompagne jusqu'au chemin.

L'obscurité. Mais déjà la rumeur sourde qui précé-
dait l'arrivée du jour. Le grenier s'éclaira ; sur la
campagne noire, le profil net de Walter.

— Oui, j'y travaille le dimanche. J'ai eu du mal à
faire mon trou ici. Pas question de refuser un chantier,
il y a de la concurrence dans la région, c'est une drôle
de bataille. Au plus teigneux de l'emporter !

— Vous êtes venu à pied ?

Non, il avait laissé la camionnette à la Fourche. Ainsi
appelait-on, quelque cent mètres plus haut, à la bifur-
cation des trois chemins, un triangle d'herbe où se
trouvait planté le panneau de la départementale.

La deuxième fois qu'il laissait son véhicule loin de la maison. Ne voulait-il pas qu'on sût où il se rendait ?

Milie s'arrêta. Walter immobile aussi sur le chemin de gravillons.

— Six heures et demie, ce n'est vraiment pas trop tôt pour vous ? Eh bien je serai là demain matin. Couvrez-vous par exemple, je suis sûr qu'on va vers le froid.

Disparu d'un seul coup comme il était arrivé. Milie s'obstina ; elle voulait saisir le bruit du moteur quand la camionnette s'éloignerait, mais il se perdit dans les signaux joyeux du premier autocar venant de Pontoise.

Un autre Marc le jeudi matin. Moment précieux. Seul avec sa mère inactive dans la cuisine rangée de la veille au soir, avalant vite, presque sans mâcher, coupant du pain le tartinant l'enfournant dans sa bouche, recommençant, soufflant sur le lait chaud et entre deux gorgées, parlant à Milie. Il en disait long dans ces moments-là : le lycée, Véra, les copains, le vélo, le « plus tard ». Par demi-confidences livrant à Milie ses projets, ses secrets. L'autre moitié qu'il conservait lui suffisait à se sentir indépendant.

Regard étonné de Milie sur Marc et Véra. A travers eux, commencer dix-huit ans trop tard à voir clair dans son adolescence. Lire en eux ce qu'elle n'avait pas su dire. Refaire avec eux le chemin aride. Double, triple fatigue que personne ne lui demandait d'endosser.

— Superficielle, disait Marc de sa sœur.

— Tu es injuste, tu ne cherches pas à la comprendre.

— Parce que tu crois vraiment qu'elle va tenir encore deux trimestres à l'école ?

Milie le croyait. Marc la trouvait naïve.

— Au lycée elle n'aurait pas tenu le coup.

— Ah oui ? pourquoi ?

Parce qu'il fallait travailler. Parce que les absences étaient contrôlées, sanctionnées. Parce que les traînards, on les éliminait.

Milie regarda vers la fenêtre sans lui répondre. Est-ce qu'il allait se mettre à parler comme le censeur qu'elle avait demandé à voir, prête à toutes les formes d'humilité que ces sortes de gens apprécient ? Sa politesse à lui, excessive et distante. Le bout de ses doigts tenant comme un chiffon souillé le carnet scolaire de Véra. Milie décidée à mettre le paquet. Que l'on donnât une chance à sa fille, cela pouvait suffire. Cela s'était déjà vu. On s'était trompé, on avait déclaré Véra incapable sur les résultats d'une année. Milie avait même osé parler de cette année-là, de leurs difficultés grandissantes, de la chambre unique, de ses multiples séjours à l'hôpital. A l'âge de Véra, une chance, est-ce que ça ne pouvait pas s'accorder ? Le censeur, son air d'impuissance exaspérée. Il avait mis un terme à la plaidoirie de Milie.

— La chance des pauvres, madame, c'est le travail !

Marc connaissait l'histoire. Milie la lui avait rapportée le jeudi précédent.

Elle le troublait, lui révélait un repli, un coin caché de lui-même qui se calquait sur la logique de cet impitoyable censeur. Voilà ce qu'il ne pouvait dire à sa mère. Et d'autres choses encore. Que Denis lui pesait parfois, qu'il aurait voulu tirer son lit à l'autre bout du grenier, élever des cloisons pour s'endormir seul, partir le matin, en avant des autres sans qu'on lui en demandât la raison, que les poèmes de Fanch ne l'émouvaient guère et qu'il comprenait mal pourquoi Milie n'avait cessé de le harceler avec ses « travaille, travaille Marc ! » quand de Véra, elle expliquait la voix émue, « elle se construit ; lentement, mais elle se construit ». Cette phrase-là l'exaspérait entre toutes. Image de sa sœur, nid fragile ; chaque jour apportait son fétu à l'édifice instable.

Il s'habilla sans parler. Milie le devinait malheureux. Il ne se douterait jamais des efforts qu'elle avait fournis pour effacer Walter, la route obscure qui passait entre elle et Marc tandis qu'il avalait ses tartines. A un moment, elle avait même répété « je ne suis pas inquiète, je trouverai », à ce même moment où Marc disait de sa sœur, c'est pas sa faute, elle est creuse !

— L'an prochain fils...

— L'an prochain les profs me conseillent math sciences, mais c'est dur, je ne sais pas si...

— L'an prochain vieux, je te donnerai ma chambre. Il te faudra du calme pour travailler.

Il ne s'y attendait pas, faillit perdre son humeur maussade, la rattrapa de justesse pour lancer à sa mère, l'année prochaine il faudrait peut-être que je la perde à me construire ! Mais sur son vélo, à l'air vif, il regretta sa hargne. Tellement inattendue la promesse de Milie ! En roulant vers Parmain, il commença d'organiser la chambre. Sur le bas côté, avant le bourg, il aperçut Walter qui s'apprêtait à traverser. Il lui lança un gai salut. Ce type lui plaisait. Peut-être lui trouverait-il un petit boulot pendant les vacances ? Il faudrait le lui demander. Mais sa mère, où dormirait-elle ? La question lui venait seulement alors que les plans d'installation l'avaient occupé tout au long de la route. Dans le grenier comme durant l'été ? Ce n'était pas acceptable. Il la connaissait bien, ses élans, son impulsivité... Il ne prendrait pas sa chambre si elle montait au grenier. Alors Fanch peut-être ? Oui, il demanderait à Walter de l'employer pendant les vacances. On pourrait faire un réveillon, le trente et un décembre. Il savait déjà ce qu'il achèterait à chacun.

140

L'idée d'un réveillon offusquerait Denis. Une belle discussion en perspective. Pour la circonstance, Véra serait de son côté, Paul naturellement dirait oui et Fanch qui aimait les fêtes et le bruit des bouchons qu'on arrache. Soudainement il revit Anna. Elle disparut reparut s'en alla dans un vague regret.

Le jeudi, Véra se levait tôt. Elle ouvrit la porte de la cuisine, Milie nouait son écharpe. « A tout à l'heure, je vais au marché de Nesles. — Encore au marché ? — Pourquoi encore ? Si tu veux y aller à ma place... — Mais hier tu étais au marché ! — Hier ? non. — A l'Isle-Adam. Enfin c'est ce que tu nous as dit ! » Milie se rattrapa trop tard. Elle n'y avait presque rien trouvé, dit-elle en se dépêchant de sortir.

Elle écarta un peu Walter qui marchait à sa droite, à sa gauche et dont elle sentait le bras posé sur son épaule. « Six heures et demie... » et l'air glacial de l'aube lui vint dans la figure. Il la traversait comme une brûlure. Il faisait beau. Les nuages se couchaient, s'effilaient et disparaissaient.

Du marché, Milie revint chargée. Paul dormait encore.

— Cache les oranges, maman, s'il les voit il nous fauchera notre part !

Milie n'en eut pas le courage. Plaisir des fruits dans le saladier, au milieu de la table, pommes rouges et jaunes, oranges vives. D'où Véra tenait-elle ces idées ? Elle ramenait ici le monde étriqué soupçonneux de son école. A la vue de la pyramide, Fanch siffla.

— Un tableau ! il y manque une nappe blanche. On peut toucher ?

— Trois pour chacun, ça durera ce que ça durera.

— Tu es riche Milie ?

— Non, imprudente !

141

Lui ne voulait pas fractionner le plaisir. Il dévora les trois oranges à la suite et dit qu'il allait marcher un peu dans le bois à cause d'un poème qui le tracassait. Il rentra l'après-midi, chargé de petites branches mortes qu'il mit à sécher devant son mirus. Un moment dur à passer. Le matin, l'espoir l'agitait. Quand après deux heures il venait rôder dans la cuisine sans oser formuler sa question, Milie aurait voulu s'en aller, n'avoir pas à casser la tige de cette espérance qu'il promenait comme un lys dans sa main. Non, le facteur n'était pas venu, non, le facteur n'avait rien laissé. Il appelait au secours tous les anges gardiens connus, calva, blanc sec, clé des ducs, punch, ballon de rouge, marc, muscadet. Certaines portes s'ouvraient labourant sa mémoire, *ta vie que tu bois comme une eau de vie*, le battant rue/comptoir, l'éclair de la vitre sur les chromes du percolateur. Il vivait un instant de haine. Celle-là, tranquille, elle lui paraissait laide avec ses cheveux frisés, qui gardait dans la poche de son imperméable un porte-monnaie rouge ; suffisamment de pièces pour courir jusqu'à Nesles... Il allait voir le jardin, noyait dans le grand ciel d'hiver son ressentiment furieux. Sa colère encore fumante traçait sur la ligne d'horizon des mots que lui seul pouvait comprendre. Vidé, purifié, il s'en retournait vers sa chambre. « Que serais-je si je n'avais pas ces papiers ces crayons ? Un assassin peut-être ? » Un jour il entamerait un poème à Milie. Depuis le temps qu'il y pensait... L'idée de poème ramenait la douleur. Mais la douleur amputée de la haine s'élevait comme une alouette, battait des ailes jusqu'à la ligne d'horizon et se perdait au-dedans des lettres noires.

Véra repassait le linge. Un mauvais après-midi pour elle et pour le fer qu'elle cognait sur la table. Milie était partie s'étendre. Son dos encore avec ces six kilos traînés le matin. Fanch voulut la voir. Il eut un peu mal quand il ouvrit la porte. Elle avait retiré sa jupe. Un collant brun et son pull-over chiné qui la couvrait jusqu'aux cuisses. Elle se glissa sous la couverture.

— Il fallait me réveiller ce matin, je t'aurais accompagnée. Qu'au moins je serve à quelque chose ici !

— La prochaine fois, Fanch.

Il évitait de regarder sur le mur les traces de colle séchée.

— Reste un peu avec moi. Raconte-moi ta promenade. As-tu mangé ? On t'a laissé...

— Non. Je garde le parfum des oranges le plus longtemps possible dans la bouche. Ta pyramide Milie, elle est bien touchée, Marc vient d'arriver.

— Tu te souviens de celui qui t'a ramené ici quand tu t'es trouvé... malade au tabac de Nesles ?

— Oui.

Inquiet. Pas revenu au tabac depuis ce jour-là. Cette petite ardoise qui l'y attendait.

— Oui. Eh bien ce type ? tu parles de Walter ? l'entrepreneur ? celui qui a déposé le mirus ?

— Tu le connais bien ?

Ils avaient bu quelques verres ensemble. Fanch le trouvait sympathique. Sans plus. Que se passait-il ?

— Rien, dit Milie. J'y pensais à propos du crochet de ton mirus qui a dû tomber dans son camion.

Maintenant Fanch avait envie de s'asseoir, de parler. La main bêtement vide palpait un verre absent. Demain il irait à Nesles : ce soir il verrait Denis, à part des autres. Demain... Ce Walter ? c'était un copain du boulanger, leur propriétaire dont la sœur habitait la maison face au tabac, le jardin avec le petit bassin. Couturière ou quelque chose comme ça, seule, veuve ou divorcée, une fille, vingt ans, le portrait de sa mère. Au tabac, quand Walter s'en allait on pariait : les uns qu'il se mettrait avec la mère, les autres, qu'il épouserait la fille.

Milie glissa ses mains sous la couverture. Contractée, attendant la suite. Fatiguée avec ce dos tout à coup douloureux.

— Mais comment sais-tu ces choses ?

— Les cafés, Milie. Il n'y a pas comme les cafés pour s'instruire, je te l'ai toujours dit ! Tu vas rue de Buci ou au fin fond de l'Oise, tu trouves toujours le type objet de spéculations. Ce sont des histoires de village, rien de plus.

Milie revit la camionnette garée loin de la maison. Un monde étranger à l'entour, qu'il allait falloir découvrir. Vers le soir elle se leva et se couvrit chaudement pour une promenade jusqu'à la haie. Bleu profond de fin de journée virant au violet. Vent froid. Gel probable de la terre pendant la nuit. Le néflier si pitoyable, presque chauve, tronc tordu de vieillard moribond. Milie se sentit mieux. L'histoire de village perdait de sa consistance, résistait mal à l'espace crépusculaire. « Et puis, est-ce que Fanch et moi nous ne sommes pas pour eux une histoire de village ? » Enfin la nuit s'approchait au terme de laquelle tenait bon le rendez-vous de six heures et demie.

Brouillards givrants les matins d'hiver. Milie est en avance. Son pas timide sur les gravillons du chemin. Précaution inutile, à l'arrivée de Walter, le silence volera en éclats. Milie a enfilé la cagoule rouge de Paul. Hier, Walter a dit, tes oreilles sont gelées, tu ne te couvres pas suffisamment. L'obscurité uniformise toutes couleurs, rouge de sa tête ou beige de l'imperméable.

Milie s'avance vers la Fourche où Walter continue de

144

garer son véhicule. S'arrêtant pour guetter les bruits. Repartant.

Tout est un, tout est même. Un et même, les levers d'avant le jour, ceux de l'enfance pour suivre le grand-père dont le bruit des talons quand il mettait ses souliers la réveillait, immanquablement, et l'idée qu'il allait partir sans elle l'arrachait à son lit moite ; un et même, la route d'Yerres à Brunoy jusqu'au hangar où le vieil homme travaillait encore et plus tard, les trajets de l'aube, traversée du pont de Clichy, au ras de la berge, sur la laideur noire du fleuve, un halo, une vapeur fugace annonçant la victoire du jour naissant, places boulevards de Paris, premiers cafés éclairés, quand à travers la vitre du bus, par la déformation des reflets il neigeait des lumières sur les premiers passants. Mais ce matin les souvenirs s'effacent au profit du présent. Une heure à passer ensemble. Personne à réveiller ; depuis deux jours, les enfants sont en vacances. Walter doit se rendre à Pontoise, mais il lui suffira d'y arriver à huit heures. C'est à la barrière de la maison, hier matin, qu'il a reproché « tu ne te couvres pas suffisamment » et, a-t-il ajouté, « demain nous aurons toute une heure et le temps de parler davantage. » Parler. Il pensait sans doute, raconter. — Tu n'aimes pas parler de toi s'est-il étonné à plusieurs reprises. Pourquoi ?

C'est leur cinquième rendez-vous et sa précision est extrême. A six heures et demie, le vendredi puis le samedi, il était arrivé, frais, bavard, joyeux. Ils avaient marché d'un bon pas vers le bois, s'arrêtant parfois quand Walter allumait sa cigarette ou quand il décrivait en gestes larges, les lieux qu'il avait connus. A un moment, il approchait son briquet du poignet pour vérifier l'heure. « Voilà, il faut y aller ! — Sept heures ? — Oui déjà ! » Gêne de l'un et l'autre. La première, Milie le quittait en courant.

Il n'avait pas proposé de rendez-vous pour le dimanche. Peut-être dormait-il un peu plus tard avant d'aller travailler à sa maison ? Une hypothèse qui touchait Milie au plus profond d'elle. Maintenant qu'il l'avait raconté à sa façon simple et directe, elle savait la masse de fatigue qui s'accumulait sur lui depuis au moins vingt ans. Son âge aussi lui était connu et les raisons de son indifférence aux ciels de l'Oise, et l'aventure avec son associé, et les histoires des hommes qu'il employait sur le chantier du haras. Mais de leurs rencontres, de la première — l'Uniprix — ou de la voiture roulant vers Cormeilles sous les torrents de pluie, il n'avait pas dit mot.

Le dimanche, Milie avait traîné dans sa chambre, cherchant à imaginer Walter chez lui et le lundi la voici sur le chemin, à l'heure précise. Walter ne paraît pas. Viendra-t-il ? L'attente se prolonge. Quatre kilomètres, la route est sèche, elle en verra le bout. A la Fourche, un bruit reconnaissable entre mille, des phares qui s'éteignent, une portière qui claque, Walter à grandes enjambées qui la saisit la palpe l'embrasse. Que les choses sont donc simples et douces. Cette étreinte que Milie prolonge c'est la riposte au froid des ténèbres matinales, c'est la descente de l'autocar pour courir ruisselante vers la voiture chaude de Walter, c'est la sortie de celui-ci jouant des coudes, d'entre les hommes du tabac qui fêtent la première pierre de sa maison, ce sont les élans réprimés, les désirs cachés au creux de discours étrangers.

— Je me suis fait du mauvais sang. Je t'imaginais en train de m'attendre, là au froid.

Du mauvais sang. Il le répétera plusieurs fois.

— Depuis l'Uniprix, dit-il ce matin, je me fais du mauvais sang pour toi.

Demi-heure vite engloutie. Ils n'ont avancé que de

quelques mètres. Immobilité vertigineuse à laquelle ils ont du mal à s'arracher.

— Et j'ai failli ne pas venir. Impossible de démarrer. Le froid... cette camionnette est vieille.

— J'allais partir chez toi, j'étais inquiète.

— A pied ? tu vois que j'ai raison de me faire du mauvais sang.

Il y a des chants de flûte qui ont ce même enroulement de la buée sortant de ses lèvres quand il dit « mauvais sang ». La sonorité tendre et peuple du terme, ce qu'il y met de conviction, ce qu'il y laisse échapper de sa nature anxieuse touche Milie jusqu'aux larmes.

Chaque jour, depuis qu'ils sont sur le haras, il passe prendre son associé à sept heures quinze, jamais plus tard.

— Mais mercredi je resterai davantage. Le garagiste de Pontoise attendra un peu. Nous lui vendons la camionnette, il est temps, elle n'avance plus.

De la route qui s'enfonce vers le bois, Milie montre à Walter la masse noire des champs. On peut maintenant s'asseoir sur le sol sec et dur. Walter allume son briquet, tâte les monticules de terre gelée. « Quelques minutes de repos », dit-il.

Les joues glacées de Milie. Il y trace de ses doigts les signes rituels du désir. Le grand silence de l'aube s'écaille déjà. Les minutes tombent, il faut se quitter.

— Demain, demain nous aurons une heure entière.

— Parle-moi de toi !

Il l'a répété chaque matin.

Cette lourde pâte à remuer. Ce voyage à rebours à travers sa vie.

Walter parle avec aisance quand ils marchent ou qu'ils s'adossent un instant aux rares arbres du chemin. Quelques mots, c'est le ciel qu'il aime, celui des Vosges ; vient le mauvais souvenir la « bêtise de jeunesse », payée cher oui, tout juste vingt ans de cela, pas grand-chose, une peccadille mais on ne lui a pas fait de cadeau. Des années pour s'en remettre. Mais depuis, impeccable, tout à fait impeccable, le travail encore le travail et rien d'autre. La vie recommencée, ici, sur les souvenirs déchirés. « A zéro, quoi. Alors quand je t'ai vue à l'Uniprix... tu comprends ? C'est trop dur, c'est trop cher ! Je t'avais aperçue le quatorze juillet à Nesles et Maurice le boulanger, m'avait parlé de vous. Il n'y comprenait rien. Anna, Fanch, vos visiteurs, ça le dépassait. Et toi qu'il ne voyait jamais, tu chargeais ta fille d'aller payer chaque mois. A mon arrivée ici, j'ai connu tout ça. Mais j'étais préparé, les Vosges ou ici... Avant de m'installer, j'étais passé par Paris mais ça n'a pas marché. Milie écoute-moi, ni à l'Uniprix ni ailleurs... »

Cette inquiétude s'est fichée en lui. Depuis le voyage à Cormeilles, il voudrait suivre Milie partout. La voit vulnérable, en danger. Savoir. Veiller à. Empêcher que. Et pour se rassurer, nourrir la journée de patience, il n'a que cette demi-heure.

Ce matin le brouillard givrant se décompose.

— On ne pourra pas s'asseoir, dit Walter. Marchons un peu. Si ça tourne en pluie nous reviendrons à la camionnette.

Ils sont trempés. La cagoule rouge dégouline sur les yeux de Milie. Walter la hisse sur la banquette et remonte les vitres.

— Je vais rouler jusqu'au bois. Espérons que personne ne s'arrêtera pour voir ce qui m'immobilise.

A travers le rai des phares, des gouttes dansent

devant la camionnette. Abri. Vapeur sur les vitres et chaleur de Walter qui a quitté son veston trempé.

— Moins vingt. Le garagiste attendra un peu.

— Et le haras ?

— Hier on a travaillé jusqu'à neuf heures. Les types étaient crevés mais ils auront une bonne paye pour Noël.

Que son univers est net et simple ! On travaille dur, on gagne bien. Tout est clair, logique. Milie se sent vieille auprès de lui et pourtant il est son aîné. Vieille et âpre. Il a pris son mouchoir pour éponger les gouttes qui roulent encore des cheveux de Milie, ceux qui moussaient hors de la cagoule.

— Je voudrais te voir le jour de l'An.

— Je serai là.

— Mais tes amis de Paris ? Viendront-ils chez vous pour la fête ?

— Non, certainement pas. Anna peut-être ? mais elle n'a rien fait dire, elle ira voir sa fille. Non, nous serons seuls.

— Est-ce que tu viendrais chez moi, dans l'après-midi par exemple ? Je n'irai pas travailler sur ma maison, je me donne une demi-journée. Le soir je dîne chez Maurice, mais en famille avec sa sœur, sa nièce...

— Et si quelqu'un me voyait ?

— C'est vrai, j'évite, reconnaît-il.

Incongru serait le pourquoi qui brûle les lèvres de Milie. Instants décalés, même la nature autour d'eux s'absente, invisible au-delà du ruissellement sur les vitres. La cagoule s'étale sur le plancher comme une flaque de sang. Les gestes sont freinés par l'étroitesse de la banquette mais chacun sait bientôt ce qui donne à l'autre un plaisir dont sa mémoire retrouvera la trace dans les odeurs confondues de laine et cheveux mouillés.

Les vitres blanchissent. Jour de pluie campagnarde.

La terre boit et dégorge. Milie remue son bras ankylosé.

— Huit heures et demie! Je ne vendrai pas la
camionnette ce matin. Tant pis. Mais il faut y aller
quand même. Je te laisse devant chez toi? C'est trop
court, Milie! Et jusqu'à demain, je vais m'en poser des
questions!

Paul patauge sous le néflier, l'anorak ouvert sur sa
veste de pyjama.

— Tu étais où maman?
— Tu es levé depuis longtemps?
— C'est aujourd'hui qu'on va à Paris?
— Viens te sécher, Paul. Viens déjeuner.
— C'est aujourd'hui?
Ne serait-ce pas plutôt demain? Mais Paul est sûr de
sa mémoire. Alors s'il demandait à Véra? Elle a peut-
être envie d'aller à Paris?

— Tu as promis, c'est promis! Tu dois m'y
emmener!
Véra d'ailleurs se récuse. Traîner Paul à Paris?
Jamais, jure-t-elle. Il touche à tout. Les histoires
qu'elle aurait! « Et puis moi, les jouets, ça ne m'intéresse pas. »
Fanch pousse la porte.

— Tiens, toi aussi déjà levé?
— Pas dormi de la nuit. Un bon café serré.
Milie leur doit des excuses. Plus de café. Elle ira dans
l'après-midi jusqu'à Nesles, chercher quelques provisions.

— Ne compte pas sur moi, prévient Véra.
— Je ne pensais pas te le demander. Je prendrai
aussi du chocolat.
— Parce qu'il est déjà fini?
— Oui Véra. Tu en sais quelque chose!

150

Protestations. Et Marc donc ? Est-ce que sa mère a surveillé le nombre de fois... et puis elle a quelques mots à dire. Depuis l'affaire manquée du lycée elle réfléchit. Elle veut travailler. Comme Arlette, sa seule copine de classe, qui a trouvé un emploi épatant, à Pontoise même. Elles ont rendez-vous cet après-midi.

— Non !

Au cri brutal de Milie, Fanch a sursauté.

— Véra enfin... Milie se radoucit. — Je t'ai expliqué. En février tout s'arrangera, moi je vais travailler. Mais on avait réglé déjà cette affaire, tu restes à l'école jusqu'aux grandes vacances.

— Le lait ? on peut en prendre ?

— Prends ce que tu veux, Fanch ! Pour le café, c'est un accident.

— Le café Milie, c'est pour les visites.

Milie se rebiffe.

— Quels visiteurs ?

— Je n'ai pas parlé de visiteurs, mais de visites. Le café ça se garde pour... les visites. C'est normal, Milie, c'est partout comme ça !

Walter, les tracés précis — seule cassure, la « peccadille » lavée par vingt années de travail fou — quand il regarde en arrière, la route des Crêtes, le moutonnement des ballons sur quoi se découpe le profil pointu des épicéas, une jeunesse pareille à l'âge mûr des adultes et devant lui, à l'infini comme le ciel glouton de l'Oise, les chantiers à terminer au prix du plaisir, du sommeil, de la vie même, peau du visage piquée des poussières de plâtre et de bois, la maison à édifier de ses propres mains sur la hauteur de Frouville, au calme.

Du fond de sa mémoire qui les avait enlisés Milie voit monter en bulles transparentes, les infimes détails de sa vie passée. Chacun avec sa coloration unique, l'ensemble comme un grand puzzle disparate. Comment Walter se repérerait-il dans une existence dont les signes lui restent étrangers ? Le grand-père sans doute l'y aiderait. Il a été de ses familiers, peut-être de ses proches, il pourrait aujourd'hui habiter Parmain, travailler au haras douze heures par jour. Le travail a été toute la vie du grand-père : journées sans relâche dans les champs, retour à la nuit dans le vieux Brunoy où il s'est acheté — oui acheté — une maison. Espèce de goulot entre deux bâtisses, deux pièces en bas, une au-dessus, l'obscurité au milieu de l'après-midi mais l'eau à l'évier. Chez les frères Brousset depuis son adolescence. Il a toute leur confiance, cela veut dire qu'ils lui confient toutes les besognes possibles. Quand il n'est pas dans un de leurs champs entre Brunoy et Yerres à repiquer les salades, arracher les pommes de terre, il emballe, charge ou répare les charrettes. En travaux de terrassements il ne se débrouille pas mal non plus et dans les maisons des frères Brousset on lui trouve toujours quelque porte à repeindre dès qu'il a fini de rafistoler ou nettoyer les outils ou de s'occuper dans une des quatre granges. Il est honnêtement rétribué, un peu mieux en tout cas qu'un travailleur agricole. Dépenser ce qu'il gagne ? Il n'en trouverait pas le temps non plus que d'endosser une autre veste que la vareuse de coutil bleu. Sa fille n'est plus à sa charge. A la mort de sa mère elle a pris sa suite — une faveur des patrons du *Relais* — les premières années pliant les serviettes, préparant les corbeilles et à dix-sept ans commençant le service. Elle travaille vite et bien. Assez revêche mais rapide et patiente. Jamais d'histoire. La serveuse idéale. S'il y a un *extra*, elle peut doubler sa journée. Elle la double souvent. La maison est achetée. « A ton nom, décide son père. » On se sent comme amarrés. L'avenir prend corps, racines. Un lieu à soi, où l'on pourra vieillir en paix. Étrangement solitaire, la fille revêche. Trente ans, pas le moindre souffle qui soulèverait une journée sur l'autre. Son mardi de repos, elle vient à Brunoy astique la maison lave et repasse le linge du père. Quand il rentre, elle dort déjà ; ils s'embrassent le lendemain lorsqu'elle va reprendre l'autocar. Maintenant elle travaille à Neuilly. Au pourboire, comme les autres serveuses. Nourrie, blanchie, c'est la participation patronale, sans oublier la petite enveloppe des étrennes. Elle est même logée de l'autre côté de la cour, dans un angle de la lingerie mais ça, c'est une faveur toute particulière.

Un certain automne, les ennuis commencent. Accident somme toute banal. Combien d'hommes ont encore leurs mains entières à l'âge du père ? Lui, c'est trois doigts d'un coup. A la bonne main, naturellement. Il pourra quand même repiquer des salades ou déterrer des betteraves. Loi des séries : sa fille arrive un matin où il ne l'attendait pas, ce n'est pas son jour. Elle entre, il la regarde, il sait. Ce qu'elle amène va le blesser. Elle amène Milie. Comme il a décidé de ne plus lui adresser la parole, il n'en saura jamais davantage. Quand elle vient, il s'en va, la main encore en écharpe, mal guéri, voûté, s'apercevant tout à coup qu'il vient d'avoir soixante ans. Mais dans les années trente, ça ne donne que le droit de continuer, si l'on veut bien de vous, jusqu'à ce que la mort vous débarrasse du souci de survivre. Milie naîtra dans la maison. La honte est bue et digérée. Sa fille et lui échangent maintenant quelques mots. Les frères Brousset le poussent à l'indulgence : ce qui est fait est fait ; il va vieillir, il ne pourra pas longtemps travailler, naturellement chez eux il trouvera toujours une assiette de pommes de terre, mais tôt ou tard, il sera à la charge de sa fille. Pour s'occuper de Milie, celle-ci a quitté Neuilly et s'est rapprochée de Brunoy. Traversées innombrables des salles à la cuisine, et pour se délasser, quelques kilomètres quatre fois par jour, afin de nourrir et changer son enfant. Mais c'est à Paris qu'on gagne la vie des siens. Elle va repartir. Milie a cinq ans, le grand-père peut la garder. Il continue d'aller chaque matin chez les frères Brousset, au point du jour, quand il faut aider au chargement des camions qui ont remplacé les charrettes. Il n'est plus sur la liste des salariés, mais par égard pour ses quarante-cinq ans de service, on lui alloue, chaque semaine, de quoi fumer et se faire une mince pelote. Quand Milie ouvre les yeux et ne le trouve pas, elle éclate en sanglots bruyants. Il y a toujours quelque voisine compatissante que ses pleurs alertent et qui la gardera jusqu'au retour du grand-père. Milie dort dans sa chambre au rez-de-chaussée, monte dans la pièce à l'étage les soirs où vient sa mère. Certains bruits précis la réveillent : la toux du grand-père, les talons de ses souliers quand il s'approche de la porte. Depuis qu'elle s'est glissée dans son lit la veille, elle y pense. Au premier raclement de gorge, elle est debout. « Voilà donc la pleurnicheuse, grogne le grand-père », mais il la couvre et l'emmène. « Pas un mot à ta mère, recommande-t-il. Si elle savait, elle t'enlèverait ! » Routes de pénombre. Premiers camions, couleurs montantes d'un horizon qui s'étrique avec le rapprochement des bâtisses et puis le ciel total, champ sans clôture au-dessus des autres champs que délimitent de rares piquets. Et les rencontres, silhouettes imprécises, fantômes de l'aube, les saluts au grand-père qui donnent à Milie un frisson de joie, d'alarme aussi lorsque le passant qui s'est arrêté pour questionner — quoi, c'est la petite Milie ? déjà si grande ? soupire et murmure au vieil homme, ils nous poussent ces gosses, ils nous poussent vers le tombeau. Intolérable image. Elle pousserait son grand-père ? Que faire d'autre que rester auprès de lui pour le

154

retenir l'empêcher d'aller vers ce tombeau dont elle sait déjà qu'il a place en dessous la terre ? Chez les frères Brousset on la laisse tourner autour des poules et des canards pendant que le grand-père s'occupe. On regarde non sans malaise courir d'une grange à l'autre la petite fille du vieil ouvrier agricole vêtue comme une gosse de riches. Tissus molletonnés, doux à l'envers comme à l'endroit, cols brodés, costume marin à la jupe plissée, tabliers à volants arrivent le mardi — jour creux dans la restauration — quand sa mère dépose devant elle un paquet délicatement ficelé. « Ça t'a coûté les yeux de la tête », reproche le grand-père. Ça lui a coûté plus encore. Le nombre d'extras qu'elle peut faire en une semaine !... Son amour maladroit se dit dentelle ou velours, festons ou ratine de la meilleure qualité.

Paris c'est au bout de l'horizon, autant dire à portée de la main. Le grand-père y est allé quatre fois pour aider aux déchargements. Il s'y est passé des choses dont on n'a pas fini de parler. Chez les frères Brousset, rien de changé, ont-ils averti. La terre, elle, ne prend pas de vacances. Le grand-père incrédule, écoute sa fille raconter Paris. Quinze jours de suite elle est là, en *congés*. A son père, les quinze jours paraissent interminables. Il ne l'a jamais tout à fait supportée. D'elle il ne sait rien et n'en éprouve aucun dépit. Peut-elle avoir d'autre besoin que de regarder grandir Milie ? A quoi servirait un père ? il en a pris le rôle. Quand elle vient, la mère est en visite. Cadeaux, sucreries et l'impression de déranger une famille unie.

L'essentiel des conversations tourne maintenant autour de la nourriture, celle qu'on n'a plus, celle qu'on vend sous le manteau, celle qu'on sert dans le restaurant réquisitionné où elle travaille. Promenades avec Milie jusqu'à la route nationale, départs au petit matin après une dernière étreinte du corps chaud,

155

alangui de sa fille qui se frotte les yeux et murmure à mardi.

Promenades espacées, plus de promenades, Milie a douze ans ; pour la trouver il faut courir les rues du vieux Brunoy, questionner chaque enfant qu'on rencontre mais le secret bien gardé ne passe pas leurs lèvres. Milie rentre à la nuit, les muscles rompus, les yeux brillants. Le grand-père qui a injurié sa fille, se tait dès que Milie paraît. La mère pleure un peu, la soupçonnant de méfaits inavouables. Jouer. Le mot lui semble étrange. A douze ans ? Jouer ? à quoi ? — à courir, à rien. A rire. Est-ce possible ? A peine le temps d'y réfléchir, elle repart le lendemain. Sept heures, debout, son sac de linge propre pour la semaine.

Milie est *Vaillante*. Quand il la regarde partir chaque jeudi avec son beau foulard rouge, le grand-père se sent remué jusqu'au fond de ses vieux os. Le monde meilleur est là, à la porte, et Milie la pionnière la franchira demain. Sa mère montre moins d'enthousiasme. Milie approche de quatorze ans, l'âge d'être initiée. Elle y veillera. Dépositaire d'une vérité transmise par les femmes dont elle vient, il lui faut maintenant léguer ce savoir à Milie. La préparer à son destin : l'homme fait pour courir, la femme pour souffrir, arriver *entière* au mariage, tenir un homme, être femme ou mère, interminable litanie qui trace le sillon douloureux vers lequel, inéluctablement, il faut marcher. Mais l'antidote, Milie le trouve à l'école où se faufile, à travers des lectures expurgées, la révélation de l'amour rédempteur, l'unique espoir d'échapper au sort promis. L'amour n'y est que commencement. De la suite et fin on ne parle guère. Par lui, les femmes deviennent les égales des hommes dans la recherche du mal à s'infliger réciproquement. Épreuves nécessaires pour parvenir à ce sommet des émotions où brille l'inaccessible soleil d'or. Lectures après lectures, voici Milie confortée dans cette assurance : l'alternative au malheur de naître femme c'est la fuite dans la passion. Que vienne donc l'être aimé! Cet espoir compense l'ennui des jours. Hier et aujourd'hui ne se suivent plus. Milie s'assied derrière le store, les bruits lui sont devenus étrangers. Les enfants ont disparu avec qui à la sortie de l'école elle courait les terrains vagues. De terrains vagues nons plus, il ne reste guère. Le beau foulard rouge est noué à un clou dans sa chambre et la photo en *Vaillante* est regardée avec les soupirs de regrets qu'arrache un bonheur perdu. Elle sort, marche jusqu'à la route nationale; rues bizarrement vides. Le soir, les murs de la maison étroite et longue se resserrent encore jusqu'à menacer Milie qui les voit se rapprocher. Dormir, tromper l'attente par le sommeil, comme dans les contes. Le dimanche il faut la réveiller à midi. Parfois rentrant de l'école, elle monte, s'étend un livre à la main, et s'endort jusqu'au soir. A d'autres moments, de larges éclaircies allègent les journées; la vie s'élève comme une bulle irisée dans un ciel clair. Les filles vont par groupe, se donnant le bras, jusqu'à la nationale saluer les voitures; bonne chaleur rassurante que se communiquent les coudes serrés quand il faut franchir le barrage des garçons rassemblés aux carrefours. Sans qu'on ait rien prévu, les couleurs du paysage s'obscurcissent, on se lève un matin, lourde et inquiète. Rues à nouveau désertes, salles de classe où l'on est dramatiquement seule, la tête touchant le plafond. Si elle ne réussit pas à l'école, qu'elle apprenne donc un métier; un métier : du travail assuré! Cette année-là, il y aura toute une promotion de tapissières. Aux parents on a dit que souhaitez-vous? que pouvez-vous? Ils ne peuvent pas grand-chose et ne savent pas trop ce qu'ils souhaitent. L'idée de gagner bientôt sa vie exalte Milie. Le grand-père ne va plus chez les frères Brousset. Une vieille hargne

enfouie remonte maintenant. Il regarde sa main muti-
lée, secoue la tête. Ne comprenant pas ce qu'on a fait
de lui, ce qu'il n'a pas fait de lui-même. Sa fille l'excède
plus qu'avant. Elle n'a jamais été très souriante mais
la voilà qui se met à ruminer de sombres histoires de
de bombe, de guerre. Elle en parle comme si la menace
planait sur Brunoy. Cinq ans à peine que s'est achevée
la précédente et, rapporte-t-elle de Paris, un peu partout
on se prépare à la prochaine. « Ça va éclater », prophé-
tise-t-elle pour son père et Millie. La sale histoire qui
va lui arriver, Milie ne la connaîtra que plus tard.
Banale dispute après le service, entre elle et le second
cuisinier ; les propos s'enveniment, elle se précipite
dans l'escalier, grimpe au troisième, s'enferme dans la
lingerie, ouvre une fenêtre et menace de sauter. On lui
crie, que veux-tu Louisa ? dis ! Elle ne répond pas, ne
sait pas, elle n'a rien à demander, ça n'est pas même un
chantage. Elle regarde avec surprise les gens rassemblés
en dessous, la patronne qui pleure, les serveuses qui la
prient. Les minutes passent, on enfonce la porte, on la
maîtrise, elle se laisse emmener. Quelques semaines
d'hôpital mais pas question de retourner au *Relais*, elle
y est devenue indésirable. La voici dans un restaurant
de « passage », boulevard Saint-Michel. On n'y fait
pas beaucoup d'argent. Les cadeaux, les surcreries, les
cartons empaquetés ne sont plus d'époque. Elle
ramasse les journaux ou les livres que laissent derrière
eux les clients et les apporte à Milie. Des vendeurs —
ils sont jeunes — traversent un jour la salle et proposent à chaque table leur brochure. Papier jaune épais,
grosses lettres noires de la couverture : BOÎTE A CLOUS.
La mère a failli jeter celle qu'un dîneur pressé a
oubliée sur sa chaise. Tachée de gras, écornée froissée
elle va prendre le chemin de la poubelle ; le mot
« jeunesse » retient la mère. « Ça distraira Milie. »
  Poèmes, manifestes de la liberté, du bonheur, de la

vie, appel à la jeunesse. Le cœur de Milie s'accélère.

En route vers une étoile : Richard D. dix-huit ans. *Lundi de Pâques :* Georges B. vingt-trois ans. *Seule et solide :* Mathilde S. vingt ans. *Nos vies à leur arracher :* Georges B. *Écrivez, participez, faites vivre* BOÎTE A CLOUS.

Une semaine durant, Milie recule. L'acte lui paraît énorme. L'appel à la jeunesse va se répercuter, lui semble-t-il, dans sa génération tout entière. La revendication violente du bonheur, de la vie, vient conjurer les terreurs de sa mère. Effacés la bombe meurtrière et les décombres fumants qu'elle annonce pour demain. Ce dimanche, Milie a marché seule sur la départementale qui conduit chez les Brousset. Est-ce l'heure différente ? une trahison de sa mémoire ? ou les chantiers qui occupent insolemment un espace jadis libre ? Elle est venue retrouver une émotion qui ne sera plus que dans sa mémoire. Le poème de Georges B. *Lundi de Pâques :* les routes de l'enfance ne se parcourent qu'une fois... Milie retourne à sa chambre où le jour baisse déjà. Reste heureusement la faculté de s'échapper lorsque les yeux se faufilent d'une fenêtre à l'autre. Dans quel ailleurs la vie sera-t-elle prodigieuse ? Ce soir-là, Milie écrit sa lettre. Comme elle peut. Disant oui, faites les poèmes que nous ne savons pas écrire, ils sont dans nos chairs et nous ne pouvons pas les en extraire. Se relisant, elle barre le mot chair, le remplace par cœur. L'acte impossible est accompli, elle a envoyé sa lettre.

La vie continue, la guerre commence. Lointaine heureusement. Personne ne sait très bien situer la Corée. — Si la guerre se fixe là-bas dit la mère, on l'évitera peut-être ici.

Que cette vie sans histoire semble fragile, ballotée entre une guerre passée et celle à venir, inévitable ! Comment s'échapper ? trouver son souffle ? Une grosse

159

aiguille dans la main droite, Milie s'immobilise parfois et pour elle seule dit tout haut « je vais piquer dans le damassé » afin de se persuader que ses gestes sont bien réels. Comment savoir si la lettre... « Est-ce qu'*ils* sont revenus vendre leur journal ? — Non, plus revenus », dit la mère.

Un après-midi, *ils* viennent à deux. Georges B. et Richard D. Ils ont voulu savoir, vérifier. Milie existe-t-elle ? qui est-elle ? Un prochain numéro ? Ils ne sont pas très sûrs d'arriver à le sortir. Georges revoit Milie et s'en va quelquefois l'attendre à Melun où elle travaille. Il a fondé BOÎTE A CLOUS avec Richard. Ils se sont connus dans le train qui les amenait tous deux à Paris. Georges traînait une valise de souvenirs à tuer : parents échappés de justesse à l'épuration, tables croulantes des années de guerre, rétablissement et nouveau départ de la famille pour de nouvelles « affaires ». La poésie l'a sauvé qu'il avalait dans le secret de sa chambre attendant l'âge de fuir. Cuite et recuite pendant ces années de patience, la haine vouée aux parents ne l'empêche pas d'accepter la pension qu'ils s'engagent à lui envoyer. Il a parlé d' « études littéraires ». « Et pourquoi refuserais-tu leur argent ? » s'étonne Richard. Le but justifie les moyens. En trois ans, Georges et Richard ont mis au point les deux projets qui leur tiennent à cœur : la revue qui s'est noyée au milieu de cent autres et la troupe ambulante qui s'apprête à partir. Routes de campagnes, malles de trésors, musique, mots, gestes couleurs : dire partout dire à tous le droit d'exister, l'horreur des tueries.

L'autocar est enfin trouvé. Départ vers le Limousin. Lettres de Georges à Milie. Ils se sont quittés en gare de Melun sur une étreinte si forte si prolongée que Milie perçoit la douleur de l'absence en ces points de son corps que Georges a écrasés. Répondre à ses lettres.

Feuillets raturés qu'elle n'enverra pas. Phrases trop maladroites en regard des lignes où Georges fait passer la route, le travail, la fatigue, les portraits des gens rencontrés, les découvertes d'une autre réalité, le désir qu'il a d'elle. Pris d'inquiétude à ce silence, Georges quitte le groupe, apparaît un soir devant Milie. Il veut connaître les raisons de ce mutisme et quand il sait, s'en retourne confiant porter la parole d'espoir aux abandonnés des provinces.

Georges et Richard tiendront jusqu'à l'été. Granges ou préaux déserts qu'ils ont décorés de fresques peintes par la troupe. En vis-à-vis, salles de bal où se bouscule une jeunesse endimanchée venue apprendre les pas nouveaux qui font fureur cette année-là.

— Il faut se mêler à eux, suggère Richard. Seul moyen de mieux les comprendre.

Sourire amer à la bouche, ils s'en vont donc tous les cinq se balancer autour d'une estrade où des musiciens descendus de Limoges entament la samba reprise en chœur par la salle qui chaloupe et chante « el-la-vai-tou-blié-quel-que-cho-zau-Chi-li ».

Retour à Paris. L'expérience a duré sept mois. Tout à repenser. — On repartira, mais il faut réfléchir, réorganiser le groupe.

Sept mois de séparation. Milie et Georges se retrouvent. Longs après-midi ensemble. Rideau tiré dans la chambre de Georges. Fausse nuit de théâtre : derrière le rideau, le soleil de la mi-journée comme un projecteur voilé. Sables moelleux dans lesquels ils enfoncent jour après jour, corps étreints, langueur du lit, désir jamais assoupi. Pour gagner cette liberté, Milie a quitté son travail. On avait choisi pour elle, elle est maintenant décidée à choisir sa vie. Il a fallu mentir au grand-père. — Le patron a licencié les apprenties. Mais je vais trouver autre chose sur Paris ! Elle rentre chaque soir, prépare le repas, s'assied face au vieil homme, gorge serrée par le mensonge et la fatigue, incapable de lui offrir confiance et vérité, sachant qu'il n'aurait aucune pitié pour la transgression de la loi suprême, celle du travail.

Georges comprend mal mais sa règle est d'expliquer non de juger. Partout la même lutte, constate-t-il. Contre le malheur des hommes, les tabous absurdes qui les étranglent et les ligotent. Pouvoir, famille, guerre, l'ennemi aux multiples têtes. Refuser de plier comme nos parents. Vivre et se battre.

Un après-midi où ils vont retrouver Richard, ils empruntent la rue Racine pour gagner le Luxembourg. Face à face, Milie et sa mère qui, la pause de la mi-journée finie, retourne au restaurant préparer la salle. Pas pesant, appuyé de la mère : ses jambes lourdes et les serviettes dont elle se carapace pour éponger tout ce sang qui s'échappe d'elle avec sa jeunesse et sa force. Honteuse elle n'en dit rien. A personne. Surtout pas aux autres serveuses. L'âge, pense-t-elle. Et ce châtiment inexplicable qu'il faut subir sans parler. Double regard de désespoir. De la mère qui voit et devine et pressent, de Milie parce qu'il lui faut désormais se définir étrangère aux siens. « Tu ne travailles donc pas ? » demande la mère. Elle s'en va vers la salle à préparer, la sciure du carrelage à balayer, les nappes à déplier, avec ce *non* rageur que lui a jeté Milie partagée entre le besoin brutal de l'embrasser et le désir de marquer la rupture.

— En toute circonstance, rappelle Georges, tu gardes ta liberté. Même si cela me déchire.

Les projets pourtant reprennent vie. Richard a

162

trouvé de l'argent et des relais. Reste à reconstituer la troupe, à tenter une nouvelle aventure. Cette fois on ira dans les villes. Mais l'argent promis tarde à venir. Georges « bricole » comme il dit, d'un petit emploi à un autre, irrité de voler du temps à la préparation du grand dessein.

— Tu décides seule, répète-t-il lorsque Milie, lourde déjà, découvre avec angoisse la cause de ses malaises. Il respectera sa décision, sa liberté.

Liberté quelque peu limitée. Que faire ? Un mardi passe puis l'autre, les semaines s'ajoutent avant que Milie ose parler à sa mère. Quand elle a fini, celle-ci s'assied, cherche sa respiration. En un grand chant de douleur, sa bouche laisse échapper la plainte d'une vie saccagée. Mille femmes, un long cortège remontant jusqu'à elle, soufflent ces mots que Milie écoute déchirée. Elle prend ce soir sa place dans la chaîne et se voit au centre d'un tourbillon de malheur qui l'a saisie et ne la lâchera plus.

Seule à connaître l'étendue de son courage. Car elle a décidé de n'être jamais pour Georges un fardeau qui briserait ce rêve pour lequel il lutte durement. Leur libre association, cette union sans garantie la galvanise et l'éblouit. La douleur, c'est de quitter le grand-père. L'imaginer seul, la nuit, les soirs d'hiver. Sa vie se partage entre Georges résigné à cet enfant qui va venir, le travail qu'elle a trouvé non loin de la chambre où ils vivent et les voyages à Brunoy pour raconter au grand-père combien elle est heureuse.

Véra naît un automne. Georges et Milie sont tombés d'accord : ils opteront pour la loi naturelle, l'enfant est à la mère puisqu'il faut en passer par la reconnaissance écrite.

Georges choisit le prénom le jour de sa rupture avec Richard. Les divergences se sont accumulées, voici la goutte d'eau. A Moscou s'ouvre le procès des *blouses blanches*. Impossible, impossible, répète Georges. Richard ne doute pas. Une nuit entière, la première nuit de Véra, Georges et Richard refont l'histoire. Procès, purges, tout est repris, discuté. Au matin, Georges dit adieu à Richard et voit pâlir, s'éteindre l'étoile rouge qui montrait la route.

Où aller ? Deux mondes et autour, le vide. S'il tourne le dos à celui-ci, ça n'est pas pour rejoindre l'autre qu'il a choisi de combattre. Où aller ? Les camarades d'hier, Richard, ses mots — les mêmes pourtant que ceux de Georges — qui se retournaient contre lui. Et le groupe, le projet, la mission, comment la remplir sans les relais de Richard, syndicats, combattants de la paix... Fini. Seul. Du fiel plein la bouche. Il s'assied dans un café qui vient d'ouvrir. Que les poètes volent donc à son secours ! Rien. Sa mémoire est scellée. S'étendre et peut-être dormir. Tirer jusqu'au-dessus des yeux la couverture blanche. Milie. Et cette petite fille née d'hier qu'il avait oubliée. Il aperçoit leur reflet qui surnage de ce vide auquel il est promis. Double et bizarre attachement à Milie. En alternance, le plaisir qu'il trouve en elle et l'émotion que certaines images provoquent en lui : la petite fille de l'ouvrier agricole, la fille de la serveuse, l'apprentie de Melun. Pour se prouver qu'il a raison, les deux lui sont aujourd'hui nécessaires.

Sa décision est prise, il rompt avec sa famille, les commerçants de province. Plus de mandat. Une année difficile. Dans la noirceur des jours, comme une braise douce, l'heure où Milie vient le rejoindre sous la couverture blanche. Chaque soir, tandis qu'elle lange et nourrit Véra, Georges lui fait la lecture de quelque article ou chapitre dont il a pris connaissance et qui vient renforcer les raisons de sa rupture avec Richard.

Mime ou masques ou travail du corps qu'il redécouvre lui révèlent la somme de ses insuffisances. Pour remplacer la pension familiale, il « bricole » quelques jours par semaine. Milie cherche un travail dans le quartier. Les malaises de l'an passé recommencent. Elle n'a d'abord pas voulu y croire. Georges a pâli. « Je pensais que l'amie de Richard t'avait expliqué tout un truc à faire ! puis suggéré — il y a des moyens d'arrêter ça, même sans argent ! Si tu en parlais à ta mère ? »

La dernière chose dont Milie se sente capable. Et d'abord, elles se voient peu. Quand elle sait Georges absent, la mère passe, quelques minutes dans l'après-midi, regarde Véra, dépose sur le lit un cadeau que Milie devine excessif : brassière brodée ou bavoir de dentelle, le même amour inutile qu'autrefois pour sa fille. Il lui arrive maintenant de manquer son travail. Douleurs aiguës qui la déchirent, sang qui perce le rempart des serviettes.

— Je suis presque contente de tirer l'échelle, dira-t-elle à Milie qui vient la voir après qu'on l'ait opérée. Je me fais seulement du mauvais sang pour toi.

Quand Milie débarrassera la chambre où sa mère habitait depuis son départ du *Relais,* elle découvrira, disposés comme des reliques pieuses, boutons, jouets, boucle de cheveux, dessin d'écolière, papier griffonné de sa main, tous objets de son enfance devenus fétiches. Trop tard. Les baisers sur une peau froide ou les larmes sur des mains raidies viennent trop tard.

Le ventre rond de Milie désespère Georges. Dans la librairie où il gagne un peu d'argent, on lui offre un emploi régulier en même temps que par ses relations nocturnes il se voit proposer un remplacement de régie : montage poétique à rôder d'abord dans les grandes villes des trois départements d'Algérie et retour par le sud de la métropole. Une modeste marche d'escalier mais qui le haussera vers le seul air où il respire. Il n'en a rien dit à Milie. Elle devine le désespoir de Georges, regarde le tracé des jours, l'incohérent dessin dont elle est le centre. Quelle main en a infléchi la courbe ? dans quels miroirs se reconnaître ? Seul repère, cette lumière vive qu'allume dans les yeux de Georges le désir de Milie. Repère vacillant, incertain. Georges est repris par le besoin d'écrire. Son travail, chaque après-midi, lui renfonce dans la gorge les mots qu'il brûle de jeter sur le papier. Alors le soir, il se réfugie chez l'un ou l'autre des anciens restés fidèles qui lui passe sa chambre. Il lui arrive même de s'y écrouler et l'ami généreux ne le réveillera que le lendemain. Quelquefois il s'en va plonger dans l'eau bienfaisante de la musique, à Montreuil, où des copains de rencontre jouent la nuit. Saxo nasillard, piano crécelle ajoutent encore à la sensation brûlante d'exister en dépit des éléments contraires. On boit du vin bon marché, on parle du Maroc, de la succession de Staline. Mais lorsque le pianiste frôle les touches, le cœur de l'univers est à Montreuil. Deux ou trois fois, Milie accompagne Georges. Répit. Lumière et chaleur qui coulent des instruments essoufflés. Quand ils se poursuivent et se défient, Milie ferme les yeux. Ces cris l'apaisent qui sont les siens. « Et si Véra s'agitait, seule dans son lit ? » La musique bientôt n'est que pleurs de Véra. « Je rentre » dit Milie. Tête renversée, Georges est ailleurs, dans sa jeunesse rêvée. Qui oserait l'en arracher ? Longues ombres des rues sans fin dans la banlieue déserte. Métro de nuit. Véra n'a pas bougé dans ses sangles. Milie se penche et se regarde dormir dans la chambre du grand-père. Le temps se dérobe, même Véra devient reflet.

— Vis, Milie ! Vis ! bouge, sors ! ouvre les yeux ! Véra moi, moi Véra. A vingt ans tu vis comme vivait ma mère ! Je ne veux pas te servir de limites je ne veux pas davantage me limiter. Suis-je contraignant ? Non, je ne vais pas à Montreuil ce soir, je vois un type au sujet d'une régie... encore que je ne sois pas trop décidé. Mais il faut le rencontrer, on ne sait jamais.

Georges est déjà dehors. « Sors Milie. » *S'épanouir.* « Tu te limites. » Quand Véra s'est apaisée, Milie prend sa veste et tourne la clé. Déambulation sur l'avenue Parmentier. Du Père-Lachaise à République et tour complet de la place. Vitrines. Lumières des brasseries. Sur la route d'Yerres à Brunoy, entre le vieil homme et Milie cheminait leur adoration réciproque. Retour avenue Parmentier, ligne droite, déserte. « Sors Milie, ouvre-toi. » Un banc où d'autres esseulés espèrent une parole amie. Véra dans ses sangles. Elle se réveille la nuit, la douleur des gencives la fait pleurer, ses cris dérangent tout l'étage. Un espace vide tout à l'horizon ouvre le paysage comme le fendrait un scalpel.

Tous les deux jours, Milie continue d'aller voir le grand-père qui n'attend plus que ces visites.

— Il y a une solution, propose-t-elle à Georges un soir qu'il est rentré et l'a trouvée couchée, morose et lasse. Il faut vendre la maison de Brunoy. Avec cet argent nous arriverions à payer la reprise de deux ou trois pièces. Le grand-père ne pourra plus longtemps rester seul. Avec nous, il...

Georges est atterré. Voilà que se reconstitue ce qu'il n'a cessé de fuir. Un soir qu'il n'en peut plus, il s'en va marcher au bord de la Seine. La nuit s'annonce par l'apparition d'une lune pâle alors que le soleil n'a pas encore disparu. De quelque côté qu'il décide d'aller, il n'aperçoit qu'anéantissement. Ou mourir là ce soir ou se consumer dans une agonie chaque matin recommencée. Il lutte pour sauver sa vie, celle qu'il s'est choisie et n'arrive pas à juger sa volonté coupable. Un nuage épais vient cacher la lune. Le noir total en lui, autour de lui. Glisser, mourir tout de suite. Demain s'il vivait, il ne trouverait pas la force de dire non à Milie! Alors il lui faudrait s'asseoir à table entre ce grand-père et des enfants qu'il n'a pas souhaités. Les jours s'useraient d'eux-mêmes, par épuisement, sans flamme ni passion. L'eau sombre a remué au passage d'un bateau-mouche. Partir, voilà ce qu'il lui reste. Mais partir c'est cohabiter pour longtemps avec les fantômes de ses victimes. Il choisira de partir. Jurera, prenant la nuit pour témoin, de revenir plus tard, non pour partager la vie de Milie — il s'en sait désormais incapable — mais pour lui assurer cette amitié protectrice dont il lui a tant parlé. Il conciliera ainsi devoir et désir. Les difficultés à venir lui rendent la force qui lui manquait. Libéré de subir un quotidien uniforme, il se redresse et toise la Seine. Les notes acides d'un harmonica rebondissent sur ses nerfs. Ne pas revoir Milie. Ne pas fléchir. Quelques lignes, dures à écrire, où se mêlent amertume et espoir. Ce départ explique-t-il, n'est rien d'autre qu'une de ces ouvertures dont tous deux, n'est-ce pas, ont admis le principe.

Milie, la lettre dans sa main. Retenant l'espoir, rejetant l'amertume. Bruits de la ville un jour de soleil. Douleur supportable, à peine gênante quand elle aspire l'air déjà chaud. Georges reviendra. Savoir attendre. Chaque journée qui passe rapproche de son retour. « Il reviendra, il m'aime », tige trop fragile pour s'y raccrocher longtemps. « Il aime Véra, il reviendra. » Continuant, tous les deux jours, de visiter le grand-père. Le préparer à cette décision : quitter la maison, vivre à Paris, en étage. Il demande seulement :

— Georges est d'accord ?

— Il est d'accord.

La maison, guettée depuis longtemps par un voisin qui veut s'agrandir, vite vendue, mal vendue, avant la naissance de Marc. Adieu à l'enfance, dernier regard sur les murs où l'on projetait ses rêves. Caisses où s'entassent les maigres secrets d'une vie et qu'on va transporter dans les deux pièces reprises avec l'argent de la vente, juste au-dessous de cette chambre où elle a vécu avec Georges. Il ne faut pas s'éloigner, il peut revenir d'un jour à l'autre...

La Maternité. Après-midi oisives et solitaires. Là se faufile et s'installe, au bord du berceau de Marc, le pressentiment que Georges ne reviendra pas. Vertige. Révolte. Affolement. Le jour de la sortie, Marc dans les bras, un sac pendu à l'épaule, resurgit du plus profond où le coup reçu l'avait enfoncé, l'instinct de lutte. Rien n'est perdu. La mutilation n'est pas la mort.

Suite des jours, combats sans victoire entrecoupés de reculs et d'abandons. Goût de l'anéantissement qui monte aux lèvres, tête frappée contre le mur ; s'y fracasser, y écraser Véra, la délivrer comme on se délivre, de l'inévitable destin. Goût de la vie qui circule à nouveau dans le sang et se fige quand, aux premiers cris de Marc, à ceux de Véra qui marche et tombe, se superpose la voix de la mère scandant sa prédiction.

Le grand-père est installé dans la pièce sur rue. L'après-midi, descendant avec hésitation les trois étages, il marche jusqu'au banc du boulevard. Le soir, il garde les enfants. Milie continue d'aller chez le tapissier qui l'emploie. Mais le travail a baissé, des magasins s'ouvrent par chaînes, on veut du neuf et du nouveau. Afin de compenser les heures perdues, Milie a trouvé un extra, le soir, au restaurant où travaillait sa mère.

— Georges est en tournée.

— Georges reviendra bientôt.

— Georges est à l'étranger...

Le grand-père écoute, sans les commenter, les explications de Milie. Quelque chose s'est reformé dont il se satisfait jalousement.

Milie se prépare, un soir. Le grand-père la regarde. Elle a presque rasé ses cheveux dont il s'est parfois demandé de quel père elle les tenait. Elle va fermer les volets. Elle ne parle guère. Il la dévisage et questionne.

— Georges ne reviendra pas ?

Milie se retourne.

— Je n'en sais rien.

Elle gratte le feu. S'approche du vieil homme pour l'embrasser avant de sortir. Les mots s'échappent tout seuls.

— Non. Il ne reviendra pas.

La voix du grand-père quand elle va passer la porte :

— Suis ta route, Milie. Il n'y a rien d'autre à faire. Suis ta route !

L'interroger. Apprendre de lui comme d'un oracle où mène cette route et quel est le sens de cette étrange vie. Mais le grand-père a tout dit de ce qu'il savait dire.

Sa fin décente. Il cherche à se lever un matin, ses jambes se dérobent, son souffle s'accélère. Un docteur arrive, il a déjà glissé dans la mort. Milie enferme Marc qui maintenant se faufile partout et Véra venue regarder le grand-père figé. Ses effets sont empaquetés. Milie les donnera. Dans la poche de la vareuse qu'il portait chaque jour, une carte postale. Elle est de Georges. Vue classique d'Alger, expédiée dix mois plus tôt. Quatre mots : *c'est dur mais passionnant*. Le grand-père n'a pu aller jusqu'au bout de son acte en détruisant la carte. Combien de fois se demande Milie, combien de fois, pris de remords, a-t-il tenté de la lui donner ? Une vie soudaine rejaillit en elle. Cette mort qui la déchire et la fait entièrement orpheline lui

170

restitue l'espoir. Georges ne l'a donc pas oubliée. Attendre. Ce retour de Georges que Milie transporte en tous lieux, la scène en est chaque fois différente, rejouée à l'infini. Ce qu'il dira, ce qu'elle dira, gestes, regards meublent les heures lentes de l'insomnie, se substituent à toutes autres pensées, envahissent Milie qui répète à longueur de mois les mille versions du retour de Georges. Les images d'hier qui s'étaient assoupies, se redressent, précises. A vitesse lumière se croisent la route de Brunoy et la rue Racine. Pliant sous le poids de ses fruits, une branche d'arbre effleure la table où Milie assied Marc pour le déshabiller; du train qui la conduisait à Melun elle regardait ces pommes, dans des temps lointains, avant Georges.

Solitude. Elle trace autour de Milie des cercles qui vont rétrécissant. Jours sans répit qui s'additionnent. Etranglement tout en lenteur. Pour lui résister on n'a que son désir têtu d'espérer. Jamais assez d'argent, la banalité même, le sort le plus partagé. On travaille maintenant ici, ailleurs un peu plus tard. Un emploi perdu, un autre pêché. On est experte pour cela. On part à la course, on rentre à la hâte. On lave, on berce, on caresse, on couche, on somnole, on range, on grignote, on s'assied fixant un vague point du sol. Le dimanche on marche jusqu'au square Saint-Ambroise traînant l'aînée, portant le plus jeune. L'été quand viennent les vacances, on grimpe la côte vers les Buttes-Chaumont, on s'accroupit, on ramasse la pelle et le seau que les enfants ont semés, on se cache derrière un buisson, à leur passage on surgit en riant, l'abandon de Georges vient vous frapper à la nuque, on s'affale sur un banc, le soleil vous caresse, les enfants vous tirent par le bras. La branche lourde du pommier, le chemin d'Yerres, la tête renversée de Georges écoutant la musique. *Suis ta route Milie.* On installe une bassine sous la fuite d'eau, on descend Marc, la poussette est dans la cour, on resserre les vis d'une roue qui s'écarte, de sa grande écharpe on entoure les joues de Marc ; la gardienne est là, sur le pas de sa porte qui va le prendre alors qu'il s'agite et grogne. On revient en courant, Véra s'est aspergée, on essuie l'eau de son tablier, on jette une serpillière sur la flaque, il faut partir, elle traîne les pieds, on la secoue, on l'embrasse en la poussant dans le corridor de la Maternelle. Métro. Café avalé au comptoir du tabac avant d'aller s'enfermer pour huit heures. Une main amicale se pose parfois sur l'épaule. Chaleur légère vite évanouie. Ce corps qui répondait à Georges, la peau s'en est durcie, il n'entend plus aucun appel. On s'amuse aux blagues bêtes que se racontent les livreurs qui entrent et sortent des magasins. Passent devant les yeux, comme en un message lumineux, les lettres du mot Georges, elles rivent aux coins de la bouche le rire qui s'ébauchait. On trouve, un soir, une enveloppe sous la porte. On se jette à plat ventre, la lettre sous le corps, pour en écraser le malheur qu'elle pourrait confirmer. On reste ainsi, longuement, sans oser la toucher, devant Véra silencieuse. On lit enfin ces pages denses qui racontent des lieux dont les noms commencent d'apparaître dans les journaux. Georges à Blida. Quelle réalité ont ces mots ? A Blida, insaisissable, hors d'atteinte. Quitté par ses désirs, abandonnant la régie, pressentant la rafale qui va secouer ce pays, il y voyage dit-il, pour mieux comprendre. Avec humour il décrit ses conditions d'existence, les jours précaires qui se succèdent. Blida n'est qu'une étape d'où il a ressenti le besoin d'expliquer à Milie qu'on ne rentre pas au bercail quand l'histoire se fait sous vos yeux. Lettre impersonnelle, beau récit vibrant de témoin. Il vient de naître à une nouvelle vie ; hier s'est liquéfié, seul compte le jour présent.

On soigne Véra, Marc tombe malade. Véra guérit, Marc va mieux. A nouveau le métro de huit heures. Le café du matin. On fait des heures supplémentaires, Véra ne quitte la garderie qu'à la nuit. La volupté désirée, c'est le glissement retenu dans le sommeil. On aplatit les crépures qui repoussent, on se met du noir aux yeux. Un soir où les enfants ramassent les perles qu'enfilait Véra, on les observe on les dévisage. Jusqu'alors ils faisaient partie de soi, en quelque sorte prolongement de son propre corps. Ils s'en sont détachés. Ils ne sont plus un reflet, ni de Georges ni de soi-même. Ils sont autres. On les découvre avec curiosité. Désormais on sera trois. C'est ce soir-là sans doute, qu'on accouche vraiment d'eux.

Dès la nuit, on se met à la fenêtre. Etendus sur la corde entre les persiennes, les bas vont sécher au vent frais. Profondeur de la perspective qui s'effile vers la rue Saint-Maur. A sa terminaison, comme un astre qui balise la route, le néon bleu du *Chien qui fume.* Quand des larmes piquent les yeux, le néon vole en éclairs. Fenêtre fermée, cigarette éteinte, tour de cuisine. Chauffer de l'eau, disposer la cuvette sur les serpillières, plier les vêtements que l'on quitte dans l'ordre où, le lendemain, on les enfilera sans perdre une seconde. Mouiller son corps. L'eau tiède coule sur les épaules. Tiède, caressante. Fini de souffrir. Georges n'est plus qu'un vide. Quelque part en soi, ce cratère, c'est ce qui reste de lui. Entrer dans la chambre, le réveil à la main. Marc a mouillé son lit. Trop lasse. Et puisqu'il dort quand même... Sur la lampe mise à terre, un papier brun qui la voile. Petite lueur qu'on fixe et qui accélère la venue du sommeil.

Georges a laissé derrière lui sa collection de poètes. A se les répéter on a comme du miel sur une gorge en feu. Mais aucun de leurs mots ne dénoue ces fils qui tissent les jours, d'arrière en avant et se ferment en boucle, ce qu'on appelait en classe, le *point de chaînette* (classe de couture, kapok rugueux à la peau des doigts, tissu tendu sur un cadrage ; alors le monde était net et simple, on possédait les réponses avant d'affronter les questions, le fil traçait la ligne droite qu'il suffisait de suivre). Circonvolutions, nœuds inextricables. Soi-même est-on autre chose qu'un pâle reflet de l'enchevêtrement universel ? Est-ce la complexité du monde qui se reproduit en chacun de nous ? ce monde n'est-il que l'addition de nos chaos respectifs ?

Une lettre encore. Tableau de cette guerre — Georges écrit le mot — qu'il a fait sienne. Du théâtre ! Comment a-t-il pu, s'interroge-t-il ? Villages de femmes seules. Descriptions précises autant que des photos. La vieille courbée dans la mechta, la petite fille sur le corps de son père, cette route où les camions de la mort soulèvent une poussière blanche. Il va gagner Tunis ; rester sur place devient dangereux. L'horreur dont il est le témoin lave sa mémoire des remords qui s'y accrochaient.

On a passé une sale nuit. Marc gémissant vient de s'endormir au petit jour. Se levant pour le faire boire, on a saisi par l'entrebâillement des volets, ce noir aigu du dehors, cette luisance de l'ombre. Caresse inattendue sur une peau qu'on avait crue tannée. On a pris Véra dans ses bras. On va l'habiller. Elle est nue. Le récit de Georges sur les villages de femmes sans hommes. Fatigue, somnolence. On se laisse aller, la tête contre la peau tendre de Véra. Chaleur qui se communique. Les aiguilles du réveil qui avancent.

174

L'heure de partir est déjà passée. Bien-être aussi fugace que celui de la drogue. Véra bouge glisse, on voit aussi glisser fuir l'argent qu'on vient de perdre. La douceur coûte cher.

Quelquefois par un clair matin d'été, le soleil passe à travers la fente des persiennes. On ouvre les yeux sur les deux lits plaqués contre le mur face à soi. Flou des impressions dans la mollesse du réveil. Chambre de vacances, rayon oblique. Les frère et sœur qu'on a souhaités qui sont là, finalement, par des voies imprévues. Le rayon grandit devient triangle et le flou laisse place à la vérité crue. Marc s'est agité, trempé sans doute comme chaque nuit. On n'a pas lavé hier au soir, on a traîné à la fenêtre, le *Chien qui fume* brillait comme la rampe bleue d'un palace dans une corniche de rêve.

Lendemain de réveillon. Silence des rues, vent froid. Un matin sans vie. La veille on a goûté de la crépinette, bu un verre chez les voisins du dessous. On n'a pas voulu rester on est remontée, à onze heures on dormait. Au carrefour. Seule à déambuler dans cette ville vide. Frisson de plaisir que donnent l'espace et le froid. Joie trouble qui réchauffe. La boulangerie ouvre sa porte. Crème figée sur les gâteaux invendus, odeurs bouleversantes, croûtes et mies chaudes. Retour imprévu d'images interdites : le pain fumant encore quand on le fendait assise au bord du lit, Georges essoufflé d'avoir grimpé quatre étages à la course, miettes que sa bouche allait cueillir sur le ventre déjà gonflé. Les images n'ont pas jauni, on les regarde les yeux secs. Le quotidien a rongé le désespoir. Mais pas seulement le désespoir. Ce qu'on possédait d'intelligence ou d'énergie ou de voracité s'est érodé au long de cette piètre bataille du jour le jour. Sait-on même pour quoi on s'est battue ? On avait fait siennes les vérités de Georges, on rêvait de se déployer comme une voile au

175

vent et pour éviter la chute on n'a cessé de piétiner.
(Chute souhaitée, imaginée souvent comme l'accord
final libérateur.) Son malheur, insensiblement, s'est
ramifié à d'autres détresses. On n'en distingue pas bien
les détours mais on sait qu'on s'en va rejoindre une
histoire du monde, faite de tous les écrasements. La
phrase de Georges : *villages de femmes sans hommes* —
ils sont ici les hommes, on les croise pendant les week-
ends qui vident Paris où ne restent dans les rues mortes
que quelques vieillards, des Arabes, soi-même et d'autres comme soi, tournant du square à la rue Saint-
Maur — cette phrase qu'il a répétée plusieurs fois dans
sa lettre, on la remâche avec obstination. Est-ce par
hasard ? on va rencontrer Mercier.

C'est de Madeleine sa femme que Milie fait d'abord
connaissance à la Maternelle où elle conduit Marc tous
les jours. Il reste le dernier ce soir-là, l'école va fermer,
Milie n'est pas venue. Madeleine qui assure la garderie
va et vient mécontente, du pas de la porte au corridor
où Marc commence à pleurer. Milie nerveuse a surgi,
soulevé Marc, tourné le dos à Madeleine sans un seul
mot. Elles vont s'ignorer, se parler après que Milie se
sera excusée calculant qu'il ne sert à rien de s'aliéner
une femme de service. Madeleine et Mercier n'ont pas
d'enfant. Ils touchent presque au but qu'ils se sont
fixé : la maison dans la Drôme où l'on se retirera dans
quelques années. Tout ce que gagne Madeleine est
économisé à cette fin-là. Milie parle avec réticence de
ses difficultés. Madeleine comprend vite. « Je vais la
faire travailler avec moi propose Mercier. Elle aura de
meilleurs horaires. » Milie accepte. Elle ne connaît

176

rien à la facturation mais Mercier est là qui lui explique, la soutient, la recommande. Le dépôt dont il est le contremaître emploie douze personnes. Mercier s'y trouve depuis la fin de la guerre. Il avait passé cinq ans aux roulements à bille d'Ivry mais la blessure rapportée du maquis ne lui permet plus de travailler aux machines.

Boulevard Richard-Lenoir : dix minutes à peine pour Milie. Mercier habite rue de Charonne. « Il faut pouvoir aller à son travail à pied : économie de temps et d'argent. Et pas la puanteur du métro dans ta gorge ! »

Mercier c'est un pur. De ceux qui font hausser les épaules aux cyniques ou alors qu'on aime avec le respect qu'inspire l'espèce rare. Aux entrepôts on l'aime. Il peut se mouiller pour les autres. Il s'est toujours mouillé. En 36, en 40 et même en 52 quand il a refusé de cracher sur les copains dont d'aveugles instances faisaient du jour au lendemain des renégats. Une vie exemplaire. Vingt années avec Madeleine, jamais de mensonge, pas le temps ! Il a un autre amour dont il parle avec retenue ou pas du tout, c'est Madeleine qui en parle : la toile, le chevalet qui occupe les heures du dimanche. « Ça ne ressemble à rien, dit Madeleine mais j'aime ce qu'il peint. — Je fais de la couleur, explique-t-il. Rien que de la couleur. Ça me calme. »

Ils ont invité Milie. Dans la pièce d'angle où Mercier passe ses dimanches, elle a entrevu des taches bleues qui virent au pourpre, une sorte de mer avec des vagues aux crêtes jaunes.

— Tu vois Milie c'est loin d'être du Fougeron. C'est du décadent, disaient les copains.

— Ça lui revient cher, précise Madeleine, mais il est heureux.

Le matin, Milie remonte jusqu'à la rue des

Trois-Bornes. Elle conduit Marc et Véra à la Maternelle. En haut des marches se tient Madeleine.

— Va vite, tu n'es pas en avance !

Avenue de la République. Son pas est rapide. Voici Mercier. Il s'arrange à ne jamais pointer les retardataires. Un peu lourd, visage ouvert, bon regard, grand front. Il a enfilé sa veste de coutil bleu.

Mercier lui a montré comment on répare une fuite, on débouche un évier, on remonte un fusible.

— Pour que tu saches te débrouiller seule, où que tu ailles.

Elle lui a prêté les poètes laissés par Georges.

— Mais non tu vois, pour moi c'est la peinture, la couleur !

— Si je le pouvais, je mettrais sur moi des couleurs... celles de vos toiles, des mélanges.

— Et pourquoi tu ne le fais pas ? Tu es comme Madeleine, elle ne porte que du sombre.

— Par économie.

— Oui, sans doute. Mais il faut toujours aller jusqu'au bout d'une envie.

— Parce que vous, vous allez toujours jusqu'au bout des vôtres ?

Mercier approuve.

— Et celles qui font du mal aux autres ?

La question de Milie le surprend.

— Mais je n'ai jamais de ces envies-là !

Quand ses occupations le lui permettent, il quitte la veste bleue à six heures et remonte le boulevard avec Milie, joyeux qu'il est de la longue soirée dont il pourra disposer devant sa toile. S'il la devine inquiète ou triste, il la secoue, cherche à la stimuler.

— La souffrance Milie, il arrive un point où elle ne

sert plus à rien. Tu comprends, souffrir tous ensemble pour quelque chose, pour un but comme... comme on souffrait au maquis par exemple. Mais toute seule, non. Tu vas t'endurcir, ou mourir. Il faut sauver ta peau, Milie !

De Georges il essaie de parler sans colère, mal convaincu par les raisons que Milie s'est données de comprendre sa fuite.

— Dans quelque temps, aime-t-il à raconter, nous partirons à la campagne. Madeleine se porte mal ici. Deux phlébites, des rechutes...

Elle est fragile, il la soigne, la ménage.

— Sa mère est morte folle. Ça Milie, tu es la première personne à qui je le dis. Même à elle je l'ai caché.

« Quand nous vivrons à la campagne, tu viendras aux vacances, nous rejoindre avec tes gosses. Moi je trouverai un petit emploi dans la région, et tu verras ma peinture avec la lumière de la Drôme ! »

Milie se met à la fenêtre. Les enfants se sont endormis. Repère : *Le Chien qui fume*. La rue en descente, le croisement, le bloc là-bas des maisons élevées. Juste derrière, les quatre pièces de Mercier. Veille-t-il ? Ce soir comme il s'en allait avec Milie voulant faire à sa femme la surprise de la prendre au passage, Véra en courant vers sa mère a heurté la grille, s'est blessée au front et Mercier pour la consoler, l'a soulevée, portée jusqu'à la rue Saint-Maur. Milie a ralenti. Mercier s'est retourné, Véra le tenait par le cou, elle pleurait encore un peu. « Alors Milie, tu n'avances plus ? » Jalousie brutale. Mercier a déposé Véra au pied de l'escalier. Le vide soudain que Véra devait ressentir passait à travers Milie. « Soigne-lui ça tout de suite. A demain ! » Et Mercier s'en est allé rejoindre Madeleine qui l'attendait à la charcuterie.

La fatigue de ces années a distordu le désir. Celui qui remontait tout à l'heure est loin des voluptés apprises avec Georges. S'endormir d'un long et profond sommeil sachant que l'on n'est pas seule. Somnolente encore, promener sa main jusqu'au mur de l'autre corps et rassurée, se rendormir sans rien attendre des mouvements qui l'agitent. Torpeur totale, comble du plaisir, une vertigineuse inertie où se dissoudraient les membres.

Le Chien qui fume vient de fermer. La rampe bleue s'est éteinte. Il est donc très tard. Madeleine et Mercier reposent sans doute depuis longtemps. Milie aime Madeleine. La retrouver le matin en haut des marches de l'école, rieuse, menue dans sa blouse amidonnée changée chaque jour. Milie est une maigre aux épaules larges. Georges, quand il l'a connue, s'en tenait aux beautés jdanoviennes. Milie avec ses bras fermes, sa poitrine ronde et ses jambes musclées tournait le dos à ces ombres longilignes que proposait une société mourante. En ces cinq années, elle a perdu sa vigueur mais l'ossature lui reste de ce qu'elle était avant Marc et Véra. La finesse de Madeleine, son visage ridé, ses poignets fragiles l'émeuvent. Multiplier la tendresse ; ses mouvements qui oscilleraient de Madeleine à Mercier. Au matin, que ces rêveries paraissent absurdes ! Le monde est ce qu'il est, incroyablement limité. Les idées de Georges, pense-t-elle...

— *Mais je n'ai jamais de ces envies-là !* L'indignation de Mercier lui reste en mémoire.

Véra est sa préférée. Madeleine penche pour Marc. « Il est si mignon à la cantine ! »

Deux fois Milie quand ils revenaient ensemble, a prié Mercier de porter Véra. Trouble substitut. Et Véra qui voulait marcher, trépignait, gardait la main de sa mère serrée contre elle.

— L'année prochaine, on installera le chauffage là-bas. Dans trois ou quatre ans, on y habitera. J'aurai cinquante-deux ans, Madeleine cinquante. Pas question d'attendre la vieillesse pour en profiter.

Milie est grippée. Madeleine passe la voir. Elle prépare de la tisane. Fièvre. Le pas léger de Madeleine. Elle emmène Marc à l'école. Véra, les mains accrochées au lit de sa mère, s'est mise à hurler.

— Elle va te fatiguer mais je ne pourrais pas la faire descendre. Mercier a des ennuis. Il te conseille de prendre ton temps pour te soigner. Oui, des ennuis avec la direction.

C'est la deuxième fois. Il a couvert une erreur. La direction s'étonne qu'il ait pu confondre des « quatre cent quarante » et des « sept cent vingt ». Convocation à la maison mère pour s'en expliquer.

Deux janvier cinquante-six. Déjeuner chez les Mercier. Véra et Marc ont touché aux tubes de peinture. Mercier s'est mis en colère. Madeleine apporte le gigot qu'elle a préparé. « Pour te retaper, Milie. Tu ne manges pas assez de viande. » Mercier, calmé, ouvre une bouteille. « Aux résultats de ce soir, dit-il. Le seul moyen de faire la paix, c'est de chasser les droites du pouvoir. » Au dessert il s'en va, une réunion d'anciens du maquis ; l'un d'eux est dans la panade, failli se suicider. A six heures, il revient. Marc s'est endormi sur le lit des Mercier. « Porte-le jusqu'à chez eux suggère Madeleine. Couvre-le bien, il couve quelque chose. »

Mercier a couché Marc délicatement. Il se tient

devant la fenêtre, dans la chambre obscure. Les guirlandes multicolores du charcutier d'en face éclairent son visage.

— Le jour où vous avez porté Véra jusqu'ici...

— Pourquoi jalouse ? demande Mercier.

Milie parle et se tait, soulagée.

— Ta radio marche ?

— Oui. Vous croyez qu'on donne déjà des résultats ?

Mercier a dit bonsoir, embrassé Véra. Petite tape affectueuse sur la joue de Milie. Il en est certain, Madeleine voudra veiller. Pas une élection où ils n'aient passé la nuit devant la cafetière et le poste.

Vers dix heures il revient.

— Ouvre Milie, c'est Mercier. On a gagné, tu sais !

Il reste debout, le nez rougi encore par le froid de la rue.

— Je te dérange Milie ? tu allais te coucher ? Tu as entendu ? On va éviter la guerre en Algérie. Et les poujadistes ! il faudra s'en méfier. Écoute Milie, je n'ai menti qu'une seule fois dans ma vie à Madeleine quand je lui ai caché pour sa mère, j'ai parlé de crise cardiaque. Elle le croit encore. Je suis rentré chez moi tout à l'heure...

Pas un soir qu'il ne parle avec Madeleine de Milie et de ses enfants. Comme d'une fille que le hasard leur a destinée. Alors, que cette envie d'être à la place de Véra l'ait saisie tout à coup, ça l'émeut lui, ça veut dire qu'elle a compris sa tendresse sans qu'il en dise jamais rien. Lui et Madeleine seront malheureux lorsqu'il faudra la laisser derrière eux. Malgré l'heure, malgré le froid, il avait besoin de venir le lui dire. Et il s'en retourne chez lui cueillir les derniers résultats, ceux de Paris.

182

— Qu'est-ce qu'il en dit le vieil André qu'on ait gagné ?

— Il n'était pas chez lui ou il dormait ou alors la sonnette ne marche pas.

Même s'il en a terminé avec les livreurs, Mercier ne s'en va plus à six heures.

Aux entrepôts, ça discute.

— Alors cette paix, ils vont la faire, oui ?

Milie s'est repliée sur les événements. Elle a aussi des ennuis d'argent. Les quinze jours d'absence au début de l'hiver n'ont pas été rattrapés.

Le treize mars, Madeleine lui propose de dîner avec eux. Soirée ardente.

— Tu as vu, s'indigne Mercier, ils ont voté pour la guerre !

— Pas pour la guerre !

— Les *pouvoirs spéciaux*, qu'est-ce que ça veut dire Madeleine !

— Allons ! ils négocient peut-être ? en douce ?

— On est anticolonialiste ou non ! Il n'y a jamais deux vérités.

Mercier a pris Véra sur ses genoux. Ce soir quand elle s'est faufilée dans la pièce d'angle, il n'a pas crié. Elle garde sur le bout des doigts, des traînées de couleur. Pris Véra sur ses genoux, caressé son visage, tiré si maladroitement ses cheveux pour dégager l'oreille qu'elle a pleuré, glissé par terre et rejoint Milie.

— Jusqu'à la fin de cette guerre pourrie, je ne toucherai plus un pinceau !

Ce n'est pas la guerre seule qui lui ôte la joie de pétrir sa couleur. Un bateau s'enfonce qui est sa vie dans l'eau trouble de cette année-là. Chavire la ligne

183

nette et droite de son horizon. A Madeleine qui questionne, il promet, bientôt je te dirai ce qu'il y a, laisse-moi balayer dans ma tête. S'il en vient à douter de lui-même, à quoi se raccrocher ? Ici, les élus du peuple le font basculer dans la guerre, ailleurs la déception succède à l'espoir. « Rien n'a changé, soupire-t-il lisant l'*Huma* pendant le congrès du Havre. Comme si on n'avait rien su des crimes... eux en sont aux " erreurs ". »

Milie raconte à Madeleine la naissance de Véra, l'arrivée de Georges au matin, son désarroi, les questions qu'il s'est posées à voix haute pendant des semaines. Elle pense beaucoup à Georges.

— Nous partons en août. Il nous faudra camper un peu dans cette maison. En été, qu'est-ce que ça peut faire... Viens avec nous, Milie. Moi je resterai là-bas jusqu'à la rentrée.

Milie a décliné l'offre de Madeleine. Elle n'a pas envie de bouger.

— Mets au moins les enfants au centre de plein air. Ils seront bien. Ils partiront tous les matins en autocar.

Au bout de quinze jours, Mercier qui s'est abruti en terrassements, annonce à Madeleine :

— Je vais chercher Milie et ses gosses.

Elle s'y attendait. Qu'il ramène donc Milie s'il doit être plus heureux !

Debout dans le couloir du train de Valence à Paris. Insensible à la fatigue. Dépossédé de ses certitudes, d'une vie bâtie sur elles. Il arrive à la nuit, marche en aveugle. Sa tête est un bourdon. Aucune lumière à l'étage de Milie. Peut-être se promène-t-elle avec un gars rencontré un après-midi. Paix soudaine à cette idée. Ses yeux s'habituent à l'ombre. Contours imprécis d'une forme, tête couchée sur un bras qui prend appui sur la traverse. Au-dessus de la tête, suspendu à une corde invisible, flotte un tissu clair.

— Milie, crie-t-il de la rue.

S'il monte, s'il frappe doucement, il le sait, elle n'entendra pas. Il voit maintenant sa chevelure qui bouge, elle se penche.

Elle a ouvert.

— Je suis venu te chercher, toi, les enfants. Où sont-ils ?

— Mais ils dorment, il est onze heures.

— On pourrait repartir demain matin.

Un oui qui vient gommer six mois de trouble, quinze jours loin d'elle, la fatigue du voyage pendant lequel il n'a rien vu de la campagne qui défilait, l'arrivée rue Saint-Maur, les fenêtres noires. Quelque part en lui, un barrage craque. Des larmes qui le stupéfient.

Un peu plus tard, il s'étonne. « Mais pourquoi dors-tu encore dans la chambre des enfants ? — Par égoïsme, parce que c'est plus gai. Le grand-père est mort ici. — Aide-moi. » Sur la pointe des pieds, ils transportent le matelas, l'oreiller, balaient au passage le désordre des enfants qui jouent dans cette pièce.

Mercier restera trois jours. Un été gris, pluvieux. Milie va conduire les enfants au centre de plein air où l'autocar les attend. A son retour comme aux matins de canicule, elle ferme les volets. Ainsi Georges tirait le rideau pour simuler la nuit.

A six heures elle se rhabille, sort, ramène Marc et Véra. C'est le dur moment de lucidité. Mercier fume, pense. De ces trois jours, il ne pourra rien avaler d'autre que de l'eau. La nuit revient, devant les persiennes ouvertes, ils parlent jusqu'à ne plus articuler. Mercier raconte la couleur.

— Le bleu tu comprends, le bleu t'ouvre, il avance en toi, il te traverse. Tu le fonces, il t'écrase, il est plus fort que le noir. Tu l'éclaircis c'est comme de la musique qui serait jouée par un seul instrument.

L'impression d'en parler pour la première fois. A Madeleine déjà, dix années auparavant, il a expliqué le bleu.

Milie se redresse pour dire quelque chose. Il suit du doigt l'os du bassin qui pointe sous la peau et tout à l'heure le blessait.

Au troisième jour il va partir rejoindre Madeleine, lui expliquer tout. Mentir ? Impossible. Affolement de Milie. Ne peut-il attendre ? se taire ? lui éviter de souffrir ? La suggestion le choque.

La rentrée des classes. Madeleine propre et dorée en haut des marches. Elle a évité les yeux de Milie. Mercier a parlé. Elle s'oblige à comprendre. Lui va crescendo dans son amour. La douleur de Madeleine il l'endure comme le prix à payer. Mais pas de lâcheté, pas de saloperie, pas de double vie, se dit-il.

— Tu me manqueras, Madeleine.

— Je le sais.

— Je te laisse tout, la Drôme, ici. C'est à moi de partir.

— Tu m'enlèves tout !

— Je ne te demande rien. La souffrance de Madeleine, nous devons en tenir compte.

— Non Milie.

— Alors c'est moi qui m'en irai !

— Si tu partais maintenant, je me ferais sauter. Madeleine resterait seule quand même.

Aux entrepôts, le petit groupe des syndiqués commente l'octobre polonais. A l'heure du repas, Mercier Milie vont les rejoindre. Comme on peut, on essaie de comprendre. Chacun y va de son explication.

Mercier devient nerveux. Il vit son amour comme un éclatement et une épreuve qui dévorent jusqu'au sommeil, à l'appétit.

Soirées chez Milie. « Rentre chez toi », dit celle-ci. La tendresse de Madeleine lui manque. Mercier a imaginé une discussion à trois, choisi le jour des morts qui tombe un vendredi et allonge le pont de la Toussaint. Madeleine est brave. Elle embrasse les enfants. On parle de Budapest, de Nagy, on écoute les nouvelles qu'en donne la radio. Le bouleversement est partout.

— Je voudrais parler seule avec Madeleine.

— Non, refuse Mercier.

Ni apartés, ni secrets. Tout doit être propre. Madeleine partage son avis. Aussi calme et froide que Mercier la lui décrivait traversant les contrôles allemands pour apporter des messages aux francs-tireurs, gardant le silence devant les miliciens qui l'interrogeaient le jour de son arrestation. Sans larmes — c'est Milie qui pleure — les gestes sûrs et lents. A neuf heures la radio retransmet la proclamation de Nagy : neutralité de la Hongrie.

— Ça c'est la connerie ! Il n'y a pas de neutralité possible aujourd'hui.

— Pas sûr ! attends !

Marc bâille sur les genoux de sa mère.

— Il faut que tu partes, Milie. Sinon les enfants ne pourront plus marcher jusqu'à chez vous. Et puis on s'est tout dit. Qu'est-ce que vous attendez d'autre ? A Pâques je m'en irai dans la Drôme. La maison sera finie. J'ai toujours eu envie de vivre là-bas. Et je sais que toi tu ne me laisseras pas tomber, tu seras là si j'ai un coup dur, tu ne peux pas être déloyal. Ce n'est pas ta faute, ni la mienne. Ni la tienne Milie. C'est comme ça, comme un tremblement de terre. La Révolution d'Octobre ! Tu te rends compte, la Révolution d'Octobre ! On a bâti notre vie, donné notre vie sur tout ce qu'elle représentait et aujourd'hui tu vois, on tremble de ce qui pourrait se passer à Budapest.

Mercier, l'homme d'une seule femme. Entièrement et jusqu'au bout. Milie et lui quitteront le quartier, les entrepôts même. Recommencer tout.

— Le plus difficile sera de nous loger. Nous n'y réussirons peut-être pas. Il faudra nous exiler en banlieue.

Une fois entré dans le tourbillon, aller jusqu'au bout. « Jusqu'au bout », c'est le mot de Mercier, bientôt celui de Milie. La conscience parfois que ce qui arrive ne coïncide pas exactement avec ce qu'elle a désiré.

Le sang coule à Budapest. Le sang coule en Algérie. Les haines à Paris s'amalgament. L'amour de Mercier pour Milie éclate jusque dans les gestes ordinaires quand ils se retrouvent aux entrepôts. Il n'échappe plus à personne.

Un matin de novembre, un livreur mis en retard par les rassemblements autour du quartier Châteaudun raconte ce qu'il a vu, des groupes bien identifiables, projetant d'attaquer d'incendier l'immeuble du parti.

Trouble de Mercier.

— Tu connais mes désaccords. On en a assez discuté. Mais s'il le faut j'irai défendre le *quarante-quatre* ! parce que l'adversaire, lui, a la partie trop belle en ce moment... il faut le voir relever la tête !

Tard dans la nuit, Mercier frappe à la porte de Milie.

— Les paras se retirent de Suez, lui apprend-elle. Il est passé voir quelques anciens camarades. De ceux des maquis que le parti cherchait à mettre sur la touche.

— Je suis sidéré. Deux sur trois qui approuvent l'intervention russe !

Que l'avenir sera donc difficile s'il faut s'amputer aussi de ces amitiés-là !

— Et je leur ai dit, pour nous deux. J'ai tout dit !

Ce qu'il cherche ce soir dans l'exaltation où l'a mis son aveu face aux copains gouailleurs, c'est que cet amour atteigne une dimension jusqu'alors inimaginable. Comment traduire ce besoin, se lier à Milie irréversiblement, totalement à l'heure où fument à Budapest comme Alger les débris de l'espoir trahi ? Ce matin au dépôt, deux syndicalistes ont déchiré leur carte. « Ce n'est pas comme ça, a-t-il protesté. Demain quand la bagarre avec le patron va recommencer, qu'est-ce que vous allez faire ? Ce n'est pas comme ça ! »

— Un enfant. Dis Milie. Avoir un enfant. Jamais réalisé ce désir et jamais vraiment désiré puisque sur Madeleine ça ne tenait pas. Un enfant avec toi, Milie... On est tellement seuls !

Milie laisse Mercier se saisir de sa vie. L'accélération lui en est à peine palpable. La fatigue anesthésie toute réflexion. Mercier vient chaque soir et repart à près de minuit. Juste à ce moment où l'arrivée du sommeil déclenche le désir jamais assouvi de s'endormir près de lui. A six heures il faudra se lever, la longue journée se traîne où l'on va refouler somnolence et bâillements.

Un enfant donc. Désiré, demandé, appelé, dessiné, conçu dans le cérémonial grandiose du plaisir réciproque et prolongé. Dont on pourra situer la nuit, l'heure de sa procréation, les bruits sortis de l'ombre épaisse qui auront accompagné comme un chœur sa venue en Milie.

Jour de l'an cinquante-sept. Mercier apporte aux enfants des bonbons, à Milie une rose. La première, l'unique. Leur amour est austère, sans fioritures, d'un dépouillement total. Ils l'acceptent ainsi. Tout ce que gagne Mercier va maintenant dans la maison où s'établira Madeleine. Son frère, là-bas, veille aux travaux. Il ne dit pas un mot à Milie du malheur de sa femme qui s'installe en lui et ne le quittera plus. La force de Madeleine le déchire davantage qu'elle ne le rassure.

Réunion syndicale aux entrepôts. Une délégation est constituée qui s'en ira discuter avec la direction. Milie veut en être. Elle parle même de s'activer dans le syndicat démantelé par les épreuves de novembre. Mercier l'embrasse sur les yeux.

— Ça me plaît que tu remues. A cause des enfants tu auras du mal à t'organiser. Mais bientôt tu pourras compter sur moi. Quand j'ai rencontré Madeleine, c'était une sacrée bagarreuse. Elle avait de qui tenir. Le père, le frère repérés des patrons à Nyons et alentour. A quatorze ans, elle a travaillé. Si tu l'avais connue en 36 ! J'occupais l'usine à Ivry, elle allait voir les autres femmes, elle discutait. Je l'ai peut-être aimée d'abord pour son histoire. Mais son histoire c'était elle. Comme pour toi Milie !

Le délégué se montre réticent. Son état de célibataire avec deux gosses et... eh oui ! il faut le lui dire, et Mercier ! Elle prêterait trop le flanc aux attaques. Milie approuve mais ce refus l'atteint et la rejette toute vers Mercier.

Les socialistes pataugent dans la guerre qui déroule ses tentacules.

— L'enfant est là !

Mercier ferme les yeux. La ligne est passée.

Milie, fatiguée, va se coucher tôt ce soir. L'enfant s'installe dans l'harmonie de son corps consentant. De toute la semaine, Mercier ne viendra pas. Le temps presse, il relance jusqu'au plus oublié des anciens camarades pour dénicher n'importe quoi, deux ou trois pièces, n'importe où, loin de la rue Saint-Maur et des entrepôts.

Madeleine a frappé. « Entre ! » Réprimer cette envie de l'embrasser comme avant. Pour la première fois, elle paraît agitée. Non, ce n'est pas du café qu'elle veut, elle est saoule de café. Quelque chose de doux, une tisane ou du sirop. Les enfants dorment-ils ?

— Pas Véra. Entends-là secouer son lit !

— Oui, Mercier sait que je dois venir. Il ignore pourquoi. Je le lui dirai demain. Mais j'ai voulu te parler d'abord. Dimanche dernier, il m'a mise au courant pour l'enfant. Il n'y était pas obligé, mais c'est lui, ça. Lui et moi tu sais, on se ressemble tellement ! Alors là Milie, pour l'enfant, je ne peux pas. Je n'arriverai pas à t'expliquer pourquoi mais je ne peux pas. J'ai essayé, je t'assure, de me faire à cette idée. Non. C'est trop dur. Vivez ensemble, aimez-vous je l'accepte. Qu'est-ce que je pourrais mettre en travers

191

de vous ? Des enfants tu en as. Pourquoi celui-là ? Ce n'est même pas ton intérêt. Tu l'as vu Mercier comme il a changé ! Nerveux, il parle tout seul, il dort si peu, il ne mange rien. Qu'il n'ait pas envisagé le divorce, j'y croyais à peine. Mais avec l'enfant, je le vois venir, il le voudra sien, totalement. Mercier ce n'est pas Georges ! Cette idée de l'enfant m'empoisonne, me tue. Alors si vous y tenez, vous me le dites et moi j'arrête de souffrir, je m'endors tranquille et on n'en parle plus. Sinon ! sinon voilà Milie. Mes économies. Trois cents mille francs. Le chauffage de la maison. J'attendrai un peu. Mon frère me passera un poêle. J'ai une adresse ; ma belle-sœur y est allée deux fois. Nanterre, la Boule blanche, une femme sérieuse, jamais d'accident. Mais coûteuse. Il est temps, tu n'es pas au troisième mois. Avec le reste de la somme tu partiras te reposer quelques jours. Tu vois, je ne suis pas aussi forte que Mercier l'a cru. Je bute sur l'enfant. Demain je dirai à Mercier tout ce que je viens de te dire.

Sur la table elle dépose une petite boîte en carton. Elle y a inscrit un nom, une adresse et le bus à prendre du pont de Neuilly à la Boule blanche. Avant de sortir elle a soupiré, tu ne seras pas malheureuse avec Mercier !

Milie n'est pas venue. Par deux fois, Mercier quitte le dépôt pour la cage vitrée où l'autre facturière lui fait un signe négatif. Ce rendez-vous ce soir au fin fond de Gennevilliers l'empêchera de passer rue Saint-Maur et Madeleine a insisté, elle veut lui parler sans attendre.

Quand elle a fini — le tremblement de sa voix avait fait redouter à Mercier bien autre chose, un refus soudain de partir dans la Drôme — il respire. Il garde Milie. L'enfant ne sera pas. Il connaît Madeleine, ce calme cette détermination. Les larmes des premières années quand elle voyait revenir son sang. Larmes séchées, à tout jamais refoulées.

— Je te comprends, dit-il.

Ce matin, par la rue Sedaine, il gagne le boulevard. Ses pieds se posent sur une terre inconsistante. Quand il les frôle, les murs s'écartent. Par deux fois il manque de tomber. Images qui s'entrechoquent : les rues de Bergerac, les gens qui s'embrassent, chantent. Marches militaires coulant des haut-parleurs installés la veille, filles en dimanche et le groupe des partisans dont il est, assis sur les marches de la mairie. Apre discussion avec les camarades. « Madeleine et toi, lance l'un d'eux, vous avez le vice de la vérité. »

La phrase lui remonte comme un écœurement. Voir Milie sans attendre. La voir c'est sortir du vertige. Par elle, bien vivante, reviendra la raison.

Elle est là ce matin. Il repère sa chevelure à travers le carreau. Elle l'a observé, tire la porte coulissante. Un détail tout à coup le frappe, n'a-t-elle pas dit un jour — avant — j'aime les couleurs, les violentes, les pures. Et l'a-t-il jamais connue autrement qu'avec cette veste grise ?

— Hier j'étais un peu souffrante...

— Ne t'en fais pas ! J'ai même oublié de noter ton absence. Je me doute, je devine. Mais que veux-tu faire, Milie ! Que pouvons-nous faire ?

Au restaurant, pas moyen de parler. Tassés les uns sur les autres, bruits de voix et d'assiettes, allées-venues. Face à Milie, Mercier la regarde qui baisse les yeux sur le plat qu'elle mange. Elle se recouvre d'un givre bleuté qui la rend aussi inaccessible que les glacis des grottes figés depuis des millénaires. La révélation fulgurante de la seule issue qui lui reste le traverse tout à coup. Lui disparu, Madeleine et Milie se rapprocheraient, s'épauleraient de leurs deux forces. Avec le café qu'il avale mécaniquement, la révélation

tombe à plat. Il doit vivre et non pas se défiler.
Ensemble ils repartent vers l'entrepôt.

— Qu'y a-t-il d'autre à faire Milie ! L'essentiel pour
moi c'est toi, c'est être avec toi.

Ses paroles échappent à Milie. Plus tard, elle
essaiera d'en rattraper les bribes saisies et de reconstituer les phrases qu'il a dû prononcer. Depuis la veille
elle se retrouve seule au cœur d'une révolte lourde qui
la tire et l'isole de tous, même de Mercier. Madeleine et
lui disposent de son corps, escamotent l'enfant, la
traitent en fille dont on veut effacer la faute et cet
enfant qu'ils se préparent à lui retirer lui devient
nécessaire, il n'est plus quelque part en elle, c'est elle
qui est cet enfant, se sent reniée par l'un et l'autre.

— A moi d'en décider ! Elle le répétait tout à l'heure
en mâchant une nourriture devenue sans saveur
comme est sans saveur ni douceur l'air tiédi de ce jour
de mars, comme l'étaient ce matin les baisers de Véra.
« Quel choix me laissent-ils ? »

— Tu ne m'as pas répondu Milie !

« Ne pourrait-on tricher avec Madeleine ? » Elle n'a
pas osé le dire, ce serait lui assener un coup à étourdir
un bœuf.

Quand elle va sortir à six heures, il est occupé au
fond de l'entrepôt.

— Je vais m'absenter quelques semaines. Demain
j'irai voir un docteur et j'enverrai un certificat.

Un livreur se présente son papier à la main.

— Attends Milie ! De son grand pas il va vers les
stocks de boîtes et revient.

— Le... docteur de Nanterre ? La gêne affaiblit sa
voix.

— Celui-là, un peu plus tard.

Le livreur s'impatiente.

— Je travaille, moi !

194

— J'arrive. Attends, Milie ! Les deux comptables passent et saluent, narquoises.

— Cet après-midi je me suis arrangé pour que les choses s'accélèrent. Maintenant Madeleine est pressée de partir. J'ai donc demandé les quinze jours qui viennent pour l'accompagner là-bas. Si elle est d'accord, nous prendrons le train après-demain. Pas question que tu ailles seule à Nanterre ! Madeleine pense elle aussi que tu dois attendre mon retour. Je t'écrirai ; si tu peux faire garder les enfants, je te trouverai à la gare et plus jamais on ne se séparera.

Malgré la présence du livreur il répète « Attends mon retour, je t'accompagnerai à Nanterre ». De sa main droite, il tamponne le bon rose que lui a tendu l'homme ; de l'autre il frôle la veste grise de Milie, seule caresse qu'il puisse donner en cet instant. « Elle en portera de la couleur ! » Certitude qui le regonfle et l'apaise ce soir.

La veille ou le rêve ? Le cœur bat comme à l'approche du danger. Le danger grise et stimule. Milie ne ferait pas un écart pour l'éviter. L'impression qu'aucun choix n'est à faire, que la décision a précédé l'exigence de Madeleine dont le chagrin passe maintenant loin de Milie. Reste à rassembler ses forces. S'il n'y avait cet argent — la somme l'éblouit, presque une année de salaire — le courage n'y suffirait pas. Si Georges le lui avait apporté, comme elle aurait couru à la Boule blanche ! « Mercier l'a voulu, moi je le veux. » Ça, c'est le rêve. Et le réveil c'est : que décider ? que dire à Mercier ?

Le lundi elle s'en va aux entrepôts, donne son congé, embrasse la facturière, serre la main de la comptable, des livreurs médusés. Depuis quelque temps elle et Mercier ont été mis à l'écart. La tolérance de Madeleine a fait sourire.

Treize jours pour couper ponts et amarres. Le premier billet dépensé : un taxi qui file vers Vincennes. Le lac, les canards, des glaces et des gaufres aux enfants. Un taxi encore au retour. Il y a un bien-être immédiat : flâner, dormir. Des mois qu'elle n'a pas senti son corps se délier lentement. Cette paix fragile et trompeuse a la fraîcheur immédiate de l'oasis après la piste brûlante.

Encore neuf jours. Elle s'en va aujourd'hui au Jardin des Plantes. Lorsque le taxi glisse dans les virages, Marc éclate de son gros rire sonore. Lire au soleil, laisser couler le temps.

Je ne peux pas te décrire les diverses tortures employées. Elles sont horribles : trente types en trois jours (sans compter ceux d'avant). Le bourreau, ancien légionnaire employé SAS, n'arrête pas. Ils ont torturé un innocent hier toute la matinée et l'après-midi (un de plus). Pas de trace, ils sont tant abîmés qu'on les fusille « tentative de fuite » ou on les jette de l'hélicoptère.

Ce clair jardin, ces mères jeunes, attentives aux cris de leurs enfants, les bruits de la ville que tamisent les arbres. Il fait bon vivre ici les yeux fermés, l'esprit vide. Combien pressentent que l'horreur s'étale ? La lutte politique, a dit un jour Madeleine, c'est de se bagarrer pour le droit des autres, pour leur liberté. C'est pour ça qu'elle te grandit.

Est-ce le moment de rester seule ?

Dans sept jours, Mercier reviendra. Il l'a dit, donc il

sera là. Comme il a vite accepté les conditions de Madeleine ! Impression de ne pas faire le poids comme disait Georges, non... Mercier. Le mot Mercier amène les larmes. Il est déjà derrière soi. Plus tard, lorsqu'elle lui dira tout, pourra-t-il comprendre ?

Milie a écrit deux lettres. La première sur ses genoux, assise dans l'herbe face au rocher des singes que les enfants ne se lassent pas d'observer. « Moi je n'ai pas fait 36 ni 40 ni le maquis. Mais moi je vais jusqu'au bout (*jusqu'au bout* ô Mercier) et je garde l'enfant. » Véra qui lançait des cailloux sur les singes pour les voir sauter s'est fait réprimander par un vieux monsieur indigné. Elle est venue pleurer auprès de sa mère. Elle a froissé la lettre en se serrant contre Milie qui s'est aperçue que toute sa rancune s'en était allée dans ces phrases voulues cinglantes. Elle l'a déchirée ; sur un autre papier elle a tracé quelques lignes douces, celles d'une fille qui demanderait indulgence et pardon au moment de fuguer. « Prendre la décision de ne plus vous voir ne m'empêchera pas de vous aimer, chacun comme vous le savez. » Elle s'en est tenue là sans autre précision, se rendant compte qu'elle les réunissait dans la même lettre et ne parvenait plus à les séparer.

Avec l'argent, les obstacles s'aplanissent. Partir ailleurs, dans le quinzième — une autre ville — devient possible. Allées-venues en taxi pour emporter ce qui peut se prendre. Fermer les volets que dans trois jours Mercier va regarder abasourdi. Plus tard, pense Milie, ils se retrouveront, elle lui racontera les détails, il soupirera, Milie bon sang comment as-tu fait tout ça !

Véra est tout de suite jalouse de Paul. Son œil sévère perçoit la passion retenue de Milie quand elle l'approche et le touche. La vie douce est terminée. Plus de taxis ni de glaces ni de lacs ou de pelouses. Deux pièces étriquées pour se remuer. Garderies, cantine, école et la main de sa mère qu'il lui faut maintenant partager en trois.

Du travail, du chômage, du travail. Quelques bons voisins. Le quartier se dépeuple, les maisons se délabrent. Ceux qui viennent y échouer ont manqué le train de la prospérité montante. Ou peut-être n'avait-on pas prévu de leur en réserver un wagon. Mercier, Madeleine que sont-ils devenus ? Milie se rassure. Ce sont des forts. Le moment choisi est sans cesse retardé de passer aux aveux. Mercier découvrant Paul, retrouvant Milie. Scène rêvée comme autrefois le retour de Georges.

Et un jour qu'on a besoin d'un carnet de santé pour Marc qui va entrer à la grande école, on revient rue des Trois-Bornes. En faisant un détour pour éviter la rue Saint-Maur et le réveil de souvenirs qu'on a neutralisés. La directrice qui se souvient de vous, cherche dans ses classeurs tout en vous racontant, Madeleine vous la connaissiez bien ! Savez-vous la pauvre, qu'elle et son mari n'en auront pas profité beaucoup de leur campagne. Un accident. La voiture du beau-frère qu'ils avaient empruntée. Un virage pris trop vite. Ils sont tombés dans la Drôme pourtant pas dangereuse à cet endroit. Ni l'un ni l'autre n'en sont sortis, ils auraient pû, pourtant personne n'a compris.

On se sent étrangère à ces terreurs qu'évoquent les voisins : rues désertes à traverser, portes qui ferment mal. Les vieilles peurs enfantines de la solitude et du noir font sourire aujourd'hui. On se demande quelle sorte de danger pourrait désormais précipiter les battements du cœur.

La guerre oui qu'on a crue près de finir et qui redouble là-bas et même ici. La guerre qui est là en chacun, tellement évidente. Les voisins — eux encore — ne comprennent pas : huit heures du soir, la porte ouverte sur le palier, Véra qui garde Paul, Marc qui monte et descend pour guetter sa mère, Véra qui crie à Marc — viens voir ! Marc qui d'en bas hurle — j'attends maman ! Et Milie qui s'en revient à la nuit, de la Mutualité ou d'ailleurs, là où l'on se retrouve pour demander la paix.

C'est à la Mutualité justement que Milie reconnaît Georges dans un groupe qui déploie des banderoles. Ils se regardent. Il fait un pas vers elle. Sourire piteux. Presque chauve, toujours ardent, râpé. Quelques phrases sur la soirée qui se prépare. « Véra ? interroge-t-il gêné. — Véra et Marc vont bien. — Ah c'est Marc ! » Pas d'autre question. « Tu as changé, Milie ! — Il faudrait que tu voies les enfants. » Non. Cette idée l'épouvante, il ne pourrait pas. Que sait-elle de ce qu'il a enduré ? Elle insiste : « Au moins une fois ! — C'est que, dit-il, là où j'habite... je suis payé à la pige, et les journaux militants !... » Le meeting va commencer. Il doit la quitter, prend tout de même son adresse.

Où qu'elle aille, il se trouve partout une femme dont l'histoire pourrait se calquer sur la sienne. Avec des variantes, mais comme conclut celle-là rencontrée dans la salle d'attente d'un dispensaire, son gosse sur les genoux : « Un gars trouvera toujours une fille pour lui laver sa chemise... » Chacune est là, son destin manqué sur le cœur, murée dans une solitude honteuse. Toutes sachant d'instinct que dans l'inconscient du monde où elles vivent, la femme sans protecteur traîne un relent de malédiction.

— Votre père est un voyageur. Les enfants qui ont un père voyageur n'ont pas la chance d'être souvent avec lui. Mais c'est comme ça !

— Vous allez voir votre père !
— Il a fini de voyager ?
— Pour quelques jours, oui.

Georges a donné une adresse : l'appartement d'un copain, un rendez-vous : trois heures. Mimétisme de sa propre mère, voici Milie qui se déleste de sa paye pour vêtir les enfants de neuf. Éblouissants ! Non pour Georges mais pour l'entaille que ce souvenir laissera en eux. Raides et graves ils s'en vont en taxi. Milie porte Paul — le samedi la crèche est fermée. Rue de Courcelles. Porte cossue, glaces dans l'entrée, loge-salon. Rez-de-chaussée droite. Carillon musical. Pas de réponse. Georges est en retard. Attente sur le trottoir. La gravité de Marc s'effiloche à mesure que passent les minutes. Maintenant il se faufile entre les barreaux d'une grille voisine. Sa chemise est déjà fripée. Véra, inquiète, reste auprès de sa mère. A chaque voiture qui passe, Milie prévient « attention Marc ! » Interminable attente. Véra piétine. « On s'en va maman ! — Oui dans cinq minutes on s'en va. » Georges arrive ; autant qu'il l'a pu, il a reculé ce moment. Sa panique est visible. Regards à la dérobée sur ses enfants silencieux. Il ouvre, se repère mal dans ces pièces qu'on lui a décrites. « Et celui-ci ? — C'est

Paul. — Milie tu ressembles à une femme arabe avec ces gosses accrochés à toi. — *Les villages de femmes sans hommes !...* » Elle va sortir avec Paul, les laisser ensemble. « Non ! Reste, demande Georges. D'ailleurs j'ai un rendez-vous tout à l'heure. » Il écrit des chansons, enfin les paroles. Ça risque de marcher... Milie prend pitié de son embarras. Les enfants des douars lui étaient plus proches que ceux-là qui n'ont d'yeux que pour les tapis de l'appartement. Ils vont se séparer devant la boulangerie où Georges offre à chacun une brioche. Et comme il est à court d'argent, Milie et lui vont partager la même.

Odeurs nouvelles. D'un quartier à l'autre elles changent. Pour y devenir sensible il faut les avoir perdues tant elles marquaient, circonscrivaient l'univers où l'on se déplaçait. Ici le métro aérien tout proche lâche dans les rues des effluves de ferraille chaude et de pneus frottés. Les nourritures des charcutiers ont aussi une odeur différente. Comme si d'être cuits ailleurs que dans la rue Oberkampf, les plats chauds prenaient un fumet particulier. Plâtres humides — peut-être la proximité de la Seine — de maisons que les propriétaires n'entretiennent plus. Persuadée qu'elle trimballe dans ses vêtements cette senteur vieillotte des murs malsains, Milie emporte à l'agence où elle travaille un stick parfumé dont elle frotte ses bras et l'échancrure de son tricot, plusieurs fois par jour.

Métro de huit heures trente. Piquantes fraîches et fortes senteurs qu'on va retrouver dans les bureaux où les gens se côtoient. Sur les murs des stations, mêmes affiches : femmes, un bras levé, déodorant au nom printanier, profils d'hommes aux joues frottées d'eaux bleues ou vertes. (Galets, billes, cônes, leur odeur âcre graisseuse imprégnait Mercier. Le dimanche soir Milie repérait sur lui les traces de térébenthine. Les jours de fête il s'aspergeait de *Fleur de Tabac*.)

Milie est entrée dans cette agence l'été dernier. La saison terminée, on lui a proposé de garder le standard et de prendre le télex qu'on installerait dans le même fond de couloir à proximité des quatre bureaux dont les portes restent ouvertes. Après quelques heures, le manque d'air la fait transpirer, lui renvoie ce mélange de javel lessive savonnette-lavande qui est devenu son odeur. La cigarette qu'elle allume ne chassera pas le vieux quinzième, le sien. Il va s'en édifier un autre. Ce qui expliquerait la décrépitude actuelle des rues à forte densité. Plus elles sont délabrées, moins on hésite à démolir. Rien n'est réparé, les maisons pourrissent, les gens s'en vont, d'autres arrivent à qui le choix n'est pas permis, les vieux restent. Tout cela se raconte au square. Le square, haut lieu de ses plaisirs, impressionne d'abord Milie. Saint-Ambroise était une parenthèse dans le boulevard Voltaire. Quand les portes s'en ouvraient, l'église exhalait ses parfums d'encens et de cierges, vite noyés dans le gaz des voitures. Le square Violet : jardin austère, vert velours sombre, humide. On s'asseoit sur des bancs disputés selon la saison : soleil ou fraîcheur. Silence protégé.

Milie a fermé les yeux sur son livre. En ce jardin, découvrir les signes, traces légères, odeurs fugaces qui la ramènent à Brunoy. Odeurs surtout, l'herbe humide ou l'écorce des marronniers. Piste infaillible : plus sûrement que l'évocation des lieux où s'est déroulée leur histoire, elle conduit à Mercier. Routes brouillées de l'enfance et de cet amour, superposition des visages d'autrefois et d'hier. L'enclos sévère du square Violet convient à ces retrouvailles.

Une bouche d'eau dont raffole Marc. Il s'inonde, arrose les bancs voisins et le gardien l'a menacé d'une amende s'il le prenait encore à jouer au pompier. Marc récidive. Le gardien se fâche. Adieu donc au square Violet, on n'y retournera pas de longtemps. D'ailleurs l'hiver s'en vient, précoce.

— Si vous dépassez le trottoir de l'église, je vous enferme tout le dimanche.

Les enfants descendent. Milie range, nettoie, frotte, repasse, épluche, cuit, coud, raccommode. Sieste de l'après-midi. Prendre un livre dont on n'achèvera pas la phrase commencée, glisser dans l'engourdissement d'avant le sommeil. Un gouffre aspire le corps délié. La vie est morte pour quelques heures. « Descendez, les enfants mais pas plus loin que ce matin ; si vous dépassez le trottoir de l'église... — On n'a pas envie. On reste ici maman. Fais-nous l'été ! — Oui, fais l'été ! » Les fenêtres donnent sur la cour. Aux belles journées chaudes, le soleil entre dès le matin. Pour en protéger leur chambre, Milie a fabriqué un rideau de toile marron qu'elle installe dès que s'annonce l'été. Joie des enfants. Lumière sourde, ombre dorée qui déclenchent leur plaisir. Le rideau mure la fenêtre. Les voici en un petit œuf où toutes les folies sont permises. Rite du dimanche. Milie fait donc l'été, grimpe sur une chaise, accroche la toile brune qui plonge la chambre dans une morne obscurité. Mais l'illusion leur suffit. Véra se jette sur son lit et s'y convulse. Paul tire la couverture du sien et s'y enroule. Le store du grand-père, le rideau chez Georges les volets de la rue Saint-Maur, Milie les perçoit comme des fragments d'une histoire lointaine. La vie a marché ; à suivre son pas on a perdu le souffle. Aujourd'hui c'est sa main qui détient le pouvoir de faire l'été.

Bon signe : Milie prend des habitudes dans ce nouvel emploi. Télex et standard exigent une grande rapidité, la synchronisation des réflexes. Pour tenir jusqu'au soir, il faut arriver détendue le matin.

Marc a démonté la radio, un jour qu'il s'ennuyait. Milie attend donc l'arrivée dans le métro, l'achat d'un journal pour suivre les progrès d'une paix que l'on commence à exiger. Mais chez certains, cet espoir a déchaîné une rage de meurtre dont la relation coupe le souffle.

Rue Sainte-Anne s'organisent des voyages au Mexique et à Rio, pour le carnaval. Par annonce on a recruté une femme bilingue, jeune encore, pour convoyer le groupe qui va résider à Copacabana. Marta est uruguayenne, elle vit en France depuis quelques années. Tous les deux jours, elle vient rue Sainte-Anne et promène à travers les couloirs un air maussade et distant. Elle s'est appuyée sur le télex que Milie surveille. L'hôtel prévu ne pourra prendre tous les participants ; on en a donc appelé un autre et l'on attend la réponse.

Les yeux bruns de Marta, leur contour fripé, la lumière triste des prunelles.

— Alors ?

— Non ! Ça c'est le Liban.

— Dites ! Est-ce qu'ils donnent facilement une avance ?

Grimace de Milie. Ils n'aiment guère donner des acomptes. Pour Marta qui est temporaire peut-être seront-ils bienveillants !

— Ça te plaît ?

Marta montre d'un même geste de mépris le tableau du standard et le télex qui crépite.

Dans dix jours le groupe s'envolera pour Rio. Marta qui a reçu son avance offre un café à Milie. Pour elle, un calva. « J'en ai besoin, mon mari me quitte. » La façon directe et neutre dont elle a dit cela touche Milie. Marta parle de Rio qu'elle connaît déjà. Son mari, un Brésilien du Sud. Une espèce de héros dans sa jeunesse, exilé à Paris et qui va repartir chez lui rejoindre les camarades... « Mais tu sais, quand il s'agit des femmes, les *héros* ne sont pas mieux que les autres hommes ! » Milie écoute ; cela suffit à Marta. Tous les deux jours donc, elles se retrouvent au tabac, devant le métro pour un café, une cigarette, quelques propos rapides.

— Samedi soir, il y aura une petite fête chez nous pour le départ d'Orlando. Je t'y invite.

Milie hésite et refuse. Depuis quelques semaines, chaque dimanche matin, elle va chercher un enfant qu'elle garde jusqu'à une heure avancée de la soirée. Sur les conseils de la boulangère, les parents se sont adressés à Milie. Ils habitent rue du Commerce, un appartement agréable. Lui, un représentant qui de petit verre en petit verre, oublie de rentrer, dort au hasard des rencontres excepté le samedi où régulièrement, il échoue à son domicile. Le dimanche, grand jour attendu par sa femme. Ils règlent leurs comptes, s'expliquent, s'insultent, s'empoignent, se séquestrent à tour de rôle dans le salon ou la chambre, se menacent, se pardonnent, se réconcilient. Denis les gêne. Milie accepte de le garder, la mère paie correctement. Le garçon est tranquille, il ne fréquente pas l'école du quartier mais un cours privé. Marc et lui ont le même âge.

Marta hausse les épaules. « Tant pis, une autre fois ! »

Le lundi elle ne vient pas. Téléphone seulement afin que Milie transmette ; elle est souffrante mais sera là le mercredi sans faute.

— Mardi soir c'est l'anniversaire d'un copain. On lui fait une petite fête. Tu pourrais venir ?

— Peut-être... mais si vous parléz tous en espagnol...
tu feras l'interprète ?

— Non ! le copain parle français ! Il est breton.

— C'est un Français, alors !

Le télex appelle.

— Attends Marta !

— Allô ! ne lui dis pas que c'est un Français, tu
gâcherais la fête. Alors tu viens ?

Milie veut réfléchir. Elle n'est pas sûre. Les enfants
ne sont jamais restés seuls. Appels du standard. Milie
s'interrompt.

— Prends l'adresse quand même. Avertis bien le
service que je serai là mercredi. A demain soir !

Il fait nuit lorsque Milie arrive quai de la Marne. Elle
a eu du mal à se repérer, distinguant avec peine le
canal que Marta lui a décrit. Quatrième étage : porte
entrouverte, une longue pièce, une table dressée, à
l'autre bout une fenêtre, le brouillard dense à travers
lequel clignote une lune oblongue. Deux hommes
s'occupent devant un fourneau. Recul de Milie qui
s'attendait à trouver Marta. « C'est trop tôt. Elle
arrivera pour le dîner. Assieds-toi ! » Ils reprennent
leur conversation sans s'occuper d'elle. L'un d'eux
aperçoit les fleurs qu'elle tient, ce qui le fait rire.
« Assieds-toi donc ! Tu veux un verre ? Tiens Fanch, on
t'apporte des fleurs ! »

Milie regarde Fanch qui vient d'entrer. Elle se sent
mieux. Il s'approche prend les fleurs, se rapproche
encore, l'embrasse sur la bouche. La sienne est chaude,
rappelle les lèvres d'enfants, charnues gloutonnes. Ses
yeux, opaques comme le brouillard du dehors. Ils vont
se poser au-delà du point qu'ils fixent.

— C'est toi l'Américaine ?

— Non. C'est Marta qui m'a invitée.

— Prends un verre ! J'attends une Américaine mais
je ne me souviens pas si elle viendra ce soir ou demain.

206

Deux poèmes qu'elle veut traduire pour un bulletin très chic de l'université de... j'ai oublié.

Le baiser sur la bouche a secoué Milie. Verre de vin rouge que lui verse Fanch. Des pots de confiture servent de récipients.

— Tchin, salud ! C'est peut-être l'Américaine ?

Quelques hommes poussent la porte. Chacun dépose une bouteille sur la table. D'autres gens sont entrés. Fanch a embrassé chaque femme du même baiser sur la bouche. Quelqu'un réclame de la musique. Bruits des bouchons arrachés aux bouteilles. Fanch s'agite. « En profiter pour partir, personne ne s'en apercevrait. » Le temps s'écoule assez morne pour Milie lorsque Fanch n'est pas à côté d'elle.

— A table ! toi !...

— Milie.

— Toi Milie, ici, à côté de moi, à cause des fleurs. Et si l'Américaine arrive, tu lui céderas ta place...

— Quelle Américaine ? Nous sommes toutes des Américaines, sauf Milie !

Marta vient d'entrer, Milie se lève, Marta coupe son élan du même signe détaché qu'elle fait à tous.

— Les vrais Américains, c'est nous !

— D'accord Marta. Viens t'asseoir, viens manger ! Un verre d'abord !

Fanch la pousse vers la chaise à sa gauche et l'embrasse dès qu'elle est assise. Les bouteilles circulent. Une femme prend les assiettes et distribue le ragoût qui attend au centre de la table. Saveur piquante qui brûle la bouche de Milie.

— Mon Américaine ne viendra pas ! Quelques secondes d'accablement puis Fanch lève son pot de confiture. Il y a un bras constamment à un quelconque bout de table, prêt à verser du vin dans les verres. Fanch avale d'un trait, se rassied.

— Qu'est-ce que tu disais Marta ?

— Où est la musique ? Qu'est-ce que c'est, cette soirée sans musique ? J'aurais amené un tourne-disque si je l'avais su !

Fanch se rapproche de Milie.

— Je ne peux pas souffrir leur musique. Ces cris, ces rires. ces aïe... ils font croire qu'ils sont gais.

La phrase s'embrouille. Milie se penche vers lui. De nouveau il l'embrasse, comme à son arrivée. Tous parlent rient et boivent ensemble. Fanch, porté par leurs voix, flotte sur elles et baigne avec volupté dans ces mots qui coulent autour de lui.

La certitude qu'il est tard. Milie veut s'en aller. Marta l'arrête au passage.

— Je ne sais pas si j'irai au bureau demain. Je ne peux plus faire ce voyage. Je-ne-peux-plus !

— Ne le fais pas et fous-nous la paix !

Fanch s'est levé. Marta ne réplique rien.

— Milie tu sais qu'il y a du champagne ?

— Non je dois rentrer.

— Je ne peux pas t'accompagner jusqu'en bas, je suis trop saoul. Mais n'oublie pas le vieux requin !

Et il lui donne un troisième baiser aussi chaud, savoureux que les autres.

En deux jours il a fallu remplacer Marta dont on est sans nouvelles. « Celle-là nous a eus de cinq cents francs ! » Le patron arpente les corridors, furieux vexé comme si l'on avait emporté le coffre. « Trouvez-moi une étudiante, quelqu'un de bonne famille, style hôtesse de préférence ! »

Milie pensera longtemps à cette soirée. Quand un homme l'approche, elle se renferme. Se drape dans un état de mère dont elle juge qu'il est désormais son destin. Ce collègue empressé — elle travaillait encore au restaurant de l'entreprise C. — « J'aime tellement les enfants », affirmait-il lorsque Milie objectait, je dois rentrer, les gosses m'attendent. Il lui proposait le cinéma ou une bonne marche ou la visite du cimetière des chiens qui jouxtait les bâtiments du personnel. Un soir qu'il voulait absolument la raccompagner prétextant l'insécurité des rues à la nuit, il est monté dans l'appartement. Marc et Véra, indifférents d'abord, bientôt déchaînés, grossiers, Véra surtout qui exigeait de goûter au café que Milie préparait, le recrachait, faisait mine de vomir sur la table. Il s'en est allé, son amour des enfants quelque peu rafraîchi. Marc, plus tard, singeait sa manière de parler, croisait décroisait les jambes comme le malheureux n'avait cessé de le faire, pris sous le regard de Paul qui, assis sur le plancher juste devant lui, le dévisageait sans rien dire.

Ces trois baisers. Leur intrusion dans le tracé plat de son existence.

— Tu n'es pas rentrée à dix heures. Je me suis endormie à plus de onze heures et tu n'étais pas là. Marc est descendu après ton départ. Et Paul lui a couru derrière, je l'ai rattrapé dans l'escalier. C'est toujours moi qui dois le garder quand tu t'en vas !

Le charter est parti pour Rio. L'hôtesse qui l'accompagne n'a pas demandé d'acompte. Les télégrammes, avis d'appel envoyés chez Marta reviennent rue Sainte-Anne avec la mention INCONNU.

Semaine de Pâques. Dix heures par jour de présence. Marc et Véra vont au centre aéré, Paul à la garderie. Il est tard lorsque Milie retrouve les enfants. Paul se promène autour de la maison ou s'assied devant l'église. Dès que Véra tourne le dos, il se faufile dans l'escalier au soulagement de Marc qui peut alors travailler à sa maquette. Milie a pris Paul à son cou. Une porte s'ouvre, un voisin l'appelle et se plaint du tapage qu'il a fallu endurer. Le dîner se prolonge, chacun dort sur sa chaise. « On va tous se coucher, laissons la table ! Caresses. — Encore ! — Oui, encore », dit Milie. Bouches, mains, peaux, joues se confondent, celles du passé, floues comme dans la mémoire des vieilles femmes, celles de ce soir, avides gourmandes, généreuses. Elles passeront plus tard, ces caresses, dans les gestes d'amour qu'ils croiront inventer.

Veille de Pâques. Milie de garde au standard. Journée payée double : pas les moyens de refuser. Rares appels, réclamations qu'elle note. Vers le soir, une voix qu'elle reconnaît.

— C'est Marta ?

Un grand rire qui s'éraille. Oui, Marta qui appelle d'un café, une idée comme ça et quelle chance, Milie répond ! Comment les autres ont-ils pris la chose ? Y a-t-il eu des histoires ?

— Ils t'ont écrit Marta. J'ai moi-même envoyé deux télégrammes pour te convoquer.

Le rire à nouveau qui coupe la réponse de Marta. Elle semble parler à quelqu'un proche d'elle. Bruits autour du comptoir où sans doute elle est accoudée.

— Avec qui ? devine ! Ce soir il y a une petite fête...

« Impossible Marta. Les enfants... — Encore les enfants ! tu ne devines pas qui est avec moi ? » Chuchotements, conciliabules. La voix de Marta. « C'est Fanch. Mais il préfère que je transmette : *ne pas oublier le vieux requin !* — Mais les requins sont féroces ! » Marta répète. Éclats de rire. Milie saisit la voix de Fanch. « Je suis un requin... édenté. Il n'y a aucun danger ! » La communication est interrompue. Marta peut-être qui, secouée par le rire, a raccroché.

Ce soir, Fanch est en retard. Habituellement lorsqu'ils ont rendez-vous, Milie sort du wagon, le reconnaît qui l'attend, assis sur un des bancs. S'il n'a trouvé personne pour l'écouter, il médite, les yeux fixés sur le tunnel. Cela dépend aussi de son état. A jeun, rien ne l'arrache au silence. Après quelques verres, son amour de l'humanité l'incline à la conversation. Si l'échange se fait, son plaisir est total. La rencontre, qui chez les autres relève du hasard et de l'occasionnel, pour Fanch tient de la révélation — du *révélé*. Les mots échangés avec un inconnu le lui rendent précieux. Par celui-ci passera peut-être la lumière.

Le premier mai, Milie avait décidé de lui faire une visite. Le numéro de la maison était sorti de sa mémoire mais elle se savait capable de reconnaître l'escalier. Les enfants voulaient l'accompagner. « Non, je n'emmène personne, les défilés c'est fatigant. Jouez en bas, je serai là de bonne heure. » A la dispersion, place de la République, elle a acheté un brin de muguet. Le canal en plein jour, en plein soleil, son eau triste stagnante. Odeur fétide par endroits. Pas de péniche. Coups frappés à la porte, silence, Milie la pousse, Fanch est là qui dort. Pièce claire, cordes à linge où se balancent des papiers. Fanch couché tout habillé, chaussé. Sur une table, des feuilles, des crayons. Elle prend une feuille, marque MILIE en grosses lettres rouges, roule ce papier en cornet, y glisse le brin de muguet, le dépose près de la bouteille d'eau que touche la main molle de Fanch. Il ouvre les yeux, soulève la tête, retombe, se redresse. Il la reconnaît, cherche son nom, voit le muguet. Il est malade. Surlendemain d'ivresse, cuite au rhum chez Marta.

Cette fois il a souffert, il est allé loin dans les visions d'horreur et puis par chance, le trou. Une petite soupe. Il en rêve. Ou n'importe quoi d'autre de chaud, liquide. Plus de jambes, plus de tête, les doigts morts, il attendait le miracle, le copain qui passerait, lui serait secourable. Deux jours : personne. Milie. Il cherche des doigts le muguet.

Sa première visite à Milie. Superbe. Chemise bleue — il l'a savonnée mais la raie noire du col n'a pas cédé — foulard jaune. Rasé, cheveux plaqués, l'œil transparent, l'air heureux. Les mains vides : huit jours à l'eau, sans sortir de sa chambre, deux tickets de métro restaient dans sa poche, rien d'autre. Les enfants soupçonneux l'examinent. Il va s'en aller, il retire le foulard jaune qu'un Bolivien rencontré chez Marta lui a laissé en gage d'amitié, le passe au cou de Milie.

Les secrets de Fanch ne résistent pas au vin blanc. Mais dans sa façon de les livrer, cette ricanante et douloureuse confidence, il les déchiquette en de si petits fragments que personne jamais n'a pris la peine de les assembler.

Fait pour prendre la pose au comptoir. Il détient ce qu'il y faut d'impassibilité : ses jambes peuvent le maintenir debout de longues heures sans fléchir ; son coude, serré au corps, dessine l'angle idéal pour reposer sur le bord du zinc. Le visage — le profil — impénétrable. Il a déjà rejoint ce qu'il est venu chercher ici (ou il est en chemin de le rejoindre). Mais la vigilance reste entière. Car cette feinte inertie masque la plus sérieuse des occupations, surveiller, guetter, sur le trottoir ou dans la rue ou dans le rayon de l'œil le plus large possible, le passage du copain ou de la connaissance, fût-elle de fraîche date, qui paiera le verre suivant. Des années durant, un périmètre a délimité sa vie. Le *Buci* était l'une des bornes qu'il n'arrivait plus à franchir. Il pouvait rester plusieurs mois sans paraître chez *Pierre*. Pour s'y rendre il lui aurait fallu traverser le boulevard, le carrefour de l'Odéon, entrer dans le dédale de petites rues. Autant dire s'embarquer sur l'océan. Il dormait n'importe où. Ses papiers portaient une adresse abandonnée depuis longtemps. On lui payait volontiers un verre. Si l'on habitait le quartier on pouvait même lui passer sa clé ; il allait dormir quelques heures et restait la nuit debout au *Monaco* ou autres lieux ouverts. La journée, il récupérait là où il le pouvait. Jusqu'à l'arrivée de Marta et des autres *Américains*, personne ne le savait poète. Non qu'il ait renoncé — il portait sur lui un carnet à la tranche usée où il consignait avant les grandes cuites les images qui le traversaient — mais il attendait des jours meilleurs, sauvant sa peau puisqu'il ne lui restait rien d'autre. Pétris de surréalisme et de leur réalité propre, les *Américains* avaient pris ce poète au sérieux. Marta respectait cet homme chez qui l'alcool endormait la violence et réveillait l'imaginaire. Après une fête où il s'était senti mal, Orlando et Marta l'avaient gardé chez eux. Par la suite, il avait « tourné » : une semaine chez un Espagnol que sa mère était venue soigner, quelques jours chez le Bolivien qui lui avait trouvé cette chambre. Une vie nouvelle. Moins de bouteilles, des pages qui s'empilaient, le grand projet dément traîné de comptoir en comptoir dont ses yeux traçaient les premiers mots sur les glaces des bars après le dixième verre, le grand projet enfin mis en chantier. Et vivre de quoi ? Orlando avait dit, la chambre on s'en charge. La bourse de Marta, ma musique dans les boîtes, nous tenons le coup. « Dès que j'aurai terminé, je demanderai aux copains un petit boulot et je te rembourserai. Mais j'en ai au moins pour trois ans. — Sans rechute ? — Sans rechute mon vieux. Fini les bistrots ! J'ai un toit. Quand tu n'as rien, où vas-tu ? quand tu as froid, où vas-tu ? quand tu es seul... — Je sais. Pas besoin de changer de continent pour découvrir ça. — Je vais travailler mon vieux, je vais travailler ! »

Un verre suffit maintenant à griser Fanch. Où qu'il aille, à l'intérieur de son univers, il trouve partout une bouteille devant lui. S'il reste dans sa chambre, les copains rappliquent et les litres s'alignent.

« L'océan, Milie ! Si tu n'as pas regardé l'océan... Sais-tu que je ne l'ai jamais vu ?

Pas besoin. L'océan, il est là. (Geste du plat de la main sur le front.) Et là son bruit. Oui, moi un Breton je n'ai jamais vu l'océan. Né à Saint-Goazec. La mer ne vient pas jusqu'aux Montagnes Noires.

Né quelques jours avant l'armistice. De dix-huit ! La grande allée qui menait devant notre maison. Les massifs de fleurs. Ma mère en noir qui pleurait ses fils. Deux. Morts à la guerre. Remarque il lui en restait quatre. Elle avait aussi une fille. Le jour des charités... les petits pauvres l'un derrière l'autre ! Et quels pauvres ! La misère bretonne... Et nous, nos terres, nos fermes, nos domestiques. Et moi, ma chambre, ma bonne, ma sœur qui se marie et me quitte, mon père qui meurt subitement, ma mère de plus en plus en noir, mon frère aîné qui perd sa femme. La maison, un cloître. Ma mère prie, je cours les champs. Elle décide de me donner à Dieu. Dix ans : je pars au séminaire. Près de Rennes. Six années. Tu comprends bien, six années ! Mais ces gens-là au moins m'apprennent l'histoire de mon pays. Chez moi on n'en parlait pas. J'ai seize ans lorsqu'ils me vident. Des ragots de séminaire... Ils m'auraient gardé même sans vocation, ils en ont retenu d'autres, mais mon esprit les inquiétait. Me renvoient donc vers ma mère. Rennes, j'attends l'autocar, pas même une heure pour réfléchir. Je reste. Tous les bistrots m'ont connu. Le jour, je travaille, n'importe où, comme ça vient. La nuit, je lis, j'écris ou je cherche. Et je trouve. Un petit groupe, une dizaine. L'un d'eux avait habité l'Irlande. Le plus âgé. Nous racontait l'année vingt et un. Ma mère me croyait parti sur un bateau.

Au procès on a dit... Que n'a-t-on pas dit ! Même le Parti national était contre nous parce que nous n'étions pas avec lui. Des extrémistes dont il ne voulait pas s'encombrer. Tarif pour l'exemple : deux ans. J'ai fait vingt et un mois. Pas trop malheureux. Il me manquait tu sais quoi ? Les détails, les petites virgules de la vie. Mais les choses fondamentales je les ai portées au-dedans de moi. Quelquefois une nostalgie de la maison, les volets qui claquent dans la tempête ou l'aboiement d'un chien aux premiers pas qui remuent le gravier à l'aube... Et de ma mère aussi. Je m'étais mis à l'aimer. Je la comparais à mon pays, muette et bigote comme lui. Pour les mêmes raisons.

L'autocar jusqu'à Saint-Goazec. Les six kilomètres qui me séparent de la maison. Et je me répète, traînant mes pieds sur les cailloux du chemin, « tu marches sur une route bretonne » « tu respires de l'air breton ». La grande allée bien ratissée. La vieille bonne qui me reconnaît, court prévenir mon frère. Je traverse la maison jusqu'à la salle où il se tient. Il s'avance vers moi. « Fous le camp ! » Ramené à l'entrée, la porte claquée à la figure. A peine eu le temps d'apercevoir ma mère qui n'a pas bougé. Oui, elle a dû pleurer. Mais après ! « Fous le camp... » Je redescends l'allée sans regarder derrière moi. Sur la route, un voisin, un ami me tourne le dos. Je suis allé jusqu'à la nationale. La première voiture qui a voulu me prendre... direction Paris.

Jamais plus, je le sais. Jamais plus. Je finirai ici.

J'arrive à Paris. Peu après, c'est la guerre. Ils ont dû envoyer une convocation chez moi donc ils vont me rechercher. Décidé à ne pas me faire prendre par des gens qui m'avaient collé en prison. Plus tard quand j'ai su les Allemands chez nous, j'ai changé d'avis. Mais à mon arrivée, aucun travail où l'on me demanderait mon nom. Trop dangereux. Il y avait des gens pour s'étonner à cause de ma jeunesse de ce que je n'étais pas au front. Certains jours sans rien manger. Aujourd'hui tu ne peux plus imaginer ça. Dormir... parfois dans une voiture restée ouverte. Un lieu sûr toujours le même...le bistrot. Quand tu t'y es fait quelques amis... et partout j'ai eu cette chance.

Après la guerre, je pense renouer le contact. Difficile mais j'y parviens. Je tombe sur des drôles de sectaires. Il y a *Bretagne* et *Bretagne* !

Oui j'ai sans doute fait quelque part un enfant sans le souhaiter. Comme presque tous les hommes. Mais amoureux, je ne l'ai pas été souvent. J'aime trop d'êtres ensemble pour qu'un seul m'attache.

Dans les années cinquante, une misère terrible. J'écris deux cahiers de poèmes. Je les recopie, les envoie, l'un à ce type qui a fait sa gloire des récits de la mer, l'autre — j'étais saoul — au séminaire ! Oui ! Je précise : expéditeur *Chez Louis*, rue Vercingétorix. A l'époque je me tenais dans les parages. Le marin de bibliothèque n'a jamais répondu. A-t-il seulement lu ? Mais quelques mois plus tard, je reçois une lettre à en-tête du séminaire. Ils trouvaient « l'expression trop libre » et me signalaient des erreurs de syntaxe. Avec leur bénédiction par-dessus. Je n'ai jamais récupéré les cahiers. Impossible de me souvenir si je les ai ou non réclamés.

Un jour, il n'y a pas si longtemps, un rendez-vous. Je n'ai pas la mémoire des dates. J'ai plus la mémoire de grand-chose. Bref ça se passait dans cet hiver qui a été si rude. Des types qui connaissaient mon histoire. Deux vrais Bretons. L'un journaliste, l'autre poète, comme moi. Il enseignait ici, à Paris. Rendez-vous pris à mon quartier général *Chez Louis*. Est-ce le froid ? non. Je l'ai enduré tant d'années ! La peur, je crois. Je sors donc. J'habitais avec une femme rencontrée *Chez Louis* justement. J'écrivais, je gagnais un peu, de temps en temps ; elle dessinait des *Maternités* qu'elle allait vendre le soir dans les restaurants. On dormait ensemble, rien de plus. Elle m'avait bien averti, tu viens dans mon lit comme une bouillotte, je n'ai pas la tête aux hommes ! Comme j'étais saoul tous les soirs... A Pernety donc, de la glace dans les caniveaux. Je prends un petit rhum ; rue de l'Ouest un autre, je traîne au comptoir... La panique. Enfin j'arrive, un peu plus confiant. Ils m'attendaient, m'offrent un grog à cause du froid. Je leur présente des copains qui se réchauffaient chez Louis. Ils ne sont jamais revenus. L'homme à éviter... Je le suis encore. Il n'y a pas longtemps j'en ai rencontré d'autres : les jeunes les nouveaux les purs les durs. « Salut papa ! » et ils passent.

Remarque Milie, je les approuve. A leur place je n'aurais pas confiance. Un ivrogne ! Quand j'aurai terminé la *Légende*, ils comprendront mieux. *La guerre des artichauts*, tu te rends compte ! Nous n'avons pas fini de faire parler de nous.

Mais moi je suis fini. J'écris mes poèmes, je n'en demande pas plus. Ce sont les autres qui exigent. Que je leur ressemble. Je gêne qui ? quoi ? Marta a lu mes feuillets. Elle m'a dit, tu es un véritable poète. L'Américaine en a traduit deux. J'ai reçu de l'argent. La première fois ! à quarante-trois ans ! on a fait une de ces fêtes !

La *Légende* c'est ma dette mon devoir, ma pierre à déposer. Les poèmes c'est plus large, universel, c'est l'espace, mon espace.

Les années cinquante. Les pires. Quelques appartements à repeindre. Au noir. Les Espagnols ont la

218

filière. Un matin, j'arrive un peu gai pour me donner du courage. Je me casse un bras. Rayé des listes du noir. Heureusement les copains étaient là. Ceux de l'époque. L'un me prend à la plonge dans son bistrot. D'une seule main c'est faisable. Un autre me laisse dormir dans son chai. Pour dissuader les voleurs qui auraient pu venir. J'avais cessé de boire. Même la vue des bouteilles me donnait la nausée. Il me prêtait un plaid pour recouvrir mes jambes. Je m'installais sur deux chaises. Je devine ce que tu penses : « Ça des copains ? C'est comme jeter un os à un chien errant, dis-tu ! Milie chérie, il faudrait peut-être demander au chien errant son avis là-dessus. »

Au bout du quai, correspondance Clignancourt. Viendrait-il par là ? Il est en retard ou il a oublié. Difficile pour lui de se souvenir. Mardi ou vendredi, comment faire la différence ? Il n'a que la rue à remonter jusqu'au métro. Sur le quai, à la station Odéon, Milie le rejoindra. Ce soir elle a failli ne pas venir. Pas moyen d'apaiser les enfants. Vers dix heures enfin ils s'endorment. Milie descend, la conscience crispée. Impression d'aller retrouver, en rejoignant Marta Fanch et les autres, une famille à laquelle on était inéluctablement destinée. Passent plusieurs métros. « Encore cinq et je m'en vais. » Au sixième, Milie se dirige en traînant vers la sortie. Une femme s'est assise à la place où Fanch devrait l'attendre. Alors sautent aux yeux de Milie les lettres en rouge de son nom, grosses majuscules, sur fond de machine à laver blanche. Ecrites et appuyées, les barres verticales et les virgules. Son nom MILIE, rouge épais sur blanc souligné de deux traits. MILIE, MILA JE SUIS AUX MOUSQUETAIRES. MÉTRO GAITÉ SORTIE A DROITE. VIENS ! TON A(R)MOR.

Il y est. Gris-noir. Debout, verre en main, et quand Milie paraît, il la salue, levant son ballon, et l'avalant d'un trait. Le bruit des bouchons arrachés quand le garçon ouvre une autre bouteille, c'est le claquement de doigts, le verrou que l'on tire. La fête commence. Milie tombe sa peau morne des jours difficiles. Coup de pied à la vie — à celle qu'il faut subir — avec Fanch le départ tient du vertige. Il improvise, étincelle, il aime tout et tous et surtout Milie, Milie et la terre entière comme il la voit de son espace lorsque s'en vient, vers le dixième rosé sec, le grand cortège de la fraternité. La fête commence et se termine bientôt pour Milie. Le poids de la journée pèse sur elle mais il faut croire en quelque chose ne serait-ce qu'en ceux-là, autour du comptoir, qui partagent l'ivresse lyrique de Fanch. Sur le mur du fond, lisière de forêt, clarté devinée entre les troncs d'arbres. Milie tire Fanch par le bord du veston et lui montre le paysage. Le copain près de lui s'impatiente.

— Alors, vous venez chez moi ? Il y a tout ce qu'il faut pour manger. Ma femme doit s'arracher les cheveux.

— Mon vieux, depuis que je te connais, elle s'arrache les cheveux. Ta femme ne m'aime pas.

— Allons-y, dit Marta qui a faim.

Fanch se sépare du serveur comme d'un vieil ami. « Je reviendrai », promet-il. Le boulevard est presque vide. « Je m'en vais Fanch, il est plus de onze heures... » Non ! elle doit les accompagner ! Il faut qu'elle reste. Il sort de sa poche deux billets de cinq francs. « Tu prendras un taxi mais d'abord tu viens manger avec nous. — Mais je travaille demain ! — Moi aussi !

220

Je travaille continuellement. Pendant que je te parle, quand je bois... Ma tête ne s'arrête jamais de travailler. Viens Milie ! — Tu resteras chez toi demain. Ça peut arriver de s'endormir. — Mais Marta, je garde les absences pour les maladies des enfants ! » Quelle réalité, quelle consistance ont pour eux les propos de Milie ?

« Qui paie le plus cher, d'eux ou de moi ? » se demande-t-elle pendant que le taxi prend le virage de l'Observatoire. Elle les a quittés sans qu'ils s'en aperçoivent. Lorsqu'elle l'a embrassé, Fanch à califourchon sur une chaise, la tête reposant sur ses bras, avait les paupières humides comme chaque fois que Marta commence à chanter. Sa voix cassée, les innombrables verres de la journée — sa voix inimitable, s'adoucit aux premiers couplets de la *Noche de Ronda.* Dans la pénombre où elle est assise, disparaissent les duretés de son visage. Minutes de recueillement que chacun attendait comme si la *Noche de Ronda* sortait d'une mémoire commune.

Ses classes politiques, Fanch les a complétées au comptoir du *Monaco*. C'est là que Marta retrouve les gens sérieux, ceux qui pensent ou théorisent et passent en revue les erreurs des combattants vaincus. Lutte des classes, autorité liberté, verticalité du pouvoir... toutes formules qui retombent en pluie d'images sur Fanch. Verre en main, la verticalité du pouvoir ! A son réveil, elle se tient devant lui haute maigre et longue comme une femme sèche dont il convient de se méfier.

L'air obstiné de Milie pour dire « je dois m'en aller ». Son regard qui cherche et surveille la pendule.

La pièce ou le café qu'elle a quittés s'obscurcissent ; il faut quelques verres pour que la joie revienne.

Dix jours sans la voir. Pas un signe. « Appelle-la toi, demande-t-il à Marta. Elle est absente répond une voix. Absente pour maladie. » Il en a les jambes fauchées. « Vas-y, j'ai son adresse. »

Marta revient. Fanch s'est carapaçonné de quelques verres. « Elle n'est pas morte va. On l'a opérée. Rien de grave. Une petite complication de femme. Elle est à Necker. — J'irai la voir demain. »

Il se fait prêter un veston correct, Marta et le Bolivien l'accompagnent.

— Milie, la petite Milie !

Elle écarquille les yeux. La blancheur de l'hôpital accuse leur singularité. Chacun l'embrasse. Que la bouche de Fanch sait redonner la vie ! Où qu'il aille il transporte le goût d'un bonheur qu'il ne connaît sans doute pas. Marta pose une fleur sur le lit. Sous sa veste, le Bolivien cache un objet qui la gonfle.

— Maintenant qu'on a repéré la salle, il va descendre. Et de la rue, il te jouera quelque chose. Il a emmené son charango.

Fanch ouvre la fenêtre la plus proche de Milie et se penche pour donner le signal.

— Monsieur, monsieur, crie une surveillante, fermez la fenêtre ! C'est défendu ! Sortez !

— Fanch, tu vas te faire vider ! Le Bolivien me jouera quelque chose quand je rentrerai chez moi.

Convalescence. Véra peut rattraper les jours de séparation, Milie la garde auprès d'elle sous le prétexte de lui soigner un rhume.

Soirée tranquille. Véra s'est couchée dans le lit de sa mère. Marc et Paul dorment déjà. La vue sur la cour prive des rêveries à la fenêtre comme aux temps où le

222

Chien qui fume gardait son mystère de palace inaccessible. Bruit soyeux des feuilles que tourne Véra en lisant.

On a frappé. Plusieurs petits coups obstinés. « N'ouvre pas maman ! » Les coups s'accélèrent.

Ils sont plusieurs sur le palier. Fanch, naturellement, Marta rieuse, le Bolivien qui porte un plat recouvert d'un linge blanc et deux autres encore que Milie reconnaît mal. Marta s'amuse de la surprise. « On est venu fêter ta guérison et la première lettre d'Orlando. »

Le matin même traversant les Halles, elle a repéré ce cochon de lait, Fanch et le Bolivien l'ont fait cuire et les voici tous. Ils ont apporté les bouteilles et même le pain. Fanch ému de revoir Milie debout, guérie, débouche le vin ; le Bolivien découpe, Marta et son amie cherchent des assiettes. Paul s'est réveillé. Il veut se lever, il a faim. Marc s'habille posément. « Toi, a-t-on dit à Milie, tu restes assise, tu ne fais rien. » Véra garde contre elle la main de sa mère. Milie redoute l'irruption d'un voisin.

— A table, c'est prêt !

Le cochon de lait caille dans les assiettes. Il a rôti tout l'après-midi devant un feu chez le Bolivien, arrosé de sa graisse, parfumé d'origan et de poivre. Il n'en reste bientôt plus. Les bouteilles sont vidées. Paul, les mains graisseuses, dort sur les genoux de Milie. La nuit s'avance. Marta sort de sa poche la lettre relue cent fois depuis le matin. On chuchote maintenant ; la joie s'effeuille, on en retient les pétales autant qu'on le peut. « Tu ne veux pas me garder cette nuit ? » Milie secoue la tête. Ils s'en vont tous. L'odeur du cochon grillé s'est glissée jusque dans les couvertures du lit.

223

Vacances. Les enfants sont partis. Véra pleurait mais peut-elle passer tout l'été à Paris ? Pour la première fois depuis le brin de muguet, Milie retourne chez Fanch. Aujourd'hui, accrochés par des pinces à linge sur les cordes tendues en diagonales, se balancent des papiers : ses poèmes de la nuit. Phrases courtes, écrites au gros crayon rouge pareilles à de gais lampions suspendus pour une fête à venir. La première lettre du premier mot est dessinée, décorée ; des rayons s'en échappent qui vont traverser les mots suivants. « Il y a, dit-il, un sens à tout ceci. Véritablement c'est de la musique que j'écris. » Ainsi pendantes, les phrases composent le tableau de son réveil. Alors, se levant, il les rassemble, les ordonne de sa main qui, la nuit même, les accrochait dans l'obscurité complète, au hasard de l'inspiration quand l'ivresse, à son début, le lançait sur une route « la route vers mon espace » où les mots qu'il ajusterait pour l'éternité brillaient comme des constellations dans l'infini de sa chambre.

Il n'a qu'un sommier, sans pied « afin de ne rien me casser si je tombe en dormant », une table et pour siège, un casier à bouteilles « symboliquement ». Des livres et des litres vides sous la table. Ainsi l'espace nu de la pièce est réservé au Verbe.

Un seul drap plié en deux sur le sommier. Ce qui en réduit encore l'étroitesse. Lorsque Milie et Fanch s'y endorment comme en un sac, c'est leur transpiration qui réveille Milie. Elle se rhabille, la nuit est là. Regarde Fanch qui n'a pas bronché. « Pourquoi t'en aller ? lui reprochera-t-il en la retrouvant. Puisque personne ne t'attend ! » Le regarde qui dort sous ces fils où demain se balanceront de nouveaux poèmes.

Ce qui la ramène auprès de Fanch, le soir, quand elle en a fini du télex et du standard, c'est un élan où la tendresse a plus d'épaisseur que le désir. Se retrouver soudés, enroulés dans ce drap, c'est étreindre en l'autre son entêtement à vivre, c'est écarter pour chacun l'ombre noire des jours difficiles, la peur de ceux qui viennent, les souvenirs indésirables. Il ne faut pas abandonner cet homme, tel est le sentiment de Milie. Pour quelles raisons impénétrables ? En quelque point obscur d'elle-même, il est son jumeau.

Le même été, s'en va le Bolivien. En quatre ans, pas un tableau exposé ni vendu, des dizaines de toiles qui s'entassent dans la grande pièce où Milie a connu Fanch. Plus d'argent, fin de la bourse, il faut donc repartir. D'autres raisons dont Marta parle à mots couverts. L'Amérique — la leur — va bouger. La victoire de Cuba met le soleil dans leur camp. Fête pour le départ du Bolivien. Marta déchirée, la voix plus blessée que jamais, entame la *Noche de Ronda*. Milie pleure pour davantage que le départ du Bolivien.

— Ça ne va pas Milie ?
— Non, ça ne va pas. Quelques ennuis.
Pour lesquels Fanch ne peut guère l'aider. Trois mois de loyer en retard, puis quatre. Papier bleu. Cinq mois. Tout a commencé par l'achat d'un tourne-disque. Impossible à rattraper. Elle a pensé quitter la rue Sainte-Anne pour disposer de la prime vacances, mais celle-ci ne suffirait pas.

Fanch est consterné. Mais il a une idée : le Bolivien. Qui s'en va, qui abandonne la chambre, cette grande chambre qui lui servait d'atelier. Juste en face de la sienne. Le même palier ! Et pas chère, cent cinquante, cent francs de moins que sa rue Mademoiselle. Pas plus délabrée, mieux éclairée. Il suffirait de prévenir Marta qui s'est mise en tête d'y emménager parce qu'elle n'aime ni son quartier Picpus ni sa concierge qui l'accuse de faire du bruit lorsqu'elle rentre la nuit.

— Mais ça ne résout rien ! Avant de déménager, je devrai payer !

Pourquoi payer ? Ne veut-elle pas comprendre ? Il a quitté discrètement ses chambres des dizaines de fois. Ça s'est toujours très bien passé ! « Mais moi je suis fichée ! Rue Sainte-Anne, au centre des Allocations, aux caisses des écoles... Facile de me poursuivre ! »

Ses appréhensions étonnent Marta. « Prends ce risque ! Qu'as-tu à perdre ? — Ne sous-estime pas les avantages. Le propriétaire est coulant. Je le connais, il a un entrepôt rue Riquet, il est encore plus buveur que moi ! Je n'ai pas payé depuis le départ d'Orlando et tu vois ! j'y suis encore. »

« Je fais un pas de plus dans la facilité mais aussi un pas de plus dans la difficulté. » Cherchant les moyens de l'éviter. Sachant par avance qu'il sera franchi, qu'elle partira usant de procédés sans gloire : lits transportés de nuit, sueurs froides lorsqu'il faut descendre le réchaud à gaz. Adieu définitif à l'aube du 15 août. Une petite fête pour remercier les copains ramassés par Fanch qui ont fourni la camionnette.

Marc a beaucoup pleuré. Il ne verra donc plus Denis, il n'ira plus au square Violet, ne jouera plus devant Saint-Jean-Baptiste-de-Grenelle. Véra est satisfaite puisqu'elle va dormir avec sa mère. Son adoration se fait plus exigeante. Jamais elle ne parle de Georges, semble avoir oublié la rencontre de la rue de Courcelles. Deux fois, Georges avait écrit à Milie pour annoncer sa visite mais il n'est pas venu.

Rien ne se passera. Frissons pendant des mois aux moindres coups frappés à la porte, aux enveloppes dans la boîte à lettres. Marc aura de nouveaux copains, s'entichera du canal. Véra seule disposera du droit de pénétrer dans la chambre du poète. Fanch redoute les passages de Paul. Aussi le met-il à la porte sitôt qu'il se montre.

Un hiver difficile. Fanch est pour trois semaines chez un écrivain qui voyage. La chaîne habituelle : le copain qui a refait les peintures l'a proposé à cet homme. Il suffit de garder ses chiens. Pour décider Fanch, il lui a fallu ce dernier mois passé sans autres ressources que le dîner partagé chez Milie. Résigné à donner à l'Américaine quelques poèmes dont la traduction, lui a dit Marta, est du pur vandalisme. Introuvable, l'Américaine. Seule consolation : la maison pleine de livres qui l'attend. « Et la cave ! » ajoute le copain. Milie ne lui rendra pas visite. Auteuil est trop loin. Paul s'est ouvert le front au-dessus du sourcil en butant contre un poteau du préau. Milie reste auprès de lui soignant un rhume et traînant sans courage du lit à la fenêtre où ses yeux remontent le cours du canal. Il lui faut retourner rue Sainte-Anne. S'y accrocher. Nécessité d'un point fixe, quelque part. La chambre lui reste encore étrangère. Cette longue pièce où dans la partie sombre se succèdent leurs trois lits, les oblige à se grouper dans le pourtour de la fenêtre. Là, Milie a installé la table. Au-delà du canal s'édifient de grands immeubles.

Fanch est rentré plus tôt que prévu. L'écrivain s'ennuyait de ses chiens. Il a payé Fanch, promptement reparti vers sa planète. Circuit ordinaire : le *Buci*, le *Monaco*, *Chez Pierre* et la *Civette*. En arrivant au *Buci*, il a dissimulé cinquante francs au fond de son soulier. Ils étaient pour Milie. Elle achèterait un poulet et des salsifis, les enfants en étaient fous. A l'aube il n'avait plus un sou et ne se souvenait plus de l'argent glissé dans sa chaussure.

Depuis qu'ils habitent sur le même palier, Milie et Fanch se voient peu. Marta ou quelqu'autre passe dans l'après-midi, emmène Fanch vers le *Buci* ou *Chez Pierre* d'où il rentrera, s'il peut tenir sur ses jambes, pour sommeiller jusqu'à disparition de l'ivresse. Quand survient la crise, il se traîne à la porte, l'entrouvre et Milie sait ainsi qu'il attend du secours. Un autre homme. Grave, lucide, sévère pour lui-même, conscient de sa décrépitude, pressé de retrouver l'usage de ses mains trop tremblantes pour tenir un crayon. Le même quelques jours plus tard, le dos droit, l'œil brillant, le foulard coquettement noué dans le col de chemise guettera dans la glace, au-dessus du comptoir, l'effacement de l'image qu'elle lui renvoie.

Le samedi soir, Fanch insiste pour que Milie l'accompagne. « Vas-y maman ! » l'encourage Marc. Il en profitera pour faire monter ses copains, ce qui met Véra en fureur. Le poids de la semaine pèse sur Milie. Rien n'est meilleur maintenant que de s'étendre sur le lit, d'allumer la petite lampe dont Marc a fabriqué l'abat-jour et de bavarder ou de jouer aux cartes avec Véra.

Les rares fois où elle accompagne Fanch, la première lassitude surmontée, c'est le même déclic, le mouchoir secoué à la portière du train de plaisir qui souvent ne quitte pas la gare.

Ce soir-là. Retrouvailles, grandes embrassades. « C'est Jean. Jean ! » Fanch se tourne vers chacun. « Voilà Jean ! »

Jean apporte des nouvelles de copains chers qu'on

ira voir un jour, c'est promis, de l'autre côté du boulevard.

— Prends un verre Jean !

Jean, expression digne, tête noble vissée sur un imperméable crasseux et sans boutons. Les souliers pourraient lui servir de carte de visite. Le visage garde encore du caractère quand les chaussures ont cédé depuis longtemps. L'ensemble est couleur des murs qu'il a suivis pour venir jusque-là. On le croirait sorti d'eux. Vu de près, veineux et grisâtre.

La discussion reprend. Fanch n'a bu que deux verres. Il n'a guère d'entrain ce soir. La rencontre avec Jean le ramène quinze années en arrière. Alors, sa foi était intacte, la double tâche, *Légende* et poèmes, ses bras et sa tête la mèneraient de front. Donner ses poèmes. Qu'ils tombent sur les hommes de n'importe quelle terre, tombent en pluie bienfaisante, stimulante. La poésie, le plus sûr moyen de briser leur aliénation et lui, Fanch, allait leur en façonner des phrases en forme de vie triomphante ! On veut libérer les hommes, et on se laisse abattre par le froid aux pieds, l'onglée, la dureté d'une chambre humide ou l'envie d'un ragoût partagé.

Marta se tient à l'écart. Malade. Refuse de rentrer chez elle. Les journaux lus ce matin même : rapports froids d'événements sanglants qui lézardent son Amérique. Chaque mot a pour elle un sens plein et précis.

On ne peut la laisser. Elle va dormir auprès de Véra, à la place de Milie. Elle refuse. Qu'on lui donne seulement une couverture, elle ira s'étendre par terre dans la chambre de Fanch.

« Non. Cafard et cafard ne marchent pas ensemble. — Qu'est-ce que tu veux dire ? — Que ton cafard plus mon cafard ne donneraient rien d'heureux ! »

Voici Milie qui amène une couverture.

— Fanch, as-tu sommeil ? Ils vont s'asseoir dans le coin par terre, près de la fenêtre. Marta roule d'un bord à l'autre du sommier. La nuit va être longue. Fanch se redresse. — Je vais travailler. Il n'y a rien d'autre à faire. Il faut s'élever au-dessus de cette merde pour ne pas y être enterrés.

Milie regagne sa chambre. S'élever. Le mot lui serre le cœur.

Anna. Sa démarche, son assurance, sa main qui dépose dans la corbeille les feuillets bleus des messages à passer. Milie la retrouve plusieurs jours de suite sous les arcades lorsqu'elle s'y promène pour manger en paix ce qu'elle a préparé le matin. Propos interrompus par la pluie, le courant d'air du Palais-Royal, phrases inachevées. Ces tentatives séduisent Milie mais à l'instant d'y répondre, la voici paralysée.

Ce dimanche, l'arrivée d'Anna. Fanch venait de s'en aller. Il avait frappé comme d'habitude, cinq coups roulés, annoncé tout joyeux « Milie, Marta vient d'arriver et devine ! l'Américaine est là aussi. Quelle surprise ! Sais-tu ce qu'elle apporte ? — Du scotch ! — Milie, ne sois pas méchante. Mes poèmes traduits ! Viens ! — Non, je suis fatiguée. — L'Américaine ne reste pas longtemps. — Je suis fatiguée. » Elle avait repoussé la porte, il la retenait de justesse. « Milie, s'il te plaît... » Il chuchotait presque. « On ne m'a fermé la porte à la figure qu'une seule fois. C'est un souvenir qui me fait encore mal. »

L'entrée d'Anna suivie de Serge. Se contraindre pour les accueillir, répondre à leurs questions. Le cœur et la tête sont de l'autre côté de cette porte soudain poussée entre elle et Fanch. Impression que Serge n'est pas dupe, qu'il lit en elle et son impatience et ce qui la motive. Visage tranquille assuré des hommes qui possèdent une vérité. Regard qui dit tu es claire et transparente pour moi, tout est simple tout s'explique et se démontre.

Fanch est sorti. La traduction reste sur la table FRENCH REGIONALIST POET.

Non, demain elle n'ira pas rue Sainte-Anne comme elle vient de le promettre. Encore un matin à traîner avec Véra et Marc, à rire des grimaces de Paul, à guetter le réveil de Fanch et découvrir les fleurs qui auront poussé la nuit sur la corde. Encore un jour.

Et Serge, un dimanche, qui frappe à la porte. *On* le lui a dit, elle a des ennuis. Que va-t-elle devenir ? Il n'a guère de temps mais il promet de repasser la voir. On ne laisse pas les gens lorsque les problèmes fondent sur eux.

Avec lui, tout s'analyse et se prouve. Une vie, ça se met en équation. (Douze années en arrière, le temps de Georges et des certitudes.) Serge et la confiance absolue, triomphante qui transparaît sur son visage, dans ses gestes jusque dans sa vigoureuse poignée de main. Lui arrive-t-il de douter ? ne serait-ce que de lui ?

Mais sa voix réveille. Ils ont parlé plus d'une heure. Il va bientôt s'en aller. Milie en est certaine, il est venu pour tout autre chose que cet élan qui, la première fois, l'a jeté irrésistiblement, malheureux et pressé sur le plancher de la chambre même de Fanch. Plaisir frelaté, cet au revoir lugubre. Non, le plaisir supérieur c'est le visage attentif de Milie recevant sa parole.

S'il vient aujourd'hui, Milie lui racontera son départ de la rue Sainte-Anne. Subitement insupportables le néon de la cave, l'œil vert de la Xerox, le battement rythmé de la ronéo et ce sentiment de parfaite inutilité. S'il vient aujourd'hui, Milie parlera des voyages avec Fanch, ces départs hier si joyeux, ces fugues dont elle revient aujourd'hui si vite. Voici Fanch justement qui monte l'escalier, salue de sa voix basse et traînante des grandes ivresses, les voisins familiarisés avec ces tirades. Elle pousse le verrou.

— Milie mon amour !

Fanch secoue le loquet.

— Les gosses m'ont dit que tu étais là. Devine qui m'accompagne ! Jean, mon copain, Jean ! Il apporte un cœur de veau. Je peux m'occuper de le cuire. Marta et l'Américaine vont arriver. Ouvre Milie ! Si tu voyais l'Américaine !... quand les intellectuels boivent, ça coule raide, directement du gosier au cerveau.

Elle ouvre, le regarde. Tel que cent fois elle l'a vu, accepté, aimé d'une tendresse inexplicable. Jean, veston trop large, caché derrière Fanch, le cœur de veau roulé dans un papier brun qui l'embarrasse.

— Laisse-moi Fanch !

Dit sans colère avec l'humilité de quelqu'un qui demanderait pardon. La porte qu'elle ferme devant lui et verrouille par-dessus le marché n'est pas claquée mais doucement définitivement interdite.

Soirée tout à fait paisible. Véra cherche un air connu sur une flûte gagnée par Paul dans une *surprise*. Sons aigres qui traînent avec ses soupirs. La nuit est venue, Serge pas. Il est maintenant inutile. Sans aucune aide, Milie met sa vie en soustractions. A cette nuit qui descend, manque une de ces musiques funèbres dont l'harmonie, la majesté, l'ampleur n'évoquent ni le désespoir ni la mort mais la sérénité retrouvée.

Et au matin, lever de soleil imprévisible : un prodige cosmique, la boule de feu sur laquelle passe et s'effile le nuage noir échappé d'une usine proche. Il doit, il va se passer de grandes choses en un jour dont la venue s'accompagne de tels signes. Milie qui se prépare, va et vient de la glace à la fenêtre. Maintenant les nuages se disloquent et la fumée noire qui avait tracé à la base du soleil son trait cabalistique va s'égarer dans l'infini. Comme n'importe quel autre matin, les éléments s'ordonnent, les nuages se déchirent, le ciel se lit en lettres ordinaires. Il faut donc partir chercher du travail.

Marta est venue faire le paquet. Les enfants l'ont aperçue. Elle a décroché les fleurs de nuit, pris les feuillets sur la table, la boîte de crayons, un pull-over cadeau du Bolivien, mis le tout dans un cabas. La vie de Fanch tient peu de place.

Bruits de nuit. Silence écorché, une toux, un sommier qui grince, le gémissement échappé d'un lit dans la salle voisine. Pas glissé de la garde qui passe. Quelques mots chuchotés tout au fond du corridor. Claque la porte de l'ascenseur, l'interne est monté ; multiplication des pas dans un lointain accessible. Apaisement où se reconstituent ces autres bruits qui composent le silence : le battement du cœur, Milie le perçoit quand son corps s'immobilise tout à fait ; sous le doigt, puisque seule une main bouge, le battement du sang qui dit la marche ou la déroute de la fièvre. Tout proche, à peine perceptible, le ronflement de la chaudière ; il est lui aussi comme la cascade d'une respiration. Bruits rassurants des rouages. Et, rassurant, le reflet sur la vitre de la porte, du lumignon rouge qui la surmonte. Bientôt le jour, l'infirmière pressée mais aussi la femme de service, son bras grassouillet qui s'avance, secourable, elle apporte la rue et la maison et le travail laissé derrière elle. Bouge marche parle grogne. Aucun mal ne la cloue sur un de ces lits.

Le canal. Ses eaux se sont évaporées. Ici l'intérêt des journées tourne autour d'un point, celui d'où jaillit la souffrance.

Sitôt là, envie de s'en échapper. Le poids qui faisait plier les épaules apparaît si léger aujourd'hui. Hier, cette impression de soulagement. Le malaise, la perte passagère du sensible et le voyage déjà connu — parfois honteusement souhaité — l'ambulance avec son feu dansant comme la flamme folle sur la tête d'un taureau, le cri animal de son appel, la bête à corne qui emporte Milie. Le moment de lâcheté, yeux fermés, tout à son mal, où l'on abandonne ce qu'on laisse à la vigilance d'Anna. Le pire des moyens, mais le moyen quand même de se retrouver. Nuit après nuit, entre deux montées de la douleur, s'aventurer à la recherche de sa vie. Sensations déroutantes où le passé se projette en futur. Soulagement passager qui crée l'euphorie des jours à venir.

On se cherche une mère parmi ces femmes qui vont et veillent soulèvent changent soignent. Dire ce soir à la garde de nuit qui prendra la phrase au vol, y répondra quand l'aube aura fait pâlir les vitres : « ... madame Valette, ça y est, j'ai fait pipi toute seule... madame Valette, je sors après-demain !... »

— Lorsque tu me connaîtras mieux tu seras plus confiante. Je sens que tu n'as pas envie de parler de toi.

Ce n'est pas de la curiosité, c'est de l'intérêt. Je te veux du bien, même si tu ne devais plus revenir ici.

Walter lui voulait du bien, ça Milie en était certaine. Son insistance à comprendre. Ses questions répétées. La réserve décevante de Milie.

Sa chambre. Pièce à tout faire. Un lit assez large dans l'angle et un bric à brac de meubles : deux armoires, bureau, table ronde et quatre chaises autour. Un poêle haut qu'il avait, précisait-il, allumé garni pour sa venue. Lui détestait les chambres chauffées. Champagne pour fêter le jour de l'An. Sans gâteaux ni biscuits. Pas osé affronter la curiosité de son ami Maurice en prenant des pâtisseries. La fringale de Milie, ces kilomètres sur la route encore mouillée. « Et moi qui n'ait rien ici. J'ai déjeuné chez François mon associé, je dîne chez Maurice. Rien ! Peut-être un reste de pain d'hier. Des sardines parce que j'en ai toujours. »

Il en mangeait une pour accompagner Milie, pressé d'en arriver au champagne qui marquerait ce jour. Inconcevable : saluer l'année 68 avec Milie dans sa chambre ! Par moments la vie s'accélérait dans le bon sens. Tout semblait venir à la fois : sa maison enfin commencée, du travail pour les mois futurs — et quel travail, deux gros chantiers en plus du haras — et Milie. Elle ramollissait le pain dans l'huile des sardines. Vivant sur l'émotion des matins, les caresses retenues, il s'était dit qu'aussitôt qu'elle entrerait chez lui, il ne voudrait plus la lâcher. Tous les désirs contrariés se rattraperaient. Elle était là et sa présence, en plein jour dans sa chambre, ramenait tout à zéro. Brusque marche arrière. Les rendez-vous du matin tenaient du rêve. Ils se distinguaient à peine, baissaient la voix quand ils parlaient à cause de l'écho qu'elle prenait dans le silence. Jamais il n'avait pu observer comme en ce moment le visage de Milie.

— A l'année qui vient ! Santé travail et...

— Et tout ce qu'on dit pour le premier janvier !

— Tu trouves cette chambre moche ! Elle donne plein nord. Tous les meubles que j'y entasse viennent de la récupération. Même le lit. Laissés dans les maisons à retaper. Les gens disaient, vous les casserez avec le reste, on n'en veut plus. Ça me révolte. Je garde tout. J'ai un plein hangar de vieilleries. Une bassine percée : je la répare.

— Et la maison à venir ?

Il lui en dessina le projet sur la marge d'un journal qui traînait. — Quand elle aura pris forme, je t'emmènerai la voir. Et passer une nuit ici ? tu le pourrais !

Impossible ? pourquoi ? Il irait la chercher en quittant le chantier, ils dîneraient quelque part sur la route de Paris et ils rentreraient chez lui. Le lendemain il la déposerait chez elle vers sept heures.

— Le difficile, c'est de prévenir les enfants.

Pour Milie aussi, une brusque marche arrière, un retour à la première rencontre. Il ne servait à rien d'avoir un certain soir, aidée par Mercier, tiré son matelas sur le plancher, ni de s'être glissée dans le lit de Fanch à l'unique drap, pas plus que ne servaient à Walter les concubinages éphémères ni les visites répétées — entre deux chantiers de préférence — à l'*Isba*, l'auberge hospitalière sur la nationale après Pontoise où les balalaïkas sur disques le ravageaient suffisamment pour qu'il claque des doigts vers l'une ou l'autre des fausses blondes aux fausses nattes qui finirait la chanson avec lui. Rien ne servait deux fois. Un large coup de gomme faisait la mémoire vierge de tout ce qu'elle avait cru engranger.

Presque six heures ; la nuit totale. Il n'allait pas la laisser s'en retourner seule. Milie dut longuement discuter pour faire valoir le plaisir que lui donnerait cette route dans le noir. A la barrière en se quittant, ils

236

retrouvèrent ce qui était devenu le rite matinal, ce froid des joues sur lesquelles on promène ses lèvres déjà sèches, les gestes empêtrés pour se dire un au revoir que l'on fait traîner.

— Non. Je t'accompagne jusqu'en haut de la côte. Je serai plus tranquille. Ceux qui nous rencontreront se poseront les questions qu'ils voudront.

— Est-ce que la grande question qui agite ce bourg n'est pas : épousera-t-il la mère ou la fille ?

Walter s'arrêta net. Milie plaisantait, pensa-t-il.

— C'est une question ! Jolies l'une et l'autre et pas seulement jolies, de la tête, du caractère. Des femmes qui savent ce qu'elles veulent. Qui t'a parlé de ça ?

— La rumeur, dit Milie.

Il aurait fallu se quitter à la barrière, emporter les heures passées dans cette étrange chambre, les emporter comme un objet à tenir précautionneusement.

— Je n'épouse personne malgré les avances de Maurice. D'ailleurs je n'ai pas de maison. Qui viendrait vivre dans deux pièces donnant sur un remblai avec le chemin de fer qui passe par là ?

A l'entrée de Nesles, ils se séparaient.

— Demain matin ? six heures et demie ?

Malheureux vraiment de s'en retourner sur ces dernières phrases venues gâcher son plaisir. Milie répéta deux fois « six heures et demie », pour le rassurer.

La maison, d'un calme total. Denis et Marc penchés sur un tableau ou une sorte de carte qu'ils coloriaient. Pas de musique. Ni Paul ni Véra.

— Ils sont allés te chercher.

— Me chercher ? Où ?

Véra savait où Milie partait se promener. Elle avait

proposé à Paul de l'accompagner. Curieuse alliance. Où étaient-ils allés ? Il fallait préparer le dîner. Un jour, elle le souhaitait, il y aurait assez d'argent dans la maison, pour que chacun dîne comme il l'entendrait, à l'heure qu'il voudrait, sans qu'on en calcule la dépense.

Paul entra le premier. « On t'a cherchée partout, Véra m'a emmenée dans le bois où il y a la clairière, on ne t'as pas trouvée. » Traînant les pieds, Véra s'en venait. Ils avaient fait un tour gigantesque, suivant la clairière jusqu'à un pré qu'ils s'étaient obstinés à traverser. Leur mère devait se trouver dans les parages. Ils l'avaient appelée plusieurs fois. Paul en restait enroué.

— Mais où es-tu allée exactement ?

Véra insistait, demandait des précisions.

La fatigue tout à coup tombant sur Milie. Pas seulement celle des kilomètres parcourus ni celle des réponses à cet impératif questionnaire mais encore celle à venir, d'inévitables interrogatoires et de la sourde lutte qui l'attendait, celle d'avoir à leur dire, ce soir et les soirs suivants qu'il faudrait se serrer un peu la ceinture, celle d'hier quand elle avait refusé à Marc de le laisser préparer un repas de minuit, toute la vieille fatigue, celle de la ruse nécessaire pour vivre, celle qui terrassait Walter l'après-midi quand il s'affalait à son côté, fâché contre lui-même, disant « celle-là remonte juste pour rappeler de quelle lignée de forçats du travail on s'en vient ». Comme huit années plus tôt, regardant Fanch endormi, percevant la parenté invisible, indicible, là, quand Walter avait cédé à la fatigue, qu'elle observait sur le dessin régulier du visage les cernes des nuits trop brèves, le bout des doigts déformés, le gonflement excessif de certains muscles, toutes cicatrices que laisse une vie de travail sur un être qui s'y est plié au sortir de l'enfance, alors naissait cette

238

émotion qui attachait tout aussi sûrement que le plus subtil des plaisirs.

Assise devant la cuisinière, dos tourné à la table, recevant les remarques ironiques de Véra. Paul se tourna vers sa sœur : « Arrête, tu fais pleurer maman ! » La phrase magique. Véra la disait à Paul ou Marc à Véra. Leur voix prenait alors un ton d'accusation sacrilège qui, à chaque fois, faisait rire Milie. « Mais non, c'est seulement de la fatigue ! » Elle se levait pour chercher dans le buffet ce qu'ils avaient laissé de beurre. Véra s'approchait : « Tu as quelque chose ? — Oui peut-être. — A cause de moi ? — Non. » Milie l'embrassa. Ils devaient vivre en paix les uns avec les autres, en prévision surtout des orages futurs.

— Maman il me faudra cinq francs après-demain.

— Pour faire quoi ?

— Rembourser un copain qui me les a prêtés.

Le facteur apporterait sans doute le mandat espéré depuis cinq jours. Sinon... Fanch apparut.

— Eh bien ! je croyais être en retard. Mais peut-être qu'on ne dîne pas, ce soir ?

— Fanch, as-tu cinq francs à me prêter ?

— Si j'avais cinq francs mon vieux... Et son soupir signifiait, je ne serais pas resté ici aujourd'hui.

Walter était là, en avance. Une séparation interminable : soirée, nuit, marche lente des heures.

— Je me suis embêté hier au soir. Constatation qui le surprenait. Il y avait, en plus de la couturière et sa fille, un ami de Maurice, fonctionnaire des Finances dans l'oreille duquel aboutissaient la plupart des rumeurs de la Maison. On allait vers une déflation avait-il expliqué. Il s'en manifestait des tendances certaines.

— Il y a de quoi me réjouir, de quoi m'inquiéter.

C'est brutal mais c'est comme ça. Inflation : les chantiers pleuvent. Mais pour l'instant je ne suis pas inquiet. Et tu sais Milie, aussitôt que je le pourrai je rembourserai mon associé et je m'installerai seul. Mais ce qui me préoccupe, c'est toi. Le chômage gagne la région. Maurice en parlait hier. Ça me tracasse plus que tu ne l'imagines. Cette nuit je me disais que tu voudrais peut-être t'en retourner à Paris.

— Ça non. Mais je suis confiante, je finirai par trouver.

Conversation grave qui laissait peu de place aux caresses.

— Ce soir je rentrerai tôt. Les nuits blanches ne me réussissent pas. Milie tu sais qu'il faut me demander s'il te manque quelque chose !

L'autocar annonçait son passage. Ils se séparèrent. Walter se retourna mais ce fut au crissement des gravillons que Milie devina ce geste.

Le facteur apporta le mandat. Marc eut ses cinq francs.

— Sois prudent Marc, je ne pourrai pas t'en donner beaucoup ce mois-ci.

— C'est un accident. On se réunit au café pour le comité Vietnam puisque au lycée c'est interdit d'en parler.

— Je dois cent francs à Denis. Son père les lui avait envoyés.

— Est-ce que tu sais maman qu'il y a un parti communiste prochinois qui vient de se créer ?

— Fanch l'a dit hier.

— Est-ce que tu crois qu'Anna pourrait y militer ?

— Anna ? pourquoi ? je la crois très proche du parti tout court !

— Pourtant quand elle discutait avec Marta... Et toi ?

— Moi ? oui, ce qui se passe en Chine, la lutte contre l'intérêt privé, l'égoïsme... bien sûr ça m'exalte, j'y crois.

— Alors pourquoi tu ne milites pas ? Tu n'as jamais milité ?

— J'ai failli et... ça ne s'est pas fait. Le dogmatisme m'embête un peu.

— Oui mais pourtant, l'exaltation s'appuie sur le dogme ! Ça ne s'est pas fait à cause de nous ?

— Non. Si j'avais milité ç'aurait été à cause de vous.

— Denis et moi on y pense souvent. Le comité Vietnam c'est une chose...

Et pourquoi ne proposerait-il pas à sa sœur d'entrer dans ce comité Vietnam elle qui regardait Denis comptabiliser les adhésions avec un œil d'envie. Marc se figea. La suggestion de sa mère le choquait.

— Elle n'a qu'à se débrouiller ; celui-là, c'est *mon* comité !

— Pas mûr pour le parti prochinois, fils !

A peine cinq heures. Insupportable d'imaginer le temps qui séparait du lendemain matin, d'imaginer la nuit. Le pessimisme de Walter gênait Milie. Il menait ces angoisses dont Anna lui faisait part sans cesse. Naturellement, elle s'inquiétait. Mais *il fallait* que les choses s'arrangent. Une époque, entendait-on partout, propice aux affaires. Le mot d'*expansion* dans toutes les bouches. Près de Pontoise, ce projet de ville nouvelle... Tenir jusque-là.

Cette attente trop longue. Faire quelque chose. Un instant, d'évaluer la longueur du trajet la découragea. Depuis midi, il pleuvait. Elle prépara le dîner, le laissa au chaud sur le coin de la cuisinière. Après le passage du facteur, Véra était partie à Pontoise. Arlette son amie entrerait le lendemain chez son premier employeur. Elle avait promis d'être de retour avant huit heures. Fanch dormait : aucune lumière dans sa chambre. « Marc, je prends ton vélo. Quelque chose à faire à l'Isle-Adam. Gardez-moi seulement un peu de purée. Paul avait entendu. — Faire quoi ? — Une chose très embêtante. » Mais il voulait venir, il aimait les choses embêtantes.

— Alors tu prends le balai et tu nettoies le grenier !

Milie se dépêcha de sortir le vélo. Elle était seulement partie trop vite pour se couvrir suffisamment. L'imperméable gonflait au vent et la pluie la frappait de front.

Il avait dit le matin « je rentrerai de bonne heure ». Elle traversa Nesles. Lumières des maisons, pipe brillante au-dessus du tabac. Et si Walter s'y trouvait ? Mais elle se sentait trop ruisselante pour y pénétrer. La maison de la couturière, toutes fenêtres éclairées. Milie se prit à imaginer l'ordre et le raffinement de cette solide bâtisse. A imaginer aussi cette femme et sa fille qui « savaient ce qu'elles voulaient ». Quand elle aborda la côte en descente, la pluie se calmait. Elle manqua le virage tout comme Paul l'avait fait un jour et la chute la secoua un peu. Pour terminer la route, elle préféra marcher en tenant le guidon du vélo. La barrière blanche. Réconfortant de découvrir que le corps pouvait encore trembler, se contracter parce qu'on frôlait la barrière blanche. Pas une lumière. Le hangar, la maison vides. La porte fermée à clé. Rien pour essuyer son visage et surtout ses cheveux qui allait s'ébouriffer. Le temps passait. A chaque lueur de phares, un espoir. Maintenant que la pluie avait cessé, il faisait froid. Peut-être Walter était-il resté à Parmain pour y dîner ? Chez la couturière ? Non, il serait venu se changer. Elle quitta le hangar à cause des courants d'air et s'accroupit devant la maison qui la protégerait du vent. La camionnette, là, d'un seul coup. Walter n'en finissait pas, après qu'il l'ait mise à l'abri, de l'observer, d'en faire le tour, minutieusement. Sur toute l'étendue, hangar prairie maison, un silence total. Il avança vers la porte, Milie se releva. Surpris, il recula, la reconnut, crut à quelque malheur dont elle venait l'informer. Mouillée grelottante, elle avait quelque chose de tragique.

« C'était trop long jusqu'à demain. » Il respira, ouvrit, alluma, répéta qu'elle était folle sous une pareille pluie. D'abord la sécher. Du feu. « Non, dit-elle je ne peux pas rester longtemps. Mais si tu as un pull-over je te le rendrai demain. » Il était très secoué. Quitta sa veste de laine, lui dit de la mettre parce qu'elle avait pris sa chaleur. Encore poussiéreux, les mains desséchées par la colle et le plâtre. Ils avaient fait une lourde journée. Il disait tout cela vite, réfléchissant « mettre le vélo dans la camionnette, la ramener chez elle, me laver les mains, m'asperger la figure ». Maintenant il pouvait s'approcher de Milie. Elle attendait qu'il s'approchât. Au seuil de la chambre il hésita. La veille, il l'avait rangée pour accueillir Milie. Ce soir il y traînait du linge par terre, le lit défait laissait pendre les draps. Et glaciale comme un tombeau.

Le retour à la maison. Peur et gêne. Du chemin où Walter l'avait déposée, lui parvenait la musique. Rassurant. Ils se trouvaient donc au grenier, elle pourrait rentrer sans histoire.

Tous les trois dans la cuisine. Paul assis sur la table même, Marc et Véra inactifs, s'ennuyant mais décidés à prolonger cette inaction. — Ta purée, dit Marc, elle a collé dans la casserole.

Mais comme à chaque fois maintenant, Véra partait à l'attaque. Des questions d'abord, des reproches, une colère faite surtout de chagrin. Milie répétait « j'ai averti Marc », « je ne suis pas partie sans rien dire ». Certes, il était plus de neuf heures. Il fallait accepter ces récriminations elles les soulageaient de l'angoisse vécue pendant cette attente. Leur étonnement. Inquiets ? non. Un accident ? mais ils n'y avaient pas songé. Rien d'autre que le dépit d'ignorer ce qu'elle était partie faire. Véra se calmait parce que Milie promettait de lui dire bientôt « beaucoup de choses ». Fanch qui avait entendu du remue-ménage malgré la musique, arrivait en soufflant. « Ah ! Milie ! » Elle s'en allait dans sa chambre pour y retirer l'imperméable tenu soigneusement croisé parce qu'en dessous ils auraient pu apercevoir le gilet prêté par Walter. Elle se changeait ; on frappait à sa porte.

— C'est Fanch. Je voulais te souhaiter une bonne nuit, rien d'autre.

Elle ouvrit.

— Oui Fanch, bonne nuit !

— Quelle tragédie Milie !

— Quoi ? ton poème ? l'histoire de Jeanne la Flamme ?

— C'est ce que je voulais dire. Allons, bonsoir, bonne nuit, bonne vie. Quand on se lève d'aussi bonne heure que toi c'est que la vie est bonne.

Ne rien dire à Walter de ces histoires familiales. Cette moitié d'heure passait tellement vite. « Ne viens pas demain matin, repose-toi. » Non, il serait là ponctuellement. Les hommes l'attendaient sur le chantier à sept heures et demie.

Milie n'éclairait pas la cuisine, sortait sur la pointe

des pieds, allait écouter à la porte de Fanch. Tout paraissait en repos. La pluie encore, mais fine et froide.

Walter silencieux. Vivant encore l'incision de la veille : trancher vif dans ce moment qui l'avait dépassé depuis la minute où il la trouvait à sa porte, qui l'avait délivré aussi du souvenir gênant de ce premier janvier, trancher vif, la ramener jusqu'à chez elle et supporter au retour le siège vide, le lit vide, la chambre morte. Oui la saveur, la réminiscence la trace en restaient encore ; elles ne lui suffisaient plus. Alors ce matin, pas question de perdre une seconde de ce temps compté. La pluie les dérangeait. Dans le chemin détrempé leurs pieds s'envasèrent. Les branches secouées au passage les aspergeaient. Un moment qui renouait le fil cassé la veille. Ce qui remontait de l'enfance, le plaisir défendu de l'eau boueuse dans laquelle on patauge et la nécessité de s'agripper l'un à l'autre.

— Les types vont se demander où j'ai traîné. Pas question de te balader sous la pluie ce soir, ça ne s'arrêtera pas de la journée. Ou alors je passe te prendre après le chantier, tu restes avec moi toute la nuit.

— Impossible !

On en reparlerait. On n'allait pas découper la vie en rondelles aussi minces.

— Bientôt quand je viendrai te voir, le jour paraîtra. D'ici à deux semaines on y verra plus clair.

Jour de rentrée. Départs difficiles. Paul a de mauvaises chaussures. A cinq heures, il revient mouillé jusqu'aux genoux. Milie a failli se fâcher. Mais là, sur la chaise, sèche encore le pantalon qu'elle portait le matin, couvert de boue. Elle a embrassé Paul, surpris d'échapper aux reproches.

Soirée tranquille. Oubliée la crise de la veille. Milie

présente, à son poste, chacun retrouvait sa bonne humeur. Le mandat assurait trois semaines de répit. Fanch en avait fini de son poème à la gloire de Jeanne la Flamme. Denis tenait le tableau du comité Vietnam qui se gonflait mollement. Pour Milie, une impression d'équilibre parfait qui tenait du miracle. Durerait-il ? Arlette dans sa librairie fascinait Véra qui était passée la voir au rayon des publications. Le patron disait que pendant les Jeux à Grenoble on vendrait deux fois plus de journaux. Elle devait se rôder, rendre la monnaie sans erreur, plier le journal d'un geste rapide. On n'échapperait pas au récit quotidien du bonheur d'Arlette. Du moins pendant quelque temps. Que faisait la fille de la couturière ? une fille qui « savait ce qu'elle voulait ». Sa mère aussi.

Le soir, les enfants rentraient plus tard. Ils allaient regarder l'Oise qui commençait à déborder. Le mauvais temps ne cessait pas. Pluies glaciales, paysages noyés, vêtements humides qui séchaient nuit et jour devant la cuisinière, chaussures trempées. Qui avait parlé du bonheur de marcher sous la pluie, dans la campagne, avec un *vieux* manteau et de *vieux* souliers ? Plus possible de reculer, il leur fallait des bottes, à Paul surtout qui courait à travers les prés.

Walter disait : « Tu verras le froid quand la pluie va s'arrêter ! Je vais t'apporter du bois. Au moins je saurai que tu te chauffes ! » Il continuait, malgré la tempête, à venir chaque matin. Sur le chantier, manquait un ouvrier : un type qui roulait en Solex et que les bourrasques décourageaient. Walter ne comprenait pas. C'était l'un des plus pauvres, qui aurait eu besoin pour s'en sortir de faire douze heures par jour tout l'hiver. Alors lui-même devait rester plus tard encore sur le chantier du haras. Mais à six heures et demie, chaque matin, il arrivait à la Fourche. Milie qui avait couru jusque-là, montait dans la camionnette ; ils avançaient vers le bois. C'était vrai, le jour gagnait. Milie voyait partir l'ombre avec inquiétude et tristesse. Peut-être parce qu'il était court, ce moment restait inégalable. Deux fois encore, elle se rendit chez Walter. La seconde fois, il lui avait offert des gâteaux. Milie comprenait quel acte d'indépendance exigeait cet achat. Le poêle bourré, Walter étouffait.

Il poussa l'assiette où restait encore un éclair et s'assît à côté de Milie. Elle devrait bientôt repartir.

— Est-ce que Fanch ne pourrait pas remplacer mon type ? Rien de difficile, il faut seulement de bons bras. Je l'ai vu de près à Nesles, il est fait pour charrier des planches.

Milie secoua la tête.

— En deux semaines, il gagnerait pas mal. Je paie les gars à la quinzaine.

Mécontent. Soupirant et répétant « mais il faut qu'il t'aide, Milie ! »

— Il veut d'abord finir sa *Légende*.

Ces poèmes, à quoi servaient-ils ? Est-ce qu'on pouvait en vivre ? Il trébuchait sur la vie de Fanch, elle heurtait la sienne aux fondements les plus solides. Oui des poèmes, il en fallait... Qu'il les écrive donc ! Mais Milie qui portait ce poids !...

— Ton fils aîné, lui, est venu me demander du travail pendant les vacances de Noël. J'étais ému tu sais. Je le regardais... ce qu'il te ressemble ! Je lui ai promis qu'en juillet... Demain je t'apporterai ce bois.

Le lendemain, Milie garda Paul à la maison. Inutile de l'envoyer à l'école avec des chaussures où ses pieds macéraient dans des chaussettes humides. Ils allèrent à L'Isle-Adam.

Il eut des bottes en caoutchouc noir et la vendeuse conseilla des chaussettes en laine épaisse pour isoler le pied du froid. Milie en prit deux paires, s'en alla vers la caisse. Une hémorragie. L'argent sortait comme le sang. Coulait. Même impression de le voir s'échapper. Ils passèrent devant une boulangerie ; la porte en était mal fermée. Odeur chavirante des croissants qu'on disposait dans la vitrine. Milie hésita plusieurs fois. Paul avait deviné. Ils firent marche arrière. Croissants aux amandes encore tièdes. « Et si on s'asseyait pour les manger ? demanda Paul fatigué par la marche. — Si on s'assoit c'est plus cher. — On paye la chaise ? Ça alors ! »

Six croissants. L'hémorragie continuait comme si on avait un trop plein de ce sang-là.

En haut de la côte à Parmain, Paul voulut s'arrêter. Il attendrait le passage de Marc et grimperait sur son porte-bagages. La nuit commençait à venir. « J'ai une meilleure idée, Paul. » Ils marchèrent jusqu'au haras tout proche. Walter travaillait. Il pensa « quelque chose est arrivé ». Souffla quand il comprit ce que Milie demandait. Bien sûr, il ramènerait Paul ; pour lui un simple détour. Mais en attendant sept heures, il faudrait que Paul s'occupât en prenant garde à la poussière, aux clous perdus. Paul s'occupait déjà. Les travaux avançaient. Walter montra le nouveau plafond. Derrière une pile de planches, il s'arrangea pour toucher les cheveux de Milie, ceux qui dépassaient du foulard jaune.

Garder Paul dans le haras lui avait paru facile. Mais celui-ci le fit changer d'avis. D'abord il fallut le chercher. Il était parti sur la route, essayant de reconnaître Marc dans les cyclistes qui passaient. Walter retira la clé de contact et lui proposa d'aller jouer dans la camionnette. Il le découvrit plus tard occupé à dévisser les boutons du tableau de bord.

Quand ils entrèrent dans la cuisine, Fanch préparait des oignons. Lui seul les coupait sans larmes. Véra et Denis occupaient la table. Au bruit de la camionnette se rapprochant, Milie était allée se recoiffer et s'en venait, morte de peur maintenant que se produisait la confrontation qu'elle avait souhaitée. Remerciements à Walter : voudrait-il bien partager leur repas ? Fanch s'immobilisa, le couteau en l'air. Walter n'hésita pas longtemps. Il s'assit. Fanch rabaissa le couteau. Milie allait et venait, parlait faux et Véra s'en rendit compte. Facile à voir pour tous que les yeux de Walter, malgré lui, en revenaient constamment à Milie. Il ne se sentait guère mieux qu'elle. Fanch arrangea tout. Lorsque Walter était entré, il avait pensé se retirer dans sa chambre. Il ne voulait jamais voir personne ; même du temps d'Anna, il dînait à part. Mais l'embarras de Milie, celui de Walter l'intriguaient. Laissant tomber ce rôle de visiteur discret qui les agaçait tous, il prit celui de maître de maison, lançant la conversation comme il savait le faire quand la vue d'une bouteille allumait son esprit, s'occupant des oignons qui maintenant grésillaient dans la poêle, priant Véra et Denis de mettre le couvert, donnant à Marc la clé de sa chambre afin qu'il en rapportât des cigarettes pour les offrir à Walter. Il se sentait important et observé, pétillait, secouait la poêle, soulevait le couvercle de la casserole, avertissait Milie « ta purée va roussir. — Encore de la purée râlait Paul. J'en ai tous les midis à la cantine ! » Et les croissants ? Milie faillit les oublier. Il en restait quatre que Paul avait croqués à chaque bout.

— Pas pour moi, dit Fanch. Donne au copain Walter.

— Si j'avais su, regrettait Walter, j'aurais apporté quelque chose !

— Des sardines !

L'intervention de Milie le réconforta. Ce clin d'œil le

déchargeait de sa gêne. Il but le verre que Fanch lui offrait, s'assit face à Milie mais, là encore, Fanch intervint, « non mon vieux, à côté de la maîtresse de maison ». Et lui-même prit la place en vis-à-vis de Walter. Véra, toutes antennes sorties, se taisait pour observer. Walter et Fanch parlaient entre eux et les enfants se racontaient ce qu'ils avaient à se dire. Milie suivait les deux conversations. Elles se mêlèrent lorsque Marc répéta pour Milie les dernières nouvelles écoutées. Da Nang, Hué, on s'y battait déjà, les partisans étaient aux portes de ces deux villes.

— A ton âge, dit Walter à Marc, j'ai vu les Allemands entrer à Épinal.

— Et qu'est-ce que vous avez fait ?

— Je suis remonté chez moi, à quarante kilomètres. Tout seul, il n'y avait rien à faire.

— Bien mon vieux ! Tout seul on ne fait jamais rien.

Fanch versait à boire, débarrassait les assiettes.

— Et pour le dessert Milie ?

Perplexité de Milie. Signe de tête vers sa fille.

— Il reste trois pommes, maman.

Walter refusa, il avait terminé.

— Un dernier verre ?

— Non.

— Alors je le bois pour toi. Du café ?

— Ça, oui.

— Je vais te le faire. La reine du café ici, c'est Milie.

— Oui, son café est très bon.

Fanch consigna l'information. Walter écoutait Denis. Égaré dans ces bases comités Vietnam Guatemala. Fanch voulait garder la vedette. Il parla de la *Mano Blanco* de ce qu'elle faisait là-bas, en Sud-Amérique.

— Écoutez ça : *Si vous résidiez au Guatemala vous sauriez que la mort n'a plus aucune importance. On a*

250

découvert sept cadavres criblés de balles et dépourvus de mains... C'était dans le journal d'hier.

Pour un homme qui n'avait plus de mémoire, ça n'était pas trop mal, pensa Milie.

Walter allait partir. Demain il se lèverait tôt. « Tellement tôt ? » Fanch le raccompagnait jusqu'à la camionnette. Ils durent parler encore un moment car Fanch reparut comme Milie descendait du grenier où elle était allée embrasser les garçons.

Et ponctuel, arrivant à pied de la Fourche, le lendemain comme les autres jours. Il aurait même un petit quart d'heure de rallonge. François l'associé, absent jusqu'au jeudi, pas de détour à faire. Satisfait du dîner de la veille, perplexe quant à Fanch. Les enfants lui plaisaient, Paul surtout. Il retrouvait en lui son propre caractère, dur, indépendant, débrouillard, mais qu'on avait maté à coups de ceinture et plus tard, de journées harassantes. « Vous êtes curieux, répétait-il, curieux mais vous me plaisez tous. » Curieux ? Walter s'inquiétait de leur aveuglement. Ils se passionnaient pour l'offensive de Da Nang mais eux, qu'allaient-ils devenir ? La précarité de leur situation ! Il tenait Milie contre lui pour la garder au chaud parce que, comme il l'avait prévu, le froid était là et le ciel pâlissait maintenant lorsqu'ils se séparaient.

Le matin suivant, il arriva très agité. François l'associé, qui avait eu à faire durant deux jours à Caen, était passé la veille au moment où Walter se couchait. Parlant d'émeute dans la ville et la périphérie. Et d'émeutiers tellement jeunes qu'il en restait soufflé. Grève dure aux environs, à la SAVIEM de Blainville — sa sœur y était dactylo — les étudiants mêlés à tout ça. Il n'en revenait pas. Heureusement pour nous, avait-il conclu, dans la région, ni usine, ni université. C'était

251

local, se rassurait Walter. L'année précédente, l'histoire Rhodiacéta... Partout et toujours il y avait un abcès de fixation. La Haute-Normandie, le nombre élevé des chômeurs, tout s'expliquait. Alors il en revenait à Milie. Il avait hâte qu'elle soit fixée, oui ou non l'engagerait-on chez G... Et Véra ? que ferait-elle à sa sortie de l'école ? Est-ce que Milie le rejoindrait enfin le dimanche ? Il trouvait les espaces un peu longs entre ses visites. Il parlait aussi de Fanch qui certes l'avait séduit mais cette séduction justement l'irritait. « Tu sais, disait-il enfin, François s'étonne que je n'aie pas encore vendu la camionnette. Je n'arrive pas à m'y décider, je me suis mis à l'aimer. Les souvenirs... Quand j'y grimpe, je te retrouve. Tant pis, je la garde encore un peu. »

Véra, surprenante. Milie l'observait. Elle allait s'asseoir près de la cuisinière, attirait Paul sur ses genoux et le cajolait. Il se fatiguait vite des caresses de sa sœur. Elle prenait un des chats qui dormait ou s'ils couraient la campagne, elle restait songeuse en grattant le feu. A regret, elle avait rapporté les désillusions d'Arlette. Le patron ne supportait pas de la voir assise ou adossée aux rayonnages. — Arlette ! Cent fois par jour rappelée à l'ordre. Disponible et debout, à l'entrée du magasin. « Tu sais, l'école, c'est encore là qu'on se marre le plus ! » Pour Véra de nouveau, le vide, le blanc. Que faire ? qu'espérer ? Indignée par cette fausse liberté « voyons choisis ce que tu veux ! » A quoi elle répliquait « apprendre des choses. Comme Marc. »

Sa mère l'appelait : « Véra, si nous allions marcher vers le bois ? Si tu m'accompagnais, je vais à Nesles ! » Merci bien, elle connaissait la suite. Prétextes à sondages : « Alors Véra !... » Que répondre ? « Non, disait-elle, je n'ai pas envie. »

Marcher avec sa mère. Seule avec sa mère. Mais pas pour cet interrogatoire. Elle restait devant la cuisinière, prenait le journal de la veille qui traînait là. S'ennuyait.

Le soir, Milie ne sortait plus. Fanch, Véra, Paul qui supportaient mal ses absences, retrouvaient leur sérénité.

A cause du froid, Marc et Denis descendaient leurs lits du grenier pour la nuit et dormaient dans la cuisine. Ils s'amusaient beaucoup mais cet arrangement obligeait Milie à sortir le matin par sa fenêtre, sans rien avaler. Elle distinguait maintenant la silhouette de Walter quand il paraissait. Comme les premiers jours, ils allaient marcher vers le bois. « Tu te fatigueras vite de ce paysage. Le ciel, le ciel partout et la terre plate de cette couleur jaunasse que tu vois ici. Si je pouvais te faire imaginer un horizon de montagne ! la grandeur du paysage, les découpes... — Ce n'est ni de grandeur ni de beauté que j'ai besoin. Mais de vie. Il y a la vie ici et je me trouve bien. »

Elle viendrait dimanche par bonheur, car il avait failli passer la veille et l'emmener. Dans la journée, tandis qu'il creusait ou clouait, lui revenaient leurs brefs échanges du matin. Il supportait mal maintenant les commentaires du boulanger sur ses débiteurs ; il avait appris par celui-ci que les deux derniers mois de loyer n'étaient pas encore réglés. Il ne savait de quelle façon en parler à Milie.

Et le dimanche, une visite que personne n'aurait imaginée. Anna qui arrivait en voiture accompagnée d'un homme dont Milie devina qu'il était Brun. Anna qui riait de la surprise, disait tout de suite, nous

253

passons seulement, ça m'embêtait de rester sans nouvelles de toi, tu n'écris pas souvent, Milie. Elle les embrassait tous, s'inquiétait du *Barde*.

— Il dort, tu connais son rythme de vie.

— Toujours le grand œuvre ?

— Toujours. Mais c'est l'or qui n'arrive pas.

Habillée de marron sombre, chignon noir sur la nuque, elle suscitait une litanie d'adjectifs du genre lisse ferme forte soyeuse solide.

— Non non, nous avons mangé. Nous sommes en route. Nous allons dans le Nord, près de Lens. On y propose un boulot à Brun, à moi aussi peut-être. Des copains qui ont gagné la municipalité. Des centaines de gosses, rien, un pauvre petit stade où les garçons jouent au foot. On y va. On verra.

Brun paraissait plus jeune qu'Anna mais cet effet tenait sans doute à l'austérité volontaire qu'elle entretenait depuis longtemps. Il semblait mal à l'aise. Milie devinait les descriptions d'Anna sur la maison et ses occupants. Il accepta un verre d'eau, rien de plus. Mercier jeune devait ressembler à Brun. Sur son visage, les caractéristiques immuables et transmissibles du militant : le côté tranquille, rassurant et vigilant (se garder de l'émotion perfide), un mélange de chaleureux et de guindé.

Regarder Anna. Un sacré rétablissement depuis le soir du canal. Une volonté d'aller jusqu'aux limites d'elle-même.

— Et Reine ?

— Reine, dès que nous serons installés quelque part, elle nous rejoindra. La voici ! Anna sortait une photo de son sac.

— Mais dis-moi donc, ma petite copine Milie, alors ! la Tchéco ! qu'est-ce que tu en dis !

— La Tchéco ! Milie ne comprenait pas.

— Ça alors ! Qu'est-ce qui t'arrive ? et vous autres !

254

Le premier jour où l'on a su qu'il s'y passait quelque chose, j'ai pensé à toi, à nos discussions, à tes réticences.

— Les nouvelles de l'Est, il y a longtemps que je ne les lis plus. Les accueils aux aéroports... les discours...

— Non non ! Il se passe ! Et désormais tu es priée de lire et d'écouter. Tu verras de grandes choses. Hier — écoute cette phrase ! Brun, tu me reprends si je me trompe — « *une génération encore a vécu avec l'idée fausse que l'unité signifie l'identité des opinions.* » Et ça ne fait que commencer. Il y a des copains qui s'en vont là-bas. On va guetter leur retour parce qu'il ne faut pas non plus idéaliser les faits. Tu me connais Milie !

— Quand même, explique-moi un peu depuis le début. Il s'est passé quoi exactement ?

La peau claire et fine d'Anna. Le tricot marron, l'encolure en pointe par laquelle se laissait apercevoir, quand elle se penchait vers Milie, un soutien-gorge orange à mailles larges. Inattendu presque choquant. Qui brouillait l'image sobre qu'elle donnait à voir. Qui troublait Milie parce qu'il dévoilait un plaisir étudié de la couleur et du contact, une sensualité bien dissimulée.

Anna et Brun allaient partir. Les enfants aussi se couvraient, prenaient leurs bicyclettes. Ils avaient repéré un café dans l'Isle-Adam où regarder, en buvant seulement un lait-fraise, le film du dimanche.

— Tu laisses aussi partir Paul ?

— Marc est très prudent.

— Mais Paul est un peu fou !

La phrase suivait Milie sur la route vers Nesles. Walter l'attendait à quatre heures. « Si je n'allais pas le retrouver, aurais-je laissé partir Paul ? »

Toute la matinée, il avait travaillé sur sa maison.

255

Déjeuné à Nesles, un peu dormi. Comme chaque fois, partagé entre deux désirs : parler, lui parler, écouter ses réponses, dire ce qui l'agitait, la questionner. Et réaliser tout ce dont il avait rêvé pendant ces demi-heures, donner vie aux images que suscitait chacun des gestes de Milie dans la camionnette ou sur le chemin du bois.

Elle lui raconta la visite d'Anna. Sa vigueur, sa sérénité, son aisance, elle les décrivait à Walter ; des larmes lui venaient — de quelle source ? peut-être la phrase sur Paul, ou ce passage trop rapide d'Anna ou ce départ sans promesse ferme. « Tu reviendras quand ? — Tu sais, maintenant... — Tu travailles encore dans tes autocars pour touristes ? — toujours. Jusqu'à... — Et tu habites ? — Le plus souvent avec Brun. — Anna je voudrais te voir un jour, mais seule. Je peux venir à Paris. — Je t'écrirai Milie. »

Walter dérouté.

— Et toi Milie tu n'as pas de vigueur peut-être, ni de force ?

— Je ne maîtrise pas ma vie.

Incapable de la rassurer, dit-il . Par quels mots ? Elle ne maîtrisait pas sa vie. Il avait cru comprendre qu'à cela il y avait des raisons extérieures, elle avait passé des heures de leur précieux temps à les lui détailler pour justifier Fanch ou Véra.

— Tu ferais quoi si tu maîtrisais ta vie ?

— Justement, je ne sais pas. C'est ce qui me torture. Le savoir c'est déjà maîtriser sa vie. Comme toi. Comme Anna. Moi non, Véra non plus mais pour elle ça peut venir. Même Fanch sait ce qu'il veut ; pour lui ça se complique d'autres façons.

Il n'arrivait pas à construire un raisonnement qui lui redonnerait confiance. Répétait simplement qu'il était là et qu'il l'aimait telle qu'il la découvrait jour après jour et ne la souhaitait pas différente.

— Ça n'a rien à voir. Moi aussi je t'aime. Mais il y a ici la vérité profonde de ma nature et là, ma volonté d'être autre. Comme Anna est devenue autre.

— Oui mais moi c'est ta vérité profonde que j'aime. Je la vois bien ta volonté. Tu la mets devant ta vérité profonde. Mais ça reste comme une vitre, transparent. Fragile.

Ils allaient bouger, ça valait mieux. Monter dans la camionnette, rouler jusqu'à Frouville.

Des champs uniformes, un vallonnement modeste, bouquets de buissons et d'arbres courts sur troncs. Walter expliquait : « Là il y aura... ouverte plein sud. Et surtout une cave ! L'autre ? Aucune peine à la vendre ! Je te dis, ici un simple hangar c'est une fortune. Le jour où Maurice sera seul héritier de votre maison, il en tirera de l'or ! »

Milie qui tapait du pied pour se réchauffer s'arrêta net. « Et nous alors ? que deviendrons-nous ? il nous expulsera ? — Oui, il faut aussi prévoir ça. »

« Comme réconfort, se dit-il... Je m'y connais en bourdes ! » Ils reprirent la route de Nesles. Walter refusa de la laisser revenir à pied. Il avait espéré qu'ils ne se quitteraient pas tout de suite mais elle avait envie de rentrer chez elle, c'était visible. Quand il quitta la Fourche après l'avoir déposée, il reconnut Marc qui lâcha son guidon pour lui adresser un salut. Véra et Denis le suivaient.

Huit heures. Les enfants s'en vont avec le jour. Véra s'enveloppe dans la grande écharpe de Milie. Marc aimerait bien des gants le jour où... Denis reste au chaud. Grippe, fièvre, Véra lui a cédé sa chambre. Walter n'est pas venu. Milie reste tout à fait calme. Il a répété à plusieurs reprises « si tu ne me vois pas un matin... » La camionnette n'est toujours pas vendue.

Hier, Milie a reçu la lettre qu'elle attendait en réponse à sa relance. Les prévisions de novembre sont annulées. Les services ne seront pas élargis, on n'engage donc plus personne. Les craintes de Walter... Recommencer la chasse. Annonces, lettres. Aller de sursis en sursis.

Milie s'est accoutumée au froid de la campagne. Un tour dans la chambre où dort Denis. Impossible maintenant d'imaginer leur vie sans lui. Il a un père, une mère pourtant il a choisi d'être ici. Depuis des années, Marc et lui se revoyaient. Il s'en va chez lui un week-end par mois et sa mère envoie une pension sévèrement discutée avec Milie. Le représentant ne boit presque plus. Mais il a des maîtresses, il faut maintenant lui arracher l'argent par la ruse, le coincer à minuit dans l'hôtel où il est monté. Sa femme y perd la tête la santé la vie mais deux jours par semaine il est tout à elle. Elle teint ses cheveux, suit un régime et pleure. Seule à Paris l'été dernier : le représentant tournait elle ne savait où, Milie a failli l'inviter : on n'allait pas la laisser avec son obsession alors qu'on avait un jardin à offrir. Anna s'y est opposée. Marc a fait savoir que Denis ne le souhaitait pas.

La route est sèche. Milie a préféré marcher. Walter dit juste « le ciel, le ciel partout », d'un bout à l'autre de l'horizon. Immense, écrasant les champs droits, les bouquets d'arbres, la masse minuscule des forêts dispersées. Des semaines durant, d'un gris épais, sans ouverture. On n'avait pas même besoin de lever la tête, il était là, enveloppant tout, partout, de quelque côté que le regard se posât, un globe opaque sous lequel ne restait que l'air indispensable à la respiration, uniforme, sans ouverture et l'on se déplaçait entre sa masse figée et le sol « jaunasse » en sillons de terre molle, la route de goudron noir, les flaques des bas-côtés qui renvoyaient ce gris sans nacre. Aujourd'hui la

258

terre est sèche, les mottes retournées restent dures mais le spectacle est encore dans ce ciel plus dévorant que jamais. Tout à la fois, *Chichester canal, Pluie vapeur et vitesse*, les immenses ciels d'Honfleur, ces peintures anglaises ou normandes : alliages et contrastes, épaisseur de la terre et brumes de l'espace. Représentation permanente, tout bouge partout, là-bas sur la ligne d'horizon et derrière, torsades, chevelures pendues aux arbres ; au-dessus, les écailles bleutées violacées, les fentes en forme de grottes et plus loin, dans le renfoncement d'une conque, la petite porte céleste qui probablement ouvre sur le paradis — étroite bien sûr — tantôt visible, tantôt voilée. Des rochers bruns, une mer nordique, le roulis des vagues, les cités suspendues et les tunnels, labyrinthes bleus qui vont s'écrouler sur la cime des bois. Comparés à la vie intense du ciel, les soubresauts de la terre semblent dérisoires : voitures qui roulent, petits personnages qui se déplacent, une banale et routinière histoire. Mais ce sont les petits personnages qui déchiffrent la grande imagerie.

Marcher sur cette route calme, regarder les cumulus construire ce que Walter appelle le ciel de Dieu le Père en coupole d'église avec le trône de nuages et les légions de séraphins, ailes grandes ouvertes autour d'un point de lumière encore cachée qui va brusquement jaillir et balayer d'un bout à l'autre de l'horizon jusqu'à la victoire totale du bleu. Réconfort, signe de connivence, la nature est avec soi et voici le haras ; les coups de marteau résonnent jusqu'à la route. La camionnette est là, elle marche donc. François vient vers Milie. Peur régressive, elle a sept ans, elle est en faute. Pourtant elle doit demander : « Walter ? — Non, Walter n'est pas ici, il vient de descendre au café de Parmain, mal fichu, allé se réchauffer. »

Humble salut de Milie.

Le café. Walter, le menton dans une écharpe. La patronne lui tend un Aspro. Il voit Milie, secoue la tête.

— Moi qui me suis privé de venir ce matin pour ne pas te filer ma grippe ! La première fois depuis des années qu'il attrape quelque chose. Se coucher ? allons donc ! le propriétaire vient samedi voir l'état des travaux.

— Prends un grog avec moi !

Ses yeux rétrécis, rougis, larmoyants.

— François t'a vue ? Tant pis, je m'en fous ! Retire ton foulard, une minute seulement ! Je veux toucher tes cheveux.

Pas le moment de lui parler de la lettre. Ce soir elle ira chez lui.

— Non ! je vais te contaminer. Je ne veux pas te savoir malade.

— Ce soir je viendrai, je prendrai la bicyclette de Véra. Mais tu devrais tout de suite rentrer chez toi, te mettre au lit, au chaud.

Impossible. Le chantier, les délais à tenir.

Était-ce vraiment nécessaire de travailler comme une brute ? d'y laisser sa vie, son temps ? pour quoi ? gagner de l'argent ? rembourser l'associé ?

— Pour ma liberté, Milie.

La liberté avait bien des visages. Celle de Fanch et celle de Walter ne risquaient pas de se confondre. Ni l'une ni l'autre ne se croisaient avec celle de Milie.

— Je prends ton vélo. Est-ce que la lumière fonctionne ?

— Marc m'a piqué l'ampoule. Tu vas où ?

— Tout est prêt. Le dîner, la tisane pour Denis.

— Mais tu vas où ? tu ne dînes pas ?

— Je mange un petit morceau et je m'en vais.

— Et à Paul ? qu'est-ce que je vais lui dire ?

— A Paul ? que je rentrerai plus tard, c'est tout.

Véra insista.

— Mais tu vas où ?

— Je vais voir Walter qui est malade.

Voilà, c'était dit. Véra ne répliqua pas.

— Passe-moi ton écharpe, il y a du vent.

— Et je vais dormir où puisque Denis est dans ma chambre ?

— Tu dors dans la mienne. Je m'installerai sur le lit pliant, à côté de Marc. Mais vous ne serez pas couchés quand je rentrerai.

Il avait chauffé la chambre. La fièvre le rendait somnolent mais elle aiguisait ses perceptions. Milie devenue gigantesque, avec d'immenses mains qui le caressaient. Ce soir-là, elle lui parla de Mercier.

Il avait fait un bout de route. Ce que ne racontait pas Milie — est-ce que cela se racontait ? — il l'entrevoyait dans les blancs de ses phrases. L'usure par le manque et l'angoisse qui prend le masque de l'indolence le faisait rétrospectivement souffrir. Une compréhension nouvelle lui venait à travers Milie. Pas si nouvelle. Son écœurement jadis, les questions qu'il se posait tandis qu'il payait la « bêtise de jeunesse » : une découverte qui l'avait seulement persuadé de ne plus sortir des limites permises, de faire oublier et d'oublier lui-même.

— Tu ne vas pas rentrer chez toi maintenant. Il est presque onze heures. Je te ramènerai demain matin, à six heures si tu veux. J'ai envie de parler avec toi.

Peut-être Véra, seule dans la cuisine, attendait-elle son retour ? Il fallait s'arracher d'ici.

Avant de quitter Walter elle préféra lui dire — Je n'ai pas une bonne réponse de G...

Un haussement d'épaules.

— Je m'en doutais. Ça n'a pas d'importance. Il y a quelques jours que j'ai résolu le problème. J'attendais pour t'en parler. Nous allons vivre ensemble, voilà tout.

Après un silence, Milie dit :

— Ce n'est pas possible. Malheureusement.

— Et demain six heures et demie, c'est toujours possible ?

— Si tu vas mieux, oui. Mais tu devrais rester couché.

La maison obscure. Véra dormait profondément. Elle avait installé le lit pliant au fond de la cuisine et laissé la chambre à sa mère.

— Alors ? tu as réfléchi ?

« Malheureusement », voilà ce qu'il avait conservé de sa réponse. Elle donc n'était pas hostile. Il avait attendu, expliquait-il, pour ne rien dire à la légère. Le jour où il l'avait emmenée visiter sa maison, ce qui serait sa maison, il y pensait déjà. Maintenant il se sentait tout à fait sûr de ce qu'il disait. Ils vivraient ensemble. Aucune autre solution. Il gagnait bien sa vie, pas de crainte de ce côté-là. Il resterait plus longtemps lié à l'associé, ça comptait peu en regard du désir de vivre avec Milie. Il faudrait seulement modifier le plan de la maison. Voir plus grand pour les trois gosses.

Milie avait pris la phrase comme un réflexe de fièvre, l'exaltation qui vient après un intense plaisir. Ne pas s'attarder ni laisser l'imagination s'émouvoir là-dessus. « Impossible ! » Elle le dit plusieurs fois. Il s'obstinait : « Pourquoi impossible ? Que faire d'autre ? continuer à se voir comme des adolescents brimés ? »

Il avait pris ses responsabilités, savait à quoi il s'engageait. Chaque jour renforçait sa résolution.

— Tu dois y réfléchir Milie. Mais il ne faudrait pas que ça demande des mois. En attendant, je peux t'aider à tenir le coup. Pour le loyer par exemple, si tu avais des difficultés... je m'arrangerais avec Maurice.

Elle secouait la tête. « Non, non, je ne lui dois rien. » « Ça doit venir de sa vérité profonde », pensa-t-il. Sept heures. Le signal : l'autocar de Pontoise. Se quitter. Même serrement de cœur chaque matin.

— Ce soir je ne te verrai certainement pas, je m'en doute. Tu te partages. Crois-tu que tu pourrais longtemps vivre sur deux plateaux d'une balance ? Décide-toi Milie. D'ici l'automne, je peux finir la maison.

C'était Véra qui rapportait le journal chaque soir. L'occasion de dire un mot à Arlette et de le lire tranquillement dans le train parce qu'à la maison, chacun se le disputait. L'évolution en Tchécoslovaquie laissait Fanch sceptique. En Milie par contre renaissaient quelques-uns des élans de sa jeunesse. Georges et elle, du même côté de la barrière. Puis ils s'étaient aperçus des cloisonnements qui s'édifiaient, dont il ne fallait pas souffler mot ; Mercier, Madeleine, la nuit du 4 novembre ; voilà que se levait un vent chaud qui promettait d'être une bourrasque. Denis et Marc restaient indifférents à Prague. Milie partait à la rencontre de Véra qui descendait de sa bicyclette. Elles revenaient ensemble. Milie lui parlait de Georges, ses déchirements, son désespoir à la rupture avec Richard et de tous les événements qui avaient rempli cette époque où était née Véra. Elle la sentait distante, sévère, enfermée dans des ruminations tristes. Fanch aussi faisait la tête. Mais comme rien de précis ne lui permettait de se montrer agressif, il se servait des discussions sur Prague pour contrer Milie. Ce soir-là, ne cessant de répéter — qui tient la Bohême tient l'Europe, c'est un coup des Américains !

Walter fit son entrée. Milie ne l'attendait pas. Il avait hésité, chargé dans la camionnette quelques tronçons de poutres pour le prétexte et acheté sur son passage à Nesles une bouteille et de la viande. La bouteille tortura Fanch. Elle portait une étiquette rouge ; un bourgogne certainement. Il trouva la force de s'en aller avant qu'on l'ouvrît. Au bruit du bouchon tiré, il le savait, il ne pourrait plus sortir.

— Je vais travailler mon vieux. Excuse-moi. La compagnie, bonsoir !

Et il partit s'enfermer, calculant qu'à eux tous ils ne termineraient peut-être pas la bouteille.

Le repas commença silencieusement. Marc lui-même avait perdu son bagou. Walter l'interrogea sur les comités Vietnam et l'offensive vers Hué. Mais les réponses venaient mal. Denis, plus loquace, parlait des bagarres de Nantes entre étudiants et policiers.

— Mais qu'est-ce qu'ils veulent ?

La conversation s'anima. Walter cherchait à comprendre, il n'y parvenait pas, ne le cachait pas mais conclut : — Ce que j'aime, c'est votre enthousiasme.

— C'est que nous, monsieur, la bagarre on connaît. On en a bavé ! Milie protesta : « Véra, tu exagères ! » Elle exagérait ? Ils habitaient le quinzième, Milie s'en souvenait-elle ? Elle lui tendait un panier, une liste : « Véra ma petite maman Véra, vas-y je t'en prie, tu diras que je rentre tard ou que je suis malade et que je passerai payer ! » Cette corvée-là, pour elle ! Marc y avait toujours échappé. Alors elle allait jusqu'à la rue Saint-Charles en se racontant des histoires terribles pour trouver le courage d'affronter l'épicier.

— C'est vrai. Tu as raison Véra. Mais ce sont nos histoires ! Crois-tu...

— Et Paul ! quand il souffrait des dents !

Paul dit « oui alors ! » Ils allaient tous en classe rue du Maroc, habitaient quai de la Marne. Et Paul pleurait qu'il avait mal aux dents. Et même la maîtresse l'avait dit à Milie qui servait à la cantine à cette époque-là. Le soir Milie s'était assise devant la table en soupirant « je ne peux pas, je ne peux pas me traîner ». Elle avait mis un tampon d'éther sur la dent de Paul. Il avait souffert deux jours avant que Milie l'emmenât chez le dentiste.

— A toi Marc, dit Milie. Règle tes comptes !

— Pas ce soir maman.

Sa réponse les fit tous rire. Mais Milie restait touchée. Derrière les souvenirs remués par Véra apparaissaient les raisons de sa virulence. Walter remettait sa veste. Il arrêta Milie : « Non reste au chaud, je connais le chemin. » Pas le moment qu'elle s'isolât avec lui.

Une carte de Marta. Elle annonçait sa visite pour le premier dimanche de mars. Une lettre d'Anna. Elle donnait à Milie de ses après-midi libres une liste précise, horaires lieux où la rejoindre.

Et ce même jour, la sortie avec Walter dont il avait parlé le matin. Il voulait visiter ce gros chantier qui faisait couler tellement d'encre, qui devait bouleverser la vie économique de la région. Il emmènerait Milie. Au retour, il proposait de passer par l'*Isba*. Façon surtout de solenniser la première sortie ensemble.

Fanch tout joyeux à cette idée de revoir Marta. Véra lui a lu la carte. Les petites lettres lui deviennent indistinctes. Denis a constaté qu'il peine pour déchiffrer un journal. Des lunettes. Qui pourrait les lui payer ? Milie en est incapable. Lui-même n'ose plus emprunter sur la somme à venir d'un hypothétique éditeur. Aucune réponse à son envoi.

Silencieux l'un et l'autre. Surpris d'être là, en plein jour, de rouler ensemble. Cinq heures. La route déjà encombrée. Le souvenir du voyage à Cormeilles.

Milie se taisait. Dans le rétroviseur fixé à droite, la lisière de l'accotement, une herbe plus jaune que verte poussant sur des gravillons. Par la vitesse et la bascule de l'image dans la glace, cela devenait un ruban moiré qui filait avec la camionnette. Un ruban qu'elle ne quittait pas des yeux qui ne la quitterait jamais plus et s'embobinait à sa mémoire à mesure qu'ils avançaient. Le camion cahotait dans les virages. Milie se tenait raide, trop émue pour se laisser aller. Deux fois Walter lui demanda si elle était triste. Elle le rassura.

Ils contournèrent Pontoise. A perte de vue s'étendaient les travaux. Ils donnaient une image de terre éventrée, de cataclysme, presque de cauchemar. Les ouvriers s'en allaient. Walter et Milie firent le tour complet. Walter expliquait l'organisation future, heureux de voir d'aussi près tout ce béton coulé dans d'énormes trous. Ces carcasses de bâtiments futurs le remuaient.

— Je préfère tout de même habiter Frouville !

Milie était fatiguée. Depuis le matin, elle souffrait du dos. Avant de partir elle avait pris des calmants et ressentait le besoin de s'asseoir et de manger.

En remontant dans la camionnette elle fit remarquer « j'ai mes vêtements de tous les jours ».

— Si tu savais comme je me fous de ça ! je ne regarde jamais les vêtements. L'endroit où nous allons n'est pas un palace. J'y venais beaucoup... Cette dernière année un peu moins, la fatigue ou bien je vieillis. Et j'ai voulu t'y emmener ce soir parce que je n'y

266

reviendrai plus. Une petite rencontre qu'on croit de rien du tout et la vie est changée !

— Je ne crois pas aux petites rencontres. On cheminait déjà d'une façon ou d'une autre.

L'*Isba*, légèrement en retrait de la route. Bâtisse à un étage. Planches plaquées sur la façade. Lettres rouges allumées. Lueurs de lampes intérieures visibles à travers les carreaux biseautés.

Walter prit la main de Milie. Une salle presque obscure. Des ampoules colorées dans des lanternes de bois posées sur chaque table. Rideaux froncés aux fenêtres. Rideaux encore de chaque côté du bar. Formica des meubles imitant l'écorce. Icônes sur les murs, photos de moujiks tannés et de beautés robustes. Samovar en faux cuivre, babas rangées sur des étagères et musiques engourdissantes sortant d'un électrophone encastré dans le bar. Trois filles très jeunes, habillées en paysannes ukrainiennes, foulard et grosses nattes.

Frelaté comme la baraque foraine d'où l'on voit les splendeurs de Shanghai, la taverne bon marché qui à Valparaiso vous restitue Paris, touchant et dérisoire comme le rêve en toc des chansons de marins.

Walter inquiet demandait : « Ça ne te déplaît pas ? — Non. J'aime. Et laquelle des trois... quand tu venais ? — Ça ! je ne m'en souviens pas. Et puis elles changent souvent. — Et tu buvais quoi ? — Vodka dans un grand verre de bière. » Grimace de Milie. « Et du champagne sur des sardines !... — Je digère tout. — Alors vodka mais sans la bière. »

Peu de monde. Trop tôt, pas avant dix heures, expliquait Walter. Les serveuses oisives, l'une balançant sa jupe au son de la musique, une autre appuyée au comptoir, rêveuse. « Et pour tout ce cinéma, combien gagnent-elles ? — Toujours vigilante Milie ! Si elles ne voulaient pas monter, elles ne viendraient pas ici ! — On en reparlera Walter. »

La serveuse déposait les verres. Walter embrassa Milie.

— Il faut boire cette vodka à...

— A Prague ! dit Milie. Ça s'impose.

— Milie ! nous allons vivre ensemble n'est-ce pas ? Tu y as réfléchi !

Vivre ensemble. Comment le croyait-il possible ? Elle avait toujours vécu seule avec les enfants. « Et Fanch ? — Fanch c'est une sorte de frère. Ils l'ont tellement bien senti que jamais ils ne s'en sont montrés jaloux. »

Ils s'habitueraient. S'apercevraient que Milie ne leur retirait rien. Leur vie quotidienne s'améliorerait. Il avait raison, répondit-elle. Mais ça n'était pas tout. Fanch et Denis, qu'en faisait-il ?

— Mais Denis... La question l'embarrassait. Il a des parents non ?

— Il ne retournera jamais avec eux, je le sais.

— Écoute Milie, je ne peux pas construire une maison de dix pièces ! Et Fanch... Mais Milie c'est avec toi que je veux vivre !

— Et moi donc !

Les balalaïkas s'étaient tues. Un violon tzigane commençait à pleurer.

— Tu veux que l'on vive ensemble ?

— Je le veux plus que tout mais c'est impossible.

— Tu ne peux te séparer ni de Denis ni de Fanch ?

— C'est ça. Je ne peux pas ouvrir la porte et dire à Fanch débrouille-toi !

— Il faut que chacun de nous y réfléchisse. Si j'avais été Georges, j'aurais pris le grand-père et ta mère et... Mais Fanch ! Il t'est trop attaché !

Dur à avaler !

268

Ils burent encore mais Walter seul prit de la vodka. Milie demanda du thé brûlant.

— Si nous revenons ici, je mettrai la blouse blanche de Véra.

— Est-ce que c'est important ?

— Si tu m'avais vue dans ma tenue de choc !

— Quelle tenue de choc ?

— Ce sont de vieilles histoires.

Quitter l'*Isba* c'était s'arracher à la simplification que créait ce décor. Le rêve s'évanouirait sitôt passé la salle. Un de ces lieux qui ne retiennent ni trace ni souffle. Le même coup d'éponge efface des tables les êtres et les taches.

Dès que s'ouvrit la porte donnant sur la route, Véra et l'école, Fanch et les lunettes, Paul Fanch Véra Walter, tous là qui attendaient la sortie de Milie.

La camionnette traversa Frouville ; Walter ralentit. « Tu vois, c'est ici que tu viendras vivre ! » Il montrait les bosquets entourant le chantier de sa maison.

— Ne t'arrête pas à la Fourche. Je ne peux pas te quitter ce soir. Mais il y a une condition !

— Oui oui. Je te ramènerai à six heures.

— Ça je sais. Une condition : tu chauffes la chambre !

Marta venait d'arriver. Elle embrassait Fanch comme il aimait, sur les lèvres.

— Que c'est bon quelqu'un qui vous embrasse !

Dit suffisamment haut pour que Milie saisît la phrase et le reproche. Il n'attendait plus de « petite visite » mais il supportait mal que Milie ait brusquement renoncé à ces gestes tendres qui faisaient la saveur de la vie auprès d'elle.

Marta racontait le froid de Paris, les histoires du *Monaco* où l'on commentait la condamnation des thèses du Che par le P.C. brésilien, la mort de Jean, une nuit sous un porche du marché Saint-Germain, la lettre de son frère qui conseillait de ne pas quitter Paris, le procès des Guadeloupéens, sa thèse qui avançait quand même un peu. Elle avait apporté du vin et Milie préparait un plat où les pâtes noyaient la viande. Les événements de Prague n'enfiévraient guère Marta. Après le déjeuner elle suivit Fanch jusqu'à sa chambre. Il était fier des progrès de la *Légende*.

Avant de s'en aller — car elle voulait être à Paris le soir même — elle fit part de la bonne nouvelle. En juillet, elle déménagerait. Trois pièces trouvées dans le quatorzième. Deux ans au moins de tranquillité avant que le pâté de maisons soit démoli. Isabel était folle de joie.

— Et la rue Visconti ?

— D'ici juillet, je trouverai quelqu'un qui prendra ma suite.

— Garde la rue Visconti ! on ne sait jamais. Quand Milie me mettra à la porte !...

Milie haussa les épaules. Si Fanch avait pu savoir !

— Bonne chance Marta et reviens quand tu voudras.

Denis et Véra l'accompagnèrent jusqu'à la route. Une averse commençait. Véra prit l'imperméable de sa mère.

Les rendez-vous ont changé. Sur le chantier, gros retard. Deux hommes en moins. Maintenant il fait assez jour pour commencer de bonne heure. A six heures et demie, Walter est au haras. C'est le soir qu'il retrouve Milie, à cet endroit où elle aimait tant flâner, juste après la clairière. Personne jamais ne vient par là. Les gens du pays habitent la campagne, pourquoi s'y promèneraient-ils ?

A six heures le soir, Milie quitte la maison. Presque

deux kilomètres. La forêt, la clairière. Fin des questions. Calme absolu. Il arrivera par là, traversera le petit bois sombre, contournera les broussailles. Mais jusqu'à cet instant précis où il surgira, sa venue reste irréelle. Obstacles à franchir. Les franchira-t-il ? Le boulanger peut le retenir, engager la conversation, son associé le clouer au dernier moment sur un problème de charpente, la camionnette poussive tomber en panne. Et pourtant le voici. Joie paralysante. L'addition des rendez-vous passés ne donnait aucune certitude. Le voici. Il s'assied à côté de Milie. Tâte ses bras ses cheveux avec soulagement. Elle est donc là. Elle aurait pu ne pas venir. Un gosse blessé... Fanch... comment savoir ! Sa peau, fraîche de l'humidité de cette forêt. L'avoir chez lui, ne plus se ronger. Il lui veut tant de bien. Quand elle est dans le champ de son regard, il se sent mieux.

Ce que Walter n'osait pas dire, Milie le devinait. Dans un bourg où les conversations avaient pendant six mois tourné autour de la maison des « Parisiens » il fallait un certain courage pour annoncer qu'on allait vivre avec Milie Fournier. Avec elle et sa famille.

Plus elle avançait dans la vie, plus elle tolérait les différences, cherchait à les comprendre, plus les rapports avec les autres devenaient malaisés. Illogique ! Walter avait dit : « Milie je ne peux travailler ailleurs qu'ici, impossible de vivre contre tout le monde. »

Ils avaient discuté, continuaient à le faire sans relâche. De son point de vue à elle, il admettait ses arguments. Que fais-tu, disait-elle, des êtres comme Fanch ? tu les élimines ? tu les laisses crever ? Alors, seulement les productifs ? On se sentirait bien dans un tel monde ! Un prétexte pour vivre sur les autres ? ô Walter ce n'est pas si simple ! Et vivre de si peu. Et puis moi aussi je vis sur les autres : six mois de chômage, six mois de maladie. En avril prochain je devrai marcher sur mes pieds.

— Oui mais toi Milie, après ce que tu as traversé !

Elle reprenait tout à zéro. Expliquait. La rigueur d'un croquis. Ici Walter, là Milie, Fanch, un peu plus loin la frontière. De ce côté-ci, l'exploitation. Mais laquelle ? il fallait s'entendre. Et sur ce que l'on voulait il fallait aussi s'entendre ! Et les courbes du graphique s'allongeaient jusqu'à traverser l'océan, plonger dans le Para et se perdre plus à l'est ou dans le nord. Leur problème en triangle devenait le point central d'une mappemonde ; par des diagonales imprévisibles, Nesles et Frouville rejoignaient ces postes avancés qui avaient noms, Da Nang, Barcelone, Lima, Prague.

Dire à Véra. A mots prudents pesés mais lui dire. Ça ne pouvait continuer ainsi. Les rôles renversés.

— Tu es rentrée tard hier au soir.

— Oui c'est vrai.

Véra ne demandait plus « où étais-tu ? ». Sa façon de prendre Paul dans les coins, leur mystérieuse complicité. Elle montait le voir quand il était couché et que Milie redescendait. Que lui racontait-elle ? Lorsque Fanch ne venait pas dîner, elle veillait férocement sur la portion qu'il fallait lui garder. Marc avait averti sa mère : « Véra ne va pas souvent à l'école. » Denis lui-même faisait corps avec elle, il se sentait obscurément menacé.

Dire à Véra. Commencer par quoi ? Ne pas commencer. Aller droit à la conclusion. Argumenter ? Comment pourrait-elle savoir que Milie ne lui retirerait rien, qu'un amour se fortifie d'un autre ?

Dire à Véra, c'est à toi que j'ai choisi de parler

d'abord. Ou l'interroger innocemment. Piètres artifices. Véra aurait ricané.

Dire à Véra. De quelque façon qu'elle s'y prenne, ce serait mal dit.

En tremblant, Milie parla de son désir de vivre avec Walter et de la condition qu'elle y avait mise : n'être séparée ni de Fanch ni de Denis. Elle s'arrêta, espérant une réaction, fût-ce de colère. Véra ne disait mot. Elles se rapprochaient de la maison, toujours en silence. Véra ouvrit le portail. « Eh bien, moi je resterai ici avec Fanch. »

Walter qui avait travaillé au-delà de ses forces rentrait chez lui, trop fatigué pour dîner à Nesles. Il pensait à Fanch. L'idée lui vint tout à coup — la veille Milie lui avait raconté la visite de Marta — qu'il suffirait à Fanch de rester où il se trouvait. Lui-même s'arrangerait avec Maurice, paierait l'arriéré du loyer. Les garçons iraient et viendraient de Frouville à la maison du boulanger. N'était-ce pas un commencement de solution ?

Milie avait retiré son imperméable, elle écoutait ardemment Walter.

— Il s'y sentirait chez lui, Marta ses copains, vousmêmes iriez le voir quand ça vous chanterait. « Tous les jours. J'irai le voir tous les jours. »

— Qu'en penses-tu Milie ?

« Mais pour Véra, rien à faire, elle reste avec moi. »

— Je pense que ça devient un peu moins impossible.

— Pourquoi mais pourquoi avais-je prévu de bâtir une grande maison ? Pour moi seul, je n'avais pas besoin d'un étage !

— Mais pour la couturière et sa fille, ou pour la fille de la couturière et sa mère !

Walter se mit à rire. « Il y a un peu de vrai. »

Walter ce soir voulait retourner au haras. De petits détails qui le tracassaient. Ils se quittèrent. Lente arrivée de la nuit sur la campagne. Fenêtres, maigre aperçu du ciel qu'elles encadraient rue Saint-Maur ou quai de la Marne ; un instant rétréci par cette intrusion du passé, le plaisir de Milie redoubla. Devant elle, métamorphoses ininterrompues des nuits jours, matins, soirs, la vie à venir large ouverte foisonnante.

Véra et Paul assis devant la barrière. Paul volubile agité ; Véra le nez sur les cailloux. Tellement distante depuis le soir où sa mère s'était confiée. Polie mais froide, lointaine. Voyant Milie, Paul s'arrêta.

— Qu'est-ce qu'il y a ?

Silence embarrassé.

« Je veux les embrasser, malgré eux. »

Elle entoura Paul de ses bras. Il résista d'abord puis se laissa cajoler. Il en avait besoin.

— C'est un secret que tu disais à Véra ?

— Non. C'est Fanch.

Véra grogna :

— Paul, quel cafard tu es !

— Il faut bien le dire à maman.

— Fanch ? eh bien !

— Il est au tabac. Il est saoul, tout le monde vient l'écouter.

— C'est tout ?

Faire la paix avec Véra. Lui caresser les joues, la toucher. Des semaines que son visage, ses bras restaient inaccessibles. Quand sa mère l'embrassa, elle fondit en larmes, elles pleurèrent ensemble et Milie lui dit « ma Véra, quelles histoires tu te racontes ! Rien n'est changé ». Paul d'un seul coup, se sentit délivré du poids que sa sœur posait sur lui, jour après jour, avec ce futur malheureux dont elle lui traçait la perspective.

— Et pour Fanch ?

— Que veux-tu qu'on fasse !

— Allons le chercher maman !

Attendre. Il allait peut-être rentrer de lui-même. Comment avait-il eu de l'argent ? Marta ? ou bien buvait-il à crédit ?

Marta lui avait proposé une avance.

— Marque tout ce que tu me prêtes, un jour tu seras remboursée. Je ne sais pas exactement ce qui se passe ici mais je peux être amené à faire mon paquet.

Cent francs. Il s'achèterait de nouveaux crayons. Nettoierait l'ardoise qui traînait au tabac. Il était bon d'avoir un lieu où se reposer de temps en temps. Comme d'avoir une épaule où s'appuyer.

Offrant à boire à ceux qui terminaient leur verre, surpris ravis de cette aubaine.

— Ça paye donc d'être poète ?

Il avait répondu à la patronne :

— Et comment ! Je ne prends jamais tout mon argent pour ne pas déformer les poches de ma veste !

Tous avaient regardé en se tenant les côtes, cette veste usée, défraîchie, sans aplomb. On allait s'amuser !

Le Fanch du *Buci*. Généreux, joyeux, prophétique et grave. Un spectacle jamais vu ! Quelques-uns le questionnaient : « Tu es d'où, qu'est-ce que tu fais, toi le Parisien... »

— Non ! Parisien non ! ni Français. Je suis des Montagnes Noires, mon vieux !

Et pendant près d'une heure, chacun apprenait l'histoire de la Bretagne.

— Mais dis donc, tes compatriotes, ils la continuent la guerre ! Tu as lu le journal aujourd'hui ?

On le lui tendait. Il apprenait les bagarres violentes de Redon, le train Quimper-Paris bloqué par les métallos en colère.

— Non, je ne vois pas les petites lettres. Lis-moi, s'il te plaît.

Il se faisait répéter quelque détail, le commentait.

Paul qui entrait au tabac pour s'acheter un chewing-gum l'avait vu à ce moment précis.

A neuf heures, Marc et Denis arrivèrent à la maison.

— J'étais inquiète !

— Étant donné que l'on dîne de plus en plus tard...

— Il faut dîner sans moi Marc, si tu as des principes sur les heures de repas !

— Allons, pas la peine de se disputer !

— Toi, dit Marc, ça te va bien. Quand Maman n'est pas rentrée à huit heures, tu en racontes aussi !

— Tout ça est fini. Va-t-on chercher Fanch ?

Denis et Marc y allèrent. Milie pensait à Walter et ne voulait pas bouger. Les garçons s'en retournèrent seuls, Fanch refusait de les accompagner.

— Alors on le laisse !

Milie savait que Fanch l'aurait suivie, mais il ne fallait pas faire supporter à Walter plus qu'il ne pouvait.

Ce fut pourtant Walter qui le ramena. François repassant lui aussi par le chantier racontait qu'on se marrait bien au tabac avec le poète « de tes amis parisiens ».

— Il va être malade. Tu sais ce qu'il a bu ? vin blanc, calva, je ne sais trop combien. Qu'est-ce que tu vas faire ?

— Rien. Te dire merci.

Fanch souffrit toute la nuit et la journée du lendemain. N'osant pas bouger, redoutant de se trouver face à Milie, certain qu'elle ne viendrait pas le voir. Un nom lui revenait mais il ne savait plus pourquoi : *Redon*. Se levant à l'aube pour prendre un peu d'eau, il avait fait tomber la lampe, elle n'éclairait plus. Attendre et supporter. La soif surtout et le froid. N'importe quoi mais ne pas croiser Milie. Les raisons de cette peur lui échappaient.

276

Elle arriva dans la soirée. Tenta d'éclairer, ressortit, revint avec une bougie. Il ouvrit les yeux parce qu'une odeur appétissante soudain flottait dans la chambre. Elle tenait un bol de soupe. Il retira son veston, en couvrit les salissures qui s'étalaient à côté de lui. Par chance, la bougie laissait la pièce dans la pénombre. Elle éclairait seulement le visage inquiet de Milie et les cheveux qui venaient sur ses joues. Des doigts se posaient sur le front et le crâne de Fanch. Il avala cette soupe miraculeuse. La dernière goutte fut aspirée, longuement. Prendre la main qui avait apporté ce bol, qui s'était posée sur ce front, sans répugnance.

— Milie ! Milie demain... Demain je ferai l'amour à tes souliers !

Elle partit s'asseoir dans la cuisine. L'avenir n'apparaissait plus aussi débrouillé que la veille.

Le cycle. Fanch allait mieux, tour de jardin, journées à l'eau, fuite dans le travail. Des pages et des pages dont il déchirerait bientôt le plus grand nombre. A l'heure des repas, il arrivait dans la cuisine. Les comités Vietnam occupaient beaucoup les garçons. Au lycée, Marc avait reçu un avertissement que Milie avait signé en grognant. Véra continuait de rapporter le journal chaque soir et comme elle l'avait parcouru dans le train, elle en citait les gros titres.

Prononcée à Prague, une phrase avait enflammé Fanch. Il l'avait déclamée solennellement et du coup, les mutations tchèques lui importaient davantage :

DÉFOULEMENT PAR LE VERBE

Deux fois encore, Milie visita le chantier de Frouville. Walter y travaillait chaque dimanche. En novem-

bre la maison serait terminée. En janvier ils l'habite-
raient.

Milie continuait de guetter les annonces dans le
journal local.

— Tu ne trouveras rien, disait Walter.

— Rien tout de suite, mais je finirai par trouver.

— En attendant je suis là.

Elle regardait le ciment sécher, les murs monter.
Cette idée qu'elle occuperait bientôt la maison qui
s'édifiait devant elle, cette idée lui échappait entièrement. Il s'agissait d'une histoire qui arrivait à quelqu'un d'autre. Elle l'avouait à Walter.

— Rien ne s'additionne au passé, constatait-il. On
recommence chaque fois. Tu recommences, voilà tout.

Anna s'était annoncée pour les deux jours de Pâques.
Brun suivait un séminaire quelque part dans le Nord ;
elle avait envie de voir Milie.

Tête de Fanch. Quand elle arriva le samedi soir, il
avait engrangé dans sa chambre nourriture et bouteilles d'eau. Deux jours d'intimité avec mes poèmes,
déclara-t-il.

Soirée comme au temps du canal. Anna enthou-
siaste apportait des précisions sur les événements de
Prague.

— On a eu raison d'y croire depuis des années à ce
socialisme-là. Tu vois Milie ! Mais ce n'est pas gagné.
Là-bas comme ici les vieux crocodiles dorment d'un
œil.

— Non, c'est trop avancé ! Que veux-tu qui les arrête
maintenant ?

— Justement on ne voudrait pas. Dubček a raison,
« éviter que la critique prenne des formes que l'on ne
pourrait plus diriger ». Ça ne sera pas facile.

Vers dix heures, Walter arriva. Véra dit qu'elle allait

se coucher, dans le grenier « comme avant » pour laisser à Anna son ancienne chambre.

Walter et Anna se plurent tout de suite. Marc voulut préparer le café ; il aimait ce mouvement dans la maison, rappelait souvent cette nuit où Fanch et ses copains avaient surgi, portant le cochon de lait.

La piscine venait d'ouvrir annonça Walter. Avec ce beau temps il irait se baigner le lendemain matin. Puis jusqu'au soir, sur sa maison. Milie n'avait parlé qu'à Véra, il le savait, aussi se gardait-il de toute allusion à leur vie future.

Ils discutèrent longtemps. Lorsque Milie revint dans la cuisine après avoir raccompagné Walter jusqu'au chemin, Anna lui dit « Est-ce que ta vie n'a pas un peu changé ? »

Elles se couchèrent à l'aube, Milie réconfortée, Anna dans la nostalgie de cette chambre et d'un temps qui finirait avec la vie nouvelle de Milie. Elle se releva presque aussitôt et partit se promener sur le chemin où Milie attendait Walter dans l'obscurité de l'hiver. Cette histoire la touchait, la préoccupait aussi. Milie devait vivre avec Walter. Au plus tôt. Cesser d'accumuler entre eux les écueils. Fanch devait s'éloigner.

Véra se levait lorsqu'Anna revint.

— Est-ce que tu viendrais à la piscine ?

Véra répondit d'accord « mais je ne sais pas si maman peut donner l'argent des entrées. Les garçons veulent y aller aussi. »

A l'exception de Milie, ils étaient tous debout. Véra tenait à prêter son vélo. Elle partit à pied, accompagnée de Paul. La journée commençait dans l'azur. A dix heures, Véra seule rejoignit les garçons qui l'attendaient devant la piscine. Déjà il faisait chaud.

se coucher, nous le gênée « courant avait » peux laisser à Anne son ancienne chambre.

— Rien, dit plus tard Anna, rien d'anormal ce matin-là. Nous sommes entrés à la piscine. A peine quelques personnes. Nous avons loué des maillots et nous sommes passés sous la douche. Sur les gradins, deux femmes assises. Véra les a reconnues comme la couturière et sa fille. Celle-ci avait dû nager, ses cheveux gouttaient sur ses joues. Elles m'ont paru remarquables. En blanc toutes deux, une sorte de trapèze sans col ni manche, un truc de couturière quoi. Un homme est venu les rejoindre. Véra commençait à s'inquiéter de Paul. Il s'était arrêté en route et ne l'avait pas rattrapée. Ce bain me lavait de la nuit blanche, j'ai voulu nager. Walter est arrivé. Il a salué les deux femmes, parlé un moment avec elles, il nous a même fait un signe d'amitié. Véra est venue me dire « tu vois Anna ce qui me fait le plus peur, c'est l'eau. Je ne veux pas descendre dans le grand bain ». J'étais assise à côté du plongeoir. Je lui ai répondu « moi ce qui me fait le plus peur, c'est le feu ». A ce moment, Paul a fait son apparition. Un chien errant le suivait depuis le matin. Quelques personnes plongeaient et nageaient. Paul est sorti des cabines, il s'est jeté à l'eau, a sifflé le chien qui, bondissant par-dessus la barrière, a sauté dans le grand bassin. Il y a eu des cris. Les gens protestaient. Paul continuait de jouer avec le chien qui s'ébrouait sur les dalles et plongeait de nouveau. Les nageurs sortaient de l'eau. Marc et Denis se tordaient. Debout dans le petit bain, Véra s'amusait beaucoup. Quelqu'un s'est approché de Paul, il a filé comme une anguille. La couturière a crié « c'est dégoûtant ». Walter qui venait de se déshabiller s'est approché, il a demandé ce qui se passait. L'homme assis auprès de la couturière a dit « c'est encore les Fournier ! regarde ce qu'ils font ! » Walter est entré dans l'eau, il a parlé à

Paul. Le surveillant qu'on était allé chercher a hurlé aux trois garçons l'ordre de sortir. J'ai pensé alors intervenir mais Walter a tiré le chien hors de l'eau et dit au surveillant que ces garçons l'accompagnaient. Il lui fallait du cran pour affirmer ça. Il a fait un signe de la main à la couturière et il est parti se rhabiller. Nous nous sommes tous retrouvés au café jouxtant la piscine et nous avons ri longtemps.

— Me voilà forcé de rentrer à pied, mon associé était passé me prendre, il est resté à la piscine.

Nous avons fait la route ensemble. Paul nous suivait avec le chien ; Véra avait repris sa bicyclette. Walter et moi nous parlions, le soleil séchait mes cheveux. Il est si plein de toi Milie, qu'il ne parvenait pas à mettre la conversation sur un autre sujet.

— Lorsque vous êtes arrivés à la maison, je venais de me lever. Je souffrais du dos, comme d'habitude. Toi tu es partie t'étendre un moment. J'ai protesté quand j'ai vu le chien. « Nous avons déjà les chats, ce chien est grand, il lui faudra beaucoup de nourriture. Et cette plaie sur sa patte ! — Je le garde, a dit Paul, je lui donnerai à manger sur ma part. » Véra qui nous écoutait a eu un petit sourire narquois. « Ça commence, on élimine ! » Je n'ai rien répondu. Elle est partie jouer au ballon avec les garçons. Pendant le repas, le chien se tenait derrière moi. Je lui ai donné un morceau de pain trempé dans la sauce. Il m'a léché le bras. « Attention, c'est *mon* chien », a prévenu Paul. Et Marc : — Il préférera maman, c'est toujours comme ça ! regarde les chats. — C'est pas qu'ils la préfèrent, c'est qu'elle les nourrit. — Alors Véra qu'est-ce qui t'empêche de les nourrir toi-même ? » C'est à peu près ce que tu as dit. Jusqu'au soir, elle est partie au fond du jardin, dans le contrebas. La porte de Fanch restait obstinément fermée malgré le soleil qui tapait sur la vitre. Je me souviens de ton visage contrarié quand j'ai proposé à Véra de se promener avec nous. Elle a secoué la main en signe de refus. Nous sommes rentrées assez tard. J'étais très agitée par ce que tu m'avais confié de ta difficulté d'une vie commune avec Brun, malgré ton amour pour lui, de vos discussions pour préciser, avant que tu t'en ailles le rejoindre, les limites du droit de chacun. Agitée parce que je réalisais qu'avec Walter nous n'avions jamais abordé ce point-là et que j'avais demandé beaucoup en voulant garder Denis avec nous et Fanch tout près de nous si bien que j'acceptais, moi, de laisser derrière la porte tous les désirs traînés depuis l'enfance, irréalisables sans doute, d'être une autre, mais je n'ai jamais eu loisir de savoir qui. Véra n'est pas venue à table, j'ai pensé à un moment de cafard. Ça lui arrivait souvent. L'amie Arlette qui maintenant avait un amoureux, ne la voyait plus guère. Sa solitude me rappelait la mienne... J'ai ouvert la porte de ma chambre. Elle était couchée, le dos tourné, elle m'a dit, « je suis fatiguée, je veux rester seule ». Je me suis approchée pour l'embrasser. Sa joue était mouillée. Par expérience je savais qu'il ne fallait rien demander du genre « qu'est-ce que tu as ? » sous peine d'essuyer des rebuffades. J'ai seulement embrassé sa main dans la paume, elle aimait cela quand elle était petite fille. Je m'apprêtais à partir chez Walter mais je me sentais lourde, d'une tristesse inexplicable. C'est toi qui m'as secouée. Tu m'as dit « Vas-y et sans arrière-pensée et sans te cacher de Véra et sans culpabilité ». Un moment heureux, que j'ai vécu dédoublée. Incroyable. Tellement présente à Walter et poursuivant mon monologue à Véra. Comme chaque fois que je viens à bicyclette il était fâché de ne pas me raccompagner. Il ne conçoit pas que le retour seule, dans la campagne sombre, avec ces frissons que me donne l'air froid de la nuit est comme un paraphe à ce que nous avons accumulé de plaisir. En arrivant ici, j'ai poussé la porte de ma chambre avec la crainte de la réveiller, les charnières grincent. Aucune agitation. Ça m'a rassurée. J'avais soif. Dans la cuisine, quelque chose m'a intriguée : une enveloppe cachetée : PAUL marqué en grosses lettres. Je me suis assise devant la table, engourdie. Il allait être deux heures. J'irais donc dormir au grenier sur le lit où Véra avait passé la nuit précédente. Et puis d'un geste brusque j'ai décacheté l'enveloppe. Une feuille d'un de ses cahiers sur laquelle elle avait écrit « *c'est maman et toi que j'aime le plus au monde* ». A ce moment je suis allée te réveiller, la suite, tu la connais.

Paul apprit de sa mère que Véra, très malade, était à l'hôpital. Milie ne voulut pas lui en dire davantage. Avec Denis et Marc, inutile de ruser. Milie tenta de retrouver ce qui dans les jours précédents aurait dû l'éclairer. Tous deux se rappelaient une soirée où Véra parlait des bonzes qui se brûlaient au Vietnam. Elle était revenue plusieurs fois là-dessus, cherchant à comprendre comment ils procédaient. Quelques jours après, Marc se souvenait qu'elle avait demandé combien coûtait l'essence. Qu'était la mort pour elle ? Un refus de vivre ? la délectation de tuer Milie en se tuant ? Le besoin de laisser d'elle un visage que personne ne lui avait imaginé ? Un appel répondait Anna, un cri dont elle attendait l'écho. Un écho qui aurait pu ne jamais venir.

Milie avait repris la bicyclette cette nuit-là, roulé jusque chez Walter. Frappé longtemps du poing contre la porte. Il avait dit, la première fois que tu es venue ici, j'ai eu le pressentiment que je te trouverais un jour à cette porte pour m'annoncer un malheur. Il avait mis la camionnette en route. Anna et lui étaient montés devant et Milie, à l'intérieur, avec Véra roulée dans une couverture. La camionnette bringuebalait tellement Walter allait vite. Milie se souvenait du court voyage à Cergy, de l'*Isba*. L'image chassée revenait la narguer. Cette *Isba* paralysait Milie qui voulait, de toutes ses forces, serrer sa fille contre elle. L'hôpital. Trop d'accidentés, comme à chaque week-end. Véra était partie sur un chariot. Walter avait dit à Milie « Qu'est-ce que tu as sur la joue ? » Elle était tombée dans le virage en allant le réveiller. Il aurait voulu que quelqu'un fît un nettoyage de la plaie. « Je le demanderai », avait-elle promis. Elle souhaitait rester seule à l'hôpital. Walter et Anna étaient repartis ensemble.

Anna s'en retournait à Paris. Elle prit l'autocar le mardi sans avoir revu Walter. Milie l'accompagna jusqu'à la route. Anna parlait, ses mots passaient à travers Milie qui n'en retenait aucun. Véra resterait à l'hôpital suffisamment longtemps pour qu'on ait le loisir d'y penser. Mais il fallait prévoir la suite. « Et après ? » L'absence de Milie rendait toute question inutile. Anna réfléchissait à voix haute. Non, Véra ne devrait pas revenir ici. Il y avait des solutions : la maison de repos, n'importe quoi, la mère de Brun par exemple, peut-être que... « Il faut aussi que le camarade Walter active un peu les travaux de la maison ! » Le changement, la nouveauté occuperaient Véra malgré elle. L'acte était accompli. Par rapport à cela elle ne pouvait que faire marche arrière.

Lettres de la directrice interceptées par Véra, absences innombrables, récits morbides dont elle gavait Paul, tout se découvrait ensemble. Quelle raison pré-

284

cise, le saurait-on jamais, avait précipité sa décision
d'avaler tout ensemble les calmants de sa mère, les
comprimés antigrippe et quelques somnifères dont
Milie se aervait parfois.

Immobile, les yeux fermés. Pour éviter peut-être
ceux de sa mère. Milie la regardant. Se souvenant de ce
désir sauvage après le départ de Georges, de fracasser
leurs deux têtes contre le mur de la chambre, liant
ainsi la vie de Véra à son propre malheur. Et la photo :
ce soir-là avec Fanch, Marta, le Bolivien et quelques
autres *Chez Pierre*. Entre diverses affiches annonçant
des expositions, cette photo. Photo d'art punaisée sur
le mur, une femme de la campagne, au décor cela se
devinait, torse nu, le corsage pendant sur la jupe aux
plis lourds, pressant contre ses seins nus un enfant nu
aussi. Et Fanch, dans sa phase lyrique avait lancé « ma
vieille peau me dit que jamais ma mère ne m'a tenu
comme ça ». Joie secrète de Milie : les siens, elle les
avait frottés imprégnés d'elle, leurs peaux se connaissaient. Malgré cela, à cause de cela peut-être, aujour-
d'hui Véra luttait contre la mort dans ce lit d'hôpital.

Lents progrès de Véra. Courtes visites de Milie : c'est
tout ce qu'on permet. Dès qu'elle a pu parler, elle a
réclamé Fanch. Cette idée de la voir le fait trembler.
Quand il a tout appris, il a simplement dit « cette
petite est plus courageuse que moi ».
Prendre le car du matin et attendre dans un café à
Pontoise ou faire la route à pied jusqu'à la gare de
l'Isle-Adam ? Il n'arrive pas à se décider. Walter vient
le chercher. Le dépose à la grille de l'hôpital. Milie
attend dans la camionnette. Fanch revient. « Tu peux y

aller. » Le quart d'heure quotidien de Milie. Fanch l'a fait rire, dit l'infirmière.

Walter et Milie sur le chantier. La maison. Le mur a monté.

— Elle prendra la grande pièce du haut, celle qui donne sur le bois...

Des oiseaux qui s'envolent des taillis alentour. Fleurs des champs. Terre qui lève.

— ... et les trois garçons se débrouilleront dans les deux petites chambres. Ils seront tantôt ici tantôt dans la maison de Fanch.

La couleur triste du ciment. Il imprègne la peau de Walter. Lorsque tout ce travail sera terminé, il se reposera un peu. Partir avec Milie ? Impossible. Plus que jamais il faut prendre le travail qui se présente. Il n'a guère connu de vacances. Vacances les temps morts pendant lesquels il cherchait un chantier.

Chambre d'herbe chaude. Les bourdons des mouches annoncent l'été précoce.

— Le mois de mai sera beau. Tu vas voir bientôt la campagne. Ça éclatera de partout. On ne saura plus où poser les yeux ! La petite brume, le matin. Moi tout ça me donne la nostalgie d'autres paysages.

Premier mai. Marc et Denis partis tôt pour Paris, rentrés à la nuit, enthousiastes, fourbus. Un défilé gigantesque.

— Joyeux ou dur ?

— Là où on était, dur ! Si tu avais vu maman ! Non mais tu ne peux pas imaginer. Te le raconter ne servirait à rien.

Non Milie ne peut pas imaginer, elle qui a vu les rassemblements contre Ridgway, ceux de la guerre d'Algérie, de Charonne. A quoi servirait de leur en parler, l'histoire n'a commencé avant eux que pour accélérer sa marche maintenant qu'ils ont décidé de se mettre en route.

Véra fait quelques pas. Aux questions de Milie « des séquelles ? » personne n'a répondu. Le dix mai, elle partira dans l'Yonne. Deux mois en maison de soins. Aujourd'hui elle a plaisanté avec sa mère qui lui racontait les plantations de Paul dans le jardin. Milie ose à peine la regarder de peur que ne s'échappe la question qui lui brûle les lèvres. Longtemps il faudra en rester à la surface des choses.

— Avec tous ces drames j'ai ralenti le travail. Il va falloir s'y remettre sans tarder.
— De quels autres drames parles-tu ?
— Il y a les drames visibles et les drames cachés. Je vais à Nesles chercher des cigarettes.

Milie s'approcha de Fanch pour l'embrasser. Rien d'un mouvement de pitié. Que passât de ses lèvres aux siennes tout ce qu'elle portait d'amour sans désir, de tendresse indéfectible.

Le facteur déposait du courrier au tabac. Il se souvint qu'il avait une lettre pour Fanch.

Quelques verres avant de l'ouvrir. On ne publierait pas ses poèmes mais on voulait bien en retenir trois pour un recueil collectif que l'on prévoyait de sortir bientôt.

Démembrement d'un corps pour en retirer quoi, trois os fluets. Mais la chair, la musique ? Ses poèmes tenaient les uns aux autres comme les organes sous la

287

peau. Il ne donnerait rien. Il les empêcherait de tailler dans ses mots. Il retirerait ses feuillets de leurs mains criminelles et s'en irait les distribuer à qui voudrait les lire, une nuit, tout autour du *Buci*. Puis il boirait, jusqu'à la mort. Et la *Légende ?* Il fallait vivre encore un peu, achever, donner le tout à Milie, elle seule pouvait comprendre. Pour le moment il avait soif.

La camionnette en panne. Cela devait arriver. Walter l'avait laissée à Parmain la veille. Elle lui manquait déjà. Milie devait se rendre à L'Isle-Adam comme chaque lundi, pour ces massages qui se termineraient avec le congé-maladie. Walter regrettait la camionnette. Il aurait attendu Milie ; ensemble ils seraient allés dans la clairière, près des noisetiers.

Soleil. Un paysage de calendrier, engourdissant et paisible. En haut de la côte apparaissait Milie. Elle marchait lentement. Walter l'embrassa. Au plein jour, son visage tiré, mâché. « Que tout cela finisse, que je lui fasse la vie un peu douce ! » Il avait une grande envie de traverser Nesles, d'entrer au tabac et de boire frais en sa compagnie. Les choses se chuchotaient. Autant les accomplir au grand jour.

Fanch avait déjà des copains à ce comptoir. Il leur offrait la deuxième tournée. L'un d'eux lui parlait des Fournier, les gosses, du jeune surtout.

— Insolent non ?

— Insolent approuva Fanch.

— Les pétards à mèche dans les bouses de vaches, c'est lui !

— Sûrement mon vieux. A cette évocation, Fanch se mit à rire.

— Et la mère ?

Sur les lèvres, le baiser du matin. Signait-il la fin des mauvais jours ? Précédait-il la « petite visite » ? Fanch prit son verre, il voulait improviser quelque poème sur Milie.

— Santé à tous ! Milie c'est un arbre... à l'abri de ses feuilles...

Les clients écoutaient avec attention.

— Remets-nous ça ! Milie tu es un arbre...

« Si j'avais un papier, les mots viendraient mieux. »

Depuis Parmain, Walter tenait Milie par l'épaule. Il n'allait pas la lâcher parce qu'ils arrivaient à Nesles. Il poussa la porte du tabac. D'un geste large, Fanch reprenait :

— Milie tu es un arbre...

Walter entra tenant encore Milie. Le bras de Fanch resta bloqué quelques longues secondes. Il regarda Milie, Walter et leur amour, ce troisième personnage qui les menait ensemble et fermement.

— Un arbre... voyageur !

Vida son verre, salua tous et chacun, fit au patron le signe impératif de marquer sur l'ardoise.

Dans le café, grand silence. Walter et Milie s'assirent au fond. Milie n'avait plus soif. Quelque chose encore venait de gripper.

Denis rentrait à la maison. Pas de cours cet après-midi. Très surpris d'avoir rencontré Fanch qui marchait sur la route et levait la main à chaque voiture qui passait.

Milie se rendit dans la chambre où rien n'avait bougé. Sur la table, soigneusement paginés, des feuillets empilés. Elle en avait la certitude il était parti.

289

Sans rien emporter, droit devant lui, vers son unique port d'attache. Il avait prononcé quelques mots lorsqu'elle était entrée avec Walter, mais elle ne se souvenait d'aucun. Vague impression qu'ils lui étaient destinés. Le rattraper, lui parler ; il ferait ensuite ce qu'il voudrait mais il ne pouvait partir comme un exclu. Direction L'Isle-Adam. Personne sur la route. Personne jusqu'à la gare. A quatre heures Milie monta dans le train.

Paris, la cohue, le métro. Une voix annonçait la fermeture de certaines stations : Odéon, Saint-Germain-des-Prés. Il devait s'agir de bagarres comme le vendredi précédent. Elle décida de descendre au plus proche de Saint-Germain et de marcher jusqu'au *Buci*. A Saint-Michel comme elle montait les escaliers vers la rue il lui fallut se cramponner à la rampe. Des groupes dévalaient en courant.

Elle s'engagea dans la rue Danton. Ce qu'elle aperçut lui ôta toute envie d'avancer. Inutile d'aller plus loin. La fumée des lacrymogènes tombait, épaisse opaque enveloppante sur tous ceux qui se trouvaient là. Deux armées occupaient le boulevard Saint-Germain. Plus rien d'une bagarre : un combat de rue, avancées, reculs, terrain conquis perdu par cette force noire abritée derrière ses boucliers qui possédait l'avantage des munitions. En face : le nombre, des projectiles aussi, boulons, cailloux, pavés. La force noire progressait, mais les autres ne reculaient pas pour autant. Des gens couraient autour de Milie. Plus possible de rester à l'abri d'une porte cochère, il fallait s'échapper par les petites rues car l'éventail des hommes en noir se déployait, matraque en main. Ils commençaient à frapper au hasard. Milie courut droit devant elle. Puis elle s'immobilisa ; des cars de C.R.S. arrivaient par les rues adjacentes. Elle marcha posément, se retrouva sur le pont Saint-Michel, traversa un pont de nouveau, s'arrêta au Châtelet. Entrer dans un café, téléphoner au *Buci*. Le comptoir inaccessible, quatre personnes debout devant la cabine où le garçon tentait de remettre l'appareil en marche. Les gens parlaient de ce qui se passait un peu plus loin. On se battait disait quelqu'un, impossible de pénétrer dans le périmètre sans se faire assommer. A moins que l'on ne fût asphyxié par les grenades. Milie se répétait : je dois arriver au *Buci*. Elle se dirigea vers le Pont-Neuf. Bruit de sirènes des ambulances, des voitures de police. Par les rues qui donnaient sur la Seine, garçons et filles s'en venaient d'un pas faussement tranquille. La rue Dauphine bloquée. Milie remonta jusqu'au Pont Royal, s'assit un moment dans le jardin des Tuileries. Le journal qu'elle avait acheté titrait sur la visite de Dubček à Moscou. Une paix provocante dans ce jardin. Peu d'enfants, peu de promeneurs. Des gens pressés le traversaient. Une horloge sonnait. Milie préféra ne pas compter les heures. Walter l'attendait après le dîner. Walter, la route de Nesles, la maison tranquille. Quelle était la cause de cette bataille ? Ces derniers mois elle avait parcouru distraitement les pages des journaux qui rendaient compte d'affrontements : Nanterre, Caen, Nantes... Les raisons qui conduisaient ces étudiants dans la rue lui restaient obscures. Étrangères surtout. Contre quoi se dressaient-ils ? Un jour, elle l'espérait, Marc serait l'un d'eux, il posséderait ce qui avait manqué à sa mère, ce qui manquerait à sa sœur déjà mise sur la touche : le savoir, le pouvoir de dire. Mais il y avait Fanch qu'il fallait retrouver, ramener. Parti, abandonnant derrière lui des années de sa lente et pénible gestation sans plus s'en soucier. Prétexte idéal pour finir comme Jean, au coin du marché Saint-Germain. Véra, Fanch, qu'est-ce qui déclenchait ce mouvement vers leur destruction ? Il fallait ramener

Fanch comme on avait tiré Véra de ce puits noir où elle avait voulu descendre.

Milie retourna sur la rive gauche. Rues parallèles au boulevard Saint-Germain. Bouclage. Gardes mobiles en attente dans des cars grillagés. Rumeur lointaine du champ de bataille. Rue des Beaux-Arts, rue Guénégaud. La fatigue, le dos douloureux où se rassemblaient toutes les angoisses. Le *Buci*. Fermé. Au-delà du *Buci*, cordon de C.R.S. Demi-tour. Aller chez Marta ? Milie reprit la rue Dauphine. Par conscience elle s'arrêtait à la porte de chaque bar, vérifiait d'un coup d'œil qui se trouvait au comptoir. Fanch était à *La Civette*, un peu plus haut vers le pont. Renfonçant à coups de verres les regrets qui montaient comme des hoquets. Vision des papiers qu'il avait classés la veille. Parti comme la première fois, sans rien prendre, droit devant lui. Y avait-il une autre façon de s'en aller ?

Il aperçut Milie, pensa « elle est comme Morgane, réapparaît partout ». L'invita généreux à prendre un verre avec lui qu'il laisserait à d'autres le soin de payer. Dans sa poche, moins de cinq francs. Milie but une menthe, plaisanta sur la guerre qui se déroulait dans le quartier.

— Il faut sortir du secteur avant les contrôles de police.

Aux mots contrôle et police les vieux réflexes jouèrent. Il la suivit dans une marche qui lui parut interminable. Ils se retrouvèrent à la Concorde. — Si tu m'avais averti qu'on venait par ici, je me serais fait un peu plus « caballero » comme dit Martha.

Le 12 mai, Anna revint comme elle l'avait promis. Décidée à voir Milie le plus souvent possible, à la stimuler, à surveiller que l'entourage ne dévorât pas son droit au bonheur. Grève totale le lendemain. Elle manquerait le grand défilé mais sa présence dans la maison lui paraissait indispensable. Sur les événements, elle apportait des nouvelles fraîches. Le samedi, comme beaucoup de Parisiens, elle avait visité les lieux des combats, ceux de la nuit précédente que Milie, Fanch et les garçons suivaient à la radio. Marc trépignait, voulait en pleine nuit rouler jusqu'à Paris, « on ne va pas rester sous les arbres alors que ça bouge ailleurs. — Tant que tu y es, avait répondu Fanch, tu peux rouler jusqu'à Saïgon, ça bouge aussi. »

Désaccord entre Anna et Milie. Elles discutèrent tout le dimanche. La même conversation toujours la même, reprise à l'endroit précis où elle avait été laissée quelques années plus tôt. Allait-on la continuer tout au long de la vie, à chaque retrouvaille, agrémentée de faits nouveaux sans jamais l'arracher à ses sempiternelles répétitions ?

Anna se coucha tôt. Walter attendait Milie à la Fourche.

— D'abord je t'emmène à Frouville.

En route ils parlèrent des événements du vendredi. Walter restait perplexe. Charges de police, grenades, matraquages l'indignaient mais les salles d'étude saccagées, les instruments brisés, toutes images qu'il avait regardées à la télévision chez François le choquaient aussi.

— Tu n'as pas vu cogner la police !

Milie se gardait de lui raconter l'équipée du lundi.

— Et si nous allions dans la clairière ?

La camionnette avait retrouvé sa vigueur. Walter prenait les virages sans ralenti et les pneus chassaient sur les gravillons.

Un soir de bonheur dans la campagne alanguie.

— Les mauvais jours se terminent Milie !

Ils restèrent ensemble jusqu'au matin. Milie s'habituait à cette chambre. Les deux armoires, la table, le

293

secrétaire et dans l'angle, le lit ; par terre un carré de moquette épaisse couleur de sable, autre récupération de Walter et derrière les vitres, les tiges courbées des herbes hautes. Deux fois par nuit, le grondement d'un train.

— Mais qu'irais-tu faire à l'école ? c'est jour de grève non ?

Paul voulait tout de même s'y rendre. On pouvait tellement s'amuser devant la porte fermée d'une classe.

Anna dormait encore. Milie priait les trois garçons de parler doucement. Marc expliquait leur projet : aller à Paris à bicyclette comme le premier mai.

— Maman, tu n'écoutes pas ! Qu'est-ce que tu as ?

Véra lui manquait. La veille, Anna la secouait, non Milie la crise est passée, sois donc positive, regarde devant toi !

Le néflier vert et touffu. Fanch qui venait de se réveiller, en tâtait l'écorce.

— Tu as écouté les nouvelles ?

— Oui. La grève est bien partie.

— Mais non ! Les nouvelles de Prague, les mouvements de l'armée russe à la frontière !

On n'en avait rien dit.

— Milie écoute-moi... Je suis heureux, heureux pour toi.

Sincère. Dur à dire mais à quoi bon ergoter, lui rappeler cette musique de sa bouche un soir de février... « Fanch, je suis venue te chercher. » Elle avait expliqué entre Paris et L'Isle-Adam, tandis que le train roulait. Expliqué Walter, la vie future, celle de Fanch qui resterait si proche d'elle...

— Tu te souviens Milie, c'est très loin, je te racontais alors les années cinquante et les copains de l'époque.

Ta réflexion « ils t'ont aidé comme on donne un os à un chien... » Toi Milie c'est le contraire, tu donnes tout et tu gardes l'os pour toi. Je ne suis pas certain que tu aies raison. Je vais m'arranger avec Marta. Ça risque de prendre un petit peu de temps, jusqu'en juillet en tout cas. Aussi je resterai avec toi parce que je n'ai pas ailleurs où aller. La vie d'avant, dormir n'importe où, chercher une voiture ouverte ou le *Monaco* jusqu'à huit heures du matin, je ne le pourrais plus après être passé par ici. Et puis je vais accepter la publication des poèmes uniquement pour faire passer plus tard la *Légende*. Dès que Marta quittera la rue Visconti, je partirai d'ici. Heureux de te savoir avec un homme tel que Walter. Même s'il est fermé à la poésie. Ce n'est peut-être pas de poésie que tu as le plus besoin.

Le vieux rêve. Ne pas diviser ce qu'on aime. Ne pas se diviser soi-même. Georges et le grand-père, Madeleine et Mercier, Fanch Denis et Walter. Le vieux rêve s'effritait. Restait à choisir, diviser, se diviser.

Anna sortait dans le jardin, cheveux épars qui la rajeunissaient.

— Alors, la grève ?

— Ça démarre bien.

Ensemble elles allèrent jusqu'à Nesles. A chacun des croisements, Anna s'arrêtait, soupirait Milie ce trajet me rappelle... je te trouvais distante, et même ennuyeuse. Étrangère plutôt. Tout vient mais si rarement quand il le faudrait. C'est le décalage qui est dépitant.

— Le matin où je me suis assise sur une borne !

— L'infini du ciel !...

Un temps frais mi-couvert à l'ouest, mi-clair en direction de Nesles. Un vent discret, juste de quoi frissonner pour le plaisir. Milie. Marchant auprès d'Anna. Enfin sur la bonne route. Éclaircissement, explication des signes, mise en ordre de la vie. Anna,

Walter, les enfants. L'harmonie, la logique pour une fois recoupant les élans. Et pour boucler la boucle d'un trait parfait, à l'horizon Paris, le soleil, les banderoles préparées dans la fièvre, foule des rues, confiance et chaleur.

Sur la borne de la départementale, Paul assis, le chien près de lui. Assis songeur, morne. Pas de grève. Classe, comme n'importe quel autre jour. Alors comme il est parti sans sa trousse, il a tourné les talons et reste là, déçu.

— Je t'avais dit de ne pas y aller ! Tu rentres à la maison ?

Il préférait les accompagner.

Milie prépare un caramel qu'elle va verser sur le riz au lait encore fumant. Odeur du sucre qui roussit. Deux casseroles de riz ; les garçons rentreront affamés. La radio sur la table de la cuisine. La tête du cortège arrive à Denfert, les derniers groupes quittent la gare de l'Est. Le sucre brûle et fume. On piétine à République. *Dix ans ça suffit.* Milie rajoute de l'eau sur le caramel trop noir. Anna s'est assise sous le néflier. Milie vient vers elle sa casserole à la main.

— Mais est-ce qu'on avance Anna ? est-ce qu'on avance ?

Tant de fois on avait dit « ça y est » « ce coup-ci ça bouge ». Le grand élan fauché. Et puis à cinq, dix ou vingt ans d'intervalle : « ça y est » « alors cette fois... »

La même conclusion des échanges avec Georges ou Mercier. On aurait eu envie de dire à l'Histoire, tu traînes, presse donc le pas, je n'ai que peu de temps ! Il fallait se contenter de poser au passage, humblement, son caillou, car cette femme-là marchait les pieds entravés.

— Arrête cette radio Milie. Viens t'asseoir. Je me

demande comment Fanch peut rester enfermé dans cette pièce quand il a un jardin sous le nez !

Le bleu vire au gris, gris blanchâtre des fins de journées. Paul rentre du bois, le chien court devant lui. Il va découvrir la casserole de riz. Guidé par un flair sans défaut, comme le chien. Va se servir, à même la casserole, de grosses cuillères avalées sans reprendre souffle, puis soigneusement remettre sur le récipient le torchon qui le protégeait.

Anna devinait les efforts de Milie pour taire le nom de Véra. Il avait fallu en parler la veille, reprendre depuis l'arrivée à la piscine, geste par geste, un récit recommencé maintes fois.

— Je t'agace, mais j'ai besoin. C'est la blessure inguérissable. Véra peut oublier, moi jamais. Il y a eu un moment où je lui ai manqué. Il faut que je le retrouve.

Anna se refusait à répondre. Le moment où Milie avait manqué à Véra ! Bon, elle mettrait le doigt dessus, croirait le saisir, il se déroberait, réapparaîtrait ailleurs et ainsi de suite.

— C'est déjà du passé. Elle a eu ses raisons. Tu n'es pas obligée de les comprendre. C'est son adolescence, pas la tienne, pourquoi vouloir entrer dans sa peau ? Elle vit, elle guérira. Il y a Walter qui t'aime. Non je ne vois pas à quoi te mènent ces rabâchages !

— Maman on va dîner ?

— Écoute Paul ! c'est la voix du bon sens. Moi aussi j'ai faim.

— Oui à table. Walter va peut-être passer.

Il passait à neuf heures. Milie se sentait nerveuse. Elle avait cru que les garçons rentreraient plus tôt.

Walter se moquait d'elle : « A cet âge-là moi j'étais autonome, je me débrouillais seul. »

Il l'emmena rouler dans la campagne après Pontoise. Ils s'arrêtèrent deux fois, entrèrent dans le bois et repartirent gardant le silence comme si la plénitude un moment ressentie risquait de s'échapper avec les mots prononcés.

— A demain soir. J'espère que tes garçons dorment déjà. Sinon ne t'en fais pas, ils rappliqueront dans la nuit. Heureusement que toutes ces histoires finissent !

— Et si c'était le début ?

Milie n'en pensait rien, elle voulait seulement le taquiner.

Anna lisait dans sa chambre. A travers la cloison elle lui cria bonne nuit et ne te lève surtout pas demain matin, je prendrai l'autocar de sept heures.

Le sommeil ne venait pas. Milie se releva. Les chats rôdaient autour du plat de riz. Chemin à reculons jusqu'à la plus ancienne image de Véra qui lui restait en mémoire. Route brève, le visage de sa fille s'estompait à mesure qu'elle remontait le temps. Véra naissait avec cette figure ronde, un peu boudeuse un peu molle qui était la sienne à l'arrivée d'Anna. Naissait avec Anna. Insaisissables ses traits de petite fille pataude. Effacés les premiers gestes, les premiers cris, les premiers pas. Toujours vivante la scène où Mercier la portait dans ses bras jusqu'à la rue Saint-Maur. Intacts Mercier, le détail de ses vêtements, l'expression de son regard. Mais contre le veston rouille c'est le visage de Milie qui vient s'appuyer.

« Je dois la retrouver. » Buttes-Chaumont, square Saint-Ambroise, rue des Trois-Bornes : mémoire blanche.

Les garçons rentrèrent le lendemain. Arrivèrent à midi en compagnie d'un certain Nicolas « qui pourrait

298

t'en raconter maman ! » « Mais où avez-vous dormi ? »
Surprenante question. Dormi ? Mangé ?

Nicolas très à son aise. Dévore le riz, monte s'étendre
sur le lit de Paul.

— Il va rester jusqu'à demain. On repartira
ensemble.

— Repartir ? Et le lycée ?

Le lycée ! Mais ça continuait à Paris. Qu'est-ce qui
continuait ? Mais elle n'avait donc rien compris, ça
commençait !

— Non je ne comprends rien. Va dormir Marc !

Le facteur frappait à la vitre. Une lettre. Convoquée
chez D.R. à Pontoise, le vingt mai prochain, neuf
heures. Grosse maison : agencement de bureaux,
amplificateurs téléphoniques. On a retenu ses références de standardiste.

Se mettre en route vers le haras. Fébrilité. Annoncer
la nouvelle à Walter qui l'écoutait à demi satisfait.
Certes il la comprenait, à sa place il aurait éprouvé le
même soulagement.

— Viens quelques minutes !

Ils descendaient la côte, entraient au café où Milie un
matin s'était reposée.

— Ça te réjouit à ce point-là ? tu ne me faisais pas
confiance ?

La réjouir, non. Mais la rassurer. Elle devait hausser
la voix à cause du transistor ouvert à pleine puissance.
Elle pouvait maintenant le dire, les derniers échecs
l'avaient humiliée.

— Ça ne sera pas tout rose. Tu t'en iras vers huit
heures ; dans le meilleur des cas tu seras de retour à
sept heures le soir... Je finirai mon chantier à huit ou
neuf...

— Tu pourrais peut-être espacer les chantiers ?

Certainement pas. La vieille idée : se séparer de François, *être son maître.*

— Je vais à Hérouville tout à l'heure. François m'y attend. On nous demande un devis. Une grande maison, des cloisons à abattre... Je voudrais me faire une pelote. Tu sais je n'ai *rien* derrière moi. Oui, la maison quand elle sera finie mais rien d'autre et ça m'angoisse. J'ai quarante-deux ans et qu'est-ce qui m'assure que je pourrai longtemps travailler douze heures. Et j'ai réfléchi, un peu plus tard il faudra nous marier. S'il m'arrivait quelque chose, pas question que tu te retrouves dans les difficultés.

Arrachée cette phrase, comme une fleur d'entre les mauvaises pousses, celles qui la retenaient au fond de lui, sifflaient à ses oreilles, « toi disparu ce serait le retour auprès de Milie des Fanch et autres Marta ».

Tandis qu'il parle, Milie voit distinctement deux figures géométriques, l'une tient du cercle, l'autre du polygone ; elles cherchent à s'emboîter.

— Il faut y aller, Milie. Je passerai te prendre vers neuf heures ce soir. Tu vois quand tu travailleras, les heures nous seront comptées, tout autant que cet hiver !

— C'est la vie de tous ceux qui nous ressemblent !

— C'est pour ça que je veux bourrer bourrer. Ramasser un peu d'argent et vivre !

— A quel âge ?

Il s'en allait accablé, sans lui répondre. Parfois lui venait l'envie de la prier « ne chamboule pas toutes mes certitudes, elles m'ont aidé à tenir jusqu'à toi ».

Paul termine le dessin qu'il a fait pour Véra. Marc promet qu'il donnera une lettre demain et s'en va réveiller Nicolas qui dort encore à l'heure du dîner. La radio marche. Informations, commentaires. Nicolas descend ; il est costaud, pas très grand, des cheveux jusqu'aux oreilles, habitué, pense Milie, à se percher tantôt ici tantôt là. Mange avec appétit, reprend avec Marc une conversation que le sommeil avait interrompue, regarde Milie sans la voir.

Dans le quartier latin, l'agitation continue. Milie voudrait annoncer à Marc la grande nouvelle. Paul la connaît déjà. Lorsqu'il est rentré tout à l'heure, elle a montré la lettre qu'il a voulu lire. « Alors tu pourras bientôt m'acheter un vélo ? » Elle a aussi parlé de futurs changements dont il serait averti un peu plus tard. « Lesquels ? — Plus tard, pas tout à la fois ! »

La mise en accusation des grenades « criquet ».

La voix du commentateur se mêle aux voix des garçons. Chœur où alternent ces mots tout neufs : *contestation, force de refus, révolte de la jeunesse, rejet de nos valeurs, réflexe de consommation.*

Un des garçons, impatienté, a tourné le bouton de la radio. « Ta gueule », a dit Denis à l'adresse de ce journaliste qui analysait *l'extraordinaire efficacité des étudiants qui sont passés à l'action directe, sachant choisir chaque fois le terrain favorable.* Leurs voix seules. Leurs rires. Propos où le puéril se mêle au grave. Phrases incohérentes. « C'est ça que je n'ai plus. Et l'ai-je eu longtemps ? Que je n'ai plus et que je leur jalouse. Préparer le renversement du monde et jouer dans Paris comme sous un préau. »

— Maman il faudrait que Nicolas soit à Paris ce soir.

Milie hoche la tête. « Un train vers neuf heures je crois. »

— Tu ne connais personne qui... Est-ce que tu crois que Walter avec la camionnette ?

Milie scandalisée regarde Marc.

— Walter ? après douze heures de travail ! lui demander d'aller à Paris !

— S'il pouvait au moins l'emmener à la gare.

— Il a des jambes, s'il part maintenant, il arrivera juste pour le train de neuf heures !

Elle sort furieuse et s'avance sur le chemin vers la Fourche. Bruit de moteur. La camionnette.

— Emmène-moi faire un tour. Où tu voudras.

Lorsqu'elle revient, Marc prépare ses cahiers pour le lendemain. Denis est allé conduire Nicolas sur son porte-bagages.

L'inquiétante discrétion de Fanch. Le mardi il n'a pas paru. Sorti seulement le soir, quelques minutes dans le jardin. Demandé narquois :

— Alors Milie, cette révolution elle se fait ou non ?

Avec les garçons tout se passait bien. Le réveil sonnait dans le grenier, ils descendaient, les yeux bouffis, de mauvaise humeur mais s'en allaient comme d'habitude au lycée.

L'après-midi tout à coup, Milie décida de se rendre à Pontoise, d'évaluer le temps de trajet, d'examiner la façade et l'environnement des bureaux où elle se présenterait le vingt mai. Quand elle eut traversé la ville, jeté un regard distrait sur la bâtisse à trois étages, elle se retrouva devant le lycée. Des jeunes par petits groupes animés. Une crainte lui vint que Marc la surprît. Aucune intention de surveiller son fils. Un besoin de les voir, *ceux-là* dont les journaux, la radio, les gens avaient soudain la bouche pleine. Chaque feuille, chaque station donnant la parole à *un* jeune. Déférence, curiosité. Cette révolte dont eux-mêmes ne savaient pas jusqu'où elle les emporterait réduite à quelques récits à la une. Denis l'aperçut, ne bougea pas, n'en dit rien à Marc... Ils rentrèrent tard. Dans le silence du crépuscule, le frottement des roues sur les gravillons. Milie assise sur le pas de la porte, un chat près d'elle qui fixait un trou d'ombre. Le transistor marchait si faiblement qu'elle saisissait à peine ce qui se disait. Les événements de Paris aussi lointains, sourds dans cette campagne dormante que la voix à peine audible qui parlait d'inquiétude et d'évolution imprévisible.

Ils iraient à Paris après leurs cours du matin annonça Marc. On était jeudi, rien à reprendre. — Mais pourquoi ? vous n'êtes pas étudiants, tout ça ne vous concerne pas ! Marc embrassa Milie, lui demanda d'être compréhensive, promit de revenir avant la nuit. Pour l'argent du trajet, pas de souci à se faire, Denis avait ce qu'il fallait.

Fanch rapportait le transistor qu'il avait gardé tout l'après-midi. Il souffrait des dents. Milie le bourra de cachets.

— Fanch tu sais la bonne nouvelle ? Je vais travailler ! Je suis convoquée...

Il se mit à rire. « C'est bien de toi ! On ne parle que de cesser le travail. Renault à Flins, ça commence. Écoute la radio ! »

La nuit tombait, les garçons n'étaient pas de retour ; Paul voulait dîner. « Mangeons sans eux », proposa Milie. Fanch mit le transistor en route. *L'Odéon occupé. Depuis ce matin une heure, le célèbre théâtre est aux mains de comités étudiants-ouvriers.*

— Tiens ! Tout le *Buci* doit être là-bas.

L'information tombait immatérielle, inconsistante. La légèreté d'un flocon de neige. Elle glissait sur Milie.

— Mais pourquoi l'Odéon ? Tu y as déjà mis les pieds ?

Oui, par une nuit de cuite il s'était endormi sous les arcades, à l'abri du vent et les flics l'avaient ramassé. « Mais il paraît que les fêtes du régime se donnent là-dedans. Tes garçons doivent y être. »

Fanch traînait dans la cuisine et Milie n'osait pas lui dire Walter m'attend je sors. A dix heures, se promit-elle, s'il n'a pas bougé, je m'en vais.

A dix heures, Walter se montra. Inquiet, ayant roulé pleins phares. Peur d'apercevoir sur la route la bicyclette couchée.

— Non, j'attendais les garçons.

— Encore !

Fanch se levait, disait j'ai un de ces sommeils !

— Milie, tu fais quoi ? Je t'emmène à la maison et tu restes avec moi cette nuit ?

Un peu d'humeur dans sa voix.

— Je te prépare du café ?

— Non. J'en ai bu deux à Parmain ce soir. Je voulais voir la télé, la suite des événements. Quelle foire !

— Quelle fête !

— Foire, fête, comme tu voudras. Je regardais, je les enviais. Mais je ne saisis pas ce qui se passe.

— Moi non plus. C'est drôle, la situation au Vietnam me paraît plus claire que ces histoires d'étudiants.

— Et les grèves maintenant ! Qu'est-ce que ça veut dire ?

— Ça je comprendrais mieux.

— Milie, demanda Walter après un moment, viens-tu oui ou non ? Il va être onze heures. Tes gars n'ont plus de train.

Il dormit dans la chambre de Milie. Elle le lui proposa, il accepta tout de suite, incapable de rester seul cette nuit-là. Quand il se retrouva près du lit, apercevant la masse noire du néflier courbé, sachant que Paul reposait de l'autre côté de la cloison, une joie subite le figea. Il entrait enfin dans la vie de Milie. Paul se réveillait parfois dans la nuit, peut-être devrait-elle se lever, le calmer, rester à son côté un moment. Il regardait le plafond, les plinthes qui joignaient mal, il essayait d'absorber tout ensemble les insomnies de Paul, le décor où Milie se déshabillait chaque soir et d'être présent aux minutes qu'il vivait. La nuit était douce, ils repoussèrent la couverture et le drap. Milie s'endormit jambes repliées, le visage sur le ventre chaud de Walter. Le réveil sonna, ils avalèrent le café debout dans la cuisine. Walter était en retard ; il s'en alla plus ému encore qu'à sa première arrivée, un matin de gel. Sur les vitres de la camionnette, la rosée de l'aurore. D'un doigt il traça quelques signes informes et ce geste qui lui remontait de l'enfance le fit soupirer. Milie sortit dans le jardin et regarda le ciel, la ligne mousseuse pourpre et noire de l'horizon. En chacun le serrement de cœur que donne un bonheur intense proche jusqu'à l'équivoque de l'abattement.

Seule dans la cuisine. Gestes lents. Fanch surgit.

— Tu n'as pas dû dormir plus que moi, je me suis promené dans le jardin cette nuit. La dent... Est-ce que tu as encore des cachets ?

La route au petit jour, les champs plats et la poigne ferme du grand-père qui l'oblige à trottiner. Milie regarde sa main. « Qu'est-ce que tu as ? » interroge Fanch. Elle secoue la tête, essaie de joindre par un bout quelconque le mal aux dents de Fanch et cette main engourdie que le grand-père serrait trop fort.

— Ils ne sont pas rentrés ?

— Non.

Ses larmes sortent, roulent. Elles attendaient comme un nuage mûr prêt à éclater qui avait grossi tout au long de la nuit, au-dessus du plaisir qui la reliait à Walter.

— Allons Milie, il ne leur est rien arrivé. C'est la fête à Paris, leur fête, il faut les laisser. Ils arriveront tout à l'heure, je ferai une grande omelette à l'oignon.

Il embrassa cette main dont elle s'attendait à trouver les doigts violacés. Il recommença sur la joue et les yeux. Sur les lèvres, avec le même appétit qu'à leur première rencontre dans la chambre du canal.

— Milie, et si je faisais cette omelette tout de suite ?

Besoin de s'agiter, de façonner, faire passer dans n'importe quoi qu'il préparerait de ses mains le plaisir de ce baiser.

Milie se força pour avaler l'omelette. Puis partit réveiller Paul. Fanch posait la poêle sur le carreau et le chien se précipitait pour la lécher.

— Maman, tu n'écoutes pas les informations ? Et Marc et Denis ?

Elle rassura Paul, persuada Fanch d'aller à L'Isle-Adam. « Je vais travailler certainement à partir du premier juin. Je peux donc prendre un compte à l'épicerie de Nesles et t'avancer l'argent. Tu dois faire soigner cette dent... »

A midi lorsque Fanch revint, Marc et Denis n'étaient toujours pas rentrés.

— Je suis passé par le tabac. Si ça discute ! Le journal du patelin a sorti la photo d'un gosse qu'on a piqué dans un magasin boulevard Saint-Michel. La vitrine démolie, ma foi il s'était servi.

— Tu es soulagé ?

Le petit rhum qu'il avait bu le rendait confiant. Maintenant les nouvelles de Paris commençaient à l'intéresser. Il se servit un verre de lait, y fit tomber une cuillère de confiture rouge et tourna le bouton du transistor.

Le chant des oiseaux et le balancement soyeux des feuilles, le lointain carillon sonnant les heures et les moteurs croissant et décroissant sur la départementale, la mouche obstinée tournant autour du pot de confiture rouge resté ouvert, bruissement rumeur murmure bourdon s'évanouirent et ce fut comme si l'on basculait un décor pour qu'en surgît un autre. Les informations tombaient, la voix qui les donnait s'appliquait à ralentir le rythme mais au travers des nouvelles brèves et sèches les mots se soulevaient pour en dire davantage. La cour de la Sorbonne, les stands, les drapeaux vietminh et breton, l'appel à tous : musiciens chanteurs orchestres, l'entrée des lycéens dans la contestation, le cortège étudiant sur la route vers Billancourt, les assemblées d'universités, l'occupation des facultés l'une après l'autre, la parole donnée à qui voulait la prendre, la hiérarchie mise en accusation et soudaines, houleuses les grèves, litanie à l'ordre inchangé : Renault Le Mans, Renault Flins après Cléon. Berliet, Rhodiacéta, Lockheed Beauvais, séquestration de directeurs, la gendarmerie qui rappelait ses réservistes, les comités d'internes qui se formaient : *un comité d'internes a libéré l'hôpital Sainte-Anne...* Cette force, cette pesanteur d'un pouvoir qu'on avait cru gigantesque insurmontable était en train de sombrer ; il se retrouvait aujourd'hui comme une coque fragile sur les vagues. Des tourbillons d'air frais le poussaient à la dérive.

Fanch vidait son verre, Milie restait muette.

— Tu n'es pas encore à ton standard !

Elle prit la bicyclette de Véra, s'en fut jusqu'à Nesles. La campagne immuablement sereine. Le bourg désert et silencieux. Rien de changé. A quarante kilomètres la vie tourbillonnait, on étranglait le vieux monde. Où se situait véritablement l'inversion du réel ?

Milie arriva devant l'école. Des femmes passaient tranquilles. L'heure sonna, résonna. La boulangère traversa la rue pour entrer dans le jardin au jet d'eau, celui de la couturière. Trois mois et demi de loyer en retard : Milie s'aplatit contre le mur. La grille de l'école tourna, Paul sortit un des derniers. Milie ressentait le besoin de lui faire part des nouvelles. Mais il lui lança son cartable.

— Prête-moi le vélo.

Il fila vers Hérouville. Elle cria Paul, attention à la descente et rentra lentement. Quand elle poussa le portail, les voix des garçons arrivèrent jusqu'à elle. Joie. Ils étaient assis dans la cuisine, tartinaient leur pain comme à chaque retour de Pontoise. Marc étonné de cet interrogatoire fiévreux. « Mais d'où veux-tu que l'on vienne ! du lycée ! » Oui, la nuit dernière... Eh bien ils avaient dormi quelque part, sur les bancs d'une quelconque salle, à Censier ou ailleurs. Mais au petit matin, ils avaient repris le train pour Pontoise, voilà tout. Au lycée ça démarrait bien. Ils discutaient avec les professeurs et demain... Milie éclata. Ils se disputèrent. Marc gardait tout son calme. « Va donc à Paris, répétait-il. Va voir, cherche à comprendre ! Tu es là à contempler ton néflier pendant qu'on... est-ce que je peux avoir d'autre confiture ? — Il en reste un pot. » Marc la prit par le cou : « Écoute maman, c'est de notre vie qu'on s'occupe. »

Milie resta maussade jusqu'au soir. Denis semblait épuisé, il parlait d'une voix faible, ne quittait pas sa chaise. Après le dîner, il partit s'étendre sur l'herbe, dans le contrebas. Lorsque Walter arriva il remarqua l'air soucieux et las de Milie. Sa présence les dérangeait tous, il le sentait. Milie le raccompagna jusqu'au portail. Passant près du néflier, il tourna la tête vers la fenêtre de la chambre où il ne dormirait pas ce soir. La même douleur fulgurante que cette déchirure dans l'après-midi lorsqu'un clou lui avait ouvert le doigt. Il soupira. Ces grèves qui éclataient l'une après l'autre, qu'en pensait-elle ?

— Tu ne trouves pas que ça tourne mal ?
Milie évita de répondre.

— Je donnerais des années de ma vie pour que ma
maison soit terminée demain.

Les trains ne roulent plus, la grève gagne. La
Sorbonne, un parlement ouvert à tous. Les tris postaux
débrayent, les usines aussi, les ateliers sont occupés.
Aujourd'hui ciel couvert, la température a fraîchi.
Inutile d'attendre une lettre de Véra, inutile de lui
écrire. Le mandat, le dernier du congé-maladie, ne
viendra sans doute pas tout de suite. Faut-il aller à
Pontoise lundi ? Les établissements D.R. restent
ouverts mais n'est-il pas honteux d'aller proposer ses
services en ce moment précis ? Abattue d'abord, Milie
reprend courage. Puisque l'inattendu s'est produit, il
faut s'accrocher à l'espoir.

Walter est pessimiste. Un coup pour lui ces grèves.
Le propriétaire du haras inquiet. Parle de vendre, tout
de suite, à qui voudra, à qui paiera et pour ce, presse
Walter et François de terminer les travaux.

— Et pourvu que les banques restent en dehors de
tout ça ! Comment faire travailler des types qu'on ne
paye pas ! Il y a aussi cette maison d'Hérouville, un
chantier de plus à mettre en route. Il me faut trouver
deux ou trois hommes.

— Tu crains quoi ? qu'ils se mettent en grève ?

— Contre qui ? contre moi ? Je ne suis pas un patron,
je travaille comme eux, avec eux !

— Pas contre toi mais avec tous les autres. Par
solidarité !

Une belle catastrophe qui lui arriverait ! Vite dévoré
par les autres, les gros dont l'entreprise tournait selon
les méthodes modernes. Repartir à zéro maintenant,
cette perspective le glaçait.

— Nous repartirions ensemble.
— Milie tu es folle !
Un manque depuis l'autre nuit, cette chambre nue,
le plaisir cérébral d'être chez Milie, d'écouter Paul
respirer de l'autre côté du mur.

Le dimanche au point du jour, il n'était pas cinq
heures, un moteur qui ralentissait réveilla Milie. Elle
avait quitté Walter à près de minuit et traîné longuement autour du néflier. Walter venait-il annoncer
quelque nouvelle alarmante ? Milie se leva, courut vers
le portail. Des rires, une voix reconnaissable entre
toutes, Marta flanquée d'Isabel, claquant la portière
d'une voiture que Milie distinguait mal. Elles avançaient suivies de deux autres personnes, une femme, un
homme long et sec. Fuyaient-ils Paris ? Tout était
possible.
— Ah Milie ! Nous voilà ! Pas même une demi-heure
pour venir jusqu'ici et le copain ne connaissait pas la
route. Si tu avais un café chaud... je vais réveiller
Fanch.
Tous dans la cuisine. Fanch qui commençait à
s'assoupir, debout au premier appel de Marta, réveillé
comme un enfant le matin de Noël.
— Asseyez-vous tous ! non, laissez la porte ouverte.
Regarde ce ciel Marta ! Chaque nuit, je guette ce
moment pour tomber dans mon lit. Toi le copain, tu
t'appelles ?... Laisse la porte ouverte Milie, crois-tu
qu'ils aient ce spectacle tous les jours ?
Alors ? que se passait-il à Paris ?
— Fanch ô Fanch, si tu savais ! Il faut que tu
viennes, il faut que tu voies. Nous allons t'emmener.
J'ai téléphoné à Eva en Italie pour qu'elle avertisse
Enrique et la Catalane. Si tu voyais ! le drapeau, le

drapeau noir sur l'Odéon, depuis cinq jours. Quand je l'ai vu j'ai pleuré !

Noir noir ? ou noir avec des bandes blanches ? Pour le drapeau breton peut-être oui, se serait-il dérangé. Encore que lui, les drapeaux...

— Non, je reste ici. Je vois ce qui se passe presque mieux que vous autres.

Marta déçue se taisait. Isabel voulut raconter leur nuit. Leur nuit. Est-ce qu'il y avait des nuits maintenant ? Ce besoin d'être partout puisque partout on voyait surgir les fleurs gigantesques des rêves. La vie, un élastique sur lequel on tirait jusqu'à ses limites. Plus de coucher ni lever du jour, le jour perpétuel. Les yeux brûlants, les muscles douloureux on continuait de parler, d'écouter, de marcher. Quelques heures auparavant, elles étaient rue de Seine ; discussion jusqu'alors inimaginable à la porte d'une galerie investie par un petit groupe — Fanch les connaissait : le Coriano et Sigmann. Bernard ici présent les interpellaient. « Alors les artistes ! » Il vidait son sac. Un petit groupe se formait, répondait. Bernard serveur, le type qui agite la clochette dans les couloirs des trains de nuit. Paris-Vintimille et retour. Depuis la grève : relâche. Venu comme tout le monde au spectacle. Regarder, écouter, apostropher. Parce qu'il en avait un paquet à dire. Et tous ces bourgeois qui se trouvaient dans la rue, il les reconnaissait quel que soit leur déguisement, reniflait ceux qui claquent des doigts pour demander un sucre ou l'addition, ceux pour qui le monde est divisé en larbins et débrouillards, qui venaient là comme au théâtre. Tant que ces jeunes tenaient la scène en un lieu soigneusement circonscrit ça restait acceptable et la pièce était gratuite. Les grèves, une autre histoire : ça touchait au portefeuille. Et quand Bernard avait vu, suspendue au mur blanc de la galerie, une planche noire sur laquelle tournaient des boulons dont l'éclair d'acier frappait les joints de cardans qui leur servaient de support, il ne se retenait plus, jetait aux artistes là présents ce qu'il gardait sur le cœur. « Tu voudrais peut-être qu'on te fasse des marguerites ? »

— Si tu avais vu le Coriano, continuait Marta. Déchaîné ! « On te parle de ton époque, pour le reste, à toi de rêver ! » et tout cela dit dans son français bredouillant !... Sigmann traduisait.

La colère remontait en Bernard. Il prenait Fanch à témoin.

— L'art se cachait dans les usines et nous, nous ne le savions pas ! Alors les artistes c'est nous ! Avant le Paris-Vintimille il travaillait à la SNECMA, à pas même dix-huit ans. Il saurait désormais qu'il avait sué dans une galerie d'art !...

— L'art est partout coupait Fanch. C'est eux qui ont raison. Mais toi aussi tu as raison de ne pas comprendre.

— Je veux qu'ils me donnent envie de vivre !

La femme qui l'accompagnait sommeillait sur sa chaise.

— Et toi ? demanda Milie. Qu'est-ce que tu as vu cette nuit ?

Elle racla sa gorge à plusieurs reprises. Visiblement pas habituée à parler. Regarda Bernard comme pour obtenir son approbation.

— J'ai vu Jupiter.

Bernard reprit pour elle. Un type place de la Sorbonne qui installait une lunette et montrait Jupiter. Et les gens faisaient la queue, avec discipline, pour voir, les uns après les autres. Pas un resquilleur. Et le type ne demandait rien.

— Gratuit ?

— Tiens ! Tout est gratuit. C'est la vie qui change !

— Tes poèmes, Fanch, tu vas venir les dire, les

donner. Les poètes sont dans la rue, pas aux champs. Tout le monde est dans la rue.

Le jour était là. Soleil levant, tout à fait levant, émergeant de l'horizon. Le café. Une jouissance quasi parfaite : ces images apportées d'un univers chaotique où la vie dépassait les rêves, cette chaleur du café qui se propageait dans le corps. Être là et autre part dans ce même instant où l'odeur vivifiante du café les galvanisait tous.

Un peu plus tard, tandis que les garçons se levaient, Bernard et Milie partirent jusqu'à Nesles. Regards aigus des commerçants sur ces clients matinaux, inquiétude lorsqu'ils dévisageaient Bernard, fripé, décoiffé visiblement las.

Ils rapportèrent du pain frais, des côtelettes que Bernard voulut cuire au fond du jardin sur un feu de bois allumé entre deux briques. Paul s'en allait chercher des branchages. La fumée montait sur la campagne et jusqu'à Hérouville on commençait à s'inquiéter. Ces gens qui incendiaient les voitures à Paris étaient-ils venus mettre le feu aux forêts de l'Oise ? Quelques véhicules passèrent et ralentirent devant la maison.

Comme chaque dimanche, Walter montait ses murs. Milie creusa un morceau de pain y fourra une côtelette et partit sur le vélo de sa fille vers Frouville et Walter. Ils s'assirent au soleil. Walter refusa de manger seul. Il avait retrouvé sa sérénité. Pour cela il lui suffisait de réussir un coulage parfait du ciment sur des briques sans gâchis ni bavure : coup de truelle aussi net et précis que le trait de Braque ou l'arrondi de Matisse. Milie garda pour elle les récits de ses visiteurs. Il les écouterait sans émotion. « Quelque chose le prive, pensa-t-elle, de ce que moi, je peux ressentir. » Il avait appuyé sa tête sur les cuisses de Milie et faillit s'endormir.

Ni Marta ni Bernard ne réussirent à persuader Fanch de les suivre. « Incompréhensible ! » dit Marta furieuse. Il ne restait qu'à prendre les poèmes qu'il voudrait bien donner. Isabel avait des copains qui, nuit et jour, tiraient à la ronéo dans une des facs occupées. Cette idée séduisit Fanch. Ainsi ses mots s'éparpille-raient-ils dans la rue tels des confetti. Il lui confia les feuillets de *Veilleur de nuits.* Pour le reste, le spectacle, les histoires qu'ils avaient racontées, il ne ressentait aucun besoin de les vivre. Il se nourrirait de leurs récits du matin et ceux qui le taxaient d'indifférence ou de cécité ne comprendraient jamais rien à sa poésie.

Bernard et Odette s'étaient endormis devant le feu éteint. Ils se tenaient en posture d'amour. Paul vint les observer, tournant autour d'eux. Marta le fit partir et plongea dans l'herbe à son tour. Ils dormirent jusqu'au soir malgré les mouches et le soleil. Repartirent pour une nouvelle nuit dans cet univers où n'importe quoi devenait possible. Emmenèrent Marc et Denis après que Bernard ait rassuré Milie : les flics, les charges, les matraquages : fini ; le quartier intouchable mainte-nant. Ils se débrouilleraient à trouver une voiture pour revenir ici.

Milie les regarda s'en aller avec envie.

A L'Isle-Adam, Milie acheta deux journaux. A la poste, queue devant le guichet du téléphone. Propos fébriles. Personne n'avait vu mais chacun tenait d'un témoin digne de foi, un récit des horreurs de Paris. Inquiétude et crainte sur les visages. Milie aurait voulu se mêler aux conversations mais elles se déroulaient en aparté, par chuchotements et allusions.

Véra impossible à joindre. Le bureau de poste qui

devait recevoir la communication ne répondait pas. Un grand vide soudain. Multiplication des grèves. Chèques postaux, banques et livraisons. A Paris les grands magasins d'alimentation fermés. D'un mouvement continu, la croûte du pouvoir se fendait. Walter était passé le matin. Sorti seulement de la camionnette pour dire à Milie, ça s'étend partout, partout. « Tu en parles comme d'une épidémie. — Je n'ai pas le temps de te répondre. Inutile que je te conduise à Pontoise. Chez D.R., c'est la grève aussi. Je vais t'avancer de l'argent. On s'arrangera un peu plus tard lorsque tout ça sera calmé. » Elle avait accepté.

Dans une épicerie où elle s'arrêta on ne donnait qu'une boîte de conserve et un kilo de sucre à chaque acheteur. Certains, par précaution, avaient commencé à stocker. Passant devant le haras elle faillit s'y arrêter mais le besoin de savoir si les garçons étaient revenus la fit se hâter vers la maison. Coup d'œil distrait vers la clairière et le sous-bois. Fanch dormait, la maison était vide. Elle mit le transistor en marche. Grèves, occupations d'ateliers, cortèges, motions, fêtes, tribunes, rencontres, déclarations. Milie écoutait, regardait le paysage doux et uniforme où la nature préparait l'été. Jusqu'à l'avant-veille n'imaginant pas que les grèves prendraient une telle ampleur, elle avait espéré se présenter chez D.R. Préparé pour cela sa robe d'été, blanche à raies bleues. Bon genre, passe-partout, neutre et nette (qualités essentielles des subalternes). Elle quitta jupe et pull-over, enfila cette robe et partit s'asseoir dans le jardin abandonnant la cuisine et ses travaux. S'étendit dans l'herbe le transistor à son côté. Il resterait des traces verdâtres sur le blanc de la robe. Elle collait sa tête contre l'appareil, à l'écoute de cette grande houle invisible. Impression que grossissait quelque chose d'encore indistinct, douloureux et libérateur.

Les garçons réapparurent ce soir-là. « Si vous ne trouvez aucun autre moyen de rentrer, voilà où m'appeler », avait proposé Bernard. Il les ramenait donc. A la sortie de Pierrefitte, une jeune femme faisait du stop. « Arrête, avait crié Denis, c'est Anna ! » Elle allait rejoindre Brun en passant par la maison de Milie.

Elle racontait de sa voix posée qui parfois montait malgré elle. Milie suivait les deux récits, celui d'Anna : les petites boîtes dans le quartier du canal, les entreprises à dix douze employés, débrayant pour la première fois, ces salariés modèles, résignés, occupant les locaux, le double courant solidarité cupidité, stockage partage ; celui de Marc, les nuits dans la rue, l'ivresse des mots qu'on découvrait, la folie des rêves et le sérieux des idées.

Walter passait comme il l'avait annoncé à Milie. Il les vit tous dans la cuisine, recula, voulut s'en aller. Anna le prit par le bras, le fit asseoir. Il était nerveux, angoissé. Manquait d'argent et de matériaux. File d'attente devant la banque de François qui n'avait pu retirer ce qui lui était nécessaire. Les hommes ne recevraient qu'un acompte vendredi. Alors inutile de leur demander un effort pour terminer à la fin du mois comme il s'y était engagé.

— Fais donc comme nous tous, débraye ! dit Bernard en riant.

Walter haussa les épaules, Milie lui fit un signe, ils sortirent.

— Une vie, dit-elle en marchant vers le chemin, c'est plus précieux qu'un chantier.

Il l'admettait mais le flou des événements l'inquiétait, l'obligeait à dériver loin de Milie, il n'aurait su expliquer pourquoi.

Anna les appela. Il secoua la tête.

— Non, je rentre chez moi, je suis crevé, fatigué et demain je veux commencer à six heures.

— Tu vois, dit Milie, pourquoi tant de gens sont dans la rue !

— Non je ne vois pas.

— Plus personne ne veut être comme toi ce soir.

La portière de la camionnette claquée. Milie retourna dans la cuisine. Véhémence de Bernard et d'Anna. Il la laissait à peine finir ses phrases et l'attaquait aussitôt. En désaccord sur tout, Fanch saupoudrait les œufs de poivre et chantonnait pour s'abstraire de la discussion.

A onze heures, Bernard repartit pour Paris. Milie le supplia de la conduire chez Walter elle y déposerait un mot. Pas question de le réveiller. Aucune lumière. Elle glissa le papier sous la porte et Bernard la ramena jusqu'à la Fourche.

Walter ramassa le mot, s'assit désemparé. Il avait mal dormi. « Cette femme démolit mes remparts. Comment veut-elle que je devienne ? vivant au jour le jour comme elle ? Moi je veux lui faire la vie meilleure. »

Le mot n'avait pas suffi à Milie. Walter la trouva sur la route, près du haras.

— Viens prendre un café. Est-ce que tu t'es couchée seulement ?

François l'associé, accoudé au comptoir. Walter, un instant de gêne. Deux des ouvriers finissaient leur petit verre. La radio diffusant les nouvelles. Grève, grève, grève, usines occupées, ateliers occupés, écoles occupées.

— Au boulot, dit François. On a sept jours pour finir.

— Je serai là-bas dans une petite heure.

317

François se figea mais devant Milie ne répliqua rien à Walter.

Elle le lui demandait depuis quatre jours, allons à Paris ! Le dimanche, Walter accepta. Il avait proposé de conduire Anna jusqu'à Chauny, elle se débrouillerait ensuite pour gagner Lens où Brun viendrait la chercher. Mais celle-ci préférait attendre encore avant de s'éloigner de Paris.

Les garçons étaient repartis. « Nous irons dormir chez moi, avait promis Denis. Si tu n'as pas confiance Milie, téléphone à ma mère. Elle saura où nous sommes. » Rendez-vous leur avait été donné pour le dimanche. Ils rentreraient avec Walter et Milie.

— C'est une folie. J'ai très peu d'essence, les pompes où je suis connu sont fermées, je ne pourrai pas aller à Pontoise mardi.

Craintivement ils entrèrent à la Sorbonne, écoutèrent, descendirent le grand escalier, se promenèrent ébahis d'un stand à l'autre dans la cour, marchèrent jusqu'aux Halles où les ordures et les cageots formaient un mur nauséabond, image, répéta Milie à plusieurs reprises, de ce qui meurt en ce moment, passèrent devant la Bourse car elle voulait voir les cicatrices noires de l'incendie, avancèrent dans la rue La Fayette où des grévistes qui campaient sur les lieux de leur travail adressaient des signes joyeux aux passants. Ils s'arrêtèrent à la gare du Nord, Milie n'en pouvait plus. Depuis leur entrée à Paris, Walter gardait le silence. Il fixait attentivement les lieux, les gens en étranger, désespéré de ne rien comprendre.

— Tout ça m'inquiète, je ne vois pas où ils vont. Crois-tu Milie qu'ils le savent eux-mêmes ? Tu n'avances plus. Allons jusqu'à la camionnette et attendons neuf heures.

A dix heures, ni Marc ni Denis. Jusqu'à minuit ils attendirent, regardant autour d'eux le spectacle des groupes qui discutaient. Une poivrote passa près de Milie ; elle était vêtue d'un corsage de satin bleu à bouillonnés de dentelle et parlait toute seule d'une voix mouillée. Milie poussa Walter du coude. « Marta raconte que les clochards de Buci sont allés s'habiller dans les placards de l'Odéon. » Walter semblait fatigué. Pas difficile à deviner ; il souhaitait repartir. Ils passèrent par la rue du Commerce. Réveillée, la femme du représentant ne put rien dire. Oui ce jour-là elle avait vu les garçons. Ils étaient venus, avaient un peu mangé puis avaient disparu sans dormir ni se laver. La clé restait sous le paillasson ; pas à s'en faire sinon vis-à-vis des voisins qui les dévisageaient d'un air hostile.

— Repassons devant le Châtelet, proposa Walter qui sentait Milie déçue.

Une heure sonnait. Des gens parlaient encore assis sur les trottoirs.

— Non, plus la peine, ils ne viendront pas.

Route de nuit. Phares qui décoloraient le goudron. Mais rien de cette émotion qui les rendait muets lorsqu'ils revenaient d'une trop courte promenade. Walter conduisait doucement. « Je suis aussi perplexe qu'avant de partir. Et toi Milie ? »

Ils discutèrent de ce qu'ils avaient observé tout au long de cette journée. Walter cherchait la logique. La moitié de ce qui se disait lui avait échappé, expliquait-il. « A moi aussi, le rassurait Milie. — Et maintenant ? » demandait-il, et maintenant quoi ? Il arrêtait la camionnette ne laissait que les veilleuses. Epaisseur de la nuit, route déserte. Dans l'obscurité, je ne sais pas disait Milie. Je sens seulement. Quelque chose en moi d'indistinct.

Les termes précis pour l'exprimer lui manquaient. « Tout ce qui se passe me délivre », reprenait-elle.

319

C'est le mot. Des gens comme eux qu'étaient-ils ? Ce qu'on avait fait d'eux, ce qu'on ne les avait pas laissés faire avec eux. Être productif ou ne pas être. Travailler récupérer travailler. Aujourd'hui les rouages se déréglaient. Walter secouait la tête. Cette histoire qui revenait sans cesse de refuser le travail, non et non, elle ne tenait pas debout. Celui qui le refusait chargeait un autre d'un double poids.

Lassitude, tristesse passagère. Somnoler d'abord. Milie appuyait une joue contre la vitre, parlait doucement les yeux fermés, protestait mais ce n'est pas ce que je t'ai dit ! Impossible de partager avec Walter. Il n'avait rien ressenti. Aucun tressaillement ni de joie ni de colère. Les torrents de bavardage et les déclarations fracassantes l'avaient vite ennuyé : le spectacle de la rue, celui des murs, la fébrilité qui régnait dans les salles d'études transformées en ateliers ne réussissaient pas à faire sauter la cuirasse de son inquiétude. Très attentivement, il avait déchiffré chaque graffiti comme s'il s'agissait d'en trouver le sens caché. Une fois seulement il se détendait lorsque Milie le tirant par le bras lui montrait la façade des établissements LE NET' sur laquelle des mains tremblantes de leur incroyable audace avaient tracé à la peinture blanche OCCUPPÉ en lettres énormes. Doublant le P. Pour rallonger peut-être le plaisir d'écrire ce mot ? suggérait Milie. Là il souriait, complice avec lui-même ; parce qu'il avait trimé dur chez LE NET' lors de son passage à Paris (poncé blanchi verni ciré des parquets avec rage et honte sachant ce qu'il était capable de réussir avec sa tête et ses mains) et que, pensait-il, cette inscription-là je n'aurais pas su l'écrire autrement.

« Plus aliéné que moi. Coupé. Enfermé. » L'image de l'*Isba* revenait à Milie comme un symbole. Les mutilations historiques de la classe opprimée, qui les prenait en compte dans ce déluge verbal ? Walter, Milie, leurs frères de lignée, cet héritage d'écrasements, leur mémoire en gardait la trace, celle d'un fer rougi porté sur les désirs les élans l'impulsivité de maintes générations. La vie leur était transmise avec ce fruit, le noyau sombre dur de l'espérance et de la révolte caché sous la chair meurtrie blette de la résignation et du silence.

— Être érotique Milie, c'est quoi exactement ? J'ai lu quatre fois ce mot sur les murs. *Érotisation de la société. Soyez érotiques.* A quarante-trois ans bientôt, tu te rends compte, ne pas savoir ce que c'est !

Elle ne pouvait le lui expliquer, elle en ignorait la définition. Il n'était peut-être pas essentiel de le savoir.

— Pour ceux que j'écoutais tout à l'heure, ça paraissait important. Primordial. Devine, bientôt deux heures !

Il remettait la camionnette en marche.

— Est-ce que je prends la direction de Nesles ou comme l'autre fois...

Entière lui restait l'émotion de cette nuit-là.

— Oui, tu viens à la maison. Je mettrai la sonnerie du réveil sur six heures.

Il arrêta la camionnette. Embrasser Milie. Plus encore. L'aimer tout de suite. Rappel des premiers jours. Étroitesse de la banquette, vitres embuées au-delà desquelles tout n'était que ténèbres.

Anna, Milie, Paul même, autour du transistor. Fanch marche dans le jardin. Vient de temps à autre jusqu'à la porte de la cuisine. Anna prend un crayon, calcule. Trente-cinq pour cent du SMIG, soit cinq cent quatre-vingts francs par mois au lieu de quatre cent vingt-quatre... « Pour quarante-neuf heures ! — C'est trop. — D'heures oui ! — Tu sais compter ? — Paiement des jours de grève ? — Je ne crois pas. — En cru c'est du sept pour cent d'abord... — Il ne faut pas signer !

— Attends ! Ce n'est pas fait ! — Anna, j'ai besoin de bouger. Allons n'importe où. Rejoindre des gens. A Pontoise, Beauvais. — Beauvais non, trop loin. Mais d'accord, allons à Pontoise. »

— Moi dit Paul, je veux aller voir la sortie de l'école.

Milie a décidé de ne pas l'y envoyer. La grève est presque générale, quelques écoles, par endroits, restent ouvertes, la sienne entre autres.

Sur la route de Montbuisson. Juste avant Pontoise. Milie fatiguée. Elles ont pédalé vite. Dans le secteur, deux petites usines dont les ouvriers sont en grève. Un café bondé. Anna joue des coudes, cherche une table. Elle ressort. « Rien pour s'asseoir. Viens au soleil. »

De l'autre côté de la route, un bâtiment modeste entouré d'une grille : la seule entreprise qui reste ouverte. Petite manutention, ustensiles ménagers. Quatorze filles. Elles ont entre seize et dix-huit ans. Viennent de la campagne environnante. Pour la plupart d'entre elles, le premier emploi. Elles sont là, entre la route et le café qui discutent, hésitent. Grève ? pas grève ? Les ouvriers qui sortent du café les interpellent. Anna et Milie les observent et les écoutent. Font connaissance, questionnent. Les filles racontent. Leur travail, leur salaire, le rendement, la discipline. Et comme par hasard, lorsqu'elles atteignent l'âge d'être payées au taux de salariées adultes, on les licencie. Toujours une bonne raison de justifier leur renvoi. La région reste une source inépuisable d'adolescentes sans travail. « On connaît ça », dit Milie. Maintenant qu'elles ont commencé à parler, les gamines sont intarissables. Faire grève ? Peur. Et les parents, que diraient-ils ? « Et comment fait-on grève ? par quoi ça commence ? — D'abord vous syndiquer », précise Anna. Les filles font la grimace. « Allez donc seules devant votre patron et vous comprendrez ! » Le groupe se disloque. « On va réfléchir. » Milie regarde l'une d'elles, l'âge de Véra, une voix de fillette, un rire d'écolière. Son troisième mois d'atelier. Elle s'est trompée tout à l'heure, a dit *la maîtresse* au lieu du *patron*. Quelques-unes qui s'étaient éloignées reviennent vers Anna. « Et le syndicat c'est où ? On va toujours aller voir. »

Anna et Milie déjeunent sur le bord de la route. Le café s'est vidé. Elles y pénètrent : il n'y reste plus que trois hommes attablés vers lesquels se dirige une femme qui vient d'entrer. « Alors c'est non ! Ils ont refusé. » Les hommes se lèvent. Milie a battu des mains. « La grève continue », dit le cafetier qui a écouté la radio.

Anna fait un signe à Milie. « Mon cœur bat, si tu savais ! » Anna lui serre la main, l'écrase. « Regarde ! les filles reviennent. »

Il est deux heures. La grille est ouverte. Le gardien guette leur entrée. Quatre d'entre elles se sont avancées, raides, gênées. Elles parlent au gardien, il disparaît, réapparaît, elles le suivent, embarrassées. Les autres se sont assises devant la grille. Certaines rient nerveusement. Un papier circule de main en main. Leur propre audace les écrase. « Lisez ! *Pause dans l'après-midi, salaire augmenté, journées raccourcies.* »

Attente. On parle. Anna et Milie sont venues s'asseoir auprès d'elles. Soleil qui frappe le visage. Clin d'œil complice de l'été qui s'en vient. Les heures sonnent. « C'est fichu », pleure l'une d'elles. Milie la réconforte. Anna raconte des souvenirs de grève. Aux récits, aux rires nerveux, succède le silence. Il est plus de cinq heures lorsque réapparaissent les quatre. Elles agitent la main, passent la grille. « On a gagné ! — Racontez ! — On a gagné ! — Quoi ? — Tout. — Tout ? — Oui tout, mais on a promis de reprendre demain matin. » Les filles se regardent. Inquiètes d'abord jusqu'à ce qu'éclate leur joie bruyante. « On a gagné, on a gagné », répètent-elles. On a gagné ! Leurs quatre camarades n'en finissent pas de rapporter les détails de l'entrevue. Elles s'en vont maintenant vers le café. Il faut arroser la victoire. L'une d'elles tient encore son papier dans la main. Anna s'approche, lui tape sur l'épaule. « Dis donc, vous avez gagné. Très bien ! Mais vous ne pouvez pas reprendre demain. La grève est générale. Maintenant il faut aider les autres à gagner. »

Les filles se regardent sans comprendre. « Mais moi dit l'une, je veux travailler demain. » Dans le café, les gens se sont tus pour les écouter. « Ça débraye dans la France entière et tu veux reprendre le travail ? — Mais puisqu'on a gagné ! — Mais les autres, insiste Milie, les autres il faut aussi qu'ils gagnent ! »

Anna tire Milie en arrière. « Allons-nous-en ! » Elles reprennent leurs bicyclettes. Grand salut de la main aux gamines qui restent là, secouées encore par ce qu'elles ont franchi en quelques heures.

— Tu crois qu'elles reprendront demain ?

— C'est leur affaire. Milie voilà où tes garçons et leurs copains auraient dû se trouver. Marcher vite ne suffit pas, il faut encore ne pas perdre de vue ceux qui clopinent derrière.

— J'aime Walter, crie Milie. Grisée par les événements de cette journée et l'air frais du soir qui passe sur ses bras.

Au tournant après la Fourche, Anna la première aperçoit le drapeau rouge qui flotte, attaché au portail.

— Qu'est-ce que c'est ?

Marc et Denis sont revenus. Deux autres garçons se tiennent là qui les aident. Ils confectionnent une banderole. Le chien frétille autour d'eux. Paul a sauté au cou de sa mère. « Je voudrais aller à l'école demain. » Milie l'embrasse.

324

— Qui a mis ce drapeau ?

— Eux !

— Qu'est-ce qu'ils préparent ?

— Demande à Marc, il ne veut rien me dire.

— Laisse le drapeau en place, demande Marc. C'est un repère pour des copains qui viendront peut-être.

— Et ceux-là dînent ici ? Marc...

— J'ai compris, coupe-t-il, excuse-moi, de toute façon personne n'a très faim. Ils vont dormir là-haut, ne t'inquiète pas, on se partagera les couvertures. Ah ! Walter est venu tout à l'heure. Il te fait dire qu'il ne pourra pas passer ce soir.

Mais il arrivait tôt le mardi. Descendait de la camionnette. Grave triste fatigué. Caressait la joue de Milie. Il avait appris l'affaire de Montbuisson, la grève des quatorze filles. On avait reconnu Milie et Anna. « Vrai dit-elle. Et alors ? » Et alors le drapeau rouge sur la barrière, l'histoire de la veille, les allées-venues des garçons... Mieux valait passer inaperçue. Il ne servait à rien de... — Je ne comprends pas. Walter paraissait mécontent. Mais oui, elle comprenait très bien. Il ne pouvait rester plus longtemps, sept heures sonnaient, les hommes arrivaient au haras. La veille il avait couru comme un fou pour trouver de l'argent.

— T'en faut-il un peu Milie ? Je suis de plus en plus pessimiste.

— Et moi c'est le contraire.

— Cet après-midi j'irai voir la maison d'Hérouville. Le propriétaire m'a fixé rendez-vous. Au retour je passerai par ici, nous irons chez moi. Qu'en dis-tu ? Parce que demain je laisse la camionnette sous le hangar et j'attends la suite.

Paul qui venait de se réveiller donnait au chien une tartine beurrée. Milie laissa faire. La tristesse de Walter s'était posée sur elle, il fallait la secouer, la rejeter, comme un insecte nuisible. Du pas de sa porte, Fanch appelait Milie. Indigné. Un des garçons était venu prendre ses crayons, pour la banderole sans doute. Il ne voulait pas que l'on touchât sans le lui demander à ses outils de travail. Il allait s'enfermer jusqu'à la fin de tout ce remue-ménage.

La banderole étalée sur l'herbe du jardin. Appelées à juger Anna et Milie hochèrent la tête. « J'ai déjà lu ça quelque part constatait Anna. LA CULTURE EST L'IN-VERSION DE LA VIE. » Marc regardait sa mère. « Tu vois, dit Milie, tu as déjà une bataille d'avance sur moi. Je ne vais pas m'essouffler à te suivre. Chacun ses slogans ! »

Ils avaient rendez-vous à L'Isle-Adam. Là, une voiture viendrait les prendre. Ils partirent tous quatre, déployant leur banderole, sautant et poussant des cris joyeux. Avant de s'en aller ils avaient dévoré le pain, vidé le pot de confiture et terminé le beurre. Anna qui avait faim dut se rendre à Nesles pour y faire quelques achats.

Fanch préparait une friture d'oignons qu'il voulait emporter dans sa chambre.

Parler avec Walter. Lui parler. Là dans le jardin où elle était venue s'asseoir — un moment de paix exquis, la chatte maigre et légère grimpant sur la branche courbée du néflier où s'était posé un oiseau, les feuilles frôlées par ses pattes bruissant à peine et l'odeur des oignons que Fanch comme toujours avait trop poivrés s'échappant de la cuisine — là, Milie trouvait les mots, ils jaillissaient d'elle parce que subitement, grisée par cet accord parfait entre le blanc du ciel, le vent doux, les bruits amortis et la ligne horizontale et molle qui au loin rejoignait la terre jaune, elle apercevait la pente facile où le bonheur sensoriel limite et justifie l'existence. Mais un rien, un léger décalage et ce plaisir-là devenait raison de se battre. Oui, parler à Walter. Parler à Véra tout de suite. Elle avait dit Véra, pensé Walter. Ce rapprochement n'était pas fortuit. Les mêmes mots. Ils avaient besoin des mêmes.

Elle marcha jusqu'au haras. La vie s'était emballée, on approchait d'un dénouement. Une immense libération. Et cette perspective la soulevait, elle marchait plus vite, il devenait urgent que Walter l'écoutât.

Pas le moindre bruit, ni de scie ni de marteau ne venait du haras. Les quatre hommes assis sur le talus, près de l'entrée. Ils parlaient. L'un d'eux reconnut Milie. « Walter n'est pas là, il n'y a personne. — Il y a vous ! — Mais on a vu vos gosses avec la pancarte. Ils sont passés tout à l'heure. Ils en faisaient un boucan ! — Ils sont heureux », répondit Milie. Walter allait-il revenir bientôt ? « Ce soir, pas avant ». C'est ce qu'il avait laissé entendre. L'histoire des quatorze filles de Montbuisson ils la connaissaient. Quelqu'un était venu ce matin en parler à Walter. Mais ils avaient envie d'en connaître les détails. La tête leur tournait disaient-ils, entre la radio, le journal et ces usines occupées devant lesquelles ils passaient chaque jour pour venir tirer leurs dix heures. Milie s'assit à leur côté.

Lorsque François descendit de sa voiture, il interpella ses hommes. La présence de Milie le gênait. Elle reconnaissait cette voiture dans laquelle Walter avait suivi l'autocar de Cormeilles. Souvenir qui surgissait du fond des âges. « Notre histoire est infiniment vieille. » Et cette pensée la fortifia.

François repartait en marche arrière. Milie avait

perdu toute crainte et regardait la voiture sortir de l'allée. Il se pencha et lança quelques ordres en direction des hommes. « On souffle un peu. Et puis tout le monde est en grève ! On n'est pas aux pièces !
— En tout cas on n'est pas payé aux pièces ! On n'est pas payé du tout, depuis vendredi qu'on attend ! »
La voiture avait disparu. Milie se levait, les saluait. « Dites à Walter... Non, rien à lui dire », puisqu'il passerait la prendre.

Bruits furtifs de la nuit. Walter n'est pas venu la chercher. Comme elle faisait un détour par Nesles en revenant du haras, Milie l'a croisé. L'épicière devant ses rayonnages presque vides disait lugubre : et ça ne fait que commencer ! Milie reprenait le chemin d'Hérouville, Walter montait la côte, venant de chez lui sans doute. Elle arrivait à sa hauteur.
— On se voit tout à l'heure ? tu viendras me chercher ?
— Je ne sais pas. Je ne crois pas.
Sa colère contenue. Ses yeux qui regardaient ailleurs.
— Excuse-moi, je suis attendu.
Il partait vers le tabac.

Fanch sort de sa chambre. Il n'a rien bu depuis des jours.
— Quel calme ! La révolution est donc terminée ? Comment Milie, tu es là ce soir ?
Anna s'est dirigée vers le bois. Une marche réflexive. La voici, noire dans l'ombre.
— Déjà rentrée Milie ?
— Je ne suis pas sortie.
Elle a perçu le timbre enroué de la voix, précipite

328

son bonsoir à Milie, toute à d'autres interrogations. Du pas de la porte elle se retourne.

— Demain matin j'irai me poster sur la route. Il y aura bien un camion, une voiture pour m'emmener à Paris ! Il faut que je rejoigne les copains. Vivre les événements seule, dans son coin, c'est s'en exclure. Pardonne-moi de te laisser. Je me lèverai tôt, ne te préoccupe pas de moi.

— Moi aussi j'ai besoin de me lever tôt.

Walter lui ouvrait la porte.

— Entre !

Mais il ne l'embrassait pas. Elle osait à peine avancer.

— J'étais tellement crevé hier au soir ! regarde tout est resté sur la table. Attends, on va se faire un de ces cafés ! Assieds-toi Milie, j'apporte les bols. Le vent se lève, le temps va changer.

Il posait la cafetière sur la table, s'asseyait un peu loin d'elle.

— J'ai donc vidé la maison d'Hérouville. Beaucoup à faire : plafonds, cage d'escalier ! Un propriétaire compréhensif qui ne demande pas la lune. Pressé naturellement. Il veut emménager au mois d'août ! Ils m'ont chargé de liquider les vieilleries mais il y a un petit frigo qu'on pourrait mettre chez toi. Des livres. Je les ai rapportés ici hier au soir. Tu regarderas s'ils t'intéressent. Et quelques chaises, une fois rempaillées... Tu ne manges rien ? tu ne veux que du café ?

— J'aimerais voir les livres.

Les premiers mots qu'elle prononçait. Il approchait un carton.

— Ce que j'ai enveloppé dans ce journal c'est un tableau. Je l'ai décroché. S'il est à ton goût...

Milie dépliait le journal. Se figeait. Glaciale, poi-

gnante annonciation. Dessin noir et blanc sans subti-
lité, diagonales et droites, ombre, mur à angle vif.
Mystère et mélancolie d'une rue.

— Tu le trouves comment ?

Incapable d'articuler. Un miroir dans lequel se
reflétait le passé, qu'on lui tendait pour qu'elle y lût
son avenir. Elle n'irait pas vivre avec Walter, ce dessin
le disait. Pourquoi le disait-il ? Une petite fille roulant
un cerceau dans une rue déserte. Que venait-elle faire
entre Walter et Milie ?

Walter s'approchait d'elle. Il ébouriffait ses cheveux,
la serrait contre lui. Elle écartait la main dangereuse
qui tenait le tableau. Il l'embrassait. Rien de changé,
désir tendresse intacts, le comprenait-elle ?

Mystère et mélancolie d'une rue.

— Alors Milie, tu me gardes rancune pour hier au
soir ?

Laisser le corps répondre, désir et tendresse vivaces
autant qu'hier. Le corps répondait, elle posait le
tableau sur les livres, le recouvrait du même journal
qui l'avait enveloppé.

— Maintenant j'ai faim. Très faim même, je suis
partie sans déjeuner.

— C'est bon signe Milie. Bon signe pour nous.

— Nous avons besoin de bons signes ?

Il soupirait.

— Tu le sens bien n'est-ce pas ! Il allait réchauffer la
cafetière. Milie coupait des tranches de pain, ils les
avalaient de bon appétit.

— Je ne te retarde pas ?

Il haussait les épaules.

— Allons Milie, tu sais qu'il n'y aura personne au
haras !

— Tu crois que j'y suis pour quelque chose ?

— Admettons que non. Mais va donc le dire à
François !

330

— Je voudrais y être pour quelque chose, ne te méprends pas. Anna est partie elle veut gagner Paris. Je me demande si elle y arrivera.

— C'est la paralysie. Jamais vu ça ! Qu'est-ce qui peut arriver ?

— Ça va sauter. Mais mon Dieu que ça craque enfin !

— Et après ?

— Pourquoi le crains-tu ?

Milie oubliait d'avaler son café. Cherchait à forcer cette porte derrière laquelle se tenait un autre Walter à l'état de cadavre, d'encombrant cadavre que l'associé de François avait dû s'efforcer des années durant d'écraser sous son talon.

— Je vais rentrer dit-elle enfin. Je me sens épuisée.

— Cet après-midi je serai à Hérouville avec François. J'aime autant que tu ne viennes pas. Tu le comprends ? Mais ce soir je t'attendrai.

Il la raccompagnait jusqu'au portail. Au-dessus d'eux le ciel, un coquillage, reflets mouvants et cette odeur piquante des prés alentour.

— Milie, retire le drapeau de ton portail. Et demande aux garçons d'être plus... discrets. Je connais trop la mentalité par ici. Et si vous gagnez, ils auront tout le temps.

— Non. Si *nous* gagnons. Parce que tu gagnerais aussi. Seulement tu refuses de le croire.

Vide la maison, propre et nue la table. Fanch dormait. Même le chien avait disparu. La radio répétait la nouvelle que Milie, se penchant vers le transistor écouta deux fois sans comprendre.

De Gaulle a quitté Paris pour une destination inconnue.

Jambes molles. Bicyclette qui n'avançait pas. Froid chaud mal jusque dans les épaules. Milie répétant sans tout à fait y croire « ça y est » et tandis que ses lèvres bougeaient, son regard happant la moindre transparence des feuillages le long de ce chemin qui menait chez Walter. Arriver coûte que coûte chez lui avant que François ne s'y trouve.

Il bricolait sous le hangar, le transistor près de lui, sur le capot de la camionnette. Il savait. Répéta plusieurs fois « ça alors ! », l'air consterné.

— Pourquoi ? tu lui étais tellement attaché ?

— Mais non Milie ! nous n'allons pas recommencer !

— J'aurais dû partir avec Anna. Tout peut arriver aujourd'hui.

— Tout.

Il reprit le mètre pliant qu'il avait laissé tomber la voyant revenir.

Milie souffle court, muscles douloureux, Walter muet.

— A ce soir ?

— Oui, Milie, à ce soir.

Une caresse rapide. Elle ne parvenait pas à s'éloigner, prenait racine. Sans lever les yeux du linteau dont il ponçait les bords, il rajouta : « Le meilleur moyen, c'est de ne plus parler de ces choses-là. Je t'aime assez pour trouver quoi te dire. Moi aussi à vingt ans, j'avais un drapeau rouge planté dans le cœur. Seulement il a pourri tu vois. »

Klaxons. François dans sa voiture. Milie essuya ses yeux. Walter lui dit « repose-toi ici, je vois ta mine. J'en ai au moins jusqu'à sept heures. » Il courut vers François. S'aplatir, se confondre avec l'herbe devenir invisible aux yeux fouineurs de l'associé. Maintenant Walter revenait vers le hangar. Il avait oublié sa veste.

« Je lui complique la vie. » Elle reprit la bicyclette. S'arrêta souvent pour retrouver sa respiration. La côte

332

grimpait à l'infini. A Nesles l'épicière commençait à tirer le store. Partie précipitamment chez Walter, Milie n'avait pas un sou. « Voulez-vous marquer ? » L'épicière la servit sans un mot ni un regard. Milie emporta deux bouteilles de vin et des fruits.

Le drapeau rouge sur la barrière. Il flottait au vent qui venait d'ouest. Être plus discrets... La radio marchait. Fanch l'écoutait dans la cuisine.

— Alors ?

— De Gaulle...

— Oui oui je sais. Et puis ?

— Et puis rien pour le moment. A la Bastille les gens arrivent. Par centaines et centaines.

— Fanch c'est la fin. C'est la fête ! Dans la sacoche du vélo il y a deux bouteilles.

Il l'embrassa. Avec cette chaleur que lui donnait la seule idée d'une bouteille. Ils s'installèrent dehors comme pour un pique-nique. Sur l'herbe un torchon blanc, les bouteilles les fruits et deux verres. La lumière frappait les goulots pourpres. Milie courut chercher la boîte de biscuits secs qu'elle avait prévue d'envoyer à Véra. A l'instant de boire la première gorgée, elle reposa son verre. Cette exaltation c'est avec Walter qu'elle aurait voulu la partager. L'enthousiasme retomba. La fête improvisée tournait en une morne trinque.

— Alors Milie, l'encourageait Fanch, le premier verre à la...

Le chien vint renifler, se coucha auprès de Milie. Fanch devenait lyrique. « ...et il y aura des fêtes partout. » Ses paroles couvraient celles de la radio décrivant la foule mouvante de Bastille vers Saint-Lazare.

— Qui pouvait prévoir ?

— Attends Milie, les autres ne vont pas capituler comme ça !

333

Le vin qu'elle avait bu l'écœurait. Non ce n'était pas fini. D'ailleurs Fanch s'assombrissait. Sa voix baissait, les événements se mélangeaient en lui : la veille entrée des tracteurs à Nantes et cette soirée, plus d'un an déjà, où Milie le retrouvait au *Buci*.

Les petites ouvrières de Montbuisson Milie les revoyait et se représentait le cortège qui s'ébranlait vers Saint-Lazare, elle imagina Georges côtoyant Marc, quelque part sous une banderole. « J'irai chez Walter ce soir. Je veux vider l'abcès. » Elle se renversa dans l'herbe, dit pour elle-même : quel abcès ? Fanch continua de boire auprès de Milie qui sommeillait. A quelque bruit lointain, le chien aboya. Une phrase recueillie au *Monaco* revint à Fanch, « chien de garde du capitalisme ». Il se mit à insulter le chien qui le regardait en frétillant, alors il lui lança les gâteaux que Milie n'avait pas touchés.

Walter trouva la maison vide mais ne s'inquiéta pas trop. Il avait faim. Il mit des saucisses à frire et retira ses vêtements qu'imprégnait l'odeur de la vieille maison d'Hérouville. Tout en dînant, il écouta les nouvelles. Une phrase de son père lui revenait : « Ils veulent mettre dessus ce qui est dessous » disait-il au moment du front populaire. Le vieil homme enseignant à ses fils la résignation qu'il avait faite sienne de croupir éternellement dessous. Bientôt dix heures, Milie ne venait pas. Il ne voulait pas aller jusque chez elle. Il redoutait de trouver la maison pleine. Ou alors Milie le boudait ou alors les événements l'occupaient trop pour qu'elle se souciât de leur rendez-vous. Il s'assit, morne et malheureux, sur le pas de la porte. L'idée lui vint d'aller jusqu'à Frouville, regarder sa maison. Il se fatiguerait et tomberait dans le lit à son retour. « Milie est du dessous et moi aussi malgré toutes les acrobaties auxquelles je me livre pour respirer un peu. »

Milie dormit jusqu'à l'arrivée de Paul. Il la trouva couchée dans l'herbe. Fanch avait emporté la seconde bouteille et la finissait dans sa chambre. Elle se releva, marcha jusqu'à la cuisine pour s'y asseoir sans forces. La nuit approchait et toute la tension des jours précédents écrasait Milie, d'un seul coup.

— Je vais te faire de la tisane, couche-toi lui proposa Paul.

Il tendit la couverture sur elle et lui apporta un bol de tilleul, heureux de soigner seul sa mère.

Milie se rendormit jusqu'au petit matin. Qu'avait pensé Walter lorsqu'il ne l'avait pas vue ? Il ne viendrait pas puisque le réservoir de la camionnette était vide. L'aube grise et mouillée. Elle se couvrit et partit marcher sur le chemin de gravillons. Souvenirs de l'hiver passé. Avec l'arrivée du jour, le drapeau rougissait sur la barrière. La porte de Fanch restée ouverte ; le lit vide et lui, endormi tête renversée sur la chaise.

A sept heures, Milie ouvrit la radio. Rappel des événements de la veille. Attendre ou aller chez Walter ? François risquait de s'y trouver aussi. Attendre. Walter se débrouillerait pour lui faire signe dans la journée.

Walter écouta les informations en se rasant. Pompidou parlerait à l'Assemblée, l'après-midi même. Inchangé du côté des grèves. Inutile de pousser jusqu'au haras, les hommes ne viendraient pas. François passerait à neuf heures. Il ne voulait pas lui demander de faire un détour par la maison de Milie. A cause du drapeau rouge et parce qu'il imaginait un va-et-vient de gens débarqués la veille ou dans la nuit et Milie parmi eux qui le regarderait comme un intrus.

— Paul je t'en prie, va jusqu'à Nesles, dis à l'épicière de marquer, je la paierai à la fin des grèves.

— Maintenant que tu n'as plus Véra grogna-t-il. Mais il partit sur le vélo de Marc.

Milie sortit, regarda le drapeau rouge, décida je vais jusqu'à Parmain, au premier café, je téléphone chez Denis.

Pas une voiture ne la doubla. Le représentant décrocha. Contraint au repos — il insista sur le mot contraint — il restait chez lui, attendant « que ça pète un bon coup ». Pas vu les garçons. Il les croyait chez Milie.

Une envie : aller à Pontoise via Montbuisson, revoir peut-être les gamines, entrer dans le café où les piquets de grève, à la fin de leur tour de garde, venaient se délasser. Vivre avec d'autres ce jour qui daterait peut-être la fin d'une ère. Mais Paul n'aimait pas rester seul. Depuis la veille, son école fermée, lui errant du jardin au bois, le chien sur ses talons.

Complètement dessoûlé, Fanch arrivait dans la cuisine. « Coup de théâtre Milie, de Gaulle va parler à quatre heures ! »

Walter qui déjeunait au tabac de Nesles entendit l'information. Mais à ce moment, deux questions le préoccupaient. Pourquoi Milie n'était-elle pas venue ? Devait-il accepter les engagements de François, prendre la maison d'Hérouville dès le premier juin et la terminer pour le mois d'août ? Cela signifiait que pendant deux mois il ne travaillerait pas à la sienne. Accepter n'était-ce pas commettre une mauvaise action envers Milie? Mais il fallait ménager l'avenir. Dans un refus, François verrait l'intervention maléfique de Milie.

Sans raison — l'après-midi restait doux — Milie fermait la porte de la cuisine. Fanch s'asseyait de l'autre côté de la table d'où il apercevait le ciel où se promenait une île rose.

... Je ne me retirerai pas... je ne changerai pas le Premier ministre... je dissous l'Assemblée nationale.

Fanch et Milie se regardaient.
— Du bluff! Il recommence le coup du référendum.
Milie se rassurait. « Il y a les grévistes. » La radio parlait maintenant de la foule rassemblée à la Concorde. Une autre foule. Etrangère à celle de la veille. Un autre peuple. Mené par les autorités, le pouvoir, les inévitables paras, anciens des guerres coloniales. Foule tricolore sur la défensive.
— Ferme cette radio Fanch!
— Tu n'as que du lait à boire?
— Rien d'autre. Et pratiquement plus un sou.
— Milie chérie je vais jusqu'à Nesles.
Après quelques hésitations, on lui fit crédit. Il écouta les propos des clients, calcula lequel d'entre eux lui paierait un autre verre. Walter et François entraient, s'accoudaient. Walter aperçut Fanch, lui tapa cordialement sur l'épaule. « Tu bois quelque chose? » Fanch refusa. Walter écouta le récit des événements survenus dans l'après-midi. Ils ne le réjouirent pas mais le soulagèrent.
— Milie doit être occupée. Vous avez du monde?

337

— Depuis deux jours répondit Fanch, nous sommes seuls et abandonnés.

Walter paya et partit à pied. Milie était dans le jardin. La confiance lui revenait. Adossée au néflier elle se récitait les raisons d'espérer. Walter ne l'avait pas vue depuis la veille à midi et elle lui semblait revenir d'un lointain et dangereux périple. Il n'osa pas l'embrasser comme d'habitude. Assis tous deux au pied de l'arbre, ils parlèrent. Walter se contentait de lui caresser le bras encerclant parfois son poignet de ses doigts. L'atelier de Montbuisson restait fermé lui raconta-t-il. Cinq filles seulement s'étaient présentées l'avant-veille. Milie retrouva intact ce moment précis où elle avait dévisagé la plus jeune des gamines, où elle avait pensé, celle-ci pourrait être Véra et confondu dans une même montée d'amour ces filles et la sienne. Une joie tellement violente la traversait la secouait alors à cette certitude, quelque chose, quelque chose est en train d'arriver. Ce soir plus rien de cet allègement soudain. Lassitude. Lassitude et la douleur, bloquant le dos, la vieille habituée des jours difficiles.

« Aller jusqu'à cette chambre. Me coucher dans son lit. Elle près de moi. » Walter ne savait comment le lui faire comprendre. Elle reprenait les événements du jour, les commentait. Il le savait, son visage à lui exprimait un soulagement dénué de plaisir. Alors Milie voyait distinctement passer entre eux la petite fille poussant devant elle son cerceau noir et l'ombre du mur s'étalait jusqu'à couvrir le sol.

— Je vais rentrer dit Walter. De toute façon rien n'est changé, les grèves continuent.

— Non rien n'est changé.

— Demain à midi, viens donc m'attendre au tabac. Nous y mangerons quelque chose ensemble.

Un bruit de moteur qui stoppait. Sur le chemin une

vespa. Deux garçons. L'un descendait, regardait le jardin. Suivie de Walter, Milie marchait vers eux.

Ils cherchaient la mère de Marc.

— C'est moi. Où est Marc ?

Il les avait envoyés pour la rassurer. Il serait de retour le lendemain avec Denis sans doute.

— Mais ce soir, où est-il ?

Pas d'inquiétude, il se trouvait dans la maison d'un gars, près de Meulan, on lui avait soigné une espèce de foulure qu'il s'était fait la veille en glissant d'un poteau sur lequel il avait voulu se jucher. « Où ? — A Paris. — Hier il était à Paris ? — Hier oui. — Et comment s'est-il rendu à Meulan ? — Avec moi, sur cette vespa. — Vous avez de l'essence ? — De l'essence, les docks de Gennevilliers en regorgent. — Est-ce qu'il a mal ? » Le garçon ignora la question. Il remontait sur le siège arrière, s'amarrait à son copain. Milie regarda le tunnel sombre dans lequel ils venaient de disparaître.

« Elle est loin de moi. Il vaut mieux que je la laisse. » Walter se voyait étranger à ce mystère auquel tous ceux-là participaient. Il embrassa tout de même Milie mais avec une retenue qui la toucha.

A mi-chemin de Nesles, il rencontra Fanch qui tâtonnait. Phase montante de l'ivresse, lancée dans l'espace. « Je voudrais bien te payer un verre, dit-il à Walter, mais par ici les bistrots sont rares. » Ils firent quelques pas ensemble. Fanch poursuivait son discours lugubre. « La fête est finie mon vieux ! Finie pour les uns. Elle va commencer — pardon, recommencer — pour les autres. »

— Tiens, regarde !

Ils arrivaient à hauteur de la propriété Fargeau, le gros betteravier dont quelques-uns des ouvriers s'étaient mis en grève le lundi précédent.

— Regarde comme ils ont illuminé ce soir !

— Mais non, il y a des invités voilà tout. Ils se reçoivent.

— Hier ils ne se recevaient pas. Mon vieux, toi et moi nous ne verrons jamais la même chose.

— Je vais te quitter, dit Walter. Il l'avait amené sur la bonne route. Fanch ne pouvait plus se tromper. Walter lui tendit la main. Fanch la saisit avec un élan qui remua Walter. Chacun secouait le poignet de l'autre comme à ces instants d'adieux définitifs.

— L'existence est terriblement logique. C'est ma folie qui m'empêche d'y trouver une place.

— Tu es fou toi ?

— Tiens ! tu ne l'avais pas remarqué ? Oui terriblement logique. Milie va vivre avec toi, tu vas être fécondé par elle et moi je vais me projeter l'histoire à l'envers.

Déjà entré dans le chemin de l'ombre. Chaque fois plus lointaine sa voix. *Noche*... Silence... *Noche*... Silence. La suite semblait ne pas pouvoir sortir.

Une nuit pénible. Assoupissements, réveils. Fanch heurtant le portail et jurant à voix haute. Des bruits de moteur au ralenti. Etait-ce Marc qu'on ramenait ? Le chien, ses aboiements furieux dans le grenier où Paul le gardait avec lui. Milie avait failli se lever mais son corps comme du plomb coulé dans le lit refusait de bouger.

L'aube. Ses pics de brume bleue. Tour de jardin, marche lente jusqu'à la petite route. Quelque chose d'insolite. Elle ne savait trop quoi. Retournant dans la cuisine, revenant au jardin. Rien de changé. Les premières gouttes de café tombant au fond de la verseuse. La chatte sautant de la table. Milie ressortit, marcha jusqu'au portail. Le drapeau rouge n'était plus là. « Fanch l'a-t-il fait tomber ? » Nulle trace, ni sur les

340

graviers, ni dans l'herbe. Mais un peu plus loin, au milieu de la route, un tas rond de cendres brunes et la hampe calcinée en son extrémité.

Qui avait pu faire cela ? De toute la matinée Milie resta préoccupée. Dès qu'il fut levé, Paul remarqua l'absence du drapeau. « Ne touche pas aux cendres », recommanda Milie.

Une voiture ramena Marc alors que Milie s'apprêtait à partir au rendez-vous de Walter. Il descendit en boitillant. Milie courut vers lui. « Non non prévint-il, ce n'est rien, je n'ai besoin de rien. »

Son air maussade découragea Milie. Tant de questions à lui poser.

— Tu sais, il faut y croire encore. Les grèves continuent, il n'y a pas de quoi se décourager.

— Mais de quoi parles-tu maman ?

Il ne comprenait pas. La foule des Champs-Élysées ? le discours de de Gaulle ? L'important était ailleurs. On voyait bien qu'elle n'avait pas quitté son jardin.

— Je m'absente un quart d'heure.

Milie roula vite jusqu'à Nesles. Walter assis. Le tabac presque vide.

— Marc vient d'arriver, je ne peux pas rester. Quelque chose me tracasse. Elle lui expliqua l'affaire du drapeau. Il écoutait mal. Déçu. Naturellement Marc aurait tant à lui raconter. Exclu de leur anxiété comme il l'avait été de leur espoir. Il remuait les vieilles terres qui avaient séché en lui. Rien ne levait. Toujours ce même soulagement. Milie allait sortir. « Ce qui est dessous restera donc dessous, moi y compris avec mon travail de brute. » Tout de même, cette image le remua. L'amertume de Milie lui devint accessible.

— A ce soir ?

— Oui à ce soir.

— Viens quand tu voudras, je t'attendrai. François me ramènera vers huit heures.

Les deux journées qu'il venait de vivre, Paris, Mantes, rencontres avec des jeunes de *La Cellophane*, quelques filles de chez *Gringoire*, ces étudiants venus des Mureaux, Marc les livrait à sa mère de la façon désordonnée dont il les avait traversées.

Ces discussions... Presque à se casser la gueule.

En trois semaines dépouiller son adolescence et nager à la course vers la rive d'une jeunesse exigeante et déchirée.

Malgré certains flottements, les grévistes tenaient bon. Marc fermait le transistor, appelait Milie qui étendait du linge dans le jardin, lui criait l'information. Un peu plus tard, elle saisit un changement. Sur la route qu'on apercevait du jardin, des bruits de voitures qui roulaient.

Walter sauta de la camionnette, annonça j'ai trouvé de l'essence, le pompiste de L'Isle-Adam a été livré cet après-midi. Je viendrai te chercher à neuf heures !

— Bien joué ! dit Fanch. Les thermidors se suivent...

— Oui mais cette fois !

Le ton de Marc signifiait cette fois, nous sommes là.

Walter prit au sérieux le drapeau rouge brûlé. Il resta sombre un long moment. Lorsqu'elle se retrouva près de lui, dans la forêt — un sentier bordé d'arbres invisibles agités par un vent presque chaud et cet imperceptible bourdon de la campagne nocturne, sa rumeur étouffée d'usine à mouvement perpétuel —

Milie ne put retenir ses larmes. Walter la regardait. Que lui dire ? Mais devant ces pleurs qui ne séchaient pas, il préféra remonter dans la camionnette. Tout en roulant, il réfléchissait. Elle serait ainsi quelque jours encore, émotive et blessée puis les choses se tasseraient. « Veux-tu venir chez moi Milie ? » Elle choisit de rentrer, dormir. Comme la veille il l'embrassa sur le front, remontant vers la peau plus chaude près des cheveux, la regarda pousser le portail, se perdre dans le jardin obscur.

Il fermait sa porte à clé. Reconnut Milie. Elle venait vers lui, les yeux gonflés encore mais sûre d'elle, apaisée. Elle souriait, retirait son foulard jaune, elle l'embrassait.

— Je peux t'amener jusqu'à la Fourche. Ce soir Milie, est-ce que tu viendras ?

Mais naturellement elle viendrait. Ils durent attendre, pour traverser la Nationale, que la file des voitures s'écoulât.

— Les grèves continuent.

— J'ai entendu ça. Cette maison d'Hérouville tu vois Milie, elle va me donner du mal. Seulement tout compte fait, elle me permettra de commencer à me dégager vis-à-vis de François. D'ici un an, je pourrai peut-être travailler seul. A ce moment-là je ralentirai la cadence.

Sa main posée sur le bras de Milie. Sur son genou. Et remontant par la cuisse vers le sexe. « Enfin je la retrouve. » Ce soir elle serait avec lui. Maintenant les jours allongeaient, il pourrait travailler une heure ou deux sur sa maison, finir de monter les murs et le toit avant les pluies d'automne. Lorsque Milie vivrait avec lui, elle oublierait les semaines troubles de Mai.

Denis dans la cuisine. Sa volubilité. « Oh Milie si tu avais entendu ! Les types du *Ciment français* tu connais ? Non ? Alors avec les étudiants... Marc et moi on balançait. Et c'est pas fini ! tu vas voir la suite... »

Marchant de la cuisine au jardin, piétinant devant la porte de Fanch, ignorant Paul qui tournait autour de lui. « Surtout laisse Marc dormir », lui demanda Milie.

Envoyé aux courses, Paul revint les mains vides. L'épicière refusait le crédit. « Elle a dit, dis à ta mère que ça fait trop, je ne peux pas. »

Denis essaya de racler ses poches. Insuffisant.

— Je ne peux même pas *solder*, les Prisunic sont en grève.

Ça n'était guère le moment, remarqua Fanch. Il fallait s'écraser, se faire oublier.

Tout ce qui se trouvait dans la maison et pouvait être cuit fut récupéré.

— A table ! cria Fanch. Venez voir l'abondance de notre société de consommation !

Paul eut le privilège de choisir. Il prit l'œuf et les pâtes. La réalité nue, inchangée réapparaissait, télescopant son vieil adversaire le désir qui pendant quelques jours avait eu la vie belle.

Le rond de lumière à l'avant de la bicyclette, la descente où il fallait freiner dur, Walter qui s'était fait du souci comme chaque fois qu'elle empruntait les routes désertes, son regard innocent de tout le mal du monde et la fuite ensemble telle une course sous l'averse dans un plaisir où le grondement du train, le passage furieux de son cri à travers le corps ne se démêlaient plus du souffle de Walter sur la peau de Milie.

Comme *avant*. Tout restait comme *avant*. Le bonheur : le même. La lutte pied à pied, l'avenir incertain et les paysages. Avait-on rêvé ? Samedi premier juin. Voilà. Mai s'était terminé la veille. Fini. Et pendant ces semaines que faisais-tu d'autre Milie que de tendre l'oreille vers le transistor ? Cet après-midi où tu es partie t'allonger dans l'herbe du jardin après avoir enfilé ton unique robe, la robe de service, celle qu'on met le matin, quitte le soir et suspend aussitôt retirée, plus du tout une robe, un outil de travail, cet après-midi où tu t'es vautrée dans le contrebas surprenant un cortège de fourmis qui traînaient le cadavre d'un hanneton tandis que la radio, entre deux flashes publicitaires parlait des usines en grève comme de forteresses tombées aux mains de leurs assaillants, tu as senti monter en toi une jouissance tout aussi fulgurante que celles de l'amour. Et à ton insu, Mai te faisait un enfant dont il faudra bien que Walter s'accommode.

— Est-ce que tu aurais pu te trouver sur les Champs-Élysées avec les autres ?

— Milie ! Tu sais bien que non. Tu es dure. Je t'avais dit, ne parlons plus de ces choses.

« Drôle de question à un drôle de moment. » Il remonta le drap vers eux à cause de l'air vif qui venait par la fenêtre ouverte.

— N'empêche que tu es soulagé.

— Oui c'est exact. Je suis soulagé.

— Ce qui ne te ressemble pas te fait peur ?

Il l'admettait. Et qu'il n'avait rien compris à ce bouillonnement, ces éclats désordonnés. La faute à qui ? D'ailleurs il n'avait plus envie d'en parler. A ce qu'il en jugeait c'était terminé.

Il se leva, remit ses vêtements, sortit dans le jardin. Il marchait vers le hangar lorsque Milie le rattrapa. Hâtivement rhabillée, trébuchant sur l'herbe molle. Ensemble et silencieux ils allèrent jusqu'à la clôture, évitant de piétiner les massifs où Paul, un certain soir, était tombé.

— Ça m'a toujours intriguée tes plantations. Pourquoi si loin de la maison, contre le grillage ? Tu n'as même pas le plaisir de les voir.

— Mais elles se voient de la route ! Ça fait soigné, on a une bonne impression...

Le ton exagérait l'ironie de sa réponse. Il regardait le ciel. Belle demi-lune, étoiles sur velours. Une nuit telle qu'il les rêvait à vingt ans lorsqu'il s'imaginait avec une femme.

— Milie tu fiches à l'eau toutes les bouées. Et après tu fais tanguer le bateau.

Il allait mettre en route la camionnette. Était-elle d'accord ? Milie grimpa auprès de lui. Ils roulèrent longtemps. Walter conduisait vite et en silence. Où étaient-ils ? Route noire bordée d'arbres. Seuls visibles, les troncs blanchis. Bourgs dont ils traversaient la rue principale éclairée en son milieu. Ils franchirent un pont. Derrière une grille, Milie crut apercevoir des drapeaux rouges entrecroisés. Elle essaya de lire les lettres peintes sur la façade mais ils s'éloignaient déjà des hauts murs qui encerclaient l'usine. De nouveau la campagne, la nationale déserte. Walter stoppa tout à coup et s'affala sur le volant. « Crevé ! plus la force de regarder la route ! » Prostré quelques minutes. Ils repartirent doucement. A leur droite, dans les arbres, une petite étoile rouge. « On s'arrête un peu. Viens Milie, j'ai besoin d'avaler quelque chose, ça ira mieux après. »

Ils entrèrent à l'*Isba.* Toutes les tables occupées. Les serveuses virevoltant du comptoir aux clients, tresses mouvantes, jupes bruissantes. Ils s'installèrent au bar. Un homme vint saluer Walter qui lui sourit. « Ça va ?

— Ça... va, ça reprend un peu ce soir. Pendant trois semaines on n'a rien fait. — Je m'en doute. » On l'appelait, il s'excusa. L'alcool réchauffait Milie. En Walter la vigueur revenait. Musique languissante, bruit des voix rieuses. Pour ceux-là, que venait-il de se passer ? Faire comme eux, couper le fil, le renouer à... A ? Le fil ne pouvait se couper. Tout était du même tissage serré. La vie entière d'un seul tenant. Walter suivait le regard de Milie passant d'une table à l'autre.

— Pas un seul gréviste là-dedans. Tu n'en trouveras pas un !

Elle éclata de rire, le prit par le cou.

Ils ne s'attardèrent pas. La route encore. Pontoise. Montbuisson peut-être ? Et la Fourche, brutalement. La séparation. Sur le chemin, Milie trébucha contre un récipient qui partit rouler vers le portail. Le chien aboya. Paul l'avait encore gardé avec lui.

Anna revint le dimanche matin. Les autocars reprenaient peu à peu leurs services.

— Vous avez voulu peindre quoi sur le mur ?

Surprise, Milie sortit. Le mur donnant sur le chemin, rouge de peinture barbouillée à la hâte, jetée peut-être à grand seau. Flaque échappée d'un cadavre invisible. Milie ramassa le récipient contre lequel, la nuit précédente, elle avait buté.

— Qu'est-ce que ça veut dire Milie ?

Elle feignit l'indifférence. Les cloches d'une paroisse annonçaient la fête de Pentecôte. Avec ce ciel clair, l'horizon reculait encore.

Anna revenait chercher ses affaires. Elle allait regagner Paris, travailler dès la fin des grèves jusqu'à terminaison de son préavis. Puis elle irait rejoindre Brun. Rester calmes disait-elle. La lutte changeait de terrain. Il fallait gagner les élections.

Pour la première fois depuis qu'il la connaissait, Fanch lui adressa la parole. Milie les écouta un moment puis sortit regarder l'arbre. Paul fabriquait un trapèze qu'il suspendrait à la branche courbée.

— Le boulanger maman... qu'est-ce qu'il va dire pour son mur !

— Je me le demande.

Anna fit quelques courses, leur laissa des provisions mais elle arrivait au bout de son argent.

— Je suis comme vous tous, déclara-t-elle le soir à table, j'ai mal autant que vous. Mais qu'est-ce qu'on va faire ? mourir de désespoir ? aller au massacre ? Moi je préfère continuer.

Milie restait absente de leur discussion.

Au retour de Frouville, Walter déposa chez Milie le carton de livres qu'elle avait demandés. Ils se contentèrent d'une promenade jusqu'au bois et se quittèrent apaisés. Walter rentra dormir. Le lendemain il attaquerait le long travail de charpentage et le soir il montrerait à Milie les entrecroisements de bois neuf.

Fanch et les garçons avaient renversé la caisse de livres. Toujours enveloppé dans un journal, le tableau traînait par terre. Milie l'emporta et le fixa au mur de sa chambre. Plusieurs fois elle vint le regarder attentivement. « Cette petite fille ne m'aura pas. Je vivrai avec Walter. » Au moment d'éteindre la lumière elle se releva, plus très sûre que l'ombre du cerceau s'allongeait à la gauche de la fillette au visage inexpressif.

Mulhouse et Strasbourg : les cheminots réoccupaient les gares. Les grèves cessaient ici, se poursuivaient ailleurs. On reprenait le travail avec des acquis dérisoires pour ceux qui n'avaient jamais franchi le tourniquet d'une pointeuse mais aussi l'amertume au cœur et à la bouche parce que cette fois, l'espoir avait frôlé chacun.

Les trains roulaient, les lycées rouvraient mais

l'agitation continuait. Marc avait encore disparu pendant deux jours. A la surprise de Milie qui prévoyait de longues discussions orageuses, il revint au lycée dès que les cours reprirent. Denis ne quitta pas la maison. Il lisait au soleil dans le jardin, fuyait Milie, rendait à Fanch de longues visites dans sa chambre et se trouvait en désaccord avec Marc dès que ce dernier entamait une discussion. Paul avait laissé tomber le transistor dans la cuve où Milie rinçait le linge. Ils n'écoutaient donc plus les nouvelles. Dès que les bureaux de poste avaient réouvert, Milie appelait Véra. Quelques phrases brèves. « Écris-moi. — Oui mais maman écoute ! » Et elle partait dans un long récit embrouillé. Comment la couper ? lui dire que ses mots coûteraient de l'argent ? — ... des ateliers de tricot pour les femmes et les hommes font de la reliure. Seulement, après trois jours de mailles à l'envers, elle en avait eu assez. « ... je suis partie à la reliure, on n'a pas voulu de moi on m'a dit " c'est pour les hommes " ». Alors elle n'allait nulle part, elle traînait dans le parc, aidait le jardinier. Non elle ne s'ennuyait pas à cause des soirées. On avait le droit de veiller jusqu'à dix heures. « Les événements de Mai ? — Ah oui, les voitures qui brûlaient. — Et les grèves, tu en as entendu parler ? — Oui, surtout lorsque la télévision s'était arrêtée. »

Après avoir raccroché, Milie téléphonait chez D.R. pour rappeler son rendez-vous du vingt mai. « On vous écrira. » La lettre tardait à venir. Elle vivait de l'argent prêté par Walter et voulait travailler au plus tôt.

L'avant-veille des élections, la réponse arriva, brève et catégorique. Sa candidature n'était plus envisagée.

— Tu te doutes bien qu'aujourd'hui les patrons prennent leurs précautions et leurs renseignements. Je connais au moins trois personnes qui t'auront dénigrée. Ça va être dur. Il faut que l'on vive ensemble le plus tôt possible.

Walter regrettait ce nouveau chantier d'Hérouville. Chaque fois que venant chez Milie il apercevait le mur couleur de sang, une haine le saisissait. Au ventre, dans les muscles, la même qu'au temps de « la bêtise de jeunesse ». Par François il avait entendu parler de ces groupes constitués dans les derniers jours de Mai et qui rôdaient dans la région, cherchant à localiser d'éventuels meneurs. Il traversait la période la plus tourmentée de sa vie. Que faire ? Comment aider Milie ?

Lorsqu'il sort de la maison d'Hérouville, Walter vient chercher Milie. Qu'il assure avec un seul homme ce chantier difficile étonne François.

Milie reste un peu taciturne. Quand elle aura trouvé du travail, sa gaieté reviendra, calcule Walter. Les heures qu'ils passent ensemble apaisent toutes ses craintes. Elle aime qu'il lui raconte en détails ses chantiers, les maisons restaurées, les ouvriers embauchés, leurs histoires. Elle part à la rencontre de cet homme éclaté ou entier selon l'angle sous lequel on l'observe. Elle ne reste plus la nuit. A cause du drapeau, du mur. Si par hasard ces imbéciles revenaient, si Marc ou Denis se levait... Alors Walter la raccompagne et la laisse à regret.

— Lorsque les garçons s'absenteront tu viendras dormir dans ma chambre.

Mais les garçons rentrent chaque soir. Paul Marc Denis Fanch, autant d'obstacles qui s'interposent entre Walter et Milie. Pourrait-il sereinement s'installer pour la nuit sous le regard froid de ces quatre hommes ?

Dans une cage invisible, Milie tourne en rond. Le mois de juin est sombre, mouillé, sinistre. Jours de bourrasques, le vent semble soulever l'herbe. Milie les appelle ; quand la tempête se déchaîne elle marche jusqu'au bois. Les éléments fous la libèrent des questions obsédantes.

Marc a fait connaissance de Roger qui l'a dépanné sur une petite route où il traînait sa bicyclette. Il appartient à la plus grosse exploitation du département et c'est lui qui, le mois dernier, a mené la grève des ouvriers agricoles. Il vient un dimanche soir et partage leur repas. Marc l'écoute religieusement.

— Quinze hommes sur vingt-quatre à débrayer. Jamais vu depuis mil neuf cent quarante-sept une grève à la campagne ! Jusqu'au 28 mai on gagnait deux francs quarante de l'heure et cinquante francs de prime quand on moissonne aux phares jusqu'à minuit passé ou qu'on arrache les betteraves. Et maintenant on a doublé la prime, on est passé à trois francs de l'heure !

— Et tu es content ? demande Fanch avec dégoût.

Content non. Il est soucieux. La question des saisonniers. Eux ne débrayent jamais. Les exploitants les manipulent.

Désormais aux repas, les conversations tournent autour de la vie de Roger. Marc décrit longuement à sa mère la fatigue du travail, les levers titubants, la solitude d'une chambrée partagée. Milie écoute en silence et s'abstient de tout commentaire. Certains soirs, alors qu'elle montait l'embrasser, elle a saisi dans les yeux de son fils écoutant la musique, une douleur qui l'a glacée. Elle devine quelle route désolée Marc s'apprête à suivre. Parfois il prend son vélo et part retrouver Roger qui n'est qu'à dix kilomètres. Denis l'accompagne. Paul et Milie jouent aux cartes tandis que Fanch, à l'abri dans son terrier, trinque

351

avec lui-même. Par la porte ouverte il guette les cris des oiseaux nocturnes qui s'invectivent.

C'est l'heure où Walter apparaît. Il s'assied, regarde Paul battre sa mère aux cartes.

Il leur arrive encore d'aller en pleine nuit, dans la clairière où ils se retrouvaient à la fin de l'hiver. Milie préfère les bois aux lieux clos tels que la chambre de Walter ou la cuisine. Il y est entré un matin qu'elle ne l'attendait pas. « J'avais l'appréhension de ne pas te trouver. De découvrir la maison vide. J'étais comme un fou sur la route. — Dans vingt minutes je devrai réveiller Marc. — Dix minutes seulement avec toi dans ta chambre. »

Walter se jette sur les draps ouverts, tire Milie vers lui, la serre, la regarde. Et la regarde en la serrant. Toute sa vigueur, son désir concentrés dans ce regard. Sa main libre bouge et décolle des joues les cheveux de Milie.

— Marc va se lever. L'heure est venue.

Il s'en va. Passe devant le néflier. Milie frappe de l'ongle au carreau. Le rideau de feuilles, le reflet de la vitre la rendent floue, inaccessible. Ces vingt minutes qu'il vient de vivre reculent dans l'espace et le temps, elles ne sont plus qu'un bonheur lointain et déjà perdu.

— Tu n'as pas idée maman. Tout est changé au lycée. Tout à coup, les profs nous respectent. Ils n'ont qu'une peur, qu'on abandonne et qu'ils restent sans élèves.

Marc ne fit pas d'histoires, il passa son examen, fut reçu, n'en tira qu'un médiocre plaisir. Denis s'obstinait : plus de lycée ni d'examen.

— Le savoir est ailleurs, répétait-il, fier de sa découverte.

Premier tour des élections. Milie avait invité Walter ;

il apporta son transistor, de la viande et du vin rosé. Mais il n'y eut pas de victoire à fêter. La fumée du gigot qui grillait dans le four emplissait la cuisine. Le vin resta sur la table car Fanch, fidèle à ses principes, ne se montra pas.

Anna ne viendrait pas le dernier dimanche de juin. Elle le fit savoir par une courte lettre à Milie.

Ce jour-là, il y eut réception au haras. On y fêtait tout ensemble l'emménagement du propriétaire et le succès prévisible de ses amis lorsqu'on dépouillerait les votes. Les hommes qui avaient peiné sur le chantier reçurent chacun trois bouteilles de vin blanc. Du meilleur recommanda le maître de maison qui tenait à montrer qu'il avait compris Mai. Dans la longue salle aux murs crépis, fut dressée une immense table. Buffet champê- tre, nombreux invités. Amis parisiens — affaires et politique — et autochtones qui avaient formé un rempart solide aux heures du péril. François et Walter étaient conviés, naturellement.

Quand elle apprit que Walter avait choqué son verre contre le leur, Milie préféra l'éviter. Ce geste le coupait d'elle. Walter ne comprit pas tout de suite. Deux jours sans la voir. Absente aux rendez-vous. Sortie lorsqu'il venait jusqu'à chez elle. Le troisième jour, il croisa Fanch sur la route de Nesles. « Milie ? depuis diman- che elle n'a pas quitté la maison. »

Paul était dans le jardin, juché sur son trapèze. « Elle est sortie. — Non, elle est là. — Oui, mais elle dort. » Il entra dans la chambre. Milie couchée sur le côté, regardant le store de feuillage qui lui camouflait le jardin. Ombres fluides sur les murs. Il devinait enfin les raisons de ce mal subit. Elles le surprirent. Mais cela se faisait à la fin d'un chantier ! Il ne pouvait choisir ses clients. Choisissait-elle ses patrons ? Cette fois, les élections... une coïncidence malheureuse.

Ils finirent par se rapprocher mais la persistance en Milie de ce qu'il appelait « ces histoires », troublait Walter. « Si nous vivions ensemble, ce ne serait qu'un malentendu sans suite. » Dans cette espérance, il trouvait la force d'aller chaque soir monter plus haut ses murs.

Pour la distraire, il lui prêta son transistor dont il pouvait maintenant se passer. *L'agitation* ne tenait plus la vedette. Les bombardements avaient repris au Vietnam mais on parlait surtout de Prague où l'issue n'apparaissait plus aussi certaine. A la mi-juillet tomba la nouvelle du départ des troupes étrangères. De satisfaction, Fanch se saoula. Un point du monde où le vieux rêve risquait de prendre vie. Deux jours plus tard l'évacuation prévue était ralentie. D'inquiétude Fanch se saoula. Walter et Marc le ramenèrent et le couchèrent.

Walter avait embauché Marc sur le chantier d'Hérouville. Il le chargeait de petits travaux et le payait généreusement. Cette aide indirecte à Milie ne durerait que deux ou trois semaines. Il faudrait ensuite trouver un autre moyen de la soutenir. Régulièrement elle allait à Pontoise, proposait ses services, écrivait. Partout la même réponse : revenir en octobre. Aucune certitude.

Prise dans un étau. Cinq mois dus au boulanger. Pour éviter de le croiser, Milie ne traversait plus Nesles. Chaque soir, Marc rapportait le pain qu'il achetait à L'Isle-Adam. Un étau dont Walter desserrait les mâchoires. « Ne t'angoisse pas, disait-il. Puisque je suis là ! » Et Véra qui allait revenir dans les derniers jours d'août. Et Marta qui ne donnait plus aucun signe de vie à Fanch. Vivre à charge de Walter c'était lui mettre sur le dos toujours plus de chantiers qu'il accepterait pour ne pas se laisser engloutir.

Succédant aux tempêtes, journées de chaleur torride. *Tension à Prague* répétait la radio. Fanch l'écoutait de midi jusqu'au soir. « Le petit homme, disait-il de Dubćek, tiendra tête aux mammouths. S'il gagne, il nous libère tous du même coup. »

Décider. Quoi ? Attendre. La tentation d'attendre, appuyée sur Walter. Au moins un automne. Un hiver. Abri. Porte fermée aux exigences et protestations qui chaque nuit donnaient de la voix. Attendre. Accomplir ce calme cheminement jusqu'au centre de soi-même. Retrouvailles émues avec cette femme que l'on aurait pu rester, intégrale, sans brisure ni lézarde.

— Tu sors Milie ? par cette chaleur ? Rien de Marta ? je ne comprends pas. La tension remonte à Prague tu sais. Dubćek ne cède pas. Il ne *les* rencontrera pas ailleurs que sur son territoire.

Milie marcha jusqu'à Frouville. Quatre kilomètres au soleil, bras nus. Impression d'aller au-devant de la réponse attendue. Haies fleuries entourant le lotissement de Walter. Rôdaient au-dessus d'un mulot crevé quelques frelons têtus. Les murs. Milie en caressa le ciment rugueux. Recula. Dans quelques mois, elle habiterait ici. « Cette maison sera la mienne. » Elle le répéta deux fois sans conviction. Et d'abord elle n'arrivait pas à la voir. Murs à demi-montés, tracés des cloisons, coulées de ciment sur les briques. Une édification inachevée qui renvoyait Milie à elle-même. Walter avait pourtant expliqué ici la porte, trois marches, une grande salle... Parce que le soleil tapait fort, elle partit s'asseoir à l'extrémité du terrain, sous les arbres. Reconnaissable entre tous, le ronflement de la camionnette. Sans couper le contact, Walter claquait la portière, grimpait le talus et se plantait devant la maison. Tellement absorbé qu'il ne regarda pas vers les arbres. Un défaut peut-être dans la maçonnerie le faisait se baisser. Il repartait comme à regret après un dernier coup d'œil attendri.

Milie reprit la route. La chaleur était tombée. Bourdon lointain des moissonneuses qui persisterait bien après le coucher du soleil. Image de Walter quelques secondes planté devant cette maison qui lui renvoyait Milie. L'une par l'autre harmonieuses, entières, et lui le maître d'œuvre de cet achèvement.

Fanch tournait une salade confectionnée de restes trouvés dans le buffet. Il s'imaginait vivre des bribes laissées par les autres et raflait la plupart du temps les portions sauvées par Milie pour le lendemain.

— Tu es fatiguée ! On n'a pas idée de marcher sous une pareille canicule. Je m'enferme... C'est le bout, le but. Le dernier poème. Il m'est venu pendant que je préparais la salade. Redon quinze mars, c'est par là que je veux terminer. Je te laisse la radio. Maintenant les Russes concentrent leurs troupes tout près du lieu des discussions !

Le saladier, le pain. Pas de bouteille. Murmurant au passage devant Milie affaissée sur une chaise, murmurant — pour lequel des deux ? — *les vents sont forts la chair est brève.*

Ils avaient éteint la radio, ils allaient dîner. Il fallait vivre ce moment grave et difficile de s'asseoir dans la quiétude lorsqu'on venait d'apprendre les émeutes de Mexico. Pour Marc, la dernière journée de travail. Sans regret. Il s'était ennuyé. Walter parlait peu, l'autre type, un Portugais, pas davantage et lorsque François venait sur le chantier, Marc devinait son mécontentement de le trouver là. Il arrivait que Walter essuyât pas mal de calembours dans les cafés, sur son amitié pour les *Parisiens*. Mais disait Marc, il ne répond jamais, seulement il parle tout seul dans sa camionnette.

Cette nuit-là, Milie resta chez Walter. Elle se tut sur ce qui les séparait, ne parla ni de Mexico ni de Prague.

Il fut debout avec le jour. Ils déjeunèrent, laissant la porte ouverte sur le jardin. La pluie d'orage qui menaçait depuis la veille, tombait en gouttes épaisses dont le bruit sur les feuilles écorchait Milie. Silencieuse, regardant le paysage que cernait le cadre de la porte, représentation ce matin-là du mot douleur. Qui commençait comme douceur par les coloris neutres de la campagne au réveil, vert gris, blanc bleu, terre bleue ciel blanc arbres gris horizon vert et se déroulait en sa dernière syllabe à la consonance mouillée — proche de pleur — partie tranchante du mot qui entrait en Milie comme la pluie dans la terre.

Pour Anna, tout était liquidé. Le grand départ.

— Combien de mois sans nous voir ? Je reste encore trois jours chez les copains de Gonesse qui viendront nous rejoindre d'ici la fin du mois. On va tous travailler ensemble. Et toi ? où en est la maison ?

— Je n'irai pas y vivre.

La première fois que Milie osait le dire.

Anna voulut des éclaircissements. Les réponses de

Milie ressemblaient davantage à des interrogations dont elle ne parvenait pas à défaire les noeuds serrés qui la ligotaient.

— Ni pour lui ni pour moi le moment n'est venu de vivre ensemble.

— Le moment n'est pas venu ! Est-ce qu'avec toi le moment vient jamais !

— Que vas-tu faire ? questionna-t-elle un peu plus tard.

— Repartir.

Milie le dit en tremblant. Jusqu'alors ces mots : ne pas vivre, repartir se promenaient en elle comme des grains de sable. Prononcés, passés par les lèvres ils devenaient des adversaires à sa taille qui par avance la terrassaient.

— Repartir sans doute.

— Où ? comment ?

Milie regardait au loin, jusqu'à la rencontre du ciel avec le sol.

— Est-ce que je verrai Walter ce soir ? viendra-t-il te chercher ?

— Il ne sait rien.

— Si tu avais trouvé du travail ?...

— Sans doute serions-nous restés.

— Si Walter n'était pas allé au haras le soir des élections...

— Je ne sais pas.

— Si Véra...

— Je ne sais pas, s'obstinait Milie. Quelque chose a rendu impossible la vie ensemble dès maintenant. Quelque chose en moi. Et les circonstances sont venues justifier ma décision. L'appuyer. Pas davantage. Et m'en aller ne sera pas facile.

— Alors reste !

Avec le soleil derrière elle, Milie voyait dans la vitre de la porte, son propre reflet net et découpé, sans un

flou. Prendre les raccourcis ne servirait à rien aujour-
d'hui avait-elle envie d'ajouter. Walter et moi nous
nous retrouverons à un autre détour. Mais on n'apai-
sait pas Anna par des intuitions. Les murs inachevés
dans le soleil de l'après-midi, leurs ombres, ces pans
aigus allongés sur l'herbe que le ciment avait brûlée
par endroits ne l'auraient guère troublée.

De longs silences suivaient les questions d'Anna. Elle
allait partir, vivre avec Brun, mais la vieille image
était en train de basculer qu'Anna autrefois regardait à
l'envers. Ça n'était plus Milie ployant sous des far-
deaux qui avaient nom Fanch ou Véra. Elle se tenait au
contraire bien au-dessus d'eux et les hissait vers elle.
Lui faire confiance. Rentrer dans l'Histoire pour les
êtres comme Milie ne pouvait se faire que par le refus,
la révolte, la transgression, parfois la violence contre
soi-même. « Tant que je m'inquiète pour elle, j'écarte
mon angoisse d'aller vivre avec Brun. » Il venait à
Anna une idée dont Milie ferait l'usage qui lui plairait.
L'appartement que laissaient les amis de Brun. Qu'ils
ne voulaient pas abandonner. Qu'ils pouvaient prêter à
Milie. Qu'elle leur restituerait un jour. Il fallait
s'entendre là-dessus et demander aux copains qu'on
avait à la mairie d'être compréhensifs, de fermer un
peu les yeux sur l'illégalité de la chose. Anna leur
parlerait demain. Le moment ou jamais de se serrer les
coudes.

— Du travail à Paris, tu vas en trouver. Gonesse-
gare du Nord, rien de très marrant. Mais puisque tu le
choisis ! Et si ça ne marche pas avec Brun, tu pourras
au moins me recueillir ! On recommencera tout.

Milie s'en fut avec elle jusqu'à l'arrêt de l'autocar.
Elle le vit déboucher. Les roues passèrent sur son

courage. « La figure d'Anna m'a toujours aidée »
pensa-t-elle. Au moment où s'ouvrait la porte coulissante, elle l'étreignit. Anna hissa la valise qu'elle
emportait.

— Réfléchis encore Milie. A choisir je préfère te
rendre visite ici plutôt qu'à Gonesse.

— Et ne t'en fais pas, lança-t-elle alors que la porte
allait se refermer. On tient le bon bout. Les Russes
évacuent, les Tchèques restent fermes. On a perdu Mai
ici, ils vont gagner Août là-bas.

Hormis le voyage à Gonesse où les difficultés s'apla-
nirent grâce aux copains alertés par Anna, Milie ne
quittait plus la maison. Elle évitait surtout le jardin,
restait comme Fanch, à l'intérieur, le plus fréquemment dans sa chambre.

Lorsque Walter arrivait, en fin de journée, Milie
prétextait la fatigue, un malaise, alors ils s'asseyaient
dans la cuisine désertée par les garçons ou, s'il faisait
trop chaud, se promenaient vers les champs qui longeaient les bois. Parfums de la forêt proche ou craque-
ments des branches suffisaient à blesser Milie.

Denis passa quelques jours chez ses parents. A son
retour, Marc prévint sa mère qu'il avait à l'informer de
décisions d'importance.

Elle était couchée, il entra dans la chambre et pour
ne pas la bousculer trop vite, commença par se
plaindre de Paul. Mais ces propos habituels épuisés, il
fallut en venir à l'essentiel. Il restait debout, grattait
d'un doigt le plâtre du mur.

— En septembre, je ne retournerai pas au lycée.
Depuis quelques jours, depuis le voyage à Gonesse,

Milie vivait dans une sorte de prostration, capable seulement de tourner dans la cuisine, d'écouter Paul, de sourire à Walter, économe et prudente pour les mots qu'il attendait d'elle. Couchée sur le côté. Respiration ralentie du feuillage qui se soulevait par instants. Quitter Walter devenait possible ; cet amour s'était faufilé jusqu'aux couches les plus inaccessibles d'elle-même d'où rien ne l'arracherait. Restait le corps, cet épiderme que la seule idée de l'absence raidissait comme la peau d'un cadavre.

Elle réagit à peine. Marc se méprit, crut qu'il ne l'avait guère touchée. Il marcha droit au plus difficile.

— Denis a prévenu ses parents, nous allons partir.

Il mit Roger en avant comme une indiscutable caution. Roger s'en allait. Roger les emmenait. Il avait pris des contacts. Ils seraient embauchés. Il avait décidé d'aller porter la parole. Ils seraient des saisonniers parmi d'autres. Après les moissons : les betteraves ; ils partaient pour quatre mois. Le nom de Roger coupait chacune des questions de sa mère. Les études ? Depuis Mai, personne n'y croyait plus. Mises en question, rejetées, hors de la vie. Le vrai savoir, la connaissance des hommes, on ne l'acquerrait plus au lycée ; à l'université encore moins. « Mais après ? demandait Milie. Après ? Que vas-tu devenir ? — D'ici là, tout sera chamboulé. L'université, l'école sont minées. Tout ça va sauter. Les diplômes... qui voudra encore en avoir ! A quoi ça pourra servir ? Laisse-moi partir. Tu sais que je partirai quand même ! »

Milie le regardait. « Bien charpenté », disait Walter. Plus grave que ses seize ans. Déterminé. Vers quoi s'en allait-il ? Question saugrenue : sera-t-il heureux ? Il sera autrement.

— Laisse-moi partir. Je ne retournerai pas au lycée.

On les attendait le dix août dans la Somme. Roger avait tout prévu. Denis était revenu de Paris avec l'autorisation de son père. « Voilà pourquoi il m'évitait. » Certains soirs, les yeux fous de Marc, ces déchirures pour naître à une autre vie, s'arracher une seconde fois de sa mère.

Deux jours pendant lesquels Milie refusa de signer, tenta de parler d'elle, de lui découvrir l'inhumanité d'une vie incertaine, d'évoquer le grand-père ravalé au rang d'animal domestique. « Pourquoi crois-tu que je pars ? Pour le vague à l'âme ? Justement pour tout ce que tu me dis. Il y a eu Mai ! — Nous sommes les vaincus de Mai. — Non maman, les vaincus c'est l'autre monde. Ne t'inquiète pas pour nous. »

Il l'embrassait, la rassurait. « Au moins quatre mois ! je verrai ensuite. Laisse-moi partir... »

Pour la troisième fois, la boulangère chargeait Paul de prévenir Milie. Elle l'attendait à la boutique.

— Tu ne pouvais pas faire un détour ? pourquoi passer devant chez elle ?

— Elle m'a coincé devant le tabac, j'appelais le chien.

Milie décida de parler à Walter le soir même. Seuls sur le petit chemin caillouteux des rendez-vous d'hiver. Il resta sans voix, pétrifié. La pierre l'avait atteint en plein visage, lancée par la main de Milie à ce moment où face à elle, il était le plus vulnérable. Il répéta non et non, tu ne peux pas t'en aller ou alors je balance tout et nous partons ensemble. Ils discutèrent debout, insensibles à la fatigue, une partie de la nuit. Le lendemain, Walter ne put travailler. Il revint trouver Milie. Elle restait allongée car depuis la veille, elle souffrait du dos.

Marc et Denis partiraient dans deux jours, elle le lui annonça.

— Il y a un vent de folie, dit-il. Un vent de folie qui vous pousse. Vous pousse vers quoi ?

Pendant les quelques heures passées chez lui, il avait

récupéré le choc. Il s'accrochait à cette phrase de Milie,
« le moment n'est pas venu, nous nous retrouverons ».
Elle l'affirmait aujourd'hui encore.

— Milie, c'est à cause de la soirée du haras ?

Elle ne voulait pas répondre.

— Et la maison ?

— Tu la termineras, tu l'habiteras.

— Jamais sans toi. Tu te sens contrainte de partir ou
bien tu es soulagée de t'en aller ?

Il nota qu'elle réfléchissait longuement avant de lui
répondre.

— Pas tout à fait contrainte.

— Et nous nous retrouverons quand ?

Pouvait-on le savoir ? Lorsque ce moment viendrait
l'un comme l'autre le percevrait, irrésistiblement.

— Tu veux dire quand moi je le sentirai. Pour te
rejoindre... Tu me demandes de rapetisser. De passer
par le chas d'une aiguille. C'est de l'autre côté que tu
m'attendras ?

Elle pensa si tu savais par combien de chas d'aiguilles j'ai dû passer !... Aujourd'hui encore avec Marc.

— Je quitte tout et nous partons ensemble.

— Peut-être est-ce comme ça que nous nous retrouverons. Mais tu as mis trop de toi ici pour partir sans
regret. Il faut que chacun aille jusqu'au bout.

Au bout de quoi, demanda-t-il. D'eux-mêmes ? de leur
nature profonde comme elle avait dit un jour ? Il y
avait des bouts qui ne menaient qu'à la mort.

— On étouffe dans ta chambre. Ce feuillage empêche l'air de passer.

Il se coucha près d'elle mais si abattu qu'il remua
seulement les doigts pour frôler ses cheveux. Étendu à
son côté. Fermant les yeux. La première fois qu'ils
étaient allés dans la clairière. Une fin de journée, fin de
l'hiver. Le ciel entre les arbres aux bourgeons gonflés.
Quelque part au-dessus d'eux, montait le chant de la

buse, monocorde et doux. Des yeux il avait cherché parmi les branches visibles. Près de son oreille, la respiration sifflante de Milie. Un matin en l'attendant, elle avait pris froid et traînait ce qu'elle appelait sa grippe, hâtivement soignée selon son habitude. En cet instant lui revenaient de cette soirée-là, le chant de la buse, le souffle de Milie qui semblait lui répondre.

Walter resta jusqu'au soir. Premier jour de sa vie d'homme qu'il désertait un chantier. Ce fut un dîner calme. A cause des garçons, Walter s'était ressaisi. Milie leur montra la lettre arrivée dans l'après-midi. Véra écrivait *c'est bête qu'il ne me reste plus beaucoup de jours à passer ici car on me laisse aller à la reliure maintenant.* Aussi dérisoire qu'elle fût, cette réussite — la première — de Véra, réconforta Milie. Elle en avait besoin. Quand se retrouveraient-ils ensemble autour d'une table ? Denis faisait ses blagues habituelles, Walter y répondait de son mieux. Le profil de Marc. Milie le déchiffrait, devinant la force du tourbillon qui le happait, l'arrachait à cet univers rassurant qu'il avait aimé.

Le matin du départ lorsqu'elle embrassa Marc, la décision de retrouver bientôt le piètre destin que seules la révolte et la lutte rendaient supportable, allégea le chagrin de Milie.

Le facteur avait déposé une enveloppe. Elle pourrait emménager à Gonesse à compter du vingt août. Les copains de Brun avaient été efficaces.

— Fanch, quelles expressions connais-tu du genre « la page est tournée » ?

— Les carottes sont cuites.

— Non. Je n'aime pas. Et encore ?

— La pièce est jouée... Le sort en est jeté... Et la meilleure Milie : le vin est tiré !

— Fanch, nous allons quitter cette maison. Il faut que je travaille à Paris.

Il respira. Mutisme de Milie, départ des garçons, silence de Marta. « Et moi que faire ? Partir droit devant moi, le premier bistrot je me saoule à mort. »

La vie revenait en lui. Tout allait changer. Un avenir lisse et neuf. Il écrirait comme un fou, il habiterait chez Marta, chaque fin de semaine il irait chez Milie ou peut-être viendrait-elle à Paris comme autrefois.

— Tu verras Milie. De grandes choses se préparent. Les signes éclatent partout. J'ai toujours pressenti que je ne resterais pas ici. Je me suis retenu de frayer avec la nature. A quoi bon s'attacher à ce qu'on va quitter ?

Paul et le chien entraient dans la cuisine. Milie voulut demander pardon à son fils et à Fanch de les avoir conduits sur ce chemin d'ornières. « J'ai voulu essayer, j'ai cru que l'on pourrait... »

Paul pleura un moment mais la promesse de garder le chien réussit à l'apaiser.

— Tu as bien fait maman, dit-il le soir même. Comme ça tu as pris un an de vacances. Et nous on s'est bien marré quand même.

Le nom de Walter brûlait les lèvres de Fanch. Il ne le prononça pas, mais ce fut Milie qui, un peu plus tard, alors que la camionnette s'arrêtait devant la barrière, lui lança au moment de sortir : « Le projet que... enfin ce dont je t'avais parlé en te ramenant de Paris est seulement... ajourné. »

— Quant à Maurice, c'est moi qui lui parlerai.

Mais avant d'aller le voir, Walter tenta de renverser le cours des choses. Dans la même journée, il se rendit de Pontoise à Méru puis à Cormeilles.

— Une de mes amies...

Il échoua. Ni le garagiste, ni le directeur des blan-
chisseries régionales ni le comptable de Pontoise n'en-
visageaient de prendre du personnel.

— C'est une femme dont je réponds...

Sans résultat, inutile de chercher à convaincre Milie
d'attendre que la maison fût terminée.

— Quand m'apporteras-tu la camionnette ?

— Bientôt dit-il au garagiste, très bientôt.

Le même soir, il rencontra Maurice.

— Tant mieux. Tout s'arrange. J'attendais la fin
d'août pour leur demander de partir. Cinq mois d'arriéré !

Il voulait tout de même inspecter les lieux, constater
d'éventuelles déprédations... Le mur, on lui avait
raconté.

— Je le verrai seule, décida Milie. Elle avait assez
compromis Walter. A quoi bon le laisser derrière soi
comme sur une île déserte.

Devant le mur, le boulanger serra les lèvres.

— Oh je vois qui a fait ça. Enfin je m'en doute !

Surpris de trouver la maison propre, il accepta un
doigt de café. Maintenant que Milie s'en allait, il se
sentait détendu, prêt à bavarder avec elle. Il raconta
ses débuts difficiles, son travail contraignant. Ç'aurait
pu être, à quelques variantes près, le récit de Walter.
De tant d'autres. Vies passées dans les galeries souter-
raines du travail, sans jamais recevoir cet air frais
qu'apportaient la parole et le mouvement des autres.
Mais quand donc jouait le déclic ? Et pourquoi jouait-
il ? Milie regardait Maurice qui avalait le café d'un
trait. Il aurait pu être un camarade, un allié, il s'était
rangé juste en face, pas à côté.

La maison serait vidée avant la fin du mois.

366

— Vous aviez chargé Walter de me payer le dû. C'est fait, on est quitte.

Il s'en fut, content. Bientôt viendraient d'autres locataires desquels il obtiendrait un loyer plus fort. Aucun dommage dans la maison. Il demanderait à Walter de voir la charpente du toit. Walter. Tout le monde racontait qu'il couchait avec Milie. Il avait bien fait. La même occasion aurait pu se présenter pour lui Maurice. Encore qu'avec ces histoires de Mai, drapeau rouge et mur barbouillé il était préférable qu'il n'ait rien tenté de ce côté-là.

La maison paraissait immense. Paul dormait seul dans le grenier. Les galopades du chien donnaient à Milie des angoisses.

— Le parti communiste tchèque va réviser ses statuts.

— Incroyable ! Fanch, ces sortes d'événements m'arrachent à ma vie propre. C'est la même chose pour toi ?

— Je n'ai jamais eu de vie propre. Mais veille précieusement sur la tienne même si elle te semble aussi misérable qu'un petit poisson dans l'océan.

Sur le chemin. Promenades du soir. Quinze août. Les jours déclinaient.

— Viens à la maison, insistait Walter.

Pas le courage de revoir la chambre, la barrière blanche, le paysage d'herbes. Walter lui-même pas très sûr de le vouloir vraiment. Fouiller en Milie, lui arracher les mots qui deviendraient précieux quand il n'aurait plus qu'eux, qu'il les étalerait devant lui, sortis de sa mémoire dans leur gangue : vent de la nuit, lune voilée par des nuages transparents comme dans les *blues* qu'elle aimait écouter lorsqu'ils étaient ensemble — la radio quelquefois, s'ils s'endormaient, marchait toute la nuit. Les lui arracher. Assis sur un talus. Frissonnants malgré la température douce. Envie parfois de la frapper. L'éclair passé, il reprenait les questions.

— En partant d'ici tu crois « maîtriser » ta vie comme tu m'as dit un jour ?

— Oui voilà.

Milie parlait lentement. Impression pareille à celle de Walter de les voir, ces mots, se figer dans sa mémoire à lui.

— La maîtriser peut-être pas. Je sais surtout que nous ne vivrons pas ensemble seulement parce qu'il n'y aurait rien d'autre à faire pour moi ici. Parce que tu n'imaginerais pas de me laisser dans cette situation-là. Voilà ce que je sais. Quand nous nous retrouverons, et toi et moi, nous l'aurons choisi. Après ce qui s'est passé en Mai, tu sauras au moins avec qui tu vas cheminer.

Il se taisait. Réfléchissait.

— Encore faut-il trouver le courage de s'en aller ! Moi je ne l'aurais pas eu.

— Ce doit être l'enfant de Mai.

— Quel enfant ?

Elle eut bien du mal à le lui expliquer.

— Et si l'enfant allait mourir ? demanda-t-il. Mourir subitement alors qu'elle serait partie déjà. Si le vent de folie retombait comme il était venu ?

— Ce n'est pas le vent de folie, ce n'est pas l'enfant de Mai qui me font partir. Ils m'aident. Pas plus.

Ils se tenaient serrés comme par les matins de grand froid.

— Je ne viendrai plus jamais par ici, je ne passerai plus devant ta maison. Laisse-moi quelque chose de toi, ce que tu choisiras, quelque chose que tu aimes, un intermédiaire.

Elle y avait pensé. Qu'il prenne avec lui la chatte et

son fils. Trop sauvages pour qu'on les enfermât dans un appartement. Oui trop sauvages pour vivre autrement qu'en liberté. Walter les garderait jusqu'au...

— Jusqu'au jour où nous...

— Le fils a six mois. Elle commence à ne plus le supporter. C'est la nuit qu'elle mange. Ne lui donne pas trop de lait.

Le lendemain soir, la pluie. Course vers la camionnette. Odeurs piquantes des buissons mouillés. Retour au premier matin. Adieu à la camionnette.

Du tabac, Fanch appela le *Buci*. Sept heures ; le copain qui les avait déjà transportés s'y trouvait certainement.

— Ça ne m'arrange pas. Je pars en vacances le vingt-deux et jusque-là, j'ai des livraisons tous les jours. Tenez-vous prêts à partir du dix-neuf, je viendrai à l'improviste.

— Et Marta ? tu ne sais rien de Marta ?

Comment ? Fanch l'ignorait donc ? Elle se trouvait à Prague. Par le frère du copain d'Isabel elle avait pêché ce travail : accompagner à Cuba un charter d'étudiants français. Seulement cet été-là, les avions pour La Havane ne pouvaient s'envoler que de Prague, aucun autre pays, sous le choc de Mai, ne les acceptait. L'autocar était bien arrivé, mais le charter se faisait attendre. Marta parcourait Prague, retrouvait des *Américains,* liait des amitiés. Prise de vertige, elle abandonnait le groupe, décidait de rester. On dépêchait en catastrophe une accompagnatrice mais on avait perdu toute trace de Marta.

Fanch s'appuya au comptoir du tabac. Pris lui aussi de vertige. Le premier verre lui rendit confiance, le second déblaya la route aux suivants. Complètement ivre, il regagna la maison. Milie se promenait vers le bois en compagnie de Walter. Il entra dans sa chambre. Sur la table, la *Légende,* pile imposante. Le premier mot : *Germination.* L'avait-il assez fiorituré ! Il voulut prendre au hasard une page dans le tas. Mains tremblantes et vision dédoublée, tous les feuillets s'éparpillèrent. Il s'agenouillait pour les ramasser quand il vit, face à lui, ce Fanch qu'il avait toujours haï. « De partout, lui dit-il, se lèvent des poètes qui chanteront ta mère. » Il fourra les papiers dans le mirus, les tassa jusqu'au dernier et s'y reprit à plusieurs fois avant d'enflammer l'allumette qui glissait entre ses doigts. Soulagé il gagna le matelas et s'endormit.

— Quittons-nous le dix-huit au soir, demanda Walter. Je ne supporterais pas de venir et de trouver la maison vide.

Les paquets étaient ficelés. Véra avait écrit disant sa satisfaction d'aller vivre dans une cité. Ç'avait toujours été son rêve.

Mais le dix-neuf à l'aube, Walter arrivait chez Milie. Elle se levait. Peut-être serait-ce le dernier jour ? Les cordes qui entouraient chacun des colis la serraient à la gorge et aux poignets. Un paquet parmi les autres. Walter frappa au carreau.

Ils allèrent ensemble sous le néflier. Glissèrent sur l'herbe froide du matin et s'embrassèrent par tout le corps. Milie revint dans la cuisine où les deux chats venaient de s'endormir. Elle regarda la chatte avec tendresse et caressa le bout de sa patte. Aidée de Walter elle les enferma tous deux dans le grand sac qu'un matin il lui avait rapporté. Les chats bougeaient, miaulaient. Il ne fallait pas s'attarder. Walter mit la camionnette en route et garda le sac près de lui.

Ce même jour, Milie brûla le tableau où la petite fille impassible roulait son cerceau.

Étranges déambulations entre les colis, dans les espaces vides où la moindre parole raisonnait.

Le lendemain, Fanch qui se sentait mieux, fit part à Milie de l'aventure de Marta.

— Mais ne te préoccupe pas de moi, j'ai fait un arrangement avec le copain qui vient nous chercher.

Elle approuva et n'ajouta rien d'autre. Le moment est venu pensa Fanch. Cette fois il n'y a plus de sursis. Malgré lui, des passages de la *Légende* remontaient à ses lèvres. Il suffirait de recommencer... recommencer.

La journée passa. Le copain viendrait donc le lendemain.

Il arriva tôt. Milie réveilla Paul. Le chien courait déjà vers le bois. Fanch ne s'était pas couché. Milie pria Paul de fermer les volets et de tirer la porte. Elle monta à l'arrière avec son fils et le chien. Dès la Fourche elle préféra enfouir son visage dans ses bras croisés. Au moins jusqu'à la sortie de L'Isle-Adam. Alors les bords de route lui seraient anonymes, elle pourrait regarder. « Allées-venues. Allées-venues. Quand vais-je m'installer ? accepter de m'installer ? »

A la sortie d'Hérouville, une moissonneuse manœuvrait pour prendre un chemin étroit. Le camion ralentit. De l'autre côté de la route, Walter et l'un de ses hommes plantaient les pieux où tout à l'heure ils fixeraient un grillage. Depuis deux jours, Walter ne savait rien. Milie était-elle encore là ? Il avait commencé à vivre son absence. La nuit précédente, le chat était venu s'allonger sur le lit. La chatte qu'il aurait voulu séduire restait distante, cachée sous l'armoire.

Lâcher ses outils, courir vers la route. Il avait reconnu le chien, le profil de Paul qui tentait de voir quel obstacle les empêchait d'avancer. Mais quand le camion fut tout près, il se détourna. Pas d'adieu dérisoire ni de signe banal de la main. Le bruit des roues se rapprochait. Milie comprenait-elle qu'elle l'abandonnait à l'univers de Maurice, de François, des dîners avec la couturière dans lequel elle-même n'aurait pu vivre ? Le nom de Mercier lui revint avec colère. Le camion s'éloignait, la colère tomba. Il sut qu'il terminerait la maison, la vendrait, se dégagerait de François, achèterait une camionnette, partirait. Cela demanderait des mois et des mois, jour de travail sur jour de travail. Au bout il verrait le signe, le chas de l'aiguille.

— Maman ? tu dors encore ? on s'arrête.
Milie ne voulut pas descendre. Ils venaient de dépasser L'Isle-Adam. Le chauffeur avait soif, Fanch aussi.
Ils avalèrent deux blancs secs.
— Et toi ? je te dépose où ? chez Milie ?
— Tu me déposes... *Chez Pierre.*
Chez Pierre. Marché Saint-Germain. On peut vivre dans les parages, il y a deux ou trois comptoirs hospitaliers. Par une nuit bien froide, comme Jean...
A l'autre bout du café, le patron écoutait la radio.
... ont franchi la frontière à l'aube.
— Deux autres blancs demanda le copain.
Fanch se rapprocha du patron.
— Ils parlent des Russes ? Les Russes sont entrés ?
— Les Russes et les autres. En Tchécoslovaquie.
Fanch se retenait au comptoir. Sa langue de plomb et pourtant il n'avait pas touché au second verre.
— On a l'air de quoi dit le copain. Nous on gobait tout. L'air de quoi !
— Mon vieux, n'en dis rien à la petite Milie. Aujourd'hui elle n'a pas besoin de ça.

372

Ils remontèrent dans le camion. Fanch n'avait plus envie de parler. Le copain surveillait la route.

Milie retira son foulard. Ciel d'un gris clair d'été. Horizon scié par les contours des villes neuves. Routes banlieusardes, encombrements du matin. Nesles au bout du monde.

— Je me sens mal fichu mon vieux, je ne pourrai pas t'aider à décharger.

En savoir le moins possible sur les lieux où Milie allait vivre. Que tout ce qui l'environnerait, la toucherait devienne opaque, sans couleur pour lui.

Elle s'approchait de la portière. Fanch tourna seulement la tête.

— Pour nous c'est l'aiguillage n'est-ce pas Milie ? Cette fois, pas de porte à claquer. Toi et moi nous avons toujours refusé le mot destin et le voilà, derrière nous, il nous recouvre de sa grande ombre.

— L'essentiel dit Milie en se détournant pour éviter son regard, l'essentiel c'est de savoir que l'issue existe, qu'on n'est pas muré. Et toi et moi nous le savons.

Ce qui lui fit mal ce fut d'imaginer Milie un peu plus tard, écoutant la radio, apprenant la nouvelle. Il aurait voulu lui laisser une phrase, de celles qu'il façonnait, de celles qu'elle aimait, qu'elle tournerait dans tous les sens lorsqu'elle serait seule, une phrase en forme de pierre dont le frottement contre sa mémoire la réchaufferait. Paul arrivait, tirait sa mère par la manche. Le chauffeur reprenait sa place.

— L'issue existe Milie. Seulement le trou dans le mur devient de plus en plus étroit, eut-il envie de lui dire.

« Le chas de l'aiguille. » Elle lui toucha le bras. Le

373

chauffeur mit en route, fit un demi-tour sur place. *Germination.* Fanch voyait maintenant Milie et Paul s'éloigner vers les bâtiments.

— Alors, *Chez Pierre* ?

Non, pas *Chez Pierre.* Au *Buci.* Un délai encore. Qui pouvait savoir ?

— J'ai un transport dans le quartier à onze heures. Et la Marta, qu'est-ce qu'elle va devenir à Prague c'est comme Milie, elle part, elle revient... vous êtes de drôles de particuliers !

— De drôles d'oiseaux tu veux dire. On nous cloue le bec, on nous arrache les plumes et il nous arrive encore de chanter.

Germination. Il les pensait noyés quelque part sous d'innombrables verres, les voici qui surnageaient, s'assemblaient, accrochés aux nerfs, à l'odorat, tenaces, indestructibles, ils revenaient tous les mots de la *Légende.* La première phrase, celle qu'il fallait laisser à Milie.

Les Russes à Prague. Encore un cimetière en nous. Terre à retourner, creuser, nettoyer, féconder. Jeter des mots. Cent qui crèveront, un seul qui lèvera.

Germination. Elle revient trop tard, la phrase, Milie n'est plus là pour la cueillir.

> *Germination,*
> *la fin d'Hiver approche*
> *Terre figée tu vas craquer...*

Impression Bussière à Saint-Amand (Cher),
le 22 avril 1983.
Dépôt légal : avril 1983.
Numéro d'imprimeur : 2347.
ISBN 2-07-037466-1./Imprimé en France.